Bis heute haben Mythen nichts von ihrer Faszination verloren, im Gegenteil: Sie sind aktueller denn je, davon zeugen nicht zuletzt zahlreiche neue Verfilmungen. Die Sagen um Troja gehören zu den bekanntesten und beliebtesten: der sagenumwobene Raub der schönen Helena, die List mit dem hölzernen Pferd, der finale Zweikampf zwischen Achilles und Hektor ... Die ruhmreiche Geschichte der furchtlosen Heroen, die Geschichte der eifersüchtigen Götter und ihrer Machtspiele, anschaulich und spannend erzählt von Gustav Schwab, hat schon Generationen von Lesern zu fesseln vermocht. Schwabs einprägsame und in ihrer Art einzigartige Darstellung ist zum Standardwerk zur griechischen Mythologie geworden.

insel taschenbuch 3017

Gustav Schwab

Troja

GUSTAV SCHWAB

TROJA

INSEL VERLAG

insel taschenbuch 3017
Erste Auflage 2004

Hinweise zu dieser Ausgabe am Schluß des Bandes
Vertrieb durch den Suhrkamp Taschenbuch Verlag
Umschlag nach Entwürfen von Willy Fleckhaus
Druck: Memminger MedienCentrum AG
Printed in Germany
ISBN 3-458-34717-8

1 2 3 4 5 6 – 09 08 07 06 05 04

ERSTES BUCH

TROJAS ERBAUUNG

In uralten Zeiten wohnten auf der Insel Samothrake, im Ägäischen Meere, zwei Brüder, Iasion und Dardanos, Söhne des Zeus und einer Nymphe, Fürsten des Landes. Von diesen wagte Iasion, als ein Göttersohn, seine Augen zu einer Tochter des Olymp zu erheben, warf eine ungestüme Neigung auf die Göttin Demeter und wurde zur Strafe seiner Kühnheit von seinem eigenen Vater mit dem Blitze erschlagen. Dardanos, der andere Sohn, verließ, tief betrübt über den Tod seines Bruders, Reich und Heimat und ging hinüber auf das asiatische Festland an die Küste Mysiens, da wo die Flüsse Simois und Skamander vereinigt in das Meer strömen und das hohe Idagebirge sich nach dem Meere abgedacht in eine Ebene verliert. Hier herrschte der König Teukros, kretischen Ursprungs, und nach ihm hieß auch das Hirtenvolk jener Gegenden Teukrer. Von diesem Könige wurde Dardanos gastfreundlich aufgenommen, bekam einen Strich Landes zum Eigentum und die Tochter des Königs zur Gemahlin. Er gründete eine Ansiedlung, das Land wurde nach ihm Dardania und das Volk der Teukrer von nun an Dardaner genannt. Ihm folgte sein Sohn Erichthonios in der Herrschaft, und dieser zeugte den Tros, nach welchem die Landschaft nun Troas, der offene Hauptort des Landes Troja, und Teukrer oder Dardaner jetzt auch Trojaner oder Troer genannt wurden. Nachfolger des Königs Tros war sein ältester Sohn Ilos. Als dieser einst das benachbarte Land der Phryger besuchte, wurde er von dem Könige Phrygiens zu eben angeordneten Kampfspielen eingeladen und trug hier im Ringkampfe den Sieg davon. Er erhielt als Kampfpreis fünfzig Jünglinge und ebenso viele Jungfrauen, dazu eine buntgefleckte Kuh, die ihm der König mit der Weisung eines alten Orakelspruches übergab: wo sie sich niederlegen würde, da sollte er eine Burg gründen. Ilos folgte der Kuh, und da sie sich bei dem offenen Flecken lagerte, der seit seinem Vater Tros der Hauptort des Landes und seine eigene Wohnung war, auch schon Troja hieß, so baute er hier auf einem Hügel die feste Burg Ilion oder Ilios, auch Pergamos geheißen, wie denn das ganze Wesen von nun an bald Troja, bald Ilion, bald Pergamos genannt wurde. Ehe er jedoch die Burg anlegte, bat er seinen Ahnherrn Zeus um ein Zeichen, daß ihm die Gründung derselben genehm sei. Am folgenden Tage fand er das vom Himmel gefallene Bild der Göttin Athene, Palladion genannt, vor seinem Zelte liegen. Es war drei Ellen hoch, hatte geschlossene Füße und hielt in der rechten Hand einen erhobenen Speer, in der andern Rocken und Spindel. Mit diesem Bilde hatte es folgende Bewandtnis: Die Göttin Athene wurde nach der Sage von ihrer Geburt an bei einem Triton, einem Meergott, erzogen, der eine Tochter namens Pallas hatte, die gleichen Alters mit Athene und ihre geliebte Gespielin war. Eines Tages nun, als die beiden Jungfrauen ihren kriegerischen Übungen oblagen, traten sie zu einem scherzhaften Wettkampfe einander gegenüber. Eben wollte die Tritonentochter Pallas einen Streich auf ihre Gespielin führen, als Zeus, für seine Tochter bangend, den Schild aus Ziegenfell, die Ägis, dieser vorhielt. Dadurch erschreckt, blickte Pallas furchtsam auf und wurde in dem Augenblicke von Athene tödlich verwundet. Tiefe Trauer bemächtigte sich der Göttin, und sie ließ zum dauernden Andenken ein recht ähnliches Bild ihrer geliebten Gespielin Pallas verfertigen, legte demselben einen Brustharnisch von dem gleichen Ziegenfelle, wie der Schild war, um, der nun auch Ägispanzer oder Ägide hieß, stellte das Bild neben die Bildsäule des Zeus und hielt es hoch in Ehren. Sie selbst aber nannte sich seitdem Pallas Athene. Dieser Palladion nun warf, mit Einwilligung seiner Tochter, Zeus vom Himmel in die Gegend der Burg Ilios herunter, zum Zeichen, daß Burg und Stadt unter seinem und seiner Tochter Schutze stehe.

Der Sohn des Königs Ilos und der Eurydike war Laomedon, ein eigenmächtiger und gewalttätiger Mann, welcher Götter und Menschen betrog. Dieser dachte darauf, den offenen Flecken Troja, der noch nicht befestigt war wie die Burg, mit einer Mauer zu umgeben und so zu einer förmlichen Stadt zu machen. Damals irrten die Götter Apollo und Poseidon, die sich gegen Zeus, den Göttervater, empört hatten und aus dem Himmel gestoßen waren, heimatlos auf der Erde umher. Es war der Wille des Zeus, daß sie dem Könige Laomedon an der Mauer Trojas bauen helfen sollten, damit seine und Athenes Lieblingsstadt der Zerstörung trotzende Mauern hätte. So führte sie denn ihr Geschick in die Nähe von Ilios, als eben mit dem Bau der Stadtmauern begonnen wurde. Die Götter machten dem Könige Laomedon ihre Anträge, und da sie auf der Erde nicht bloß müßig gehen durften noch ohne Arbeit mit Ambrosia gespeist wurden, so bedingten sie sich einen Lohn aus, der ihnen auch versprochen ward, und fingen nun an zu frönen. Poseidon half unmittelbar bei dem Bau; unter seiner Leitung stieg die Ringmauer breit und schön, eine undurchdringliche Schutzwehr der Stadt, in die Höhe. Phöbos Apollo weidete inzwischen das Hornvieh des Königes in den gewundenen Schluchten und Tälern des waldreichen Gebirges Ida. Die Götter hatten versprochen, auf diese Weise dem Könige ein Jahr lang zu frönen. Als nun diese Frist abgelaufen war, auch die herrliche Stadtmauer fertig stand, entzog der trügerische Laomedon den Göttern gewaltsam ihren gesamten Lohn, und als sie mit ihm rechteten und der beredte Apollo ihm bittere Vorwürfe machte, da jagte er beide fort, mit der Androhung, dem Phöbos Hände und Füße fesseln zu lassen, beiden aber die Ohren zu verstümmeln. Mit großer Erbitterung schieden die Götter und wurden Todfeinde des Königs und des Volkes der Trojaner; auch Athene kehrte sich von der Stadt, die bisher unter ihrem Schutz gestanden, ab, und schon jetzt war, einer stillschweigenden Einwilligung des Zeus zufolge, die eben erst mit stattlichen Mauern versehene Hauptstadt mit ihrem Königsgeschlecht und Volke diesen Göttern, zu welchen sich mit dem glühendsten Hasse in kurzer Zeit auch Hera gesellte, zum Verderben überlassen.

PRIAMOS, HEKABE UND PARIS

Das weitere Los des Königes Laomedon und seiner Tochter Hesione ist schon vor uns berichtet worden. Ihm folgte sein Sohn Priamos in der Regierung. Dieser vermählte sich in zweiter Ehe mit Hekabe oder Hekuba, der Tochter des phrygischen Königes Dymas. Ihr erster Sohn war Hektor. Als aber die Geburt ihres zweiten Kindes herannahete, da schaute Hekabe in einer dunkeln Nacht im Traume ein entsetzliches Gesicht. Ihr war, als gebäre sie einen Fackelbrand, der die ganze Stadt Troja in Flammen setze und zu Asche verbrenne. Erschrocken meldete sie diesen Traum ihrem Gemahle Priamos. Der ließ seinen Sohn aus erster Ehe, Aisakos mit Namen, kommen, welcher ein Wahrsager war und von seinem mütterlichen Großvater Merops die Kunst, Träume zu deuten, erlernt hatte. Aisakos erklärte, seine Stiefmutter Hekabe werde einen Sohn gebären, der seiner Vaterstadt zum Verderben gereichen müsse. Er riet daher, das Kind, das sie erwartete, auszusetzen. Wirklich gebar die Königin einen Sohn, und die Liebe zum Vaterland überwog bei ihr das Muttergefühl. Sie gestattete ihrem Gatten Priamos, das neugeborne Kind einem Sklaven zu geben, der es auf den Berg Ida tragen und daselbst aussetzen sollte. Der Knecht hieß Agelaos. Dieser tat, wie ihm befohlen war; aber eine Bärin reichte dem Säugling die Brust, und nach fünf Tagen fand der Sklave das Kind gesund und munter im Walde liegen. Jetzt hob er es auf, nahm es mit sich, erzog es auf seinem Äckerchen wie sein eigenes Kind und nannte den Knaben Paris.

Als der Königssohn unter den Hirten zum Jünglinge herangewachsen war, zeichnete er sich durch Körperkraft und Schönheit aus und wurde ein Schutz aller Hirten des Berges Ida gegen die Räuber; daher ihn jene auch nur Alexander, das heißt Männerhilfe, nannten.

Nun geschah es eines Tages, als er mitten im abwegsamsten und schattigsten Tale, das sich durch die Schluchten des Berges Ida hinzog, zwischen Tannen und Steineichen, ferne von seinen Herden, die den Zugang zu dieser Einsamkeit nicht fanden, an einen Baum gelehnt mit verschränkten Armen hinabschaute durch den Bergriß, der eine Durchsicht auf die Paläste Trojas und das ferne Meer gewährte, daß er einen Götterfußtritt vernahm, der die Erde um ihn her beben machte. Ehe er sich besinnen konnte, stand, halb von seinen Flügeln, halb von den Füßen getragen, Hermes der Götterbote, den goldnen Heroldsstab in den Händen, vor ihm; doch war auch er nur der Verkündiger einer neuen Göttererscheinung; denn drei himmlische Frauen, Göttinnen des Olymp, kamen mit leichten Füßen über das weiche, nie gemähete und nie geweidete Gras einhergeschritten, daß ein heiliger Schauer den Jüngling überlief und seine Stirnhaare sich aufrichteten. Doch der geflügelte Götterbote rief ihm entgegen: »Lege alle Furcht ab; die Göttinnen kommen zu dir als zu ihrem Schiedsrichter: dich haben sie gewählt, zu entscheiden, welche von ihnen dreien die schönste sei. Zeus befiehlt dir, dich diesem Richteramte zu unterziehen; er wird dir seinen Schirm und Beistand nicht versagen!« So sprach Hermes und erhob sich auf seinen Fittichen, den Augen des Königssohnes entschwebend, über das enge Tal empor. Seine Worte hatten dem blöden Hirten Mut eingeflößt; er wagte es, den schüchternen gesenkten Blick zu erheben und die göttlichen Gestalten, die in überirdischer Größe und Schönheit seines Spruches gewärtig vor ihm standen, zu mustern. Der erste Anblick schien ihm zu sagen, daß eine wie die andere wert sei, den Preis der Schönheit davonzutragen; doch gefiel ihm jetzt die eine Göttin mehr, jetzt die andere, so wie er länger auf einer der herrlichen Gestalten verweilt hatte. Nur schien ihm allmählich eine, die jüngste und zarteste, holder und liebenswürdiger als die andern, und ihm war, als ob, aus ihren Augen ausgehend, ein Netz von Liebesstrahlen sich ihm um Blick und Stirne spänne. Indessen hub die stolzeste der drei Frauen, die an Wuchs und Hoheit über die beiden andern hervorragte, dem Jünglinge gegenüber an: »Ich bin Hera, die Schwester und Gemahlin des Zeus. Wenn du diesen goldenen Apfel, welchen Eris, die Göttin der Zwietracht, beim Hochzeitmahle der Thetis und des Peleus unter die Gäste warf, mit der Aufschrift: ›Der Schönsten‹, mir zuerkennest, so soll dir die Herrschaft über das schönste Reich der Erde nicht fehlen, ob du gleich nur ein aus dem Königspalaste verstoßener Hirte bist.« »Ich bin Pallas, die Göttin der Weisheit«, sprach die andere mit der reinen, gewölbten Stirne, den tiefblauen Augen und dem jungfräulichen Ernst im schönen Antlitz; »wenn du mir den Sieg zuerkennst, sollst du den höchsten Ruhm der Weisheit und Männertugend unter den Menschen ernten!« Da schaute die dritte, die bisher immer nur mit den Augen gesprochen hatte, den Hirten mit einem süßen Lächeln noch durchdringender an und sagte: »Paris, du wirst dich doch nicht durch das Versprechen von Geschenken betören lassen, die beide voll Gefahr und ungewissen Erfolges sind! Ich will dir eine Gabe geben, die dir gar keine Unlust bereiten soll; ich will dir geben, was du nur zu lieben brauchst, um seiner froh zu werden: das schönste Weib der

Erde will ich dir als Gemahlin in die Arme führen! Ich bin Aphrodite, die Göttin der Liebe!«

Als Venus dem Hirten Paris dies Versprechen tat, stand sie vor ihm, mit ihrem Gürtel geschmückt, der ihr den höchsten Zauber der Anmut verlieh. Da erblaßte vor dem Schimmer der Hoffnung und ihrer Schönheit der Reiz der andern Göttinnen vor seinen Augen, und mit trunkenem Mute erkannte er der Liebesgöttin das goldene Kleinod, das er aus Heras Hand empfangen hatte, zu. Hera und Athene wandten ihm zürnend den Rücken und schwuren diese Beleidigung ihrer Gestalt an ihm, an seinem Vater Priamos, am Volk und Reiche der Trojaner zu rächen und alle miteinander zu verderben; und Hera insbesondere wurde von diesem Augenblicke an die unversöhnlichste Feindin der Trojaner. Venus aber schied von dem entzückten Hirten mit holdseligem Gruße, nachdem sie ihm ihr Versprechen feierlich und mit dem Göttereide bekräftiget wiederholt hatte.

Paris lebte seiner Hoffnung geraume Zeit als unerkannter Hirte auf den Höhen des Ida; aber da die Wünsche, welche die Göttin in ihm rege gemacht hatte, so lange nicht in Erfüllung gingen, so vermählte er sich hier mit einer schönen Jungfrau, namens Önone, die für die Tochter eines Flußgottes und einer Nymphe galt und mit welcher er auf dem Berge Ida bei seinen Herden glückliche Tage in der Verborgenheit verlebte. Endlich lockten ihn Leichenspiele, die der König Priamos für einen verstorbenen Anverwandten hielt, zu der Stadt hinab, die er früher nie betreten hatte. Priamos setzte nämlich bei diesem Feste als Kampfpreis einen Stier aus, den er bei den Hirten des Ida von seinen Herden holen ließ. Nun traf es sich, daß gerade dieser Stier der Lieblingsstier des Paris war, und da er ihn seinem Herrn dem Könige nicht vorenthalten durfte, so beschloß er, wenigstens den Kampf um denselben zu versuchen. Hier siegte er in den Kampfspielen über alle seine Brüder, selbst über den hohen Hektor, der der Tapferste und Herrlichste von ihnen war. Ein anderer mutiger Sohn des Königs Priamos, Deïphobos, von Zorn und Scham über seine Niederlage überwältigt, wollte den Hirtenjüngling niederstoßen. Dieser aber flüchtete sich zum Altare des Zeus, und die Tochter des Priamos, Kassandra, welche die Wahrsagergabe von den Göttern zum Angebinde erhalten hatte, erkannte in ihm ihren ausgesetzten Bruder. Nun umarmten ihn die Eltern, vergaßen über der Freude des Wiedersehens die verhängnisvolle Weissagung bei seiner Geburt und nahmen ihn als ihren Sohn auf.

Vorerst kehrte nun Paris zu seiner Gattin und seinen Herden zurück, indem er auf dem Berge Ida eine stattliche Wohnung als Königssohn erhielt. Bald jedoch fand sich Gelegenheit für ihn zu einem königlicheren Geschäfte, und nun ging er, ohne es zu wissen, dem Preis entgegen, den ihm seine Freundin, die Göttin Aphrodite, versprochen hatte.

DER RAUB DER HELENA

Wir wissen, daß, als König Priamos noch ein zarter Knabe war, seine Schwester Hesione von Herakles, der den Laomedon getötet und Troja erobert hatte, als Siegesbeute fortgeschleppt und seinem Freunde Telamon geschenkt worden war. Obgleich dieser Held sie zu seiner Gemahlin erhoben und zur Fürstin von Salamis gemacht, so hatte doch Priamos und sein Haus diesen Raub nicht verschmerzt. Als nun an dem Königshofe einmal wieder die Rede von dieser Entführung war und Priamos seine große Sehnsucht nach der fernen Schwester zu erkennen gab, da stand in dem Rate seiner Söhne Alexander oder Paris auf und erklärte, wenn man ihn mit einer Flotte nach Griechenland schikken wollte, so gedenke er mit der Götter Hilfe des Vaters Schwester den Feinden mit Gewalt zu entreißen und mit Sieg und Ruhm gekrönt nach Hause zurückzukehren. Seine Hoffnung stützte sich auf die Gunst der Göttin Aphrodite, und er erzählte deswegen dem Vater und den Brüdern, was ihm bei seinen Herden begegnet war. Priamos selbst zweifelte jetzt nicht länger, daß sein Sohn Alexander den besondern Schutz der Himmlischen erhalten werde, und auch Deïphobos sprach die gute Zuversicht aus, daß, wenn sein Bruder mit einer stattlichen Kriegsrüstung erschiene, die Griechen Genugtuung geben und Hesione ihm ausliefern würden. Nun aber war unter den vielen Söhnen des Priamos auch ein Seher, namens Helenos. Dieser brach plötzlich in weissagende Worte aus und versicherte, wenn sein Bruder Paris ein Weib aus Griechenland mitbringe, so würden die Griechen nach Troja kommen, die Stadt schleifen, den Priamos und alle seine Söhne niedermachen. Diese Wahrsagung brachte Zwiespalt in den Rat. Troilos, der jüngste Sohn des Priamos, ein tatenlustiger Jüngling, wollte von den Prophezeiungen seines Bruders nichts hören, schalt seine Furchtsamkeit und riet, sich durch seine Drohungen nicht vom Kriege abschrecken zu lassen. Andere zeigten sich bedenklicher. Priamos aber trat auf die Seite seines Sohnes Paris, denn ihn verlangte sehnlich nach der Schwester.

Nun wurde von dem König eine Volksversammlung berufen, in welcher Priamos den Trojanern vortrug, wie er schon früher unter Antenors Anführung eine Gesandtschaft nach Griechenland geschickt, Genugtuung für den Raub der Schwester und diese selbst zurückverlangt hätte. Damals sei Antenor mit Schmach abgewiesen worden, jetzt aber gedenke er, wenn es dem versammelten Volke so gefalle, seinen eigenen Sohn Paris mit einer ansehnlichen Kriegsmacht auszusenden und das mit Gewalt zu erzwingen, was Güte nicht zuwege gebracht. Zur Unterstützung dieses Vorschlags erhub sich Antenor, schilderte mit Unwillen, was er selbst als friedlicher Gesandter Schmähliches in Griechenland geduldet hatte, und beschrieb das Volk der Griechen als trotzig im Frieden und verzagt im Kriege. Seine Worte feuerten das Volk an, daß es sich mit lautem Zurufe für den Krieg erklärte. Aber der weise König Priamos wollte die Sache nicht leichtsinnig beschlossen wissen und forderte jeden auf zu sprechen, der ein Bedenken in dieser Angelegenheit auf dem Herzen hätte. Da stand Panthoos, einer der Ältesten Trojas, in der Versammlung auf und erzählte, was sein Vater Othrys, von der Götter Orakel belehrt, ihm selbst in jungen Jahren anvertraut hatte. Wenn je einmal ein Königssohn aus Laomedons Geschlechte eine Gemahlin aus Griechenland ins Haus führen würde, so stehe den Trojanern das äußerste Verderben bevor. »Darum«, schloß er seine Rede, »lasset uns von dem trügerischen Kriegsruhm nicht verführt werden, Freunde; lasset uns das Leben lieber in Frieden und Ruhe dahinbringen als auf das Spiel der Schlachten setzen und zuletzt mitsamt der Freiheit verlieren.« Aber das Volk murrte über diesen Vorschlag und rief seinem Könige Priamos zu, den furchtsamen Worten eines alten Mannes kein Gehör zu schenken und zu tun, was er im Herzen doch schon beschlossen hätte.

Da ließ Priamos Schiffe rüsten, die auf dem Berge Ida gezimmert worden, und sandte seinen Sohn Hektor ins Phrygerland, Paris und Deïphobos aber ins benachbarte Päonien, um verbündete Völker zu sammeln; auch Trojas waffenfähige Männer schickten sich zum Kriege an, und so kam bald ein gewaltiges Heer zusammen. Der König stellte dasselbe unter den Befehl seines Sohnes Paris und gab ihm den Bruder Deïphobos, den Sohn des Panthoos, Polydamas, und den Fürsten Äneas an die Seite; die mächtige Ausrüstung ging in die See und steuerte der griechischen Insel Kythere zu, wo sie zuerst zu landen gedachten. Unterwegs begegnete die Flotte dem Schiffe des griechischen Völkerfürsten und spartanischen Königes Menelaos, der auf einer Fahrt nach Pylos zu dem weisen Fürsten Nestor begriffen war. Dieser staunte, als er den prächtigen Schiffszug erblickte, und auch die Trojaner betrachteten neugierig das schöne griechische Fahrzeug, das festlich ausgeschmückt einen der ersten Fürsten Griechenlands zu tragen schien. Aber beide Teile kannten einander nicht; jeder besann sich, wohin wohl der andere fahren möge, und so flogen sie auf den Wellen aneinander vorüber. Die trojanische Flotte kam glücklich auf der Insel Kythere an. Von dort wollte sich Paris nach Sparta begeben und mit den Zeussöhnen Kastor und Pollux in Unterhandlung treten, um seine Vatersschwester Hesione in Empfang zu nehmen. Würden die griechischen Helden sie ihm verweigern, so hatte er von seinem Vater den Befehl, mit der Kriegsflotte nach Salamis zu segeln und die Fürstin mit Gewalt zu entführen.

Ehe jedoch Paris diese Gesandtschaftsreise nach Sparta antrat, wollte er in einem der Aphrodite und Artemis gemeinschaftlich geweihten Tempel zuvor ein Opfer darbringen. Inzwischen hatten die Bewohner der Insel die Erscheinung der prächtigen Flotte nach Sparta gemeldet, wo in der Abwesenheit ihres Gemahls Menelaos die Fürstin Helena allein hofhielt. Diese, eine Tochter des Zeus und der Leda und die Schwester des Kastor und Pollux, war die schönste Frau ihrer ganzen Zeit und als zartes Mädchen schon von Theseus entführt, aber von ihren Brüdern ihm wieder entrissen worden. Als sie, zur Jungfrau aufgeblüht, bei ihrem

Stiefvater Tyndareos, König zu Sparta, heranwuchs, zog ihre Schönheit ein ganzes Heer Freier herbei, und der König fürchtete, wenn er einen von ihnen zum Eidam wählte, sich alle anderen zu Feinden zu machen. Da gab ihm Odysseus von Ithaka, der kluge griechische Held, den Rat, alle Freier durch einen Eid zu verpflichten, daß sie dem erkorenen Bräutigam gegen jeden andern, der den König um dieser Heirat seiner Tochter willen anfeinden würde, mit den Waffen in der Hand beistehen wollten. Als Tyndareos dies vernommen, ließ er die Freier den Eid schwören, und nun wählte er selbst Menelaos, den Argiverfürsten, den Sohn des Atreus, Bruder Agamemnons, gab ihm die Tochter zur Gemahlin und überließ ihm sein Königreich Sparta. Helena gebar ihrem Gemahl eine Tochter, Hermione, die noch in der Wiege lag, als Paris nach Griechenland kam.

Als nun die schöne Fürstin Helena, die in ihrem Palaste während des Gemahls Abwesenheit freudlose Tage ohne Abwechslung verlebte, von der Ankunft der herrlichen Ausrüstung eines fremden Königssohnes auf der Insel Kythere Kunde erhielt, wandelte sie eine weibliche Neugierde an, den Fremdling und sein kriegerisches Gefolge zu schauen, und um dies Verlangen befriedigen zu können, veranstaltete auch sie ein feierliches Opfer im Artemistempel auf Kythere. Sie betrat das Heiligtum in dem Augenblicke, als Paris sein Opfer vollbracht hatte. Wie dieser die eintretende Fürstin gewahr ward, sanken ihm die zum Gebet erhobenen Hände, und er verlor sich in Staunen, denn er meinte, die Göttin Aphrodite selbst wieder zu erblicken, wie sie ihm in seinem Hirtengehöfte erschienen war. Der Ruf ihrer Schönheit hatte sich zwar längst Bahn zu ihm gemacht, und Paris war begierig gewesen, ihrer Reize in Sparta ansichtig zu werden. Doch hatte er gemeint, das Weib, das ihm die Göttin der Liebe verheißen hatte, müsse viel schöner sein, als die Beschreibung von Helena lautete. Auch dachte er bei der Schönen, die ihm versprochen war, an eine Jungfrau und nicht an die Gattin eines anderen. Jetzt aber, wo er die Fürstin von Sparta vor Augen sah und ihre Schönheit mit der Schönheit der Liebesgöttin selbst wetteiferte, ward ihm plötzlich klar, daß nur dieses Weib es sein könne, das ihm Aphrodite zum Lohne für sein Urteil zugesagt hatte. Der Auftrag seines Vaters, der ganze Zweck der Ausrüstung und Reise schwand in diesem Augenblick aus seinem Geiste; er schien sich mit seinen Tausenden Bewaffneter nur dazu ausgesendet, Helena zu erobern. Während er so in ihre Schönheit versunken stand, betrachtete auch die Fürstin Helena den schönen asiatischen Königssohn mit dem langen Haarwuchs, in Gold und Purpur mit orientalischer Pracht gekleidet, mit nicht unterdrücktem Wohlgefallen; das Bild ihres Gemahls erbleichte in ihrem Geiste, und an seine Stelle trat die reizende Gestalt des jugendlichen Fremdlings.

Indessen kehrte Helena nach Sparta in ihren Königspalast zurück, suchte das Bild des schönen Jünglings aus ihrem Herzen zu verdrängen und wünschte ihren noch immer auf Pylos verweilenden Gatten Menelaos zurück. Statt seiner erschien Paris selbst mit seinem erlesenen Volk in Sparta und bahnte sich mit seiner Botschaft den Weg in des Königes Halle, obgleich dieser abwesend war. Die Gemahlin des Fürsten Menelaos empfing ihn mit der Gastfreundschaft, welche sie dem Fremden, und mit der Auszeichnung, welche sie dem Königssohne schuldig war. Da betörte seine Saitenkunst, sein einschmeichelndes Gespräch und die heftige Glut seiner Liebe das unbewachte Herz der Königin. Als Paris ihre Treue wanken sah, vergaß er den Auftrag seines Vaters und Volkes, und nur das trügerische Versprechen der Liebesgöttin stand vor seiner Seele. Er versammelte seine Getreuen, die bewaffnet mit ihm nach Sparta gekommen waren, und verführte sie durch Aussicht auf reiche Beute, in den Frevel zu willigen, welchen er mit ihrer Hilfe auszuführen gedachte. Dann stürmte er den Palast, bemächtigte sich der Schätze des griechischen Fürsten und entführte die schöne Helena, die widerstrebend und doch nicht ganz wider Willen nach der Insel und seiner Flotte folgte.

Als er mit seiner reizenden Beute auf der See durch das Ägäische Meer schwamm, überfiel die eilenden Fahrzeuge eine plötzliche Windstille: vor dem Königsschiffe, das den Räuber mit der Fürstin trug, teilte sich die Woge und der uralte Meeresgott Nereus hub sein schilfbekränztes Haupt mit den triefenden Haar- und Bartlocken aus der Flut empor und rief dem Schiffe, welches wie mit Nägeln in das Wasser geheftet schien, das wiederum selber einem ehernen Walle glich, der sich um die Rippen des Fahrzeugs aufgeworfen hatte, seine fluchende Wahrsagung zu: »Unglücksvögel flattern deiner Fahrt voran, verwünschter

Räuber! Die Griechen werden kommen mit Heeresmacht, verschworen, deinen Frevelbund und das alte Reich des Priamos zu zerreißen! Wehe mir, wieviel Rosse, wieviel Männer erblicke ich! Wie viele Leichen verursachst du dem dardanischen Volke! Schon röstet Pallas ihren Helm, ihren Schild und ihre Wut! Jahrelang dauert der blutige Kampf, und den Untergang deiner Stadt hält nur der Zorn eines Helden auf. Aber wenn die Zahl der Jahre voll ist, wird griechischer Feuerbrand die Häuser Trojas fressen!«

So prophezeite der Greis und tauchte wieder in die Flut. Mit Entsetzen hatte Paris zugehört; als aber der Fahrwind wieder lustig blies, vergaß er bald im Arm der geraubten Fürstin der Weissagung und legte mit seiner ganzen Flotte vor der Insel Kranaë vor Anker, wo die treulose und leichtsinnige Gattin des Menelaos ihm jetzt freiwillig ihre Hand reichte und das feierliche Beilager gehalten wurde. Da vergaßen beide Heimat und Vaterland und zehrten von den mitgebrachten Schätzen lange Zeit in Herrlichkeit und Freuden. Jahre vergingen, bis sie nach Troja aufbrachen.

DIE GRIECHEN

Die Versündigung, die sich Paris als Gesandter zu Sparta gegen Völkerrecht und Gastrecht hatte zuschulden kommen lassen, trug im Augenblick ihre Früchte und empörte gegen ihn ein bei dem Heldenvolke der Griechen alles vermögendes Fürstengeschlecht. Menelaos, König von Sparta, und Agamemnon, sein älterer Bruder, König von Mykene, waren Nachkommen des Tantalos, Enkel des Pelops, Söhne des Atreus, aus einem an hohen wie an verruchten Taten reichen Stamme; diesen beiden mächtigen Brüdern gehorchten außer Argos und Sparta die meisten Staaten des Peloponneses, und die Häupter des übrigen Griechenlands waren mit ihnen verbündet. Als daher die Nachricht von dem Raube seiner Gattin Helena den König Menelaos bei seinem greisen Freunde Nestor zu Pylos traf, eilte der entrüstete Fürst zu seinem Bruder Agamemnon nach Mykene, wo dieser mit seiner Gemahlin Klytämnestra, der Halbschwester Helenas, regierte. Der teilte den Schmerz und den Unwillen seines Bruders; doch tröstete er ihn und versprach, die Freier Helenas ihres Eides zu gemahnen. So bereisten die Brüder ganz Griechenland und forderten seine Fürsten zur Teilnahme an dem Kriege gegen Troja auf. Die ersten, die sich anschlossen, waren Tlepolemos, ein berühmter Fürst aus Rhodos, ein Sohn des Herakles, der sich erbot, neunzig Schiffe zu dem Feldzuge gegen die trügerische Stadt Troja zu stellen; dann Diomedes, der Sohn des unsterblichen Helden Tydeus, der mit achtzig Schiffen die mutigsten Peloponnesier der Unternehmung zuzuführen versprach. Nachdem die beiden Fürsten mit den Atriden zu Sparta Rat gepflogen, erging die Aufforderung auch an die Dioskuren oder Zeussöhne Kastor und Pollux, die Brüder Helenas. Diese aber waren schon auf die erste Nachricht von der Entführung ihrer Schwester dem Räuber nachgesegelt und bis zur Insel Lesbos, ganz nahe an die trojanische Küste, gekommen; dort ergriff ein Sturm ihr Schiff und verschlang es. Die Dioskuren selbst verschwanden; aber die Sage versicherte, sie seien nicht in den Wellen umgekommen, sondern ihr Vater Zeus habe sie als Sternbilder an den Himmel versetzt, wo sie als Beschirmer der Schiffahrt und Schutzgötter der Schiffahrenden ihr sorgenvolles Amt von Zeitalter zu Zeitalter verwalten. Indessen erhub sich ganz Griechenland und gehorchte der Aufforderung der Atriden; zuletzt waren nur zwei berühmte Fürsten noch zurück. Der eine war der schlaue Odysseus aus Ithaka, der Gemahl Penelopes. Dieser wollte sein junges Weib und seinen zarten Knaben Telemachos der treulosen Gattin des Spartanerköniges zuliebe nicht verlassen. Als daher Palamedes, der Sohn des Fürsten Nauplios aus Euböa, der vertraute Freund des Menelaos, mit dem Sparterfürsten zu ihm kam, heuchelte er Narrheit, spannte zu dem Ochsen einen Esel an den Pflug und pflügte mit dem seltsamen Paare sein Feld, indem er in die Furchen, die er zog, statt des Samens Salz ausstreute. So ließ er sich von beiden Helden treffen und hoffte dadurch von dem verhaßten Zuge freizubleiben. Aber der einsichtsvolle Palamedes durchschaute den verschlagensten aller Sterblichen, ging, während Odysseus seinen Pflug lenkte, heimlich in seinen Palast, brachte seinen jungen Sohn Telemachos aus der Wiege herbei und legte diesen in die Furche, über die Odysseus eben hinwegackern wollte. Da hob der Vater den Pflug sorgfältig über das Kind hinweg und wurde von den laut aufschreienden Helden seines Verstandes überwiesen. Er konnte sich jetzt nicht länger mehr weigern, an dem Zuge teilzunehmen, und versprach, die bitterste Feindschaft gegen Palamedes in seinem listigen Herzen, zwölf bemannte Schiffe aus Ithaka und den Nachbarinseln dem Könige Menelaos zur Verfügung zu stellen.

Der andere Fürst, dessen Zustimmung noch nicht erfolgt, ja dessen Aufenthalt man nicht einmal kannte, war Achill, der junge, aber herrliche Sohn des Peleus und der Meeresgöttin Thetis. Als dieser ein neugebornes Kind war, wollte seine unsterbliche Mutter auch ihn unsterblich machen, steckte ihn, von seinem Vater Peleus ungesehen, des Nachts in ein himmlisches Feuer und fing so an zu vertilgen, was vom Vater her an ihm sterblich war. Bei Tage aber heilte sie die versengten Stellen mit Ambrosia. Dies tat sie von einer Nacht zur andern. Einmal aber belauschte sie Peleus und schrie laut auf, als er seinen Sohn im Feuer zucken sah. Diese Störung hinderte Thetis, ihr Werk zu vollbringen, sie ließ den unmündigen Sohn, der auf diese Weise sterblich geblieben war, trostlos liegen, entfernte sich und kehrte nicht mehr in den Palast ihres Gatten zurück, sondern entwich in das feuchte Wellenreich der Nereiden. Peleus aber, der seinen Knaben gefährlich verwundet glaubte, hub ihn vom Boden auf und brachte ihn zu dem großen Wundarzt, dem Erzieher so vieler Helden, dem weisen Zentauren Chiron. Dieser nahm ihn liebreich auf und nährte den Knaben mit Bärenmark und mit der Leber von Löwen und Ebern. Als nun Achill neun Jahre alt war, erklärte der griechische Seher Kalchas, daß die ferne Stadt Troja in Asien, welcher der Untergang durch griechische Waffen bevorstehe, ohne den Knaben nicht werde erobert werden können. Diese Wahrsagung drang auch zu seiner Mutter Thetis hinab durch die tiefe See, und weil sie wußte, daß jener Feldzug ihrem Sohn den Tod bringen würde, so stieg sie wieder empor aus dem Meere, schlich sich in ihres Gatten Palast, steckte den Knaben in Mädchenkleider und brachte ihn in dieser Verwandlung zu dem Könige Lykomedes auf der Insel Skyros, der ihn unter seinen Mädchen als Jungfrau heranwachsen ließ und in weiblichen Arbeiten großzog. Als aber dem Jüngling der Flaum um das Kinn zu keimen anfing, entdeckte er sich in seiner Verkleidung der lieblichen Tochter des Königes, Deïdameia. Die gleiche zärtliche Neigung vereinigte in der Verborgenheit den Heldenjüngling mit der königlichen Jungfrau, und während er bei allen Bewohnern der Insel für eine Verwandte des Königs galt und auch bei Deïdameia für nichts anderes gelten sollte, war er heimlich ihr Gemahl geworden. Jetzt, wo der Göttersohn zur Besiegung Trojas unentbehrlich war, entdeckte der Seher Kalchas, dem wie sein Geschick so auch sein Aufenthalt kein Geheimnis geblieben, diesen letztern den Atriden; und nun schickten die Fürsten den Odysseus und den Diomedes ab, ihn in den Krieg zu holen. Als die Helden auf der Insel Skyros ankamen, wurden sie dem Könige und seinen Jungfrauen vorgeführt. Aber das zarte Jungfrauengesicht verbarg den künftigen Helden, und so scharfsichtig der Blick der beiden Griechenfürsten war, so vermochten sie doch nicht, ihn aus der Mädchenschar herauszuerkennen. Da nahm Odysseus seine Zuflucht zu einer List. Er ließ wie von ungefähr in den Frauensaal, in dem die Mädchen sich befanden, einen Schild und einen Speer bringen und dann die Kriegstrompete blasen, als ob der Feind heranrückte. Bei diesen Schreckenstönen entflohen alle Frauen aus dem Saale, Achill aber blieb allein zurück und griff mutig zu dem Speer und zu dem Schilde. Jetzt ward er von den Fürsten entlarvt und erbot sich, an der Spitze seiner Myrmidonen oder Thessalier, in Begleitung seines Erziehers Phönix und seines Freundes Patroklos, welcher mit ihm einst bei Peleus aufgezogen worden war, mit fünfzig Schiffen zu dem griechischen Heere zu stoßen.

Zum Versammlungsort aller griechischen Fürsten und ihrer Scharen und Schiffe wurde die Hafenstadt Aulis in Böotien, an der Meerenge von Euböa, durch Agamemnon ausersehen, den die Volkshäupter als den tätigsten Beförderer der Unternehmung zum obersten Befehlshaber derselben ernannt hatten.

In jenem Hafen sammelten sich nun außer den genannten Fürsten mit ihren Schiffen unzählige andere. Die vornehmsten darunter waren der riesige Ajax, der Sohn des Telamon aus Salamis, und sein Halbbruder Teucer, der treffliche Bogenschütze; der kleine, schnelle Ajax aus dem Lokrerlande; Menestheus aus Athen, Askalaphos und Ialmenos, Söhne des Kriegsgottes, mit ihren Minyern aus Orchomenos; aus Böotien Peneleos, Arkesilaos, Klonios, Prothoënor; aus Phokis Schedios und Epistrophos; aus Euböa und mit den Abanten Elephenor; mit einem Teile der Argiver und andern Peloponnesiern außer Diomedes, Sthenelos, der Sohn des Kapaneus, und Euryalos, der Sohn des Mekistheus; aus Pylos Nestor der Greis, der schon drei Menschenalter gesehen; aus Arkadien Agapenor, der Sohn des Ankaios; aus Elis und andern Städten Amphimachos, Thalpios, Diores und Polyxenos; aus Dulichion und den Echinadischen Inseln Meges, der Sohn des Phyleus; mit den Ätoliern Thoas, der Sohn des Andraimon; aus Kreta Idomeneus und Meriones; aus Rhodos der Heraklide Tlepolemos; aus Syme Nireus, der schönste Mann im griechischen Heere; aus den Kalydnischen Inseln die Herakliden Pheidippos und Antiphos; aus Phylake Podarkes, Sohn des Iphiklos; aus Pherai in Thessalien Eumelos, der Sohn des Admet und der frommen Alkestis; aus Methone, Thaumakia und Meliböa Philoktet; aus Trikka, Ithome und Öchalia die zwei heilkundigen Männer Podaleirios und Machaon; aus Ormenion und der Umgegend Eurypylos, der Sohn des Euaimon; aus Argissa und der Gegend Polypötes, der Sohn des Peirithoos, des Theseusfreundes; Guneus aus Kyphos, Prothoos aus Magnesia.

Dies waren nebst den Atriden, Odysseus und Achill die Fürsten und Gebieter der Griechen, die, keiner mit wenigen Schiffen, sich in Aulis sammelten. Die Griechen selbst wurden damals bald Danaer genannt, von dem alten ägyptischen Könige Danaos her, der sich zu Argos im Peloponnese niedergelassen hatte, bald Argiver, von der mächtigsten Landschaft Griechenlands, Argolis oder dem Argiverlande; bald Achajer oder Achiver, von dem alten Namen Griechenlands Achaja. Später heißen sie Griechen, von Graikos, dem Sohne des Thessalos, und Hellenen, von Hellen, dem Sohne des Deukalion und der Pyrrha.

BOTSCHAFT DER GRIECHEN AN PRIAMOS

Unterdessen, solange die Ausrüstung der Griechen sich vorbereitete, ward von Agamemnon im Rate seiner Vertrauten und der Häupter des Volkes, um auch gütliche Mittel nicht unversucht zu lassen, beschlossen, daß eine Gesandtschaft nach Troja an den König Priamos abgehen sollte, um sich über die Verletzung des Völkerrechts und den Raub der griechischen Fürstin zu beschweren und die entrissene Gattin des Fürsten Menelaos samt ihren Schätzen zurückzufordern. Es wurden hierzu in der Versammlung der Kriegshäupter Palamedes, Odysseus und Menelaos auserwählt; und obgleich Odysseus im Herzen der Todfeind des Palamedes war, so unterwarf er sich doch zum gemeinen Besten der Einsicht dieses Fürsten, der in dem griechischen Heere um seines Verstandes und seiner Erfahrung willen hoch gefeiert war, und überließ ihm willig die Ehre, am Hofe des Königs Priamos als Sprecher aufzutreten.

Die Trojaner und ihr König waren über die Ankunft einer Gesandtschaft, die mit einer ansehnlichen Schiffsrüstung erschien, in kein geringes Staunen versetzt. Sie wußten von der unmittelbaren Ursache der Sendung noch nichts; denn Paris verweilte noch immer mit seiner geraubten Gattin auf der Insel Kranaë und war in Troja verschollen. Priamos und sein Volk glaubten deswegen nicht anders, als der trojanische Kriegszug, der die Gesandtschaft des Paris und die Zurückforderung der Hesione unterstützen sollte, habe Widerstand in Griechenland gefunden, und jetzt nach seiner Vernichtung würden die Griechen, übermütig geworden, über die See herbeikommen, die Trojaner in ihrem eigenen Lande anzufallen. Die Nachricht, daß sich griechische Gesandte der Stadt näherten, versetzte sie daher in nicht geringe Spannung. Indessen öffneten sich jenen die Tore willig, und die drei Fürsten wurden sofort in den Palast des Priamos und vor den König selbst geführt, der seine zahlreichen Söhne und die Häupter der Stadt zu einem Rate zusammenberufen hatte. Palamedes ergriff vor dem Könige das Wort und beklagte sich bitter im Namen aller Griechen über die schändliche Verletzung des Gastrechts, die sich sein Sohn Paris durch den Raub der Königin Helena zuschulden kommen lassen. Dann entwickelte er die Gefahren eines Krieges, die dem Reiche des Priamos aus dieser Untat erwüchsen, zählte die Namen der mächtigsten Fürsten Griechenlands auf, die mit allen ihren Völkern auf mehr als tausend Schiffen vor Troja erscheinen würden, und verlangte die gütliche Auslieferung der geraubten Fürstin. »Du weißt nicht, o König«, so schloß er seine Rede, »was für Sterbliche durch deinen Sohn beschimpft worden sind: es sind die Griechen, die alle lieber sterben, als daß einem einzigen von ihnen durch einen Fremdling ungerächte Kränkung widerfahre. Sie hoffen aber, indem sie dieses Unrecht zu rächen kommen, nicht zu sterben, sondern zu siegen, denn ihre Zahl ist wie der Sand am Meere, und alle sind von Heldenmut erfüllt, und alle brennen vor Begierde, die Schmach, die ihrem Volke widerfahren ist, in dem Urheber zu tilgen. Darum verkündigt euch unser oberster Feldherr, Agamemnon, König der mächtigen Landschaft Argos und der erste Fürst Griechenlands, und mit ihm lassen euch alle anderen Fürsten der Danaer sagen: Gebet die Griechin, die ihr uns gestohlen habt, heraus, oder seid alle des Untergangs gewärtig!«

Bei diesen trotzigen Worten ergrimmten die Söhne des Königes und die Ältesten von Troja, zogen ihre Schwerter und schlugen streitlustig an ihre Schilde. Aber König Priamos gebot ihnen Ruhe, erhob sich von seinem Königssitze und sprach: »Ihr Fremdlinge, die ihr im Namen eures Volkes so strafende Worte an uns richtet, gönnet mir erst, daß ich von meinem Staunen mich erhole. Denn wessen ihr mich beschuldiget, davon ist uns allen nichts bewußt; vielmehr sind wir es, die wir bei euch uns über das Unrecht zu beklagen haben, das ihr uns andichtet. Unsre Stadt hat euer Landsmann Herakles mitten im Frieden angefallen, aus unsrer Stadt hat er meine unschuldige Schwester Hesione als Gefangene mit sich geführt und sie seinem Freunde, dem Fürsten Telamon auf Salamis, als Sklavin geschenkt; und es ist der gute Wille dieses Mannes, daß sie von ihm zu seiner ehelichen Gemahlin erhoben worden ist und nicht als Magd und Kebsweib dient. Doch konnte dies den unehrlichen Raub nicht wiedergutmachen; und es ist schon die zweite Gesandtschaft, die diesmal unter meinem Sohne Paris nach eurem Lande abgegangen ist, meine freventlich geraubte Schwester zurückzuverlangen, damit ich wenigstens noch in meinem Greisenalter mich ihrer erfreuen könne. Wie mein Sohn Paris diesen meinen königlichen Auftrag ausgerichtet, was er getan hat und wo er weilt, weiß ich nicht. In meinem Palaste und in unserer Stadt befindet sich kein griechisches Weib, dies weiß ich gewiß. Ich kann euch also die verlangte Genugtuung nicht geben, auch wenn ich wollte. Kommt mein Sohn Paris, wie mein väterlicher Wunsch ist, glücklich nach Troja zurück und bringt er eine entführte Griechin mit sich, so soll euch diese ausgeliefert werden, wenn sie anders nicht als Flüchtling unsern Schutz anfleht. Aber auch dann werdet ihr sie unter keiner andern Bedingung und nicht eher zurückerhalten, als bis ihr meine Schwester Hesione aus Salamis wieder in meine Arme zurückgeführt habt!«

Der Rat der Trojaner stimmte zu diesen Worten des Königs; aber Palamedes sprach trotzig: »Die Erfüllung unserer Forderung, o König, läßt sich von keiner Bedingung abhängig machen. Wir glauben deinem ehrwürdigen Antlitz und der Rede deines Mundes, die uns versichert, daß die Gemahlin des Menelaos noch nicht in deinen Mauern angekommen ist. Sie wird aber kommen, zweifle nicht; ihre Entführung durch deinen unwürdigen Sohn ist nur allzu gewiß. Was zu unserer Väter Zeiten von Herakles geschehen ist, dafür sind wir nicht mehr verantwortlich. Aber was einer deiner Söhne uns jetzt eben von empörender Kränkung zugefügt hat, dafür verlangen wir Rechenschaft von dir. Hesione ist willig mit Telamon davongezogen, und sie selbst sendet einen Sohn in diesen Krieg, der euch bevorsteht, wenn ihr uns nicht Genugtuung gebet: den gewaltigen Fürsten Ajax. Helena aber ist wider Willen und freventlich geraubt worden. Danket dem Himmel, der euch durch eures Räubers Zögerung Bedenkzeit gegeben hat, und fasset einen Beschluß, der das Verderben von euch abwendet.«

Priamos und die Trojaner empfanden die übermütige Rede des Gesandten Palamedes übel, doch ehrten sie an den Fremdlingen das Recht der Gesandtschaft; die Versammlung wurde aufgehoben und ein Ältester von Troja, der Sohn des Aisyetes und der Kleomestra, der verständige Antenor, schirmte die fremden Fürsten vor allen Beschimpfungen des Pöbels, führte sie in sein Haus und beherbergte sie dort mit edler Gastlichkeit bis zum andern Morgen. Dann gab er ihnen das Geleite an den Strand, wo sie die glänzenden Schiffe wieder bestiegen, die sie herbeigeführt hatten.

AGAMEMNON UND IPHIGENIA

Während nun die Flotte zu Aulis sich versammelte, vertrieb der Völkerfürst Agamemnon sich die Zeit mit der Jagd. Da kam ihm eines Tages eine herrliche Hindin in den Schuß, die der Göttin Artemis geheiligt war. Die Jagdlust verführte den Fürsten: er schoß nach dem heiligen Wild und erlegte es mit dem prahlenden Worte, Artemis selbst, die Göttin der Jagd, vermöge nicht besser zu treffen. Über diesen Frevel erbittert, schickte die Göttin, als in der Bucht von Aulis alles Griechenvolk gerüstet mit Schiffen, Roß und Wagen beisammen war und der Seezug nun vor sich gehen sollte, dem versammelten Heere tiefe Windstille zu, so daß man ohne Ziel und Fahrt müßig in Aulis sitzen mußte. Die ratsbedürftigen Griechen wandten sich nun an ihren Seher Kalchas, den Sohn des Thestor, welcher dem Volke schon früher wesentliche Dienste geleistet hatte und jetzt erschienen war, als Priester und Wahrsager den Feldzug mitzumachen. Dieser tat auch jetzt den Ausspruch: »Wenn der oberste Führer der Griechen, der Fürst Agememnon, Iphigenia, sein und Klytämnestras geliebtes Kind, der Artemis opfert, so wird die Göttin versöhnt sein, Fahrwind wird kommen, und der Zerstörung Trojas wird kein übernatürliches Hindernis mehr im Wege stehen.«

Diese Worte des Sehers raubten dem Feldherrn der Griechen allen Mut. Sogleich beschied er den Herold der versammelten Griechen, Talthybios aus Sparta, zu sich und ließ denselben mit hellem Heroldsruf vor allen Völkern verkündigen, daß Agamemnon den Oberbefehl über das griechische Heer niedergelegt habe, weil er keinen Kindesmord auf sein Gewissen laden wolle. Aber unter den versammelten Griechen drohte auf die Verkündigung dieses Entschlusses eine wilde Empörung auszubrechen. Menelaos begab sich mit dieser Schreckensnachricht zu seinem Bruder in das Feldherrnzelt, stellte ihm die Folgen seiner Entschließung, die Schmach, die ihn, den Menelaos, treffen würde, wenn sein geraubtes Weib Helena in Feindeshänden bleiben sollte, vor und bot so beredt alle Gründe auf, daß endlich Agamemnon sich entschloß, den Greuel geschehen zu lassen. Er sandte an seine Gemahlin Klytämnestra nach Mykene eine briefliche Botschaft, welche ihr befahl, die Tochter Iphigenia zum Heere nach Aulis zu senden, und bediente sich, um diesem Gebote Gehorsam zu verschaffen, des in der Not erdichteten Vorwandes, die Tochter solle, noch bevor das Heer der trojanischen Küste zusegle, mit dem jungen Sohne des Peleus, dem herrlichen Phthierfürsten Achill, von dessen geheimer Vermählung mit Deïdameia niemand wußte, verlobt werden. Kaum aber war der Bote fort, so bekam in Agamemnons Herzen das Vatergefühl wieder die Oberhand. Von Sorgen gequält und voll Reue über den unüberlegten Entschluß, rief er noch in der Nacht einen alten vertrauten Diener und übergab ihm einen Brief an seine Gemahlin Klytämnestra zur Bestellung; in diesem stand geschrieben, sie sollte die Tochter nicht nach Aulis schicken, er, der Vater, habe sich eines andern besonnen, die Vermählung müsse bis aufs nächste Frühjahr aufgeschoben werden. Der treue Diener eilte mit dem Briefe davon, aber er erreichte sein Ziel nicht. Noch ehe er vor der Morgendämmerung das Lager verließ, ward er von Menelaos, dem die Unschlüssigkeit des Bruders nicht entgangen war, der ebendeswegen alle seine Schritte überwacht hatte, ergriffen, der Brief ihm mit Gewalt entrissen und sofort von dem jüngern Atriden erbrochen. Das Blatt in der Hand, trat Menelaos abermals in das Feldherrnzelt des Bruders. »Es gibt doch«, rief er ihm unwillig entgegen, »nichts Ungerechteres und Ungetreueres als den Wankelmut! Erinnerst du dich denn gar nicht mehr, Bruder, wie begierig du nach dieser Feldherrnwürde strebtest, wie du vor übel verheimlichter Lust branntest, das Heer vor Troja zu führen? wie demütig du dich da gegen alle griechischen Fürsten gebärdetest, wie gnädig du jedem Danaer die Rechte schütteltest? Deine Tür war stets unverschlossen; jedem, auch dem Untersten des Volkes, schenktest du Zutritt, und alle diese Geschmeidigkeit bezweckte nichts anderes, als dir jene Würde zu verschaffen. Aber als du nun Herr geworden warest, da war alles bald anders; da warst du nicht mehr deiner alten Freunde Freund wie vorher; zu Hause warst du schwer zu treffen, draußen bei dem Heere zeigtest du dich nur selten. So sollte es ein Ehrenmann nicht machen; er sollte am meisten dann sich unveränderlich gegen seine Freunde zeigen, wenn er ihnen am meisten nützen kann! Du hingegen, wie hast du dich betragen? Als du mit dem Griechenheere nach Aulis gekommen warest und, vom göttlichen Geschicke heimgesucht, vergebens auf Fahrwind hofftest und nun im Heere rings der Ruf sich hören ließ: ›Laßt uns davonsegeln und nicht vergebens in Aulis uns abmühen!‹, wie zerstört und trostlos blickte da dein Auge umher und wie wußtest du mitsamt deinen Schiffen keinen Rat! Damals beriefst du mich und verlangtest nach einem Auswege, deine schöne Feldherrnwürde nicht zu verlieren. Und als hierauf der Seher Kalchas befahl, anstatt eines Opfers der Artemis deine Tochter darzubringen, da gelobtest du nach kurzem Zuspruche freiwillig deines Kindes Opferung und schicktest Botschaft an dein Weib Klytämnestra, deine Tochter, wie du angabst, als Braut des Achill, herzusenden. Und jetzt, o Schande, beugst du doch wieder aus und verfassest eine neue Schrift, durch welche du erklärst, des Kindes Mörder nicht werden zu können? Aber freilich, tausend andern ist es schon so gegangen wie dir. Rastlos, bis sie ans Ruder gelangt sind, treten sie später schimpflich zurück, wenn es gilt, das Ruder mit Aufopferung zu lenken! Und doch taugt keiner zum Heeresfürsten und Staatenlenker, der nicht Einsicht und Verstand hat und dieselben auch in den schwierigsten Lagen des Lebens nicht verliert!«

Solche Vorwürfe aus dem Munde des Bruders waren nicht geeignet, das Herz Agamemnons zu beruhigen. »Was schnaubst du so schrecklich«, entgegnete er ihm, »was ist dein Auge wie mit Blut unterlaufen? Wer beleidigt dich denn? Was vermissest du denn? Deine liebenswürdige Gattin Helena? Ich kann sie dir nicht wieder verschaffen! Warum hast du deines Eigentums nicht besser wahrgenommen? Bin ich denn töricht, wenn ich einen Mißgriff durch Besinnung wiedergutgemacht habe? Viel eher handelst du unvernünftig, der du aufs neue nach der Hand eines falschen Weibes trachtest, anstatt daß du froh sein solltest, ihrer losgeworden zu sein. Nein, nimmermehr entschließe ich mich, gegen mein eigenes Blut zu wüten. Weit besser stände dir selbst die gerechte Züchtigung deines buhlerischen Weibes an.«

So haderten die Brüder miteinander, als ein Bote vor ihnen erschien und dem Fürsten Agamemnon die Ankunft seiner Tochter Iphigenia meldete, der die Mutter und sein kleiner Sohn Orestes auf dem Fuße folgten. Kaum hatte der Bote sich wieder entfernt, so überließ sich Agamemnon einer so trostlosen und herzzerreißenden Verzweiflung, daß Menelaos selbst, der bei Ankunft der Botschaft auf die Seite getreten war, jetzt sich dem Bruder wieder näherte und nach seiner rechten Hand griff. Agamemnon reichte sie ihm wehmütig dar und sprach unter heißen Tränen: »Da hast du sie, Bruder; der Sieg ist dein! Ich bin vernichtet!« Menelaos dagegen schwor ihm, von der alten Forderung abstehen zu wollen; ja er ermahnte ihn selbst jetzt, sein Kind nicht zu töten, und erklärte einen guten Bruder um Helenas willen nicht verderben und nicht verlieren zu wollen. »Bade doch dein Angesicht nicht länger in Tränen«, rief er. »Gibt der Götterspruch mir Anteil an deiner Tochter, so wisse, daß ich denselben ausschlage und meinen Teil dir abtrete! Wundre dich nicht, daß ich von der Heftigkeit meiner natürlichen Gemütsart umgekehrt bin zur Bruderliebe; denn biedern Mannes Weise ist es, der bessern Überzeugung zu folgen, sobald sie in unserm Herzen die Oberhand gewinnt!«

Agamemnon warf sich dem Bruder in den Arm, doch ohne über das Geschick seiner Tochter beruhigt zu sein. »Ich danke dir«, sprach er, »lieber Bruder, daß uns gegen Verhoffen dein edler Sinn wieder zusammengeführt hat. Über mich aber hat das Schicksal entschieden. Der blutige Tod der Tochter muß vollzogen sein: das ganze Griechenland verlangt ihn; Kalchas und der schlaue Odysseus sind einverstanden; sie werden das Volk auf ihrer Seite haben, dich und mich ermorden und mein Töchterlein abschlachten lassen. Und flöhen wir gen Argos, glaube mir, sie kämen und rissen uns aus den Mauern hervor und schleiften die alte Zyklopenstadt! Deswegen beschränke dich darauf, Bruder, wenn du in das Lager kommst, darüber zu wachen, daß meine Gemahlin Klytämnestra nichts erfahre, bis daß mein und ihr Kind dem Orakelspruch erlegen ist!«

Die herannahenden Frauen unterbrachen das Gespräch der Brüder, und Menelaos entfernte sich in trüben Gedanken.

Die Begrüßung der beiden Gatten war kurz und von Agamemnons Seite frostig und verlegen; die Tochter aber umschlang den Vater mit kindlicher Zuversicht und rief: »O Vater, wie entzückt mich dein lang entbehrtes Angesicht!« Als sie ihm hierauf näher in sein sorgenvolles Auge sah, fragte sie zutraulich: »Warum ist dein Blick so unruhig, Vater, wenn du mich doch gerne siehst?« »Laß das, Töchterchen«, erwiderte der Fürst mit beklommenem Herzen; »den König und den Fürsten kümmert gar vielerlei!« »So verbanne doch diese Furchen«, sprach Iphigenia, »und schlage ein liebendes Auge zu deiner Tochter auf! Warum ist es denn so von Tränen angefeuchtet?« »Weil uns eine lange Trennung bevorsteht«, erwiderte der Vater. »O wie glücklich wäre ich«, rief das Mädchen, »wenn ich deine Schiffsgefährtin sein dürfte!« »Nun, auch du wirst eine Fahrt anzutreten haben«, sagte Agamemnon ernst, »zuvor aber opfern wir noch – ein Opfer, bei dem du nicht fehlen wirst, liebe Tochter!« Die letzten Worte erstickten unter Tränen, und er schickte das ahnungslose Kind in das für sie bereitgehaltene Zelt zu den Jungfrauen, die in ihrem Gefolge gekommen waren. Mit der Mutter mußte der Atride seine Unwahrheit fortsetzen und die fragende, neugierige Fürstin über Geschlecht und Verhältnisse des ihr zugedachten Bräutigams unterhalten. Nachdem sich Agamemnon von der Gemahlin losgemacht, begab er sich zu dem Seher Kalchas, um mit diesem das Nähere wegen des unvermeidlichen Opfers zu verabreden.

Derweilen mußte der tückische Zufall Klytämnestra im Lager mit dem jungen Fürsten Achill, der den Heerführer Agamemnon aufsuchte, weil seine Myrmidonen den längern Verzug nicht ertragen wollten, zusammenführen, und sie nahm keinen Anstand, ihn als den künftigen Eidam mit freundlichen Worten zu begrüßen. Aber Achill trat verwundert zurück. »Von welcher Hochzeit redest du, Fürstin?« sprach er. »Niemals habe ich um dein Kind gefreit, nie ist ein Einladungswort zur Vermählung von deinem Gemahl Agamemnon an mich gelangt!« So begann das Truggewebe vor Klytämnestras Augen aufgedeckt zu werden, und sie stand unentschlossen und voll Beschämung vor Achill. Dieser aber sagte mit jugendlicher Gutmütigkeit: »Laß dich's nicht kümmern, Königin; wenn auch jemand seinen Scherz mit dir getrieben hätte, nimm es leicht, und verzeih mir, wenn mein Erstaunen dir wehe getan hat.« Und so wollte er mit ehrerbietigem Gruße davoneilen, den Feldherrn aufzusuchen: da öffnete eben ein Diener das Zelt Agamemnons und rief mit verstörter Miene den beiden Sprechenden entgegen; es war der vertraute Sklave Agamemnons und Klytämnestras, den Menelaos mit dem Briefe ergriffen hatte. »Höre«, sprach er leise, doch atemlos, »was dir dein treuer Diener zu vertrauen hat: deine Tochter will der Vater eigenhändig töten!« Und nun erfuhr die zitternde Mutter das ganze Geheimnis aus dem Munde des getreuen Sklaven. Klytämnestra warf sich dem jungen Sohne des Peleus zu Füßen, und seine Knie wie eine Schutzflehende umfassend, rief sie: »Ich erröte nicht, so vor dir im Staube zu liegen, ich, die Sterbliche, vor dem Göttersprößling. Weiche, Stolz, vor der Mutterpflicht! Du aber, o Sohn der Göttin, rette mich und mein Kind von der Verzweiflung! Dir, als ihrem Gatten, habe ich sie bekränzt hierhergeführt; zwar eitlerweise, dennoch heißest du mir meines Mädchens Bräutigam! Bei allem, was dir teuer ist, bei deiner göttlichen Mutter beschwöre ich dich, hilf sie mir jetzt retten. Sieh, ich habe keinen Altar, zu dem ich flüchten könnte, als deine Knie! Du hast Agamemnons grausames Unterfangen gehört; du siehest, wie ich, ein wehrloses Weib, in die Mitte eines gewalttätigen Heeres eingetreten bin! Breite über uns deinen Arm aus, so ist uns geholfen!«

Achill hob die vor ihm liegende Königin voll Ehrfurcht vom Boden und sprach: »Sei getrost, Fürstin! Ich bin in eines frommen, hilfreichen Mannes Haus aufgezogen worden; am Herde Chirons habe ich schlichte, redliche Sinnesart gelernt. Ich gehorche den Söhnen des Atreus gerne, wenn sie mich zum Ruhme führen; aber schnödem Befehle gehorche ich nicht. Darum will ich dich schützen, soweit es den Armen eines Jünglings möglich ist, und nimmermehr soll deine Tochter, die einmal mein genannt wurde, von ihrem Vater hingewürgt werden. Ich selbst erschiene mir nicht unbefleckt, wenn meine erlogene Brautschaft dieses Kind verdürbe, ich käme mir wie der feigste Wicht im Heere und wie der Sohn eines Missetäters vor, wenn mein Name deinem Gemahl zum Vorwand eines Kindesmordes dienen könnte.« »Ist das wirklich dein Wille, edler, mitleidiger Fürst«, rief Klytämnestra, außer sich vor Freude, »oder erwartest du vielleicht noch, daß auch meine Tochter deine Knie als Schutzflehende umschlingen soll? Zwar ist es nicht jungfräulich; aber wenn es dir gefällt, so wird sie züchtiglich nahen, wie es einer Freigebornen ziemt.« »Nein«, entgegnete ihr Achill, »führe dein

Mädchen nicht vor mein Angesicht, damit wir nicht in Verdacht und üble Nachrede kommen, denn ein so großes Heer, das keine Heimatsorgen hat, liebt faules Geschwätz; aber vertraue mir, ich habe nie gelogen. Möge ich selbst sterben, wenn ich dein Kind nicht rette.« Mit dieser Versicherung verließ der Sohn des Peleus Iphigenias Mutter, die jetzt mit unverhehltem Abscheu vor ihren Gatten Agamemnon trat. Dieser, der nicht wußte, daß der Gemahlin das Geheimnis verraten war, rief ihr die zweideutigen Worte entgegen: »Entlaß jetzt dein Kind aus dem Zelte und übergib es dem Vater, denn Mehl und Wasser und das Opfer, das unter dem Stahle vor dem Hochzeitsfest fallen soll, alles ist schon bereit.« »Vortrefflich«, rief Klytämnestra, und ihr Auge funkelte, »tritt selbst aus unserem Zelte hervor, o Tochter, du kennst ja gründlich deines Vaters Willen, nimm auch deinen kleinen Bruder Orestes mit heraus!« Und als die Tochter erschienen war, fuhr sie fort: »Siehe, Vater, hier steht sie dir zu Gehorsam da, laß auch mich zuvor ein Wort an dich richten: sage mir ohne Winkelzüge, willst du meine und deine Tochter umbringen?« Lange stand der Feldherr lautlos da, endlich rief er in Verzweiflung aus: »O mein Schicksal, mein böser Geist! Aufgedeckt ist mein Geheimnis, alles ist verloren!« »So höre mich denn«, sprach Klytämnestra weiter; »ich will mein ganzes Herz vor dir ausschütten. Mit einem Verbrechen hat unsre Ehe begonnen; du hast mich gewaltsam entführt, hast meinen früheren Gatten erschlagen, mein Kind mir von der Brust genommen und getötet. Schon zogen meine Brüder Kastor und Pollux auf ihren Rossen mit Heeresmacht gegen dich heran. Mein alter Vater Tyndareos war es, der dich, den Flehenden, rettete, und so wurdest du aufs neue mein Gemahl. Du selbst wirst es bezeugen, daß ich tadellos in diesem Ehebunde war, deine Wonne im Hause und dein Stolz draußen. Drei Mädchen und diesen Sohn habe ich dir geboren, und nun willst du des ältesten Kindes mich berauben; und fragt man dich, warum, so antwortest du: damit dem Menelaos seine Ehebrecherin wieder zuteil werde! O zwinge mich nicht, bei den Göttern, schlecht gegen dich zu werden, und sei nicht schlecht gegen mich! Du willst deine Tochter opfern? Welch Gebet willst du dabei sprechen, was willst du dir beim Tochtermord erflehen? Eine unglückselige Rückkehr, so wie du jetzt schmählich von Hause wegziehst? Oder soll ich etwa Segen für dich erbitten? Müßte ich doch die Götter selbst zu Mördern machen, wenn ich es täte! Warum soll es denn dein eigenes Kind sein, das als Opfer fällt? Warum sprichst du nicht zu den Griechen: ›Wenn ihr vor Troja schiffen wollet, so werfet das Los darüber, wessen Tochter sterben soll.‹ Nun soll ich, deine treue Gattin, mein Kind verlieren, während er, dessen Sache ausgefochten wird, Menelaos, seiner Tochter Hermione sich ohne Sorgen erfreuen darf, während seine treulose Gattin dieses Kind in Spartas Pflege geborgen weiß! Antworte, ob ich ein einziges ungerechtes Wort gesagt habe. Ward aber von mir die Wahrheit gesprochen, o so töte doch deine und meine Tochter nicht; tu es nicht, besinne dich!«

Jetzt warf sich auch Iphigenia zu den Füßen ihres Vaters und sprach mit erstickter Stimme: »Besäße ich den Zaubermund des Orpheus, o Vater, daß ich Felsen lenken könnte, so wollte ich mich mit beredten Worten an dein Mitleid wenden. Jetzt aber sind alle meine Künste nur Tränen, und anstatt des Ölzweigs umflechte ich dein Knie mit meinem Leibe. Verdirb mich nicht frühzeitig, Vater; lieblich ist das Licht zu schauen, nötige mich nicht, das zu sehen, was die Nacht verbirgt! Gedenke deiner Liebkosungen, mit welchen du mich als Kind auf deinem Vaterschoße gewiegt hast! Noch weiß ich alle deine Reden: wie du hofftest, mich in eines edlen Mannes Wohnung einzuführen, mich in Wohlergehen und Blüte zu schauen, wenn du heimgekehrt wärest. Du aber hast das alles vergessen; du willst mich töten! O tu es nicht, bei dieser Mutter beschwöre ich dich, die mich mit Schmerzen geboren hat und jetzt noch größeren Schmerz um mich empfindet! Was gehen mich Helena und Paris an? Warum muß ich sterben, weil er nach Griechenland gekommen ist? O blicke mich an; gönne mir dein Auge, deinen Kuß, daß ich doch sterbend noch ein Andenken von dir empfange, wenn dich mein Wort nicht mehr zu rühren vermag! Sieh deinen Knaben, meinen Bruder, an, Vater; schweigend fleht er für mich. Er ist noch ein Küchlein; ich aber bin herangereift! So laß dich doch erweichen und erbarme dich meiner. Das Licht zu schauen ist für Sterbliche doch das Holdseligste! Elend leben ist besser als der allerschönste Tod.«

Aber Agamemnons Entschluß war gefaßt, er stand unerbittlich wie ein Fels und sprach: »Wo ich Mitleid fühlen darf, da fühle ich Mitleid; denn ich liebe meine Kinder, ich wäre ja sonst ein Rasender. Mit schwerem Herzen, o Gemahlin, führe ich das Schreckliche aus, aber ich muß. Ihr sehet ja, welch ein Schiffsheer mich umringt, wie viele Fürsten im Kriegspanzer mich umstehen; diese alle finden die Fahrt nach Troja nicht, Troja wird nicht erobert, wenn ich dich nicht opfere, Kind, nach dem Ausspruche des Sehers. Diese Helden alle wollen den Entführungen der Griechenfrauen ein Ziel stecken; sie sind es fest entschlossen; und bekämpft ich nun diesen Götterspruch, so mordeten sie euch und mich. Hier hat meine Macht eine Grenze; nicht meinem Bruder Menelaos, sondern ganz Griechenland weiche ich.«

Ohne weitere Bitten abzuwarten, entfernte sich der König und ließ die jammernden Frauen allein in seinem Zelte. Da hallte plötzlich Waffenlärm vor diesem. »Es ist Achill«, rief Klytämnestra freudig. Vergebens suchte sich Iphigenia in tiefer Beschämung vor dem erheuchelten Bräutigam zu verbergen. Der Sohn des Peleus trat, von einigen Bewaffneten begleitet, hastig in das Zelt: »Unglückliche Tochter Ledas«, rief er, »das ganze Lager ist im Aufruhr und verlangt den Tod deiner Tochter; ich selbst, der mich dem Geschrei widersetzte, wäre fast gesteiniget worden.« »Und deine Myrmidonen?« fragte Klytämnestra mit stockendem Atem. »Die empörten sich zuerst«, fuhr Achill fort, »und schalten mich einen liebeskranken Schwätzer. Mit diesem treuen Häuflein hier komme ich, euch gegen den anrückenden Odysseus zu verteidigen. Tochter, klammere dich an deine Mutter; mein Leib soll euch decken, ich will sehen, ob sie es wagen, den Sohn der Göttin anzugreifen, von dessen Leben das Schicksal Trojas abhängt.« Diese letzten Worte, die einen Schimmer von Hoffnung enthielten, gaben der Mutter den Atem wieder.

Jetzt aber machte sich Iphigenia aus ihren Armen los, richtete ihr Haupt auf und stellte sich mit entschlossenen Schritten vor die Königin und den Fürsten: »Höret meine Reden an!« sprach sie mit einer Stimme, die alles Zittern verloren hatte, »vergebens, liebe Mutter, zürnst du deinem Gatten; er kann sich nicht gegen das Notwendige stemmen. Alles Lob verdient der Eifer dieses Fremdlings, aber er wird es büßen müssen, und du wirst gelästert werden. Höret deswegen den Entschluß, den mir die Überlegung eingegeben hat. Ich habe beschlossen zu sterben; ich verbanne jede niedrige Regung aus meiner freien Brust und will es vollenden. Auf mir ruht jetzt jedes Auge des herrlichen Griechenlands, auf mir die Fahrt der Flotte und der Fall Trojas, auf mir die Ehre der griechischen Frauen. Alles dieses werde ich mit meinem Tode schirmen; mit Ruhm wird sich mein Name bedecken; die Befreierin Griechenlands werde ich heißen. Soll ich, eine Sterbliche, der Göttin Artemis in den Weg treten, weil es ihr gefällt, mein Leben für das Vaterland zu verlangen? Nein, ich gebe es willig dahin; opfert mich, zerstöret Troja, das wird mein Denkmal sein und mein Hochzeitsfest.«

Mit leuchtendem Blicke, wie eine Göttin, stand Iphigenia vor der Mutter und dem Peliden, während sie also sprach. Da senkte sich der herrliche Jüngling Achill vor ihr auf ein Knie und rief: »Kind Agamemnons! die Götter machten mich zum glückseligsten Menschen, wenn mir deine Hand zuteil würde. Um dich beneide ich Griechenland, und um Griechenland, das dir angetrauet ist, dich. Liebessehnsucht ergreift mich nach dir, du Herrliche, nun ich dein Wesen geschaut habe. Erwäg es wohl! Der Tod ist ein schreckliches Übel, ich aber möchte dir gern Gutes tun, möchte dich heimführen zum Leben und Glück!« Lächelnd erwiderte ihm Iphigenia: »Männerkrieg und Mord genug hat Frauenschönheit durch die Tyndaridin angeregt, mein lieber Freund; stirb nicht auch du für ein Weib, noch töte jemand um meinetwillen. Nein, laß mich Griechenland retten, wenn ich es vermag!« »Erhabene Seele«, rief der Pelide, »tue, was dir gefällt, ich aber eile mit diesen meinen Waffen zum Altar, deinen Tod zu hindern. In deiner Unbesonnenheit darfst du mir nicht sterben, vielleicht nimmst du mich noch beim Worte, wenn du den Mordstahl auf deinen Nacken gezückt siehst.« So eilte er der Jungfrau voran, die bald darauf, der Mutter alle Klage verbietend und ihr den kleinen Bruder Orestes auf die Arme legend, im beseligenden Bewußtsein, das Vaterland zu retten, dem Tode freudig entgegenging. Die Mutter warf sich im Zelt auf ihr Angesicht und vermochte nicht, ihr zu folgen.

Unterdessen versammelte sich die ganze griechische Heeresmacht in dem blumenreichen Haine der Göttin Athene vor der Stadt Aulis. Der Altar war errichtet, und neben ihm stand der Seher und Priester Kalchas. Ein Ruf des Staunens und Mitleids ging durch das ganze Heer, als man Iphigenia, von ihren treuen Dienerinnen begleitet, den Hain betreten und auf den Vater

Agamemnon zuwandeln sah. Dieser seufzte laut auf, wandte sein Angesicht zurück und verbarg einen Tränenstrom in sein Gewand. Die Jungfrau aber stellte sich dem Vater zur Seite und sprach: »Lieber Vater, siehe, hier bin ich schon! Vor der Göttin Altar übergebe ich mein Leben, wenn es der Götterspruch so gebeut, den Führern des Heeres zum Opfer fürs Vaterland. Mich freut es, wenn ihr glücklich seid und mit Siegeslohn zur Heimat wiederkehrt. Berühre mich drum auch kein Argiver; mutig und still will ich den Nacken dem Opferstahle bieten!«

Ein lautes Staunen ging durch das Heer, als es Zeuge solchen Hochsinnes ward. Nun gebot Talthybios, der Herold, in der Mitte stehend, Stillschweigen und Andacht. Der Seher Kalchas zog einen blanken schneidenden Stahl aus der Seite und legte ihn vor dem Altar in einem goldenen Korbe nieder. Jetzt trat Achill in voller Waffenrüstung und mit gezücktem Schwerte vor den Altar. Aber ein Blick der Jungfrau verwandelte auch seinen Entschluß. Er warf das Schwert auf die Erde, besprengte den Altar mit Weihwasser, ergriff den Opferkorb, umwandelte den Festaltar wie ein Priester und sprach: »O hohe Göttin Artemis, nimm dieses heilige, freiwillige Opfer, das unbefleckte Blut des schönen Jungfrauennackens, das Agamemnon und Griechenland dir jetzo weiht, gnädig an, gib unsern Schiffen glückliche Fahrt und Trojas Sturz unsern Speeren!« Die Atriden und das ganze Heer standen stumm zur Erde blickend. Der Priester Kalchas nahm seinen Stahl, betete und faßte die Kehle der Jungfrau scharf ins Auge. Deutlich hörte man den Fall seines Schlages. Aber o Wunder, in demselben Augenblicke war die Jungfrau aus den Augen des Heeres verschwunden. Artemis hatte sich ihrer erbarmt, und eine Hindin von hohem Wuchs und herrlicher Gestalt lag zappelnd auf dem Boden und besprengte mit reichlichem Opferblute den Altar. »Ihr Führer des vereinten Griechenheeres«, rief Kalchas, nachdem er sich von seinem freudigen Staunen erholt hatte, »sehet hier das Opfer, welches die Göttin Artemis gesandt hat und das ihr willkommner ist als die Jungfrau, deren edles Blut den Altar nicht besudeln sollte. Die Göttin ist versöhnt, gibt unsern Schiffen fröhliche Fahrt und verspricht uns die Erstürmung Trojas. Seid guten Muts, ihr Seegefährten, denn noch an diesem Tage verlassen wir die Bucht von Aulis!« So sprach er und sah zu, wie das Opfertier allmählich vom Feuer verkohlt ward. Als der letzte Funke erloschen war, unterbrach die Stille der Luft ein Sausen des Windes, die Blicke des Heeres kehrten sich nach dem Hafen und sahen hier die Schiffe im bewegten Meere schwanken. Mit lautem Jubelrufe ward aus dem heiligen Haine aufgebrochen, und alles Volk eilte nach den Zelten.

Als Agamemnon in dem seinigen ankam, fand er seine Gattin Klytämnestra nicht mehr dort; ihr treuer Diener war ihm vorausgeeilt und hatte die ohnmächtig auf dem Boden Liegende mit der Nachricht von der Rettung ihrer Tochter erweckt und aufgerichtet. Mit einem flüchtigen Gefühl des Dankes und der Freude erhob die zur Besinnung gekommene Königin ihre Hände gen Himmel, dann aber rief sie mit bitterem Schmerze: »Mein Kind ist mir doch geraubt! Er ist doch der Mörder meiner Mutterfreude! Laß uns eilen, daß meine Augen den Kindesmörder nicht schauen!« Der Diener eilte, den Wagen und das Gefolge zu bestellen, und als Agamemnon von dem Opferfeste zurückkam, war seine Gemahlin schon fern auf dem Wege nach Mykene.

ABFAHRT DER GRIECHEN
AUSSETZUNG DES PHILOKTETES

Noch an demselben Tage ging die Flotte der Griechen unter Segel, und der günstigste Fahrwind führte sie schnell auf die hohe See. Nach einer kurzen Fahrt landeten sie auf der kleinen Insel Chryse, um frisches Wasser einzunehmen. Hier entdeckte Philoktetes, der Sohn des Königes Pöas aus Meliböa in Thessalien, der erprobte Held und Waffengefährte des Herakles, der Erbe seiner unüberwindlichen Pfeile, einen verfallenen Altar, welchen einst der Argonaute Iason auf seiner Fahrt der Göttin Pallas Athene, der die Insel heilig war, geweihet hatte. Der fromme Held freute sich seines Fundes und wollte der Beschirmerin der Griechen auf ihrem verlassenen Heiligtume opfern. Da schoß eine giftige Natter, dergleichen die Heiligtümer der Götter zu bewachen pflegten, auf den Herantretenden zu und verwundete den Helden mit ihrem Biß am Fuße. Erkrankt wurde er wieder zu Schiffe gebracht, und die Flotte segelte weiter. Die giftige und stets weiterfressende Wunde aber peinigte den Sohn des Pöas mit unerträglicher Qual, und seine Schiffsgenossen konnten den übeln Geruch des eiternden Geschwüres und sein beständiges Jammergeschrei nicht länger aushalten. Keine Spende, kein Opfer vermochten sie ruhig darzubringen; in alles mischte sich sein unheiliger Angstruf. Endlich traten die Söhne des Atreus mit dem verschlagenen Odysseus zusammen; denn die Unzufriedenheit der Begleiter des kranken Helden fing an, sich durch das ganze Heer zu verbreiten, welches fürchtete, daß der wunde Philoktetes das Lager von Troja verpesten und den Griechen mit seiner endlosen Wehklage das Leben verbittern möchte. Deswegen faßten die Anführer des Volkes den grausamen Entschluß, als sie an der wüsten und unbewohnbaren Küste der Insel Lemnos vorüberfuhren, den armen Helden hier auszusetzen, und bedachten dabei nicht, daß sie mit dem tapfern Manne sich zugleich seiner unüberwindlichen Geschosse beraubten. Der schlaue Odysseus erhielt den Auftrag, diesen hinterlistigen Anschlag zu vollführen; er lud den schlafenden Helden sich auf, fuhr mit ihm in einem Nachen an den Strand und legte ihn hier unter einer nahen Felsengrotte nieder, nachdem er so viel Kleidungsstücke und Lebensmittel zurückgelassen hatte, als zur kümmerlichen Fristung seines Lebens für die nächsten Tage nötig waren. Das Schiff hatte am Strande nur so lange angehalten, als es Zeit bedurfte, den Unglücklichen auszusetzen: dann segelte es, sobald Odysseus zurückgekehrt war, weiter und vereinigte sich bald wieder mit dem übrigen Zuge.

DIE GRIECHEN IN MYSIEN. TELEPHOS

Die griechische Flotte kam jetzt glücklich an die Küste von Kleinasien. Da aber die Helden der Gegend nicht recht kundig waren, ließen sie sich von dem günstigen Winde zuerst ferne von Troja an die mysische Küste treiben und legten sich mit allen ihren Schiffen vor Anker. Längs des Gestades fanden sie zur Bewachung des Ufers allenthalben Bewaffnete aufgestellt, die ihnen im Namen des Landesherrn verboten, dies Gebiet zu betreten, bevor dem Könige gemeldet wäre, wer sie seien. Der König von Mysien war aber selbst ein Grieche, Telephos, der Sohn des Herakles und der Auge, der nach wunderbaren Schicksalen seine Mutter bei dem Könige Teuthras in Mysien antraf, dessen Königes Tochter Argiope zur Gemahlin erhielt und nach des Tode König der Mysier geworden war. Die Griechen, ohne zu fragen, wer der Herr des Landes wäre, und ohne den Wächtern eine Antwort zu erteilen, griffen zu den Waffen, stiegen ans Land und hieben die Küstenwächter nieder. Wenige entrannen und meldeten dem Könige Telephos, wieviel tausend unbekannte Feinde in sein Land gefallen wären, die Wachen niedergemetzelt hätten und sich jetzt im Besitze des Ufers befänden. Der König sammelte in aller Eile einen Heerhaufen und ging den Fremdlingen entgegen. Er selbst war ein herrlicher Held und seines Vaters Herakles würdig, hatte auch seine Kriegsscharen zu griechischer Heereszucht gebildet. Die Danaer fanden deswegen einen Widerstand, wie sie ihn nicht erwartet hatten; denn es entspann sich ein blutiges und lange unentschiedenes Treffen, in welchem sich Held mit Helden maß. Unter den Griechen tat sich in der Schlacht besonders Thersander hervor, der Enkel des berühmten Königes Ödipus und Sohn des Polyneikes, der vertraute Waffengenosse des Fürsten Diomedes, der schon als Epigone sich berühmt gemacht hatte. Dieser raste in dem Heere des Telephos mit Mord und erschlug endlich den geliebtesten Freund und ersten Krieger des Königes an seiner Seite. Darüber entbrannte der König in Wut, und es entspann sich ein grimmiger Zweikampf zwischen dem Enkel des Ödipus und dem Sohne des Herakles. Der Heraklide siegte, und Thersander sank, von einem Lanzenstiche durchbohrt, in den Staub. Laut seufzte sein Freund Diomedes auf, als er dies aus der Ferne sah, und ehe der König Telephos sich auf den Leichnam werfen und ihm die Rüstung abziehen konnte, war er herzugesprungen, hatte sich den Leichnam des Freundes über die Schultern gelegt und eilte mit Riesenschritten, ihn aus dem Kampfgewühle zu tragen. Als der Held mit seiner Last fliehend an Ajax und Achill vorüberkam, durchfuhr auch diese Helden ein schmerzlicher Zorn, sie sammelten ihre wankenden Scharen, teilten sie in zwei Haufen und gaben durch eine geschickte Schwenkung dem Treffen eine andere Gestalt. Die Griechen waren jetzt bald wieder im Vorteil; Teuthrantios, der Halbbruder des Telephos, fiel, von einem Geschosse des Ajax getroffen; Telephos selbst, in der Verfolgung des Odysseus begriffen, wollte dem sinkenden Bruder zu Hilfe kommen, strauchelte aber über einen Weinstock: denn durch die Geschicklichkeit der Griechen waren die kämpfenden Scharen der Feinde in eine Weinpflanzung gelockt worden, in der die Stellung der Danaer die günstigere war. Diesen Augenblick ersah sich Achill, und während Telephos vom Falle sich erhob, durchbohrte ihm der Wurfspieß des Peliden die linke Weiche. Er richtete sich dennoch auf, zog das Geschoß aus der Seite, und durch den Zusammenlauf der Seinigen beschirmt, entging er weiterer Gefahr. Noch lange hätte das Treffen mit abwechselndem Glücke fortgedauert, wenn nicht die Nacht eingebrochen wäre und beide Teile, der Ruhe bedürftig, sich von dem Kampfplatze zurückgezogen hätten. Und so begaben sich die Mysier nach ihrer Königsstadt, die Griechen nach ihrem Ankerplatze zurück, nachdem von beiden Seiten viele tapfere Männer gefallen, viele verwundet waren. Am folgenden Tage schickten beide Teile Gesandte wegen eines Waffenstillstandes, damit die Leiber der Gefallenen zusammengesucht und begraben werden könnten. Jetzt erst erfuhren die Griechen zu ihrem Staunen, daß der König, der sein Gebiet so heldenmütig verteidigt habe, ihr Volksgenosse und der Sohn ihres größten Halbgottes sei, und Telephos ward mit Schmerzen inne, daß ihm Bürgerblut an den Händen klebe. Nun fand es sich auch, daß im griechischen Heere drei Fürsten waren, Tlepolemos, ein Sohn des Herakles, Pheidipp und Antiphos, Söhne des Königes Thessalos und Enkel des Herakles, alle drei also Verwandte des Königes Telephos. Diese nun erboten sich, im Geleite der mysischen Gesandten vor ihren Bruder und Vetter Telephos zu gehen und ihm näher zu berichten, wer die Griechen seien, die an seiner Küste gelandet, und in welcher Absicht sie nach Asien kämen. Der König Telephos nahm seine Verwandten liebreich auf und konnte sich nicht genug von ihnen erzählen lassen. Da erfuhr er, wie Paris mit seinem Frevel ganz Griechenland beleidigt hatte und Menelaos mit seinem Bruder Agamemnon und allen verbündeten Griechenfürsten aufgebrochen sei. »Darum«, sprach Tlepolemos, der als ein leiblicher Halbbruder des Königes für die übrigen das Wort führte, »lieber Bruder und Landsmann, entzeuch dich deinem Volke nicht, für das ja auch unser lieber Vater Herakles an allen Orten und Enden der Welt gestritten, von dessen Vaterlandsliebe ganz Griechenland unzählige Denkmale aufzuweisen hat; heile die Wunden wieder, die du, ein Grieche, Griechen geschlagen hast, indem du deine Scharen mit den unsrigen vereinigst und als unser Verbündeter gegen das meineidige Trojanervolk ziehest.«

Telephos richtete sich von seinem Lager, auf welchem er, durch die Wunde des Achill darniedergestreckt, die griechischen Helden empfangen hatte, mit Mühe auf und erwiderte freundlich: »Eure Vorwürfe sind nicht gerecht, liebe Volksgenossen; durch eure eigene Schuld seid ihr aus Freunden und Blutsverwandten meine erbitterten Feinde geworden. Haben doch die Küstenwächter, meinem strengen Befehle gehorsam, euch wie alle Landenden geziemend nach Namen und Abkunft gefragt und nicht nach roher Barbarenweise, sondern nach dem Völkerrechte der Griechen mit euch gehandelt. Ihr aber seid in der Meinung, daß gegen Barbaren alles erlaubt sei, ans Land gesprungen ohne ihnen die verlangte Weisung zu geben, und habt meine Untertanen, ohne sie anzuhören, niedergemacht. Auch mir habt ihr« – hier zeigte er auf seine Seite – »ein Andenken hinterlassen, das mich, wohl fühle ich es, mein Leben lang an unser gestriges Zusammentreffen erinnern wird. Doch grolle ich euch darüber nicht und kann die Freude, Blutsverwandte und Griechen in meinem Reiche aufgenommen zu haben, nicht zu teuer erkaufen. Höret nun, was in Beziehung auf eure Anforderung mein Bescheid ist: Gegen Priamos zu Felde zu ziehen mutet mir nicht zu. Mein zweites Gemahl, Astyoche, ist seine Tochter; dazu ist er selbst ein frommer Greis, und seine übrigen Söhne sind edelmütig, er und sie haben keinen Anteil an dem Verbrechen des leichtsinnigen Paris. Sehet dort meinen Knaben Eurypylos; wie sollte ich ihm das Herzeleid antun und das Reich seines Großvaters zerstören helfen! Wie ich aber dem Priamos nichts zuleide tun will, so werde ich auch euch, meine Landsleute, auf keinerlei Weise schädigen. Nehmet Gastgeschenke von mir und fasset Mundvorrat, soviel euch nötig ist. Dann gehet hin und fechtet in der Götter Namen euren Handel aus, den ich nicht schlichten kann.«

Mit dieser gütigen Antwort kamen die drei Fürsten vergnügt in das Lager der Argiver zurück und meldeten dem Agamemnon und den andern Fürsten, wie sie Freundschaft im Namen der Griechen mit Telephos geschlossen. Der Kriegsrat der Helden beschloß, den Ajax und Achill sofort an den König zu senden, daß sie das Bündnis mit ihm bestätigten und ihn wegen seiner Wunde trösteten. Diese fanden den Herakliden schwer an der Verletzung darniederliegen, und Achill warf sich weinend über sein Lager und bejammerte es, daß sein Speer unwissentlich einen Landsmann und edlen Sohn des Herakles getroffen. Der König aber vergaß seine Schmerzen und bedauerte nur, von der Ankunft so herrlicher Gäste nicht unterrichtet gewesen zu sein, um ihnen einen königlichen Empfang zu bereiten. Hierauf lud er die Atriden feierlich in seine Hofburg ein, bewirtete sie mit festlicher Pracht und erfreute sie mit köstlichen Geschenken. Diese brachten auf die Bitte Achills die beiden weltberühmten Ärzte Podaleirios und Machaon mit,die Wunde des Königes zu untersuchen und zu heilen. Das letztere gelang ihnen zwar nicht, denn der Speer des Göttersohnes hatte seine eigene Kraft, und die Wunden, die er schlug, widerstanden der Heilung; doch befreiten die Linderungsmittel, die sie auflegten, den König für den Augenblick von den unerträglichsten Schmerzen. Und nun erteilte er von seinem Krankenlager aus den Griechen allerlei heilsame Ratschläge, versah die Flotte mit Lebensmitteln und ließ sie nicht eher abziehen, als bis der Winter, der im Anzuge war, da sie landeten mit seinen härtesten Stürmen vorüber war. Darauf belehrte er sie über die Lage der Stadt Troja und über den Weg, den sie dahin zu machen hätten, und bezeichnete ihnen als einzigen Landungsplatz die Mündung des Flusses Skamander.

PARIS ZURÜCKGEKEHRT

Obgleich in Troja noch nichts von der Abfahrt der großen griechischen Flotte bekannt war, herrschte doch seit der Abreise der griechischen Gesandten Schrecken und Furcht vor dem bevorstehenden Kriege in dieser Stadt. Paris war inzwischen mit der geraubten Fürstin, der herrlichen Beute und seiner ganzen Flotte zurückgekommen. Der König Priamos sah die unerbetene Schwiegertochter nicht mit Freuden in seinen Palast eintreten und versammelte auf der Stelle seine zahlreichen Söhne zu einer Fürstenversammlung. Diese ließen sich durch den Glanz der Schätze, die ihr Bruder unter sie zu verteilen bereit war, und die Schönheit der Griechinnen aus den edelsten Fürstengeschlechtern, welche er im Gefolge Helenas mitgebracht und denjenigen seiner Brüder, die noch keine Frauen hatten, zur Ehe zu geben bereit war, leicht betören; und weil ihrer viele noch jung und alle kampflustig waren, so fiel die Beratung dahin aus, daß die Fremde in den Schutz des Königshauses aufgenommen und den Griechen nicht ausgeliefert werden sollte. Ganz anders hatte freilich das Volk der Stadt, dem vor einem feindlichen Angriff und einer Belagerung gar bange war, die Ankunft des Königssohnes und seinen schönen Raub aufgenommen; mancher Fluch hatte ihn durch die Straßen verfolgt, und hier und da war selbst ein Stein nach ihm geflogen, als er die erbeutete Gemahlin in des Vaters Palast geleitete. Doch hielt die Ehrfurcht vor dem alten König und seinem Willen die Trojaner ab, sich der Aufnahme der neuen Bürgerin ernstlich zu widersetzen.

Als nun im Rate des Priamos der Beschluß gefaßt war, die Fürstin nicht zu verstoßen, sandte der König seine eigene Gemahlin zu ihr in das Frauengemach, um sich zu überzeugen, daß sie freiwillig mit Paris nach Troja gekommen sei. Da erklärte Helena, daß sie durch ihre eigene Abstammung den Trojanern ebensosehr angehöre als den Griechen: denn Danaos und Agenor seien ebensowohl ihre eigenen Stammväter als die Stammhalter des trojanischen Königshauses. Unfreiwillig geraubt, sei sie jetzt doch durch langen Besitz und innige Liebe an ihren neuen Gemahl gefesselt und freiwillig die Seinige. Nach dem, was geschehen, könne sie von ihrem vorigen Gatten und ihrem Volke keine Verzeihung erwarten; nur Schande und Tod stände ihr bevor, wenn sie ausgeliefert würde.

So sprach sie mit einem Strom von Tränen und warf sich der Königin Hekabe zu Füßen, welche die Schutzflehende liebreich aufrichtete und ihr den Willen des Königes und seiner Söhne verkündete, sie gegen jeden Angriff zu schirmen.

So lebte denn Helena ungefährdet am Königshofe von Troja und bezog darauf mit Paris einen eigenen Palast. Auch das Volk gewöhnte sich bald an ihre Lieblichkeit und griechische Holdseligkeit, und als nun endlich die fremde Flotte wirklich an der trojanischen Küste erschien, waren die Einwohner der Stadt minder verzagt denn zuvor.

Sie zählten ihre Bürger und ihre Bundesgenossen, die sie schon vorher beschickt und deren wirksamer Hilfe sie sich versichert hatten, und sie fanden sich an Zahl und Kraft ihrer Helden und Streiter den Griechen gewachsen. So hofften sie mit dem Schutze der Himmlischen – denn außer Aphrodite waren noch mehrere Götter, darunter der Kriegsgott, Apollo, und Zeus, der Vater der Olympischen selbst, auf ihrer Seite – die Belagerung ihrer Stadt abtreiben und die Feinde zum schnellen Rückzuge nötigen zu können.

Zwar war ihr Anführer, König Priamos selbst, ein nicht mehr kampffähiger Greis, aber fünfzig Söhne, worunter neunzehn von seiner Gattin, der Königin Hekabe, umringten ihn teils im blühenden, teils im kräftigsten Alter, vor allen Hektor, nächst ihm Deïphobos und nach diesen als die ausgezeichnetsten Helenos, der Wahrsager, Pammon, Polites, Antiphos, Hipponoos und der zarte Troilos. Vier liebliche Töchter, Krëusa, Laodike, Kassandra und die in der Kindheit schon von Schönheit strahlende Polyxena umgaben seinen Thron. Dem Heere, das sich jetzt streitfertig machte, stand als Oberfeldherr Hektor, der helmumflatterte Held, vor; neben ihm befehligte die Dardaner Äneas, der Schwiegersohn des Königes Priamos und Gemahl Krëusas, ein Sohn der Göttin Aphrodite und des greisen Helden Anchises, der noch immer ein Stolz des trojanischen Volkes war; an die Spitze einer andern Schar stellte sich Pandaros, der Sohn des Lykaon, dem Apollo selbst seinen Bogen verliehen hatte; andere Scharen, zum Teil trojanischer Hilfsvölker, führten Adrastos, Amphios, Asios, Hippothoos, Pylaios, Akamas, Euphemos, Pyraichmes, Pylaimenes, Hodios, Epistrophos; Chromis und Ennomos eine

Hilfsschar von Mysiern; Phorkys und Askanios eine gleiche der Phryger, Mesthles und Antiphos die Mäonier, Nastes und Amphimachos die Karier, die Lykier Sarpedon und Glaukos.

Auch die Griechen hatten inzwischen gelandet und sich längs dem Gestade des Meeres zwischen den beiden Vorgebirgen Sigeion und Rhöteion in einem geräumigen Lagerplatz angesiedelt, der einer ordentlichen Stadt nicht unähnlich war. Die Fahrzeuge waren ans Land gezogen worden und in mehreren Reihen hintereinander aufgestellt, so daß sie sich, weil der Boden des Ufers aufwärts ging, stufenförmig übereinander erhoben. Die Schiffszüge der einzelnen Völkerschaften reihten sich in der Ordnung aneinander, wie sie gelandet. Die Schiffe selbst waren auf Unterlagen von Steinen aufgestellt, damit sie vom feuchten Boden nichts zu leiden hätten und luftiger ständen. In der ersten Reihe vom Land aus hatten an den beiden äußersten Enden der Telamonier Ajax und Achill, beide das Gesicht gegen Troja gekehrt, jener zur Linken, dieser zur Rechten, ihre Fahrzeuge aufgestellt und ihre Lagerhütten aufgepflanzt, die wir nur uneigentlich und der Kürze halber Zelte nennen. Das Quartier des Achill wenigstens glich beinahe einem ordentlichen Wohnhause, hatte Scheunen und Ställe für Mundvorräte, Wagenpferde und zahmes Vieh; und neben seinen Schiffen war Raum zu Wettrennen, Leichenspielen und andern Feierlichkeiten. An Ajax schlossen sich die Schiffe des Protesilaos an, dann kamen andere Thessalier, dann die Kreter, Athener, Phokier, Böotier, zuletzt Achill mit seinen Myrmidonen; in der zweiten Reihe standen unter andern die Lokrer, Dulichier, Epeer; in der dritten waren minder namhafte Völker mit ihren Schiffen gelagert; aber auch Nestor mit den Pyliern, Eurypylos mit den Ormeniern, zuletzt Menelaos. In der vierten und letzten längs dem Meeresgestade selbst standen Diomedes, Odysseus und Agamemnon, so daß Odysseus in der Mitte, zur Rechten Agamemnon, links Diomedes lagerte. Vor Odysseus befand sich die Agora, der freie Platz, der zu allen Versammlungen und Verhandlungen bestimmt war und auf welchem die Altäre der Götter standen. Dieser Platz teilte auch noch die dritte Reihe, so daß derselbe den Nestor zur Linken, den Eurypylos zur Rechten hatte. Der Raum nach dem Meere hin verengerte sich, und auch die Agora nahm viel Platz weg, so daß die dritte und vierte Reihe die wenigsten Schiffe enthielt. Das ganze Schiffslager war wie eine ordentliche Stadt von vielen Gassen und Wegen durchschnitten, die Hauptstraßen aber liefen zwischen den vier Reihen durch; vom Lande nach dem Meere gingen Quergassen, welche die Schiffe jeder Völkerschaft voneinander trennten; die Schiffe selbst waren von den Lagerhütten ihrer Völkerschaften wieder durch kleine Zwischenräume abgesondert, und jede Völkerschaft zerfiel wieder in kleinere Unterabteilungen nach den verschiedenen Städten oder Anführern. Die Lagerhütten waren aus Erde und Holz aufgebaut und mit Schilf bedeckt. Jeder Anführer hatte sein Quartier in der vordersten Reihe seiner Schar, und ein jedes war nach dem Range des Bewohners mehr oder weniger ausgeschmückt. Die Schiffe dienten zugleich dem ganzen Lager zur Verteidigung. Noch vor ihnen hatten die Griechen einen Erdwall aufgeworfen, der erst in der letzten Zeit der Belagerung einer Mauer Platz machte. Hinter ihm war ein Graben, vorn mit einer dichten Reihe von Schanzpfählen versehen.

Zu allen diesen schönen Einrichtungen hatten die Griechen während der langen Zeit, da König und Rat von Troja über die beste Weise der Verteidigung sich berieten, Muße gefunden. Ihre Krieger verrichteten zugleich den Schiffsdienst und erhielten ihr Brot auf öffentliche Veranstaltung. Für die übrigen Lebensbedürfnisse hatte ein jeder selbst zu sorgen. Die gemeinen Streiter waren leicht bewaffnet und fochten zu Fuße. Die vornehmeren stritten auf Kriegswagen, so daß jeder streitende Held einen andern als Wagenlenker bei sich hatte. Von Reiterei wußten die Völker jener alten Zeit noch nichts. Die Streitwagen mit den größten Helden waren auch bestimmt, in der ersten Reihe zu kämpfen, und sollten immer das Vordertreffen bilden.

Zwischen dem Schiffslager der Griechen und der Stadt Troja breitete sich, von den Flüssen Skamander und Simois eingeschlossen, die sich erst beim griechischen Lager zu einer Mündung vereinigten, die blumige Skamandrische Wiese und die Troische Ebene vier Wegestunden lang aus, die zum Schlachtfelde bestimmt und wie geschaffen war und hinter welcher sich mit hohen Mauern, Zinnen und Türmen die von Götterhand befestigte herrliche Stadt und Burg Troja erhob. Sie lag auf einem Hügel weithin sichtbar; ihr Inneres war uneben und bergicht und von vielen Straßen durchschnitten. Nur von zweien Seiten war sie leichter zugänglich, und hier befand sich auf der einen Seite das Skäische, auf der andern das Dardanische Tor mit einem Turme. Die übrigen Seiten waren höckricht und mit Gebüschen verwachsen, und ihre Tore und Törchen kamen wenig in Betracht. In der oberen Stadt oder Burg Ilion, auch Pergamos genannt, standen die Paläste des Priamos, des Paris, die Tempel der Hekate, der Athene und des Apollo, auf der höchsten Spitze der Burg ein Tempel des Zeus. Vor der Stadt am Simois, den Griechen zur Linken, war der Hügel Kallikolone; zur Rechten führte die Straße an den Quellen des Skamander und dann an dem hohen Hügel Batieia vorbei, der umgangen werden konnte und außen vor der Stadt lag. Hinter Troja kam das Ilische Feld, das sich schon bergan zog und die unterste Stufe des waldigen Idagebirges bildete, dessen höchster Gipfel Gargaron hieß und dessen beide letzte Äste rechts und links von den Griechen das Sigeische und Rhöteische Vorgebirge bildeten.

Noch ehe der Kampf zwischen beiden Völkern seinen Anfang nahm, wurden die Griechen durch die Ankunft eines werten Gastes überrascht. Der König Telephos von Mysien, der sie so großmütig unterstützt hatte, war seitdem an der Wunde, die ihm der Speer des Achill geschlagen, unheilbar krank gelegen, und die Mittel, die ihm Podaleirios und Machaon aufgelegt hatten, taten schon lange keine Wirkung mehr. Gequält von den unerträglichsten Schmerzen, hatte er ein Orakel des Phöbos Apollo, das in seinem Lande war, befragen lassen, und dieses hatte ihm die Antwort erteilt, nur der Speer, der ihn geschlagen, vermöge ihn zu heilen. So dunkel das Wort des Gottes lautete, so trieb ihn doch die Verzweiflung, sich einschiffen zu lassen und der griechischen Flotte zu folgen. So kam denn auch er bei der Mündung des Skamander an und ward in die Lagerhütte des Achill getragen. Der Anblick des leidenden Königes erneuerte den Schmerz des jungen Helden. Betrübt brachte er seinen Speer herbei und legte ihn dem Könige zu den Füßen seines Lagers, ohne Rat zu wissen, wie man sich desselben zur Heilung der eiternden Wunde bedienen sollte. Viele Helden umstanden ratlos das Bett des gepeinigten Wohltäters, bis es Odysseus einfiel, aufs neue die großen Ärzte des Heeres zu Rate zu ziehen. Podaleirios und Machaon eilten auf seinen Ruf herbei. Sobald sie das Orakel Apollos vernommen, verstanden sie als weise, vielerfahrene Söhne des

Asklepios seinen Sinn, feilten ein wenig Rost vom Speere des Peliden ab und legten ihn sorgfältig verbreitet über die Wunde. Da war ein Wunder zu schauen: sowie die Feilspäne auf eine eiternde Stelle des Geschwüres gestreut wurden, fing diese vor den Augen des Helden zu heilen an, und in wenigen Stunden war der edle König Telephos dem Orakel zufolge durch den Speer des Achill von der Wunde desselben Speeres genesen. Jetzt erst war die Freude der Helden über den großmütigen Empfang, der ihnen in Mysien zuteil geworden war, vollkommen. Gesundet und froh ging Telephos wieder zu Schiffe, und wie jüngst die Griechen ihn, so verließ jetzt er sie unter Danksagungen und Segenswünschen, in sein Reich Mysien zurückkehrend. Er eilte aber, nicht Zeuge des Kampfes zu sein, den seine lieben Gastfreunde gegen den ebenso geliebten Schwäher beginnen würden.

ZWEITES BUCH

AUSBRUCH DES KAMPFES. PROTESILAOS KYKNOS

Die Griechen waren noch mit dem Geleite des Königes Telephos beschäftiget, als die Tore Trojas sich auftaten und die völlig gerüstete Heeresmacht der Trojaner unter Hektors Anführung sich über die Skamandrische Ebene ergoß und ohne Widerstand gegen die Schiffe der sorglosen Achiver anrückte. Die Äußersten im Schiffslager, die zuerst zerstreut zu den Waffen griffen und den heranziehenden Feinden entgegeneilten, wurden von der Übermacht erdrückt. Doch hielt das Gefecht mit ihnen die Heerschar der Trojaner so lange auf, daß die Griechen im Lager sich sammeln und auch ihrerseits in einem geordneten Heerhaufen den Feinden entgegentreten konnten. Da gestaltete sich nun die Schlacht ganz ungleich. Denn wo Hektor selbst zugegen war, gewannen die Trojaner die Oberhand, in die Schlachtreihen aber, die ferne von ihm fochten, drangen die Griechen siegreich ein. Der erste namhafte Held unter den Griechen, der von der Hand des trojanischen Fürsten Äneas in dieser Schlacht fiel, war Protesilaos, des Iphiklos Sohn. Als verlobter Jüngling war er gen Troja gezogen und der erste Grieche, der bei der Landung ans Ufer sprang: so sollte er auch als das erste Heldenopfer fallen, und seine Braut Laodameia, die holdselige Tochter des Argonauten Akastos, sollte den Bräutigam, den sie mit banger Sorge in den Krieg hatte ziehen lassen, nicht wieder erblicken.

Noch war Achill vom Kampfplatz entfernt. Er hatte dem Mysier, den er einst mit dem Speere verwundet und jetzt mit dem Speere geheilt hatte, das Geleite ans Meer gegeben und sah nachdenklich dem Schiffe nach, das sich in die ferne Flut vertiefte. Da kam sein Freund und Kampfgeselle Patroklos auf ihn zugeeilt, faßte ihn bei der Schulter und rief: »Wo weilst du, Freund? Die Griechen bedürfen deiner. Der erste Kampf ist entbrannt: des Königes Priamos ältester Sohn Hektor rast an der Spitze der feindlichen Scharen wie ein Löwe, dessen Höhle Jäger umstellt haben. Äneas, der Eidam des Königes, hat aus der Mitte unserer Fürsten den edlen Protesilaos, der an Jugend und Mut dir glich, doch an Kraft dir nicht gleich war, erschlagen. Wenn du nicht kommst, so wird der Mord unter unsern Helden einreißen!« Aus seinen Träumen erwacht, blickte Achill hinter sich, sah den mahnenden Freund, und in diesem Augenblicke drang auch der Hall des Kampfgetümmels in sein Ohr. Da sprang er, ohne ein Wort zu erwidern, durch die Gassen des Schiffslagers seinem Zelte zu. Hier erst fand er die Sprache wieder, rief mit lauter Stimme seine Myrmidonen unter die Waffen und erschien mit ihnen wie ein donnerndes Wetter in der Schlacht. Seinem stürmischen Angriffe hielt selbst Hektor nicht stand. Zwei Söhne des Priamos erschlug er, und der Vater sah wehklagend von den Mauern herab den Tod seiner Kinder von des fürchterlichen Heldenjünglings Hand. Dicht an der Seite des Peliden kämpfte der Telamonier Ajax, dessen Riesenleib alle andern Danaer überragte; vor den Streichen der beiden Helden flohen die Trojaner wie eine Herde von Hirschen vor einer Hundekoppel daher; zuletzt wurde die Flucht der Feinde allgemein, und die Trojaner schlossen die Tore wieder hinter sich zu. Die Griechen aber begaben sich in Ruhe wieder zu ihren Schiffen und fuhren in Vollendung ihres Lagerbaues gemächlich fort. Achill und Ajax wurden von Agamemnon zu Wächtern der Schiffe bestimmt, und diese setzten wieder andere Helden zu Wächtern über einzelne Abteilungen der Flotte.

Alsdann wandten sie sich zum Begräbnisse des Protesilaos, legten den Leichnam auf einen schön geschmückten und aufgetürmten Scheiterhaufen und begruben seine Gebeine auf einer Halbinsel des Strandes unter schönen hohen Ulmbäumen. Noch waren sie mit der Bestattung nicht ganz fertig, als ein zweiter Überfall die sorglos Feiernden erschreckte.

In Kolonai bei Troja herrschte der König Kyknos, der, von einer Nymphe dem Meeresgotte Poseidon geboren, auf der Insel Tenedos wunderbarerweise von einem Schwan großgezogen worden war, daher er auch seinen Namen Kyknos, das heißt Schwan, bekommen hatte. Dieser war den Trojanern verbündet, und ohne besonders dazu von Priamos aufgefordert zu sein, hielt er sich verpflichtet, als er die Landung der fremden Kriegsvölker vor Troja gewahr wurde, seinen alten Freunden zu Hilfe zu kommen. Daher sammelte er in seinem Königreiche einen ansehnlichen Heerhaufen, legte sich in der Nähe des griechischen

Schiffslagers in einen Hinterhalt und war mit seiner Schar eben erst in diesem Versteck angekommen, als die Griechen, aus dem ersten Treffen mit den Trojanern als Sieger zurückgekehrt, ihrem gefallenen Helden die letzte Ehre erwiesen. Während sie sorglos und nicht in der vollen Waffenrüstung um den Scheiterhaufen geschart standen, sahen sie sich plötzlich von Streitwagen und Bewaffneten umringt, und ehe sie sich nur besinnen konnten, ob der Boden die Streiter ausgespien habe oder woher sie sonst erschienen seien, hatte Kyknos mit seiner Heeresmacht ein furchtbares Blutbad unter den Griechen angerichtet.

Doch war nur ein Teil der Argiver bei der Leichenfeier des Protesilaos beschäftigt und zugegen. Die andern bei den Schiffen und in den Lagerhütten waren ihren Waffen näher und eilten, den Peliden Achill an der Spitze, den Ihrigen bald in voller Rüstung und in geschlossenen Kriegsreihen zu Hilfe. Ihr Anführer selbst stand auf dem Streitwagen, schrecklich anzuschauen, und seine todbringende Lanze traf mit ihrem Stoße bald diesen, bald jenen Kolonaier, bis er, in den Reihen der Schlacht nur den Feldherrn der Fremdlinge suchend, diesen im fernen Kampfgewühle an den gewaltigen Stößen erkannte, die er, auch auf einem hohen Streitwagen stehend, rechts und links an die Griechen austeilte. Dorthin lenkte der Held Achill seine schneeweißen Rosse, und als er nun dem Kyknos gegenüber auf dem Wagen stand, rief er, die bebende Lanze mit nervigem Arme schwingend: »Wer du auch seiest Jüngling! nimm diesen Trost mit in den Tod, daß du von dem Sohne der Göttin Thetis getroffen worden!« Diesem Ausruf folgte sein Geschoß. Aber so sicher er die Lanze abgezielt hatte, so rüttelte sie dem Sohne des Poseidon doch nur mit dumpfem Stoße an der Brust; und mit staunendem Blicke maß der Pelide seinen unverwundlichen Gegner. »Wundre dich nicht, Sohn der Göttin«, rief dieser ihm lächelnd zu; »nicht mein Helm, den du anzustaunen scheinst, oder mein hohler Schild in der Linken halten die Stöße von meinem Leibe ab; vielmehr trage ich diese Schutzwaffe als bloßen Zierat, wie auch wohl der Kriegsgott Ares zuweilen zum Scherze Waffen anzulegen pflegt, deren er doch gewiß nicht bedarf, seinen Götterleib zu schirmen. Wenn ich alle Bedeckung von mir werfe, so wirst du mir doch die Haut mit deinem Speere nicht ritzen können. Wisse, daß ich am ganzen Leibe fest wie Eisen bin und daß es etwas heißt, nicht etwa der Sohn einer Meernymphe zu sein, nein der geliebte Sohn dessen, der den Nereus und seinen Töchtern und allen Meeren gebeut. Erfahre, daß du dem Sohne Poseidons selbst gegenüberstehst!« Mit diesen Worten schleuderte er seinen Speer auf den Peliden und durchbohrte damit die Wölbung seines Schildes, so daß derselbe durch das Erz und die neun ersten Stierhäute der göttlichen Waffe hindurchdrang: erst in der zehnten Lage blieb das Wurfgeschoß stecken. Achill aber schüttelte den Speer aus dem Schilde und sandte dafür den seinigen gegen den Göttersohn ab. Aber der Leib des Feindes blieb unverwundet. Selbst das dritte Geschoß, das der Pelide absandte, blieb ohne Wirkung. Jetzt geriet Achill in Wut wie ein Stier im Tiergefechte, dem ein rotes Tuch vorgehalten wird und der mit den Hörnern in die Luft gestoßen hat. Noch einmal warf er die Lanze aus Eschenholz nach Kyknos, traf diesen auch wirklich an der linken Schulter und jubelte laut auf; denn die Schulter war blutig. Doch seine Freude war vergeblich, das Blut war nicht das Blut des Göttersohnes, es war der Blutstrahl des Menötes, eines neben Kyknos fechtenden und von anderer Hand getroffenen feindlichen Helden. Knirschend vor Wut, sprang jetzt Achill vom Wagen, eilte auf den Gegner zu und hieb mit gezücktem Schwerte auf ihn ein; aber selbst der Stahl prallte stumpf an dem zu Eisen gehärteten Körper ab. Da erhub Achill in der Verzweiflung den zehnhäutigen Schild und zerschlug dem unverwüstlichen Feinde, ganz auf ihn eingedrungen, drei-, viermal die Schläfe mit der Schildbukkel. Jetzt erst fing Kyknos an zu weichen, und Nebel schwamm ihm vor den Augen; er wandte seine Schritte rückwärts, strauchelte über einen Stein, darüber ergriff ihn Achill mit der Hand im Nacken und warf ihn vollends zu Boden. Dann stemmte er sich mit Schild und Knien auf die Brust des Liegenden und schnürte dem Feinde mit seinem eigenen Helmbande die Kehle zu.

Der Fall ihres göttlichen Führers nahm den Kolonaiern plötzlich den Mut; sie verließen den Kampfplatz in wilder Flucht, und bald war von dem ganzen Überfalle nichts mehr zu sehen als die vielen Leichen von Griechen und Barbaren, die auf dem Felde um den halbvollendeten Grabhügel des Protesilaos zerstreut umherlagen und den um viele der Ihrigen trauernden Argivern neue Arbeit machten.

Die Folge dieses Überfalls war, daß die Griechen in die Landschaft des erschlagenen Königes Kyknos einfielen und aus der Hauptstadt Mentora die Kinder desselben als Beute hinwegführten. Dann griffen sie das benachbarte Killa an, eroberten auch diese feste Stadt mit unermeßlicher Kriegsbeute und kehrten so beladen zu ihrem wohlbewachten Schiffslager zurück.

PALAMEDES UND SEIN TOD

Der einsichtsvollste Mann im griechischen Heere war Palamedes, tätig, weise, gerecht und standhaft; von zarter Gestalt, des Gesanges und Leierspiels kundig. Seine Beredsamkeit hatte den Atriden die meisten Fürsten Griechenlands für den Feldzug gegen Troja gestimmt, seine Klugheit selbst den Sohn des Laërtes überlistet. Dadurch hatte er sich aber auch einen unversöhnlichen Feind in dem Heere der Danaer erworben, der Tag und Nacht auf Rache sann und nur um so finsterer darüber brütete, je mehr das Ansehen des verständigen Euböers unter den Fürsten zunahm. Nun wurde den Griechen durch ein Orakel Apollos bekannt, daß sie diesem Gott als Apollo Smintheus – unter solchem Namen wurde er in der Landschaft Troas verehrt – eine Hekatombe an der Stelle opfern sollten, wo seine Bildsäule und sein Tempel stand, und Palamedes war von dem Gotte auserwählt worden, die stattlichen Opfertiere nach der heiligen Stätte zu führen. Dort wartete ihrer Chryses, der Priester des Gottes, der das feierliche Opfer vollbrachte. Die Verehrung Apollos in dieser Landschaft hatte einen seltsamen Ursprung. Als die alten Teukrer, aus Kreta herüber mit ihrem Könige Teucer kommend, an dieser Küste Kleinasiens gelandet waren, gab ihnen das Orakel den Befehl, da zu bleiben, wo sie ihre Feinde aus der Erde würden hervorkriechen sehen. Als sie nun in Hamaxitos, einer Stadt dieser Landschaft, angekommen waren, benagten die Mäuse, aus der Erde hervorschlüpfend, in einer Nacht alle ihre Schilde. Sie sahen auf diese Weise den Spruch des Gottes erfüllt, ließen sich in der Gegend nieder und erbauten dem

Apollo eine Bildsäule, der eine Maus, was in äolischer Mundart Smintha bedeutet, zu Füßen lag.

Diesem Apollo Smintheus, der seinen Tempel nicht weit von Chryse auf einer Anhöhe stehen hatte, ward nun unter Palamedes' Anführung von seinem Priester Chryses eine Hekatombe oder Hundertzahl heiliger Schafe geopfert. Die Ehre, die dem Palamedes durch die Anordnung Apollos selbst widerfuhr, beschleunigte seinen Untergang. Denn in Odysseus' sonst nicht unedlem Gemüte gewann jetzt ganz der Neid die Oberhand, und er sann auf eine fluchwürdige List, durch welche er dem edlen Manne den Untergang bereitete. Er verbarg eigenhändig in tiefster Heimlichkeit eine Summe Geldes in dem Zelt des Palamedes. Dann schrieb er im Namen des Priamos einen Brief an den griechischen Helden, in welchem dieser von überschicktem Gelde sprach und dem Palamedes seinen Dank ausdrückte, daß derselbe ihm das Heer der Griechen verraten habe. Dieser Brief wurde einem phrygischen Gefangenen in die Hände gespielt, bei demselben sodann von Odysseus entdeckt und der unschuldige Träger auf seine Veranstaltung sofort auf der Stelle niedergemacht. Den Brief zeigte Odysseus vor der Fürstenversammlung im griechischen Lager. Palamedes wurde von den entrüsteten Häuptern der Danaer vor einen Kriegsrat gestellt, welchen Agamemnon aus den vornehmsten Fürsten zusammensetzte und in welchem Odysseus sich den Vorsitz zu verschaffen wußte; auf seine Veranlassung ward im Zelte des Beschuldigten geforscht, endlich nachgegraben und so die Summe Goldes, die der trügerische Odysseus dort versteckt hatte, unter seiner Lagerstätte aufgefunden. Die Richter, nichts vom wahren Vorgang der Sache ahnend, sprachen einstimmig das Todesurteil aus. Palamedes würdigte sie keiner Selbstverteidigung: er durchschaute den Trug, aber er hatte keine Hoffnung, Beweise seiner Unschuld sowie der Schuld seines Gegners vorzubringen. Als daher das Urteil gefällt war, das auf Steinigung lautete, brach er nur in die Worte aus: »O ihr Griechen, ihr tötet die gelehrteste, die unschuldigste, die gesangreichste Nachtigall!« Die verblendeten Fürsten lachten über diese Verteidigung und führten den edelsten Mann im griechischen Heere zum unbarmherzigsten Tode fort, den er mit heldenmütiger Standhaftigkeit ertrug. Als ihn schon die ersten Steinwürfe niedergeschmettert hatten, brach er in die Worte aus: »Freue dich, Wahrheit, du bist vor mir gestorben!« Als er diese Worte gesprochen, fuhr ihm, von Odysseus' rachsüchtiger Hand geschleudert, ein Stein an die Schläfe, daß er umsank und starb. Aber Nemesis, die Göttin der Gerechtigkeit, schaute vom Himmel herab und beschloß, den Griechen und ihrem Verführer Odysseus noch am Ziel ihrer Taten den Frevel zu vergelten.

TATEN DES ACHILL UND AJAX

Von den nächsten Kriegsjahren vor Troja erzählt die Sage nichts Ausführliches. Die Griechen lagen nicht untätig vor Troja, da aber die Bewohner dieser Stadt ihre Kräfte schonten und selten Ausfälle machten, so wandten die Danaer ihre Macht gegen die Umgegend. Achill zerstörte und plünderte allmählich zwölf Städte mit seiner Flotte, elf nahm er zu Lande ein. Dem Priester Chryses führte er auf einem Streifzuge nach Mysien seine schöne Tochter Astynome oder Chryseïs gefangen fort. Bei der Einnahme von Lyrnessos überfiel er den Palast des Königes oder Priesters Brises, der in der Verzweiflung den Strick um den Hals schlang und sich den Tod gab. Sein holdseliges Kind Briseïs oder Hippodameia wurde dem Sieger zuteil, und er führte sie als eine Liebslingsbeute ins griechische Lager mit sich davon. Auch die Insel Lesbos und die Stadt Theben in Kilikien, am Fuße des Berges Plakos gegründet, unterlagen seinen Angriffen. In der letztern Stadt herrschte der Eidam des Königes Priamos, der König Eëtion, dessen Tochter Andromache mit dem tapfersten Helden Trojas, mit Hektor, vermählt war. Sieben blühende Söhne wuchsen noch in seinem Königshause. Da kam Achill, stürmte die hochragenden Tore der Stadt und erschlug den König mit den sieben Söhnen. Als der Leichnam des hohen Fürsten, der von herrlicher, Ehrfurcht gebietender Gestalt war, vor dem jungen Helden ausgestreckt lag, bemächtigte sich desselben ein Grauen und eine Scheu, und er wagte es nicht, den Liegenden der Waffen zu berauben und sich dieselben als rühmliche Siegesbeute anzueignen. Er verbrannte daher den Leichnam zur ehrlichen Bestattung im vollen, kunstreich gearbeiteten Waffengeschmeide und türmte ihm ein mächtiges Denkmal auf, das noch lange, von hohen Ulmen umschattet, die Gegend schmückte. Die Gemahlin des Königes, die Mutter Andromaches, führte er mit sich fort in die Sklaverei; doch gab er sie später gegen ein reiches Lösegeld frei, und sie kehrte nach der Heimat zurück, wo ein Pfeil der Göttin Artemis sie am Webstuhl traf und tötete. Aus dem Stalle des Königes führte Achill sein treffliches Pferd, Pedasos genannt, mit sich fort, das, obwohl sterblich gezeugt, es doch an Kraft und Schnelligkeit seinen eigenen unsterblichen Rossen gleichtat und mit ihnen um die Wette am Wagen einherlief; aus der Rüstkammer des Königes Eëtion aber nahm er viel andere Herrlichkeiten mit, unter andern auch eine ungeheure eiserne Wurfscheibe, so groß, daß sie einem Bauer fünf Jahre lang Eisen zu seinem Ackergeräte würde gegeben haben.

Nächst Achill war der tapferste und riesigste Held unter den Griechen der Telamonsohn Ajax. Auch er feierte nicht. Er führte seinen Schiffszug nach der thrakischen Halbinsel, wo die Königsburg Polymnestors prangte. Diesem hatte der König Priamos von Troja seinen jüngsten Sohn Polydoros, den er mit der Laothoë, einem Kebsweibe, gezeugt hatte, zur Pflege übersandt und dadurch seinen Liebling dem Waffendienst entzogen, auch dem thrakischen Könige zur Beköstigung des Kindes Gold und Kostbarkeiten genug übergeben. Dieser Schätze und des ihm anvertrauten Unterpfandes bediente sich nun der treulose Barbar, als sein Land von dem Helden Ajax überfallen und seine Burg belagert wurde, den Frieden zu erkaufen; er verleugnete seine Freundschaft mit dem Könige Priamos, verfluchte ihn, teilte Geld und Getreide, das er zur Nahrung des Knaben von ihm empfangen, unter die griechischen Streiter aus; dem Ajax selbst aber überlieferte er das Gold und alle Kostbarkeiten seines Verbündeten und endlich den Knaben Polydoros selbst.

Ajax kehrte mit seiner Beute nicht sogleich zum griechischen Schiffslager zurück, sondern wandte sich auf seinen Schiffen nach der phrygischen Küste. Dort griff er das Reich des Königes Teuthras an, tötete den König, der ihm an der Spitze eines Heerhaufens entgegenzog, in der Schlacht und schleppte die Tochter des Teuthras, die königliche Jungfrau Tekmessa, die edelgesinnt und von herrlicher Gestalt war, als Kriegsbeute mit sich fort. Doch ward sie ihm bald wegen ihrer Schönheit und ihres Edelsinnes lieb; er hielt sie hoch wie eine Gemahlin und hätte sich feierlich mit ihr vermählt, wenn es Griechengebrauch gewesen wäre, eine Barbarin zu freien.

Achill und der Telamonier trafen von ihren glücklichen Streifzügen, ihre Lastschiffe voll Beute, zu gleicher Zeit im griechischen Schiffslager vor Troja wieder ein. Alle Danaer gingen ihnen unter Lobgesängen entgegen; bald umringte sie eine ganze Versammlung von Streitern; man stellte die Helden in die Mitte, und unter jubelndem Zuruf wurde ihnen als Lohn der Siege ein Olivenkranz aufs Haupt gesetzt. Alsdann hielten die Helden einen Rat, um über die mitgebrachte Beute, die von den Griechen als Gemeingut angesehen wurde, einen Beschluß zu fassen. Da wurden denn auch die gefangenen Frauen vorgeführt, und alle Danaer staunten über ihre Schönheit. Das Anrecht auf die holde Brisestochter wurde dem Achill, dem Helden Ajax der Besitz der königlichen Tekmessa bestätigt. Überdies durfte der Pelide auch die Gespielin seiner Geliebten, die holde Jungfrau Diomedea, behalten, welche sich von der Königstochter nicht trennen wollte, mit der sie von zarter Kindheit an im Hause des Brises aufgewachsen war; sie hatte sich, vor die griechischen Helden geführt, zu Achills Füßen geworfen und flehte ihn unter Tränen an, sie nicht von ihrer lieben Herrin trennen zu lassen. Nur Astynome, die Tochter des Priesters Chryses, wurde dem Völkerhirten Agamemnon, seine Königswürde zu ehren, zugesprochen und von Achill auch willig abgetreten. Die andre Kriegsbeute an Gefangenen und Mundvorrat ward Mann für Mann unter das griechische Heer verteilt.

Dann brachte Ajax, von Odysseus und Diomedes aufgefordert, die Schätze des Königes Polymnestor aus seinen Schiffen herbei, und es wurde auch davon dem Könige Agamemnon ein schöner Teil an Gold und Silber zugeschieden.

POLYDOROS

Endlich berieten sich die Helden über den allerkostbarsten Teil der Beute, über den Knaben Polydoros, den Sohn des Königes Priamos, und nach kurzer Ratschlagung wurde einstimmig beschlossen, daß Odysseus und Diomedes als Gesandte zu König Priamos abgeordnet werden und ihm die Übergabe seines jungen Sohnes anbieten sollten, sobald Helena den Gesandten Griechenlands ausgeliefert sein würde. Den beiden Helden wurde der Gemahl der geraubten Fürstin, Menelaos, als dritter Gesandter beigegeben, und so machten sich alle drei mit dem jungen Polydoros auf den Weg und wurden unter dem Schutze des Völkerrechts als heilige Gesandte von den Trojanern ohne Widerspruch in ihre Mauern aufgenommen.

Priamos und seine Söhne in ihrem Königspalaste, der fern auf der Burg der Stadt gelegen war, wußten noch nicht, was zu ihren Füßen vorging, als schon die Gesandtschaft auf dem Marktplatze Trojas stillehielt und, vom trojanischen Volk umgeben, Menelaos das Wort ergriff und sich mit herzzerschneidenden Worten über die frevelhafte Verletzung des Völkerrechts beklagte, die sich Paris an seinem heiligsten und teuersten Besitztum durch den frechen Raub seiner Gemahlin hätte zuschulden kommen lassen. Er sprach so beredt und eindringlich, daß die umstehenden Trojaner alle, und darunter die ältesten Häupter des Volkes, von seinen Worten ergriffen wurden und unter Tränen des Mitleids ihm recht geben mußten. Als Odysseus ihre Rührung bemerkte, nahm auch er das Wort und sprach: »Mir deucht, ihr sollet wissen, Häupter und andre Bewohner von Troja, daß die Griechen ein Volk sind, die nichts unüberlegterweise unternehmen und daß sie schon von ihren Vorfahren her bei allen ihren Taten darauf bedacht sind, Lob und nicht Schmach davonzutragen. So wisset ihr denn auch, daß nach der unerhörten Beleidigung, die uns allen eures Königes Sohn Paris durch die Entführung der Fürstin Helena angetan hat, wir, bevor wir die Waffen gegen euch erhoben, zur gütlichen Beilegung dieses Handels eine friedliche Gesandtschaft an euch geschickt haben. Erst als dies vergebens war, ist der Krieg, und zwar noch dazu durch einen Überfall von eurer Seite, begonnen worden. Auch jetzt, nachdem ihr unsern Arm gefühlt habt und alle euch unterworfene oder mit euch verbündete Städte ringsumher in Trümmern liegen, ihr selbst aber nach vieljähriger Belagerung in mannigfaltige Not geraten seid, liegt ein glücklicher Ausgang unseres Streites immer noch in eurer Hand, ihr Trojaner! Gebet uns heraus, was ihr uns geraubt habt, und auf der Stelle brechen wir unsre Lagerhütten ab, steigen zu Schiffe, lichten die Anker und verlassen mit der furchtbaren Flotte, die euch so vielen Schaden getan hat, euren Strand für immer. Auch kommen wir nicht mit leeren Händen. Wir bringen eurem Könige einen Schatz, der ihm lieber sein sollte als die Fremde, die eure Stadt zu seinem und eurem eigenen Fluche beherbergen muß. Wir bringen ihm den Knaben Polydoros, sein jüngstes und geliebtestes Kind, den unser Held Ajax in Thrakien dem Könige Polymnestor entrissen hat und der hier gebunden vor euch steht und von eurem und eures Königes, seines Vaters, Entschlusse, seine Freiheit und sein Leben erwartet. Gebt ihr uns Helena heraus und liefert ihr sie heute noch in unsere Hände, so wird der Knabe seiner Fesseln ledig und bleibt im Hause seines Vaters. Wird uns Helena verweigert, so gehe eure Stadt zugrunde, und vorher noch wird euer König sehen müssen, was er für sein Leben nicht sehen möchte!«

Ein tiefes Stillschweigen herrschte in der ihn umringenden Versammlung des trojanischen Volkes, als Odysseus aufgehört hatte zu sprechen. Endlich ergriff der weise und bejahrte Antenor das Wort und sprach: »Liebe Griechen und einst meine Gäste! Alles, was ihr uns saget, wissen wir selbst und müssen in unserm Herzen euch recht geben; auch fehlt uns der Wille, die Sache zu bessern, nicht, wohl aber die Gewalt. Wir leben in einem Staate, in welchem der Befehl des Königes alles gilt; ihm sich zu widersetzen, erlaubt die Verfassung unsers Reiches, der Glaube, den wir von den Vätern ererbt, und das Gewissen des Volkes keinem von uns. Wir dürfen in allen öffentlichen Angelegenheiten nur alsdann sprechen, wenn der König uns zu Rate zieht; und wenn wir gesprochen haben, so behält er noch immer freie Hand, zu tun, was er will; damit du aber erfahrest, was die Meinung der Besten im Volke über eure Angelegenheit ist, so werden sich die Ältesten unseres Volkes versammeln und vor euch ihre Meinung abgeben. Dies ist, was uns zu tun übrigbleibt und unser König selbst uns nicht verweigern kann.«

Und so geschah es. Antenor veranstaltete einen Rat der Ältesten und führte die Gesandten in denselben ein. Hier nahm er den Vorsitz und befragte die Häupter des Volkes der Reihe nach über die Gewalttat des Paris. Die vornehmsten Männer Trojas erklärten einer nach dem andern, daß sie die Tat für einen fluchwürdigen Frevel hielten; nur Antimachos, ein kriegslustiger, aber tükkischer Mann, verteidigte den Raub der griechischen Fürstin. Er war von Paris mit reichlichen Gaben bestochen worden, wo es immer Gelegenheit gäbe, sich seiner anzunehmen und die Auslieferung Helenas zu verhindern. Auch diesmal arbeitete er für diesen Zweck, und hinter dem Rücken der Helden erteilte er den ruchlosen Rat, die Gesandten der Griechen, drei ihrer tapfersten und klügsten Helden, umzubringen. Als aber die Trojaner diesen Vorschlag mit Abscheu von sich wiesen, riet er, sie wenigstens so lange zu behalten, bis sie den gefangenen Polydoros ohne Lösegeld und Tausch dem Priamos ausgeliefert hätten. Auch dieser Rat wurde als treulos verworfen, und da Antimachos nicht aufhörte, selbst öffentlich in der Versammlung die Helden zu schmähen, so wurde er von seinen Mitbürgern, welche den Griechen ihre Mißbilligung seines Betragens und seiner Grundsätze beweisen wollten, mit Schimpf aus der Versammlung gestoßen.

Erbittert begab sich Antimachos auf die Burg und unterrichtete den König von der Ankunft der griechischen Gesandtschaft. Nun erhub sich im Rate des Königes und seiner Söhne selbst eine lange, zwiespältige Beratung, zu welcher auch ein Ältester, der edle Panthoos, der das volle Vertrauen des alten Königes genoß, gezogen wurde. Dieser wandte sich an den tapfersten, billigsten und tugendhaftesten aller Söhne des Königes, an Hektor, mit der flehentlichen Bitte, dem Rat aller besseren Trojaner nachzugeben und die unheilvolle Urheberin des Krieges auszuliefern. »Hat doch«, sprach er, »Paris so viele Jahre lang Zeit gehabt, sich seines ungerechten Raubes zu erfreuen und seine Lust zu büßen! Jetzt sind alle unsre verbündeten Städte zerstört, und ihr Untergang weissagt uns unser eigenes Schicksal; dazu haben die Griechen deinen kleinen Bruder in ihrer Gewalt, und wir wissen nicht, was aus ihm werden wird, wenn wir den Griechen Helena nicht ausliefern!«

Hektor wurde schamrot und bis zu Tränen betrübt, als er der Untat seines Bruders Paris gedachte. Dennoch sprach er sich im Rate des Königes nicht für die Auslieferung der Fürstin aus. »Sie ist«, antwortete er dem Panthoos, »einmal die Schutzflehende unsres Hauses. Als solche haben wir sie aufgenommen, sonst hätten wir sie von der Schwelle des Königspalastes zurückweisen müssen. Statt dies zu tun, haben wir ihr und dem Paris ein prächtiges Haus gebaut, und sie haben darin in Herrlichkeit und Freuden lange Jahre verlebt, und ihr alle habt dazu geschwiegen und habt doch diesen Krieg kommen sehen! Warum sollen wir sie jetzt vertreiben?« »Ich habe nicht geschwiegen«, erwiderte Panthoos, »mein Gewissen ist ruhig: ich habe euch die Prophezeiung meines Vaters mitgeteilt und euch gewarnt; ich warne euch zum zweitenmal. Komme, was da will, ich werde die Stadt und den König mit euch getreulich verteidigen helfen, auch wenn ihr meinen heilsamen Rat nicht befolget!« Mit solchen Worten verließ er die Versammlung der Königssöhne.

In dieser wurde zuletzt auf Hektors Vorschlag beschlossen, zwar die Fürstin Helena nicht auszuliefern, wohl aber Genugtuung und Ersatz für alles zu leisten, was mit ihr geraubt worden sei. An ihrer Statt sollte dem Menelaos eine der Töchter des Königes Priamos selbst, die weise Kassandra oder die in ihrer Jugendblüte heranreifende Polyxena mit königlicher Mitgift zur Gemahlin angeboten werden. Als die griechischen Gesandten, vor den König und seine Söhne geführt, diesen Vorschlag vernahmen, ergrimmte Menelaos und sprach: »Wahrhaftig, es ist mit mir weit gekommen, wenn ich, so viele Jahre des Ehegemahls meiner Wahl beraubt, am Ende von den Feinden mir eine Gattin auslesen lassen muß! Behaltet eure Barbarentöchter und gebt mir das Weib meiner Jugend zurück!« Dagegen erhob sich der Eidam des Königes, der Gemahl Krëusas, der Held Äneas, und rief dem Fürsten Menelaos, der die letzten Worte mit verächtlichem Hohnlachen gesprochen hatte, mit rauher Stimme zu: »Du sollst weder das eine noch das andere erhalten, Elender, wenn es nach meiner Abstimmung geht und nach der Meinung aller derjenigen, die den Paris lieben und es mit der Ehre dieses alten Königshauses halten! Noch hat das Reich des Priamos seine Beschützer! Und würde auch der Knabe Polydoros, der Sohn des Kebsweibes, ihm verlorengehen, so ist Priamos dadurch nicht kinderlos geworden! Sollen die Griechen einen Freibrief von uns erhalten, Frauen zu rauben? Genug der Worte! Wenn ihr euch nicht auf der Stelle mit eurer Flotte davonmacht, so sollet ihr den Arm der Trojaner fühlen! Noch haben wir streitlustiger Jugend genug, und aus der Ferne kommen uns von Tag zu Tag mächtigere Verbündete, wenn auch die Schwachen in der Nähe erlegen sind!«

Diese Rede des Äneas wurde von lautem Beifallsruf in der trojanischen Fürstenversammlung begleitet und die Gesandten nur durch Hektor vor rohen Mißhandlungen geschützt. Voll heimlicher Wut entfernten sie sich mit ihrem Gefangenen Polydoros, den der König Priamos nur aus der Ferne erblickt hatte, und kehrten zu den Schiffen der Griechen zurück. Als sich hier die Nachricht von dem verbreitete, was ihnen in Troja widerfahren war, von den Umtrieben des Antimachos, von dem Übermute des Äneas und aller Priamossöhne außer Hektor, entstand ein Auflauf unter dem Heere, und alles Volk schrie mit wilden Gebärden um Rache. Ohne lange die Fürsten zu fragen, wurde in einer unordentlichen Kriegerversammlung der Beschluß gefaßt, den unglücklichen Knaben Polydoros büßen zu lassen, was seine Brüder und sein Vater verschuldet. Und auf der Stelle schritten sie zur Ausführung des Beschlossenen. Das arme Kind wurde auf Schußweite unter die Mauern Trojas geführt, und als, durch den großen Heeresauflauf herbeigelockt, König Priamos selbst mit seinen Söhnen auf den Mauern erschien, tönte bald ein kläglicher Weheruf von den Zinnen herab; denn mit eigenen Augen mußten die Troer sehen, wie die Drohung des Odysseus an dem Knaben vollzogen ward. Steine flogen von allen Seiten gegen sein bloßes Haupt und seinen aller Beschirmung baren Leib, und unter unzähligen Würfen starb er eines kläglichen und grausamen Todes. Den entfleischten Leichnam gestatteten die Griechenfürsten dem flehenden Vater zum ehrlichen Begräbnis auszuliefern; die Diener des Königes erschienen, von dem Trojanerhelden Idaios begleitet, und luden die Leiche des Kindes unter Tränen und Wehklagen auf den Trauerwagen, der sie dem trostlosen Vater zuführen sollte.

CHRYSES, APOLLO UND DER ZORN DES ACHILL

Unter diesen Begebnissen war das zehnte Jahr des Krieges angebrochen und der griechische Held Ajax von vielen glücklichen Streifzügen zurückgekehrt. Mit der Ermordung des Polydoros flammte der Haß zwischen den beiden Nationen feuriger auf als zuvor, und die Götter des Himmels selbst, die einen durch die Grausamkeit der Griechen den Trojanern zugeneigt, die andern zum Schutze der Danaer aufgeregt, nahmen tätigen Anteil an dem Kampfe: Hera, Athene, Hermes, Poseidon, Hephaistos auf Seite der Griechen, auf der Gegenseite Ares und Aphrodite, so daß von diesem zehnten und letzten Jahre der Belagerung Trojas zehnmal mehr erzählt und gesungen wird als von den neun andern. Denn jetzt hebt das Lied des Fürsten der Dichter, des Homer, vom Zorne des Achill an und von allen Übeln, die der Groll ihres größten Helden über die Achiver brachte.

Die Veranlassung zum Zorne des Peliden war folgende: Die Griechen hatten nach der Rückkehr ihrer Gesandten die Drohung der Trojaner nicht vergessen und bereiteten sich in ihrem Lager zu entscheidenden Kämpfen vor, als der Priester Apollos, Chryses, dem seine Tochter von Achill geraubt und dem König Agamemnon überlassen worden war, den Lorbeer seines Gottes um den goldenen Friedensstab geschlungen, mit reichen Lösegeldern im Schiffslager der Griechen ankam, seine Tochter freizukaufen. Mit dieser Bitte stellte er sich vor die Atriden und das gesamte Heer und sprach: »Ihr Söhne des Atreus und andre Argiver, mögen euch die Olympischen Vertilgung Trojas und glückliche Heimkehr verleihen, wenn ihr, den fernhintreffenden Gott Apollo, dessen Priester ich bin, ehrend, mir gegen die Lösung, die ich bringe, die geliebte Tochter zurückgebet!«

Das ganze Heer gab seinen Worten Beifall und gebot, den ehrwürdigen Priester zu scheuen und die köstliche Lösung anzunehmen. Nur der König Agamemnon, der die liebliche Sklavin nicht verlieren wollte, wurde zornig und sprach: »Laß dich nicht mehr bei den Schiffen treffen, Greis, weder jetzt noch in Zukunft; deine Tochter ist und bleibt meine Dienerin und wird in meinem Königshause zu Argos bis ins Alter hinter dem Webstuhl sitzen! Geh, reize mich nicht, mache, daß du gesund in deine Heimat kommst!«

Chryses erschrak und gehorchte. Schweigend eilte er an den Meeresstrand; dort aber erhob er seine Hände zu dem Gotte, dem er diente, und flehte ihn an: »Höre mich, Smintheus, der du zu Chryse, Killa und Tenedos herrschest! Wenn ich je dir deinen Tempel zum Wohlgefallen geschmückt und dir auserlesene Opfer dargebracht habe, so vergilt jetzt den Achivern mit dem Geschosse!«

So betete er laut: und Apollo erhörte seine Bitte. Zorn im Herzen, verließ er den Olymp, Bogen und Köcher mit den hallenden Pfeilen auf der Schulter, so wandelte er einher wie die düstere Nacht; dann setzte er sich in einiger Entfernung von den griechischen Schiffen nieder und schnellte Pfeil um Pfeil ab, daß sein silberner Bogen grauenvoll erklang. Wen aber sein unsichtbarer Pfeil traf, der starb den plötzlichen Tod der Pest. Anfangs nun erlegte er im Lager nur Maultiere und Hunde, bald aber wandte er sein Geschoß auch gegen die Menschen, daß einer um den andern dahinsank und bald die Totenfeuer unaufhörlich aus den Scheiterhaufen loderten. Neun Tage lang wütete die Pest im griechischen Heere. Am zehnten Tage berief Achill, dem die Beschirmerin der Griechen, Hera, es ins Herz gelegt, eine Volksversammlung, nahm das Wort und riet, einen der Opferpriester, Seher oder Traumdeuter im Heere zu befragen, durch welche Opfer der Eifer Phöbos Apollos besänftigt und das Unheil abgewendet werden könne.

Hierauf stand der weiseste Vogelschauer im Heere, der Seher Kalchas, auf und erklärte, den Zorn des fernhintreffenden Gottes deuten zu wollen, wenn ihm der Held Achill Schutz zuspräche. Der Sohn des Peleus hieß ihn getrost sein, und Kalchas sprach: »Keine versäumte Gelübde oder Hekatomben haben den Gott erzürnt. Er ist ergrimmt über die Mißhandlung seines Priesters durch Agamemnon und wird seine Hand zu unserm Verderben nicht zurückziehen, bis das Mägdlein dem erfreuten Vater zurückgegeben und ohne Entgelt mit einem hundertfachen Sühnopfer nach Chryse heimgeführt wird. Nur auf diese Weise möchten wir die Gnade des Gottes wiedergewinnen.«

Im Blute des Königes Agamemnon kochte es bei diesen Worten des Sehers; sein Auge funkelte, und er begann mit drohendem Blicke: »Unglücksseher, der noch nie ein Wort gesprochen, das mir Gedeihen gebracht hätte, auch jetzt beredest du das Volk, der Fernhintreffer habe uns die Pest gesandt, weil ich das Lösegeschenk für die Tochter des Chryses verworfen habe. Wahr ist's, ich behielte sie gern in meinem Hause; denn sie ist mir lieber als selbst Klytämnestra, das Weib meiner Jugend, und stehet ihr an Wuchs, Schönheit, Geist und Kunst nicht nach! Dennoch will ich sie eher zurückgeben, als daß ich das Volk verderben sehe. Aber ich verlange ein anderes Ehrengeschenk zum Ersatze für sie!«

Nach dem Könige nahm Achill das Wort. »Ich weiß nicht, ruhmvoller Atride«, sprach er, »welches Ehrengeschenk deine Habsucht von den Achivern verlangt. Wo ist denn noch viel Gemeinschaftliches aufgespeichert? Alle Beute aus den eroberten Städten ist längst verteilt, und den einzelnen kann man doch das Ausgeteilte nicht wieder nehmen! Darum entlaß die Tochter des Priesters! Wenn uns dereinst Zeus die Eroberung Trojas gönnt, so wollen wir dir den Verlust drei- und vierfach ersetzen!« »Tapferer Held«, rief ihm der König zu, »sinne nicht auf Trug! Meinst du, ich werde deinem Befehle folgen und mein Geschenk hergeben, während du das deinige behältst? Nein. Geben mir die Griechen keinen Ersatz, so gehe ich hin, mir einen aus eurer Beute zu holen, sei es ein Ehrengeschenk des Ajax oder des Odysseus oder auch das deinige, Pelide; möget ihr dann noch so sehr zürnen. Doch davon reden wir ein andermal. Jetzt aber immerhin ein Schiff und die Hekatombe gerüstet; sie selbst, die rosige Tochter des Chryses, möget ihr einschiffen, und einer der Fürsten, meinethalb du, Achill, mag das Schiff befehligen!«

Finster entgegnete Achill: »Schamloser, selbstsüchtiger Fürst, wie mag dir nur ein Grieche noch gehorchen! Ich selbst, dem die Trojaner nichts zuleide getan haben, bin dir nur gefolgt, um deinen Bruder Menelaos dir rächen zu helfen. Und das achtest du nun nicht, sondern willst mir mein Ehrengeschenk entreißen, das ich mir mit meinem Schweiße errungen und die Griechen mir geschenkt haben! Bekam ich doch nach keiner Städteeroberung je ein so herrliches Geschenk wie du; die schwerste Last des Kampfes hatte mein Arm stets zu tragen, aber wenn es zur Teilung kommt, trägst du das Beste davon, und ich kehre streitmüde und mit wenigem vergnügt zu den Schiffen zurück! Jetzt aber gehe ich heim nach Phthia; versuch es und häufe dir Güter und Schätze ohne mich!«

»Fliehe nur, wenn dir's dein Herz gebeut«, rief ihm Agamemnon zu, »ich habe genug Helden ohne dich, du bist doch einer der zahnksüchtigsten! Aber wisse, die Tochter des Chryses erhält zwar ihr Vater wieder, ich dagegen hole mir selbst die liebliche Briseïs aus deinem Zelte, damit du lernest, wieviel ich höher als du sei, und keiner mehr es wage, mir ins Antlitz zu trotzen, wie du tust!« Achill entbrannte, sein Herz ratschlagte unter seiner Männerbrust, ob er das Schwert ziehen und den Atriden auf der Stelle niederhauen oder seinen Zorn beherrschen solle. Da stand plötzlich unsichtbar hinter ihm die Göttin Athene, enthüllte sich ihm allein, indem sie ihn am braunen Lockenhaar faßte und sprach flüsternd: »Fasse dich, zücke das Schwert nicht, schelten magst du immerhin. Wenn du mir gehorchst, verspreche ich dir dreifache Gabe!«

Auf diese Mahnung hemmte Achill seine Rechte am silbernen Hefte seines Schwertes und stieß es in die Scheide zurück; aber seinen Worten ließ er freien Lauf: »Unwürdiger«, sprach er, »wann hat dein Herz dir eingegeben, mit den Edelsten Griechenlands in einen Hinterhalt zu ziehen oder in offener Schlacht zuvorderst zu kämpfen? Viel bequemer dünkt es dir, hier im Heereslager sein Geschenk dem zu entwenden, der es wagt, dir zu widersprechen! Aber ich schwöre dir bei diesem Fürstenzepter, so gewiß er nie wieder als Baumast grünen wird: hinfort siehest du den Sohn des Peleus nicht mehr in der Schlacht; umsonst wirst du Rettung suchen, wenn der männermordende Hektor die Griechen scharenweise niederwirft; umsonst wird alsdann an deiner Seele der Gram fressen, daß du den edelsten der Danaer keiner Ehre wert geachtet hast!« So sprach Achill, warf seinen Zepter auf die Erde und setzte sich nieder. Vergebens suchte der ehrwürdige Nestor die Streitenden mit milder Rede zu versöhnen. Endlich rief Achill, sich aus der Versammlung erhebend, dem Könige zu: »Tue, was du willst, nur mute mir keinen Gehorsam zu. Nie werde ich des Mägdleins wegen gegen dich oder andere die Arme zum Streit erheben. Ihr gabet sie mir, ihr könnt sie mir auch wieder nehmen. Aber laß dir nicht einfallen, das mindeste sonst bei meinen Schiffen anzutasten, wenn du nicht willst, daß dein Blut von meiner Lanze triefe!«

Die Versammlung trennte sich. Agamemnon ließ die Tochter des Chryses und die Hekatombe zu Schiffe bringen, und Odysseus führte beide ihrer Bestimmung zu. Dann aber berief der Atride die Herolde Talthybios und Eurybates und befahl ihnen, die Tochter des Brises aus dem Zelte des Peliden zu holen. Die Herolde gingen ungerne, jedoch dem drohenden Wort ihres Herrschers gehorchend zum Schiffslager. Sie fanden den Achill vor seinem Zelte sitzend, und er wurde ihres Anblickes nicht fröhlich; sie selbst aber wagten vor Scheu und Ehrfurcht nicht, zu verkündigen, weswegen sie kämen. Aber Achill hatte es ihnen im Geiste schon abgelauscht. »Freude sei mit euch«, rief er ihnen zu, »ihr Herolde des Zeus und der Menschen! Nahet euch immerhin; nicht ihr traget die Schuld eurer Forderung, sondern Agamemnon. Wohlan denn, Freund Patroklos, führe die Jungfrau heraus und übergib sie ihnen. Aber sie selbst sollen mit Zeugen sein vor den Göttern, den Menschen und jenem Wüterich: wenn man je wieder meiner Hilfe bedarf, so ist es nicht meine Schuld, sondern die Schuld des Atriden, wenn ich nicht erscheine.«

Patroklos brachte das Mädchen, die den Herolden widerstrebend folgte; denn sie hatte ihren milden Herrn liebgewonnen. Achill aber setzte sich weinend an den Strand, schaute hinunter in die dunkle Meeresflut und flehte seine Mutter Thetis um Hilfe an. Da ertönte ihre Stimme aus der Tiefe: »Wehe mir, mein Kind, daß ich dich gebar; so kurz währet dein Leben, und nun sollst du auch noch soviel Tränen und Kränkung erfahren! Aber ich selbst gehe hinauf zum Donnerer und flehe für dich um Hilfe. Zwar ist er gestern zum Mahle der frommen Äthiopier an den Strand des Okeanos gegangen, und erst nach zwölf Tagen wird er wiederkehren; dann aber eile ich hinauf zu ihm und umfasse ihm die Knie. So lange setze du dich zu deinen Schiffen, zürne den Danaern und enthalte dich des Krieges.« Achill verließ mit der Antwort seiner Mutter im Herzen den Strand und setzte sich grollend, mit verschlungenen Armen, in seinem Zelte nieder.

Inzwischen war Odysseus mit dem Schiffe zu Chryse angekommen und übergab dem freudig überraschten Vater sein holdseliges Kind. Dankbar hob Chryses seine Hände gen Himmel und flehte zu Phöbos um Abwendung der Plage, die er den Griechen zugesandt, und in diesem Augenblicke hörte die Pest unter dem griechischen Heere auf, und als Odysseus mit dem Schiffe ins Lager der Griechen zurückkam, fand er diese des Übels ledig.

Der zwölfte Tag, seit Achill sich in seine Lagerstätte zurückgezogen hatte, war angebrochen, und Thetis hatte ihr Versprechen nicht vergessen. Im frühesten Morgennebel tauchte sie aus dem Meere und stieg empor zum Olymp. Hier fand sie auf der höchsten Kuppe des gezackten Berges, abseits von den andern Göttern, den waltenden Zeus gelagert, setzte sich zu ihm, und mit der Linken seine Knie umschlingend, mit der Rechten nach der Sitte Flehender sein Kinn berührend, sprach sie zu ihm: »Vater Zeus, wenn ich dir je mit Worten oder Taten gedient habe, so gewähre mir mein Verlangen: Ehre meinen Sohn, dem vom Geschicke so früh zu welken bestimmt ist; Agamemnon hat ihn jetzt eben aufs tiefste gekränkt und ihm das Ehrengeschenk entzogen, das er selbst erbeutet hatte. Deswegen bitte ich dich, Göttervater, gib den Trojanern so lange den Sieg, bis die Griechen meinem Sohne wieder die verdiente Ehre erweisen!« Lange blieb Zeus unbeweglich und schweigend. Aber Thetis schmiegte sich ihm immer fester ans Knie und flüsterte: »So gewähre mir doch meine Bitte, Vater, oder verweigere sie mir rundweg, damit ich es wisse, ob ich mehr als alle andere Götter einer Ehre von dir gewürdigt werde!« So nötigte sie endlich den Vater der Götter zu der unmutigen Antwort: »Es ist nicht zum Heile, daß du mich zwingst, mit der Göttermutter Hera zu hadern, die ohnehin mir immer zuwider ist. Eile nur hinweg, daß sie dich nicht bemerke, und es genüge dir der Wink meines Hauptes, welcher der untrüglichsten Verheißung gleich ist.« So sprechend, nickte Zeus mit den Augenbrauen, und die Höhen des Olymps erbebten von dem Nicken seines Hauptes. Zufrieden fuhr Thetis hinab zur Meerestiefe. Hera aber, welche die Ratschlagung ihres Gemahles mit der Göttin wohl beachtet hatte, trat heran zu Zeus und reizte ihn mit Vorwürfen. Doch dieser antwortete der Göttin ruhig: »Getraue dir nicht, einzusehen, was ich beschließe; schweig und gehorche meinem Gebote!« Da erschrak Hera vor dem Wort ihres Gemahls, des Götter- und Menschenvaters, und wagte nicht weiter, Einsprache gegen seinen Entschluß zu tun.

VERSUCHUNG DES VOLKES DURCH AGAMEMNON

Zeus gedachte des Winks, den er der Meeresgöttin Thetis zugenickt hatte. Er schickte den Traumgott in das Lager der Griechen und in das Zelt des schlummernden Königs Agamemnon. Dieser stellte sich in Nestors Gestalt, den der König vor allen andern Ältesten ehrte, zu seinen Häupten und sprach zu ihm: »Schläfst du, Sohn des Atreus? Ein Mann, der das ganze Volk beraten soll, darf nicht so lange schlafen. Höre mich, der ich als ein Bote des Zeus zu dir komme; er befiehlt dir, die Achiver zur Schlacht zu rüsten: jetzt sei die Stunde, wo Troja bezwungen werden kann. Die Himmlischen sind entschlossen, und Verderben schwebt über der Stadt.«

Agamemnon erwachte vom Schlafe und verließ eilig das Lager. Er band sich die Sohlen unter die Füße, zog das Gewand an, hängte das Schwert über die Schulter, ergriff den Zepter und wandelte in der Frühe des Morgens nach den Schiffen. Die Herolde gingen auf sein Geheiß, das Volk zur Versammlung zu rufen, von einer Lagerstatt zu der andern; die Fürsten des Heeres aber wurden am Schiffe Nestors in einen Rat gerufen. Hier eröffnete Agamemnon die Beratung mit den Worten: »Freunde, vernehmet! Ein gottgesandter Traum, in Nestors Gestalt zu mir tretend, hat mich belehrt, daß, von Zeus herabgeschickt, über Troja Verderben schwebe. Laßt uns nun sehen, ob es uns gelingt, die durch den Zorn des Achill entmutigten Männer zur Schlacht zu rüsten. Ich selbst will sie zuerst mit Worten versuchen und ihnen den Rat erteilen, zu Schiffe zu gehen und die trojanische Küste zu verlassen; dann sollt ihr euch, der eine da-, der andere dorthin eilend, verteilen und die Völker zum Bleiben zu bewegen suchen.« Nach Agamemnon erhob sich Nestor und sprach zu den Fürsten: »Wenn ein anderer Mann uns einen solchen Traum erzählte, so würden wir ihn der Lüge beschuldigen und uns verächtlich abwenden. So aber ist der, der diesen Traum gesehen hat, der erste Fürst aller Danaer; und darum glauben wir ihm und gehen ans Werk!« Nestor verließ den Rat, und alle Fürsten folgten ihm auf den Markt, wo das gesamte Volk sich schon wie ein Bienenschwarm versammelte. Neun Herolde ordneten dasselbe, daß es sich im Kreise lagerte und allmählich der Lärm und das Flüstern der Redenden verstummte. Dann sprach Agamemnon, in der Mitte der Versammlung stehend und auf seinen Herrscherstab sich lehnend: »Lieben Freunde, versammelte heldenmütige Streiter des Danaervolkes, der grausame Zeus hat mich in starke Schuld verstrickt, er, der mir einst so gnädig gelobt hatte, daß ich nur als Vertilger Trojas heimziehen sollte. Jetzt aber gefällt es ihm, der schon so viele Städte zu Boden geschmettert hat und in seiner Allmacht noch niederschmettern wird, mir zu befehlen, daß ich, nachdem so viel Volkes umsonst erlegen ist, ruhmlos nach Argos zurückkehren soll. Auch ist es freilich schmählich, wenn ein späteres Geschlecht vernehmen soll, daß dieses große Griechenvolk in einem heillosen Streite gegen soviel schwächere Feinde fortkämpfe. Denn wahrhaftig, wenn wir die Zahl der Trojaner im Frieden mit der Zahl der Unsrigen messen wollten, so daß je ein Trojaner einem Tische von zehn Griechen den Wein kredenzte: viele Tische, deucht mir, würden des Weines entbehren müssen. Aber freilich haben sie mächtige Bundesgenossen aus vielen Städten, deren Macht mir nicht erlaubt, ihre Stadt zu vertilgen, wie ich wohl möchte. Inzwischen sind neun Jahre herumgegangen, das Holz an unsern Schiffen wird anbrüchig, die Seile vermodern, unsere Weiber und Kinder sitzen zu Hause und schmachten nach uns: so ist es wohl das beste, wir fügen uns in des Zeus Gebot, gehen zu Schiffe und kehren ins liebe Land der Väter zurück.« Die Worte Agamemnons bewegten die Versammlung wie schwellende Meereswogen. Das ganze Heer geriet in Aufruhr; alles stürzte den Schiffen zu, daß der Staub in die Luft wirbelte; einer ermunterte den andern, die Schiffe ins Meer zu ziehen; die Balken unter diesen wurden hinweggezogen, die Gräben, die mit dem Meer in Verbindung standen, geräumt.

Den Freunden der Griechen im Olymp selbst wurde bange, als sie den Ernst der Völker sahen, und Hera ermahnte Athene, hinunterzueilen ins Heer der Achiver und durch ihre schmeichelnde Götterrede die Flucht derselben zu hemmen. Pallas Athene gehorchte ihr und flog von den Felsenhöhen des Olymp hinab ins Schiffslager der Griechen. Hier fand sie den Odysseus mit gramvollem Herzen regungslos vor seinem Schiffe stehend, das er nicht zu berühren wagte. Die Göttin näherte sich ihm, und indem sie sich seinen Blicken offenbarte, sprach sie freundlich zu ihm: »Also wollet ihr euch wirklich in die Schiffe stürzen und fliehen? Wollet dem Priamos den Ruhm und den Trojanern Helena lassen, die Griechin, um welche so viele Griechen fern vom Vaterlande dahingesunken sind? Nein, das wirst du nicht dulden, edler, kluger Odysseus! Eilig dich ins Heer der Danaer geworfen, nicht gezaudert! Brauche deiner Beredsamkeit, ermahne, hemme sie!« Auf den Ruf der Göttin warf Odysseus schnell seinen Mantel weg, welchen Eurybates, sein Herold, der ihm gefolgt war, aufnahm, und eilte unter das Volk. Stieß er nun an einen der Fürsten und edlern Männer, so hielt er ihn mit freundlichen Worten an und sprach ihm zu: »Ziemt es dir auch, mein Trefflicher, zu verzagen wie ein Feigling? Du solltest vielmehr ruhig bleiben und auch die andern beruhigen. Weißt du doch nicht, wie der Atride wirklich im Herzen gesinnt ist und ob er die Griechen nicht hat versuchen wollen!« Wenn er aber wo einen Mann vom Volke lärmend und schreiend antraf, den schlug er mit seinem Zepter und bedrohte ihn mit lauter Stimme: »Elender, rühre dich nicht; hör du, was andre sagen, du, den man weder im Kampf noch im Rate rechnen kann! Wir Griechen können doch nicht alle Könige sein! Vielherrschaft ist nichts nütze, nur einem hat Zeus den Zepter verliehen, und diesem sollen die andern gehorchen!«

So ließ Odysseus seine herrschende Stimme durchs Heer erschallen und bewog endlich das Volk, von den Schiffen auf den Versammlungsplatz zurückzuströmen. Allmählich wurde alles ruhig und verharrte geduldig auf den Sitzen. Nur eine einzige Stimme krächzte noch: es war Thersites, der sich, wie gewöhnlich, mit fordernden Scheltworten gegen die Fürsten vernehmen ließ. Dieser war der häßlichste Mann, der aus Griechenland mit vor Troja gekommen war; er schielte mit dem einen Auge und war lahm am andern Fuße, hatte einen Höcker auf dem Rücken, die Schultern gegen die Brust eingeengt, einen Spitzkopf, dessen Scheitel nur mit dünner Wolle spärlich besäet war. Besonders war der Haderer dem Peliden und Odysseus verhaßt; denn gegen diese Helden lästerte er unaufhörlich. Diesmal aber kreischte er seine Schmähungen dem Völkerfürsten Agamemnon entgegen: »Was hast du zu klagen, Atride«, schrie er; »wessen bedarfst du denn? Ist nicht dein Zelt voll von edlem Erz und voll von Weibern? Du lässest es dir wohl sein, und wir sollen uns von dir in allen Jammer hineinführen lassen? Viel besser tun wir, auf den Schiffen heimzusegeln und diesen hier allein vor Troja sich mit Ehrengeschenken mästen zu lassen! Hat er doch jetzt selbst den mächtigen Achill verunehrt und vorenthält ihm seine Ehrengabe. Aber der träge Pelide hat keine Galle in der Leber, sonst hätte der Tyrann zum letzten Male gefrevelt!«

Während Thersites so schalt, stellte sich Odysseus neben ihn und maß ihn mit finsterem Blick, dann hub er sein Zepter, bleute ihm Rücken und Schultern und rief: »Find ich dich noch einmal im Wahnsinne toben wie jetzt, du Schuft, so soll mein Haupt nicht auf meinen Schultern stehen und Telemachos nicht mein Sohn sein, wenn ich dir nicht die Kleider bis auf die Blöße vom Leibe ziehe und dich, mit Geißelhieben gestäupt, nackt zu den Schiffen sende!« Thersites krümmte sich unter den Streichen des Helden, mit blutigen Striemen auf Schulter und Nacken, und lief dann tobend vor Schmerz und heulend vor Wut von dannen. Im Volk aber stieß ein Nachbar den andern lachend an und freute sich darüber, daß der ekelhafte Mensch die verdiente Strafe erhielt.

Jetzt aber trat der Held Odysseus vor das Volk, neben ihn Pallas Athene, welche die Gestalt eines Herolds angenommen hatte und den Völkern Stillschweigen gebot. Er selbst hob seinen Fürstenstab in die Höhe, daß die Umstehenden aufmerkten, und sprach: »Sohn des Atreus! Wahrhaftig, so weit ist es gekommen, daß die Griechen dir Schmach bereiten und ihren Verheißungen ungetreu werden, sie, die versprochen haben, nicht eher von dannen zu ziehen, als bis sie Troja vertilgt hätten. Nun jammern sie wie Weiber und kleine Kinder nach der Heimkehr und klagen einander ihr Leid! Aber welche Schande wäre es für uns, nachdem wir so lange hier verweilt, leer heimzukehren! Darum, ihr Freunde, geduldet euch doch noch ein weniges; erinnert euch an das Zeichen, das uns vor unserer Abfahrt von Aulis zuteil wurde, als wir auf geweihten Altären, um jenen Sprudelquell her, Hekatomben unter dem schönen Ahornbaume opferten. Mir ist, als wäre es erst gestern geschehen! Ein gräßlicher Drache mit dunkelfarbigen Schuppen schlüpfte unter dem Altar hervor und fuhr schlängelnd an dem Ahornbaume hinauf. Dort hing ein Sperlingsnest mit nackten Jungen schwankend auf einem Aste: ihrer achte schmiegten sich in die Blätter, das neunte aber war die brütende Mutter der Vögel. Die umflog mit kläglichem Zwitschern die Kleinen, bis der Drache sein Haupt hindrehte und die Jammernde am Flügel erhaschte. Nachdem er die Mutter samt den Jungen verzehrt, verwandelte ihn Zeus, der den Drachen gesandt hatte, zum offenbaren Wunderzeichen in einen Stein; und ihr Achiver sahet es mit staunendem Grauen. Kalchas aber, der Seher, rief euch zu: ›Was stehet ihr verstummt, ihr Griechen? Wisset ihr nicht, daß dies Wunder eine Wahrsagung des Zeus ist? Die neun Sperlinge sind neun Jahre, die ihr um Troja kriegen werdet: im zehnten aber sollet ihr die prachtvolle Stadt erobern. So weissagte damals Kalchas. Nun aber wird ja alles vollendet! Die neun Jahre des Kampfes sind vorüber, das zehnte Jahr ist erschienen, und der Sieg muß mit ihm kommen. So harret denn die kleine Weile miteinander noch aus, ihr Griechen! Bleibet, bis wir die Feste des Königes Priamos zerstört haben!«

Ein Jubel der versammelten Argiver beantwortete die Rede des Odysseus; der weise Nestor benützte die umgewandelte Stimmung der Völker und riet dem Könige Agamemnon, sofort, wenn sich etwa noch einer unbändig nach der Heimkehr sehnte, einem solchen nicht zu verweigern, zu Schiffe zu gehen und von dannen zu fahren. Dann aber sollte er die Männer nach Stamm und Geschlecht absondern und kämpfen lassen: so würde er am sichersten erfahren, wer von Kriegern und Führern der Mutigere oder der Feigere sei und ob Göttergewalt oder Furcht oder mangelnde Kriegserfahrung die Eroberung Trojas verhindere. Erfreut antwortete auf diesen Vorschlag der Völkerfürst:

»Fürwahr, Nestor, du, der Greis, übertriffst unsere Männer alle durch Einsicht. Hätte ich im Rate der Griechen noch zehn deinesgleichen, so sollte mir Trojas hochragende Burg bald zertrümmert in den Staub sinken! Ich selbst muß gestehen, daß ich unbesonnen gehandelt habe, mich mit Achill wegen des Mädchens zu entzweien. Zeus hatte mich damals mit Blindheit geschlagen. Versöhnen wir beide uns je wieder, so wird der Untergang Trojas nicht länger säumen! Doch nun wollen wir uns zum Angriffe rüsten; stärke sich jeder mit einem Mahl, bereite Schild und Lanze, füttre und tränke seine Rosse, besichtige den Streitwagen und gedenke der Schlacht, die bis zum Abend dauern wird. Bleibt mir einer absichtlich bei den Schiffen zurück, dessen Leib soll den Hunden und Vögeln nicht entgehen!«

Als Agamemnon ausgeredet, schrien die Danaer laut auf, daß es tönte wie die Meerflut, wenn sie sich beim Südwind am hohen Felsenstrande bricht. Das Volk sprang auf, jeder eilte zu seinen Schiffen, und bald sah man den Rauch des Frühstücks aus den Lagerhütten dampfen. Agamemnon selbst opferte dem Zeus einen Stier und lud die edelsten Achiver zum Mahle ein. Als dies vorüber war, gebot er den Herolden, die Griechen zur Schlacht zu rufen; und bald stürzten die Haufen, Scharen von Kranichen oder Schwänen gleich, die am Flußufer hinflattern, auf die Skamandrische Wiese. Die Führer, an ihrer Spitze der Atride, ordneten die Reihen. Herrlich war der Fürst der Fürsten Agamemnon anzuschauen, an Augen und Haupt dem Göttervater gleich, an breiter Brust dem Poseidon und gerüstet wie der streitbare Kriegsgott selbst.

PARIS UND MENELAOS

Das Heer, auf Nestors Rat nach Volksstämmen geordnet, stand in Schlachtordnung, als man endlich den Staub der aus ihren Mauern heranziehenden Trojaner gewahr wurde. Nun setzten sich auch die Griechen in Bewegung. Als beide Heere einander nahe genug waren, daß der Kampf beginnen konnte, schritt aus der Reihe der Trojaner der Königssohn Paris vor, in ein buntes Pantherfell gekleidet, den Bogen um die Schultern gehängt, sein Schwert an der Seite, und indem er zwo spitze Lanzen schwenkte, forderte er den tapfersten aller Griechen heraus, mit ihm den Zweikampf zu wagen. Als diesen Menelaos aus den sich heranwälzenden Scharen hervorspringen sah, freute er sich wie ein hungriger Löwe, dem eine ansehnliche Beute, ein Gemsbock oder ein Hirsch in den Weg kommt, und schnell sprang er in voller Rüstung von seinem Wagen zur Erde herab, den frevelhaften Dieb seines Hauses zu bestrafen. Dem Paris graute beim

Anblick eines solchen Gegners, und er entzog sich dem Kampfe erblassend und ins Gedränge seiner Landsleute zurückfahrend, als hätte er eine Natter gesehen. Als ihn Hektor so in die Menge der Trojaner zurücktauchen sah, rief er ihm voll Unmut zu: »Bruder, du bist doch nur von Gestalt ein Held, in Wahrheit aber nichts als ein weibischer, schlauer Verführer. Wärest du lieber gestorben, ehe du um Helena gebuhlt! Siehst du nicht, wie die Griechen ein Gelächter erheben, daß du es nicht wagest, dem Manne standzuhalten, dem du die Gattin gestohlen hast? Du wärest wert zu erfahren, an welchem Manne du dich versündigt, und ich würde dich nicht bemitleiden, wenn du dich verwundet auf dem Boden wälzest und der Staub dein zierliches Lockenhaar besudelte.« Paris antwortete ihm: »Hektor, dein Herz ist hart und dein Mut unwiderstehlich wie eine Axt aus Erz, mit der der Schiffszimmermann Balken behaut, und du tadelst mich nicht mit Unrecht; aber schilt mir nicht meine Schönheit, denn sie ist auch eine Gabe der Unsterblichen. Wenn du mich aber jetzt kämpfen sehen willst, so heiß Trojaner und Griechen ruhen; dann will ich um Helena und alle ihre Schätze mit dem Helden Menelaos vor allem Volke den Zweikampf wagen. Wer von uns beiden siegt, mag sie heimführen; ein Bund soll es bekräftigen; ihr bauet alsdann das trojanische Land in Frieden, und jene schiffen heim gen Argos.«

Eine freudige Überraschung hatte sich Hektors bei diesen Worten seines Bruders bemächtigt; er trat vor die Schlachtordnung heraus in die Mitte und hemmte, den Speer hochhaltend, den Anlauf der trojanischen Haufen. Als die Griechen seiner ansichtig wurden, zielten sie in die Wette mit Wurfspießen, Pfeilen und Steinen nach ihm. Agamemnon aber rief laut nach den griechischen Reihen zurück: »Haltet ein, Argiver, werfet nicht; der helmumflatterte Hektor begehrt zu reden!« Die Griechen ließen ihre Hände sinken und verharrten in Schweigen ringsumher; und nun verkündete Hektor mit lauter Stimme den Völkern den Entschluß seines Bruders Paris. Seine Rede beantwortete ein tiefes Stillschweigen. Endlich nahm Menelaos vor den Heeren das Wort: »Hört mich an«, rief er, »mich, auf dessen Seele der allgemeine Kummer am schwersten lastet! Endlich, hoffe ich, werdet ihr, Argiver und Trojaner, nachdem ihr um des Streites willen, den Paris angefacht, so viel Schlimmes erduldet habt, versöhnt voneinander scheiden! Einer von uns zweien, welchen auch das Schicksal auserkoren hat, soll sterben; ihr andern aber sollt in Frieden scheiden. Laßt uns opfern und schwören, alsdann mag der Zweikampf beginnen!«

Beide Heere wurden froh über diesen Worten; denn sie sehnten sich nach einem Ende des unseligen Kriegs. Auf beiden Seiten zogen die Wagenlenker den Rossen die Zügel an, die Helden sprangen von den Streitwagen, zogen die Rüstungen aus und legten sie, Feinde ganz nahe an Feinden, auf die Erde nieder. Hektor sandte eilig zween Herolde nach Troja, die Opferlämmer zu bringen und den König Priamos herbeizurufen, auch der König Agamemnon schickte den Herold Talthybios zu den Schiffen, ein Lamm zu holen. Die Götterbotin Iris aber, in Priamos' Tochter Laodike umgestaltet, eilte, die Botschaft der Fürstin Helena in die Stadt zu bringen. Sie fand sie am Webestuhl, ein köstliches Gewand mit den Kämpfen der Trojaner und Griechen durchwirkend, die Augen auf ihre Arbeit geheftet. »Komm doch heraus, trautes Kind«, rief sie ihr zu, »du sollst etwas Seltsames schauen! Die Trojaner und Griechen, die noch eben voll Ingrimms zur Feldschlacht gegeneinander anrückten, ruhen stillschweigend, auf die Schilde hingelehnt, die Speere in den Boden gesteckt, einander gegenüber; aller Krieg ist beendigt; nur deine Gatten Alexander und Menelaos werden mit der Lanze um dich kämpfen: und wer seinen Gegner besiegt, trägt dich als Gemahlin davon!«

So sprach die Göttin und erfüllte das Herz Helenas mit Sehnsucht nach ihrem Jugendgemahl Menelaos, nach der Heimat und nach den Freunden. Sie hüllte sich schnell in einen silberweißen Schleier, in welchen sie die Träne verbarg, die ihr an den Wimpern hing, und eilte, von Aithra und Klymene, zweien ihrer Dienerinnen, gefolgt, nach dem Skäischen Tore. Hier saß auf den Zinnen König Priamos mit den ältesten und verständigsten Greisen des trojanischen Volkes, Panthoos, Thymötes, Lampos, Klytios, Hiketaon, Antenor und Ukalegon; die beiden letztern waren die verständigsten Männer von Troja; sie alle ruhten zwar in ihrem hohen Alter vom Kriege aus, in der Ratsversammlung aber war ihr Wort das tüchtigste. Als diese von der Höhe des Turmes Helena herankommen sahen, flüsterten die Greise, die Gestalt der Fürstin bestaunend, einander leise zu: »Fürwahr, niemand soll Trojaner und Griechen tadeln, daß sie für ein solches Weib so lange im Elend ausharren. Gleicht sie doch einer unsterblichen Göttin an Herrlichkeit! Aber auch mit solcher Gestalt mag sie immerhin auf den Schiffen der Danaer heimkehren, damit uns und unsern Söhnen nicht der Schaden zurückbleibe!« Priamos aber rief Helena liebreich herbei: »Komm näher heran«, sprach er, »mein Töchterchen, setze dich zu mir her, ich will dir deinen ersten Gemahl, deine Freunde und deine Verwandten zu schauen geben; du bist mir nicht schuld an diesem jammervollen Kriege; die Götter sind es, die ihn mir zugesendet haben. Nenne mir denn jenes gewaltigen Mannes Namen, der dort so groß und herrlich über alle Danaer hervorprangt; an Haupt überragen ihn zwar hier und da noch größere Männer in dem Heere, aber von so königlicher Gestalt habe ich doch noch keinen unter ihnen gesehen.«

Ehrfurchtsvoll entgegnete Helena dem Könige: »Teurer Schwiegervater, Scheu und Furcht bewegen mich, indem ich dir nahe. Mir wäre der bitterste Tod besser gewesen, als daß ich, Heimat, Tochter und Freunde verlassend, deinem Sohne hierher gefolgt bin. In Tränen möchte ich zerfließen, daß es geschah! Nun aber höre: der dort, nach dem du fragst, ist Agamemnon, der trefflichste König und ein tapferer Krieger; er war, ach, er war dereinst mein Schwager!« »Glücklicher Atride«, rief Priamos aus, den Helden sich betrachtend, »Gesegneter, dessen Zepter zahllose Griechen gehorchen! Auch ich stand einst in männlicher Jugend an der Spitze eines großen Heeres, als wir die Horde der Amazonen von Phrygien abwehrten; doch war mein Heer nicht so groß wie das deinige!« Dann fragte der Greis von neuem: »Nenne mir nun auch noch jenen, Töchterchen; er ragt nicht so hoch empor wie der Atride, aber seine Brust ist breiter, seine Schultern sind mächtiger; seine Wehr liegt zu Boden gestreckt; er selbst umwandelt die Reihen der Männer wie ein Widder die Schafe.« »Das ist der Sohn des Laërtes«, antwortete Helena, »der schlaue Odysseus; Ithaka, die felsige Insel, ist seine Heimat.« Jetzt mischte sich auch der Greis Antenor ins Gespräch: »Du hast recht, Fürstin«, sagte er, »ihn und Menelaos kenne ich gut; habe ich sie doch in meinem Haus als Gesandte einst beherbergt. Im Stehen überragte Menelaos den Helden Odysseus; wenn sie sich aber beide gesetzt, erschien Odysseus als der Herrlichere. Auch redete Menelaos wenig, lauter hingeworfene inhaltsreiche Worte. Odysseus aber, wenn er reden wollte, stand da, die Augen zur Erde geheftet, den Stab unbeweglich in der Hand, anzusehen wie ein Verlegener; man wußte nicht, ist er tückisch oder dumm. Sandte er aber einmal die gewaltige Stimme aus der Brust, dann drängten sich seine Worte wie Schneeflocken im Winter, und kein Sterblicher konnte sich mit Odysseus an Beredsamkeit messen.«

Priamos hatte sich indessen noch weiter umgeschaut. »Wer ist denn der Riese dort«, rief er, »der so gar groß und gewaltig über alles Volk hervorragt?« »Das ist der Held Ajax«, antwortete Helena, »die Stütze der Argiver; und weiter drüben steht wie ein Gott unter seinen Kretern Idomeneus. Ich kenne ihn wohl; Menelaos hat ihn oft in unserer Wohnung beherbergt. Und ach, nun erkenne ich einen um den andern, die freudigen Krieger aus meiner Heimat; hätten wir Muße, so wollte ich dir sie alle mit Namen nennen! Nur meine leiblichen Brüder Kastor und Pollux sehe ich nicht. Sind sie wohl nicht mit hierhergekommen? Oder scheuen sie sich, in der Schlacht zu erscheinen, weil sie sich ihrer Schwester schämen?« Über diesem Gedanken verstummte Helena; sie wußte nicht, daß ihre Brüder schon lange von der Erde verschwunden waren.

Während diese sich so unterredeten, trugen die Herolde die Bundesopfer durch die Stadt, welche aus zwei Lämmern und aus einheimischem Weine zum Trankopfer, der in einen bocksledernen Schlauch gefüllt war, bestanden. Der Herold Idaios folgte mit einem blinkenden Krug und goldenen Becher. Als sie durchs Skäische Tor kamen, nahte dieser dem Könige Priamos und sprach zu ihm: »Mach dich auf, König; beide, die Fürsten der Trojaner und der Griechen, rufen dich hinab ins Gefilde, damit du dort einen heiligen Vertrag beschwörest. Dein Sohn Paris und Menelaos werden allein um das Weib mit dem Speere kämpfen: wer im Kampfe siegt, dem folgt sie mitsamt den Schätzen. Alsdann schiffen die Danaer nach Griechenland zurück.« Der König stutzte, doch befahl er seinen Gefährten, die Rosse anzuschirren, und mit ihm bestieg Antenor den Wagensitz. Priamos ergriff die Zügel, und bald flogen die Rosse durchs Skäische Tor hinaus aufs Blachfeld. Zwischen den beiden Völkern angekommen, verließ der König mit seinem Begleiter den Wagen und stellte sich in die Mitte. Aus dem griechischen Heere eilten jetzt Agamemnon und Odysseus herbei. Die Herolde führten die Bundesopfer heran, mischten den Wein im Kruge und besprengten die beiden Könige mit dem Weihwasser. Dann zog der Atride das Opfermesser, das ihm immer neben der großen Scheide seines Schwertes herabhing, schnitt den Lämmern, wie bei Opfern gebräuchlich, das Stirnhaar ab und rief den Göttervater zum Zeugen des Bündnisses. Dann durchstach er den Lämmern die Kehlen und legte die geopferten in den Staub nieder; die Herolde gossen unter Gebet den Wein aus goldnen Bechern, und alles Volk von Griechenland und Troja flehte dazu laut: »Zeus und ihr unsterblichen Götter alle! Welche von uns zuerst den Eidschwur brechen, deren Gehirn fließe auf den Boden wie dieser Wein, ihres und ihrer Kinder!«

Priamos aber sprach: »Jetzt, ihr Trojaner und Griechen, laßt mich wieder zu Ilions hoher Burg zurückkehren; denn ich kann es unmöglich mit eigenen Augen ansehen, wie mein Sohn hier auf Leben und Tod mit dem Fürsten Menelaos kämpft; weiß doch Zeus allein, welchem von beiden der Untergang verhängt ist!« So sprach der Greis, ließ die Opferlämmer in den Wagen legen, bestieg mit seinem Begleiter den Sitz und lenkte die Rosse wieder der Stadt Troja zu.

Hierauf maßen Hektor und Odysseus den Raum des Kampfplatzes und schüttelten in einem ehernen Helm zwei Lose, zu entscheiden, wer zuerst die Lanze auf den Gegner werfen dürfe. Hektor, rückwärts gewandt, schwenkte den Helm: da sprang das Los des Paris heraus. Nun waffneten sich beide Helden und wandelten in Panzer und Helm, die mächtigen Lanzen in der Hand, mit drohendem Blicke in der Mitte der Trojaner und Griechen einher, von beiden Völkern angestaunt. Endlich traten sie einander in dem abgemessenen Kampfraume gegenüber und schwangen zornig ihre Speere. Durch das Los berechtigt, entsandte zuerst Paris den seinigen: der traf dem Menelaos den Schild, aber die Lanzenspitze bog sich am Erze und sank zurück. Dann erhob auch Menelaos seinen Speer und betete dazu mit lauter Stimme: »Zeus, laß mich den strafen, der mich zuerst beleidigt hat; daß man noch unter den späten Enkeln sich scheue, dem Gastfreunde Böses zu tun!« Der entsandte Speer durchschmetterte dem Paris den Schild, durchdrang den Harnisch und durchschnitt ihm den Leibrock an der Weiche; nun riß der Atride sein Schwert aus der Scheide und führte einen Streich auf den Helm des Gegners; aber die Klinge zersprang ihm klirrend. »Grausamer Zeus, was mißgönnst du mir den Sieg?« rief Menelaos, stürmte auf den Feind ein, ergriff ihn am Helm und zog ihn, sich umwendend, der griechischen Schlachtordnung zu; ja er hätte ihn geschleift und der beengende Kehlriemen ihn erwürgt, wenn nicht die Göttin Aphrodite die Not gesehen und den Riemen gesprengt hätte. So blieb dem Menelaos der leere Helm in der Hand; diesen schleuderte der Held den Griechen zu und wollte von neuem auf seinen Gegner eindringen. Den aber hatte Aphrodite in einen schirmenden Nebel gehüllt und plötzlich nach Troja geführt. Hier setzte sie ihn im süß duftenden Gemache nieder, trat dann in Gestalt einer alten spartanischen Spinnerin zu Helena, die auf einem der Türme unter vielen trojanischen Weibern saß. Die Göttin zupfte sie am Gewand und sprach zu ihr: »Komm, Paris ruft dich, er sitzt in der Kammer in reizendem Feierkleide; du solltest glauben, er gehe zum Reigen, und nicht, er komme vom Zweikampf.« Als Helena aufblickte, sah sie Aphrodite in göttlichem Reize vor sich verschwinden. Unbemerkt von den Frauen schlich sie sich davon und eilte nach ihrem Palaste. Dort fand sie im hohen Gemache den Gatten, von Aphrodite geschmückt, in einem Sessel gelagert. Sie setzte sich ihm gegenüber, kehrte die Augen weg und schalt ihren Gemahl: »So kommst du vom Kampfe zurück? Lieber sähe ich dich getötet von dem Gewaltigen, der mein erster Gatte war! Noch kürzlich prahltest du, ihn im Lanzenwurf und im Handgemenge zu besiegen! Geh nun und fordere ihn noch einmal heraus! Doch nein, ich rate dir, bleib in Ruhe, das zweitemal dürfte er dir übler mitspielen!« »Kränke mir das Herz nicht durch deine Schmähungen, Frau«, erwiderte ihr Paris; »wenn Menelaos mich besiegt hat, so geschah es mit Athenes Hilfe. Ein andermal werde ich über ihn siegen; die Götter haben auch uns noch nicht vergessen.« Da wandte Aphrodite Helenas Herz, daß sie den Gatten freundlicher ansah und ihm versöhnt die Lippen zum Kusse reichte. –

Auf dem Kampfplatze durchstürmte Menelaos noch immer wie ein Raubtier das Heer, den verschwundenen Paris ausspähend: aber weder ein Trojaner noch ein Grieche konnte ihm den Fürsten zeigen, und doch hätten sie ihn gewiß nicht verhehlt, denn er war beiden zuwider wie der Tod. Endlich erhob Agamemnon seine Stimme und sprach: »Höret mein Wort, ihr Dardaner und Griechen! Menelaos ist der offenbare Sieger. So gebet uns denn jetzt Helena samt den Schätzen zurück und bezahlet uns für alle Folgezeit einen Tribut!« Die Argiver nahmen diesen Vorschlag mit Jubel auf, die Trojaner schwiegen.

DRITTES BUCH

PANDAROS

Auf dem Olymp war eine große Götterversammlung: Hebe wandelte an den Tischen umher und schenkte Nektar ein. Die Götter tranken einander aus goldenen Pokalen zu und schauten auf Troja nieder. Da ward von Zeus und Hera Trojas Untergang beschlossen. Der Vater der Götter wandte sich zu seiner Tochter Athene und befahl ihr, auf den Kampfplatz hinabzueilen und die Trojaner zu versuchen, daß sie die auf ihren Sieg stolzen Griechen wider den Vertrag zu beleidigen anfingen. Pallas Athene mischte sich sofort unter das Getümmel der Trojaner, nachdem sie die Gestalt des Laodokos, der ein Sohn Antenors war, angenommen. In dieser Verhüllung suchte sie den Sohn Lykaons, den trotzigen Pandaros, auf, der ihr zu dem Werke geschickt schien, das ihr der Vater aufgetragen. Dieser war ein Verbündeter der Trojaner und aus Lykien mit seiner Heerschar hergekommen. Die Göttin fand ihn bald, in der Mitte der Seinigen stehend. Sie trat nahe zu ihm, klopfte ihm auf die Schulter und sprach: »Höre, kluger Pandaros, jetzt könntest du etwas tun, wodurch du bei allen Trojanern dir Preis und Dank verdientest, vor allem von Paris, der dir gewiß mit den herrlichsten Geschenken lohnen würde. Siehst du dort Menelaos, den hochmütigen Sieger stehen? Wage es und drücke deinen Pfeil auf ihn ab.«

So sprach die verhüllte Göttin, und das Herz des Toren gehorchte ihr. Schnell entblößte er den Bogen, öffnete den Deckel des Köchers, wählte einen befiederten Pfeil, legte ihn auf die Sehne, und bald sprang das Geschoß vom schwirrenden Horn. Athene aber lenkte den Pfeil auf den Leibgurt, so daß er zwar durch diesen und den Harnisch drang, aber nur die oberste Haut ritzte, jedoch so, daß das Blut aus der Wunde rann und den Menelaos ein leichter Schauer durchflog. Wehklagend umringten ihn Agamemnon und die Genossen. »Teurer Bruder«, rief der König, »dir zum Tode hab ich das Bündnis geschlossen; die treulosen Feinde haben es mit Füßen getreten. Zwar werden sie es büßen, und ich weiß gewiß, daß der Tag kommt, wo Troja mit Priamos und dem ganzen Volke hinsinkt; mich aber erfüllt dein

Tod mit dem bittersten Schmerz. Wenn ich ohne dich heimkehre und deine Gebeine auf trojanischem Boden am unvollendeten Werk dahinmodern, mit welcher Schmach würde mich das Vaterland empfangen; denn einem andern, nicht mir ohne dich, ist beschieden, Troja zu erobern und Helena fortzuführen. Und auf dein Grab springend, wird der Trojaner Hohnreden führen über dich, Hohnreden über mich. Spaltete sich doch die Erde, mich zu verschlingen!« Aber Menelaos tröstete seinen Bruder. »Sei ruhig«, sprach er, »das Geschoß hat mich nicht zum Tode verwundet; mein Leibgurt hat mich geschützt.« »O daß dem so wäre«, seufzte Agamemnon und beschickte durch seinen Herold eilig den heilkundigen Machaon. Dieser kam, zog den Pfeil aus dem Gurt, löste diesen, öffnete den Harnisch und beschaute die Wunde; dann sog er selbst das quellende Blut heraus und legte ihm eine lindernde Salbe auf.

Während der Arzt und die Helden so um den verwundeten Menelaos beschäftigt waren, rückten die Schlachtreihen der Trojaner schon heran; auch die Griechen hüllten sich wieder in ihre Wehren, und Agamemnon übergab dem Eurymedon Rosse und Wagen mit der Weisung, sie ihm zu bringen, wenn er ihn vom Durcheilen der Schlachtordnung ermattet sehe. Dann flog er zu Fuß unter die Scharen der Streiter und ermunterte sie zur Abwehr, die Mutigen belobend, die Saumseligen tadelnd. So gelangte er auf seinem Gange zu den Kretern, die gewappnet ihren Heerführer Idomeneus umringten. Dieser stand an ihrer Spitze, kampflustig wie ein Eber. Die hinteren Reihen munterte sein Freund Meriones auf. Als Agamemnon die Scharen sah, wurde sein Herz fröhlich. »Du bist mir doch der Besten einer, Idomeneus«, rief er ihnen zu, »bei jedem Geschäfte, im Kriege wie beim Mahle, wenn man den funkelnden Ehrenwein in den mächtigen Krügen mischt: Wenn da die andern ihr bescheidenes Maß trinken, so steht dein Becher immer voll wie der meinige. Jetzt aber stürme mit mir in die Schlacht, wie du dich so oft gegen mich gerühmt.« »Wohl bleibe ich dein treuer Genosse, König«, erwiderte jener, »geh nur andere anzuspornen, bei mir bedarf es dessen nicht. Möge Tod und Verderben die bundbrüchigen Trojaner treffen!«

Jetzt erreichte Agamemnon die beiden Ajax, hinter denen ein ganzes Gewühl von Fußvolk einherzog. »Wenn doch«, rief ihnen der König im Vorübereilen zu, »ein Mut wie der eurige den Busen aller Danaer beseelte, dann sollte die Burg des Priamos bald unter unsern Händen in Trümmer fallen.« Nun traf er weiterschreitend auf Nestor. Dieser ordnete gerade seinen Heerhaufen: voran die Helden mit Roß und Wagen, viele und tapfere Männer zu Fuße hinten, die Feigen in die Mitte gedrängt. Dazu ermahnte er sie mit weisen Worten: »Wage sich mir keiner mit seinem Streitwagen zu weit vor, weiche mir auch keiner zurück; stößt Wagen auf Wagen, so strecket die Lanze vor.« Wie ihn Agamemnon die Seinigen so ermahnen hörte, rief er ihm zu: »O Greis, möchten dir die Knie folgen und deine Leibeskraft ausreichen, wie dir der Mut noch den Busen füllt. Könnte doch ein anderer dir die Last des Alters abnehmen, daß du zum Jüngling umgeschaffen würdest!« »Wohl möchte ich jetzt der sein, der ich einst war«, antwortete ihm Nestor, »doch haben die Götter den Menschen nicht alles zugleich verliehen. Mögen die Jüngeren Speere werfen; ich begleite meine Männer mit Worten und weisem Rate, den auch das Alter geben kann.« Freudig ging Agamemnon an ihm vorüber und stieß jetzt auf Menestheus, den Sohn des Peteos, um den die Athener geschart waren und neben welchem die Kephallenier in dichten Schlachtreihen unter Odysseus standen. Beider Haufen ruhten in Erwartung und wollten andere Züge voranstürmen lassen. Dies verdroß den Völkerfürsten, und er sprach mürrisch zu ihnen: »Was schmieget ihr euch so zusammen, ihr beiden, auf andere harrend? Wenn wir Braten schmausen und Wein trinken, seid ihr immer die ersten; nun aber würdet ihr es nicht ungerne sehen, wenn zehn Griechenscharen vor euch in die Schlacht eindrängen!« Odysseus aber sah ihn finster an und sprach: »Was denkst du, Atride? Uns schiltst du saumselig? Warte nur, wenn wir einmal losbrechen, ob wir die Wut der Schlacht nicht gehörig gegen die Troer aufregen und du mich nicht im vordersten Getümmel erblicken wirst. Drum schwatze mir nicht voreilig nichtige Worte!« Als er den Helden so zürnen sah, erwiderte Agamemnon lächelnd: »Ich weiß es wohl, edler Sohn des Laërtes, daß du weder Tadel noch Ermahnung bedarfst; auch bist du im Herzensgrund milde wie ich; laß uns keine harten Worte wechseln.« So verließ er ihn und eilte weiter. Da fand er den Sohn des Tydeus, den stolzen Diomedes, neben Sthenelos, des Kapaneus Sohn, seinem Freund und Wagenlenker, auf dem herrlichen Streitwagen harrend. Auch diesen versuchte er mit verdrießlichen Worten: »Weh mir«, sprach er, »Sohn des Tydeus, du scheinst dich bange nach dem Treffen umzusehen; so blickte dein Vater nicht, als er gegen Theben zog: den sah man immer mitten in der Arbeit!« Diomedes schwieg auf den Verweis des Herrschers; sein Freund Sthenelos antwortete für ihn: »Du weißt es besser, Atride«, sprach er, »wir rühmen uns größerer Tapferkeit denn unsere Väter; haben wir doch Theben erobert, vor dem sie einst erlegen sind!« Diomedes aber unterbrach seinen Genossen und sagte finster: »Schweige, Trauter, ich verarge es dem Völkerhirten nicht, daß er die Griechen zum Kampf anreizt; ihm wird der Ruhm zuteil, wenn wir siegen, ihm unendlicher Gram, wenn wir überwunden werden. Darum auf, laß uns der Abwehr gedenken!« So sprach Diomedes und sprang vom Wagen, daß ihm das Erz um die Brust klirrte.

Indessen zogen die Danaer Haufen an Haufen rastlos in die Schlacht, wie sich Meereswogen ans Gestade wälzen. Die Völkerfürsten befehligten, die andern gingen lautlos einher. Die Trojaner dagegen lärmten, wie eine Herde Lämmer blökt, und gemischte Sprache der mancherlei Völker tönte aus ihren Reihen. Auch der Schlachtruf der Götter hallte darein: die Trojaner ermunterte Ares, der Gott des Krieges; die Reihen der Griechen feuerte Pallas Athene an.

DIE SCHLACHT. DIOMEDES

Bald begegneten sich die Heere in einem Raum; Schild traf auf Schild, Speer kreuzte sich mit Speer, und lautes Getöse, hier Wehklagen, dort Frohlocken, erhob sich ringsum. Wie sich im Spätling zwei geschwollene Bergströme im Hinabsturz vermischen, so vermählte sich das Geschrei der kämpfenden Heere. Der erste Held, welcher fiel, war der Trojaner Echepolos, der sich zu weit in den Vorkampf gewagt hatte. Diesem durchbohrte Nestors Sohn Antilochos mit der Lanzenspitze die Stirne, daß er umsank wie ein Turm. Schnell ergriff Elephenor, der griechische

Fürst, den Fuß des Gefallenen, um ihn den Geschossen zu entziehen und der Rüstung zu berauben. Aber wie er sich bückte, ihn zu schleifen, entblößte er sich die Seite unter dem Schild; dies sah Agenor, der Trojaner, und durchbohrte ihm die Seite mit dem zückenden Speer, daß der Grieche tot in den Staub sank. Über ihm tobte der Kampf beider Heere fort, und wie Wölfe erwürgten sie einander.

Ajax traf den blühenden Simoeisios im Vorwärtsdringen rechts über der Brust, daß ihm der Speer zur Schulter herausfuhr und er in den Staub hintaumelte; dann stürzte er sich auf ihn und beraubte ihn der Rüstung; gegen ihn warf der Trojaner Antiphos die Lanze; diese verfehlte ihn zwar, traf aber Leukos, den tapfern Freund des Odysseus, wie er eben den Toten hinwegschleifte. Das schmerzte den Odysseus, und vorsichtig umschauend, schleuderte er seinen Wurfspieß ab, vor dem die Trojaner zurückprallten; und er traf einen Sohn des Königes Priamos, den Bastard Demokoon, so daß die Spitze von einer Schläfe zur andern durchdrang. Als dieser in dumpfem Falle hinstürzte, wichen die vordersten Kämpfer der Trojaner rückwärts und selbst Hektor mit ihnen. Die Griechen aber jauchzten laut auf, schoben die Leichname beiseite und drangen tiefer in die Schlachtreihen der Trojaner ein.

Darüber erzürnte Apollo und ermunterte die Trojaner von der Stadt aus, indem er ihnen zurief: »Räumet doch den Argivern das Feld nicht! Ist doch ihr Leib weder von Stein noch von Eisen, und ihr bester Held Achill kämpft nicht einmal, sondern grollt bei den Schiffen.« Auf der andern Seite trieb Athene die Danaer in den Kampf, und so fielen von beiden Teilen noch viele Helden.

Da rüstete Pallas den Sohn des Tydeus, Diomedes, mit besonderer Kraft und Kühnheit aus, daß er vor allem Danaervolk hervorstrahlte und sich unsterblichen Ruhm gewann. Helm und Schild machte sie ihm glänzend wie ein Gestirn der Herbstnacht und trieb ihn hinein ins wildeste Getümmel der Feinde. Nun befand sich unter den Trojanern ein Priester des Hephaistos, mit Namen Dares, ein mächtiger, reicher Mann, der zwei Söhne, Phegeus und Idaios, mutige Männer, in die Schlacht gesendet hatte. Diese sprengten aus den Reihen der Ihrigen auf Diomedes hervor mit ihren Streitwagen, während der griechische Held zu Fuße kämpfte. Zuerst sandte Phegeus seine Lanze ab; sie fuhr aber links an der Schulter des Tydiden vorbei, ohne ihn zu verwunden. Des Diomedes Wurfspieß dagegen traf den Phegeus in die Brust und stürzte ihn vom Wagen. Als sein Bruder Idaios dieses sah, wagte er es nicht, den Leichnam seines Bruders zu schirmen, sondern sprang vom Wagen und entfloh, indem der Beschirmer seines Vaters, Hephaistos, Finsternis um ihn her verbreitete; denn dieser wollte nicht, daß sein Priester beide Söhne verlöre.

Jetzt nahm Athene ihren Bruder, den Kriegsgott Ares, bei der Hand und sprach zu ihm: »Bruder, wollen wir nicht Troer und Griechen jetzt sich selbst überlassen und eine Weile zusehen, welchem Volke die Fürsehung unsers Vaters den Sieg zuwende?« Ares ließ sich von der Schwester aus der Schlacht hinausführen, und so waren die Sterblichen sich selbst überlassen; doch wußte Athene wohl, daß ihr Liebling Diomedes mit ihrer Kraft ausgerüstet streite. Nun fingen die Argiver an, den Feind erst recht hart zu bedrängen, und vor jedem griechischen Führer sank ein Trojaner dahin. Agamemnon jagte dem Hodios den Speer ins Schulterblatt; Idomeneus durchstach den Phaistos aus Tarne, daß er dem Wagen entstürzte; der kundige Jäger Skamandrios wurde von der spitzen Lanze des Menelaos durchbohrt; den kunstvollen Phereklos, der dem Paris die räuberischen Schiffe gezimmert hatte, traf Meriones; und andere fielen von anderer Hand. Der Tydide aber durchtobte das Feld wie ein angeschwollener Herbststrom, und man wußte nicht, gehörte er den Griechen oder den Trojanern an, denn bald war er da, bald dort. Wie nun der Kampf ihn so hin und her trieb, faßte Lykaons Sohn, Pandaros, sich ihn ins Auge, richtete seinen Bogen auf ihn und schoß ihm mit dem Pfeil gerade in die Schulter hinein, so daß sein Blut über den Panzer hinabströmte. Pandaros, solches sehend, jauchzte und rief hinterwärts zu seinen Genossen: »Drängt euch heran, ihr Trojaner, spornt eure Rosse! Ich habe den tapfersten Danaer getroffen! Bald wird er umsinken und ausgewütet haben, wenn anders mich Apollo aus Lykien zum Kampfe selbst herbeigerufen hat!« Doch den Diomedes hatte das Geschoß nicht tödlich verwundet; er stellte sich vor seinen Streitwagen und rief seinem Freund und Wagenlenker Sthenelos zu: »Steige doch vom Wagen, mein Geliebter, und zeuch mir den Pfeil aus der Schulter!« Sthenelos sprang eilig herab und tat also: das helle

Blut spritzte dabei aus den Panzerringen. Da betete Diomedes zu Athene: »Blauäugige Tochter des Zeus! Wenn du je schon meinen Vater beschirmt hast, so sei auch mir jetzt gnädig! Lenke meinen Speer auf den Mann, der mich verwundet hat und jetzt frohlockt, auf daß er nicht lange mehr das Licht der Sonne schaue!« Athene hörte sein Flehen und beseelte ihm Arme und Füße, daß sie leicht wurden wie der Leib eines Vogels und er, unbeschwert von seiner Wunde, in die Schlacht zurückeilen konnte. »Geh«, sprach sie zu ihm, »ich habe auch die Finsternis von deinen Augen genommen, daß du Sterbliche und Götter in der Schlacht unterscheiden kannst; hüte dich darum, wenn ein Unsterblicher auf dich zugewandelt kommt, dich mit solchem in einen Kampf einzulassen! Nur Aphrodite, wenn sie dir naht, magst du mit deinem Speere verwunden!«

Nun flog Diomedes in das vorderste Treffen zurück, mit dreifachem Mut und mit Kraft wie ein Berglöwe ausgerüstet. Hier hieb er den Astynoos durch einen Streich ins Schultergelenke nieder; dort durchbohrte er den Hypeiron mit der Lanze; dann erlegte er zwei Söhne des Eurydamas; dann zwei spätgeborne Söhne des Phainops, daß dem Vater nur der Gram zurückblieb; dann warf er zwei Söhne des Priamos, den Chromios und Echemmon zugleich aus dem Wagen mit Gewalt und beraubte sie der Rüstung, indes die Seinigen den erbeuteten Streitwagen nach den Schiffen abführten.

Äneas, der tapfere Eidam des Königes Priamos, sah, wie dünn die Reihen der Trojaner unter den Streichen und Stößen des Tydiden wurden. Deswegen eilte er durch die stürmenden Geschosse hin, bis er den Pandaros traf, den er so anredete: »Sohn Lykaons, wo bleibt dein Bogen und Pfeil, wo dein Ruhm, den bisher kein Lykier, kein Trojaner dir streitig machte? Sende doch dem Manne, der den Troern so viel Böses tut, noch ein Geschoß zu, wenn er nicht anders ein unsterblicher Gott in menschlicher Gestalt ist!« Ihm antwortete Pandaros: »Wenn es nicht ein Gott ist, so ist's der Tydide Diomedes, den ich erschossen zu haben glaubte. Ist er es aber, so hat sich ein Unsterblicher seiner erbarmt und steht ihm auch jetzt noch zur Seite! Dann bin ich wohl ein unglücklicher Kämpfer! Schon gegen zween griechische Heerfürsten sandte ich den Pfeil ab, verwundete beide, ohne sie zu töten, und habe sie nur wütender gemacht! Wahrhaftig, zur

Unglücksstunde habe ich Köcher und Bogen genommen und bin damit vor Troja gezogen! Kehre ich je wieder heim, so soll mir ein Fremdling das Haupt abschlagen, wenn ich nicht Bogen und Pfeile mit den Händen zerknicke und diesen nichtigen Tand, der mich begleitet hat, ins lodernde Feuer werfe!«

»Nicht also!« sprach, ihn beruhigend, Äneas. »Besteige vielmehr meinen Streitwagen und lerne die Gewandtheit der trojanischen Pferde im Verfolgen und Entfliehen kennen. Verleiht Zeus dem Diomedes durchaus die Siegesehre, so werden sie uns sicher nach Troja hineintragen. Ich selbst will indessen zu Fuße des Kampfes warten.« Aber Pandaros bat ihn, die Rosse selbst lenken zu wollen, da er dieses Werkes nicht kundig sei, schwang sich zu ihm auf den Wagen, und so sprengten sie mit den hurtigen Tieren auf den Tydiden zu. Sein Freund Sthenelos sah sie herankommen, rief den Genossen an und sprach: »Sieh da, zwei tapfere Männer, die auf dich losstürmen, Pandaros und der Halbgott Äneas, Aphroditens Sohn! Diesmal laß uns zu Wagen entfliehen; dein Wüten dürfte dir nichts nützen gegen diese!«

Aber Diomedes blickte finster und erwiderte ihm: »Sage mir nichts von Furcht! Es liegt nicht in meiner Art, vor einem Kampfe zurückzubeben oder mich zu schmiegen. Meine Kraft ist noch nicht erschöpft; es verdrösse mich, untätig im Wagen stehen zu müssen. Nein, wie ich hier zu Fuße bin, will ich ihnen entgegenwandeln. Gelingt es mir, sie beide zu töten, so hemme du unsre Pferde, den Zaum am Sesselrand befestigend, und führe mir die Rosse des Äneas als Beute zu den Schiffen!« Indem flog die Lanze des Pandaros dem Tydiden entgegen, durchfuhr den Schild und prallte vom Panzer ab. »Nicht getroffen, gefehlt!« rief Diomedes dem jauchzenden Trojaner entgegen, und sein die Luft im Bogen durchsausender Speer fuhr dem Gegner unter dem Auge in den Kiefer, durch die Zähne und Zunge hindurch, daß die Spitze am Unterkinn wieder herauskam. Pandaros stürzte rasselnd vom Wagen und zuckte sterbend in der glänzenden Rüstung auf dem Boden. Seine Rosse rannten flüchtig auf die Seite; Äneas aber sprang herab und umwandelte den Leichnam wie ein trotziger Löwe, Schild und Speer vorstreckend und jeden zu erschlagen bereit, der ihn antasten würde. Jetzt ergriff Diomedes einen Feldstein, wie ihn zwei gewöhnliche Männer nicht aufheben konnten. Mit diesem traf er den Sohn des Anchises am Hüftgelenk, zermalmte dieses und zerriß ihm die Sehnen, daß der Held, die Rechte gegen den Boden stemmend, ins Knie sank und ihm die Sinne vergingen; und er wäre gestorben, wenn nicht Aphrodite ihren trauten Sohn mit den Lilienarmen umschlungen, ihn mit den Falten ihres silberhellen Gewandes umhüllt und aus der Schlacht getragen hätte. Sthenelos hatte inzwischen Wagen und Rosse des Äneas, dem Befehle seines Freundes folgsam, zu den Schiffen geführt und war auf dem eigenen Wagen bald wieder an der Seite des Tydiden angekommen. Dieser hatte mit seinen von Athene geöffneten Augen die Göttin Aphrodite erkannt, durch das Schlachtgetümmel verfolgt und mit ihrer Beute erreicht. Der Held stieß mit der Lanze nach ihr, und sein Speer drang durch die ambrosische Haut in die Handwurzel, daß ihr unsterbliches Blut zu rinnen begann. Die verwundete Göttin schrie laut auf und ließ den Sohn zur Erde sinken. Dann eilte sie ihrem Bruder Ares zu, den sie zur Linken der Schlacht, Wagen und Rosse in Nacht gehüllt, sitzen fand. »O Bruder«, rief sie flehend, »schaff mich weg, gib mir die Rosse, daß ich zum Olymp entkomme; mich schmerzt meine Wunde; Diomedes, der Sterbliche, hat mich verwundet: er wäre imstande, selbst mit unserem Vater Zeus zu kämpfen.« Ares überließ ihr den Wagen, und Aphrodite, auf der Höhe des Olymps angekommen, warf sich weinend in die Arme ihrer Mutter Dione und wurde von ihr unter schmeichelnden Trostworten vor den Göttervater geleitet, der sie lächelnd empfing und ihr entgegenrief: »Drum wurden dir nicht die Werke des Krieges verliehen, mein liebes Töchterchen; ordne du Hochzeiten und laß die Schlachten den Kriegsgott besorgen!« Ihre Schwester Pallas und Hera aber sahen sie spöttisch von der Seite an und sprachen stichelnd: »Was wird es sein? Wahrscheinlich hat die schöne falsche Griechin unsere Schwester nach Troja gelockt, da wird sie Helenas Gewand gestreichelt und sich mit einer Spange geritzt haben!«.

Drunten auf dem Schlachtfeld hatte sich Diomedes auf den liegenden Äneas geworfen und holte dreimal aus, ihm den Todesstreich zu versetzen; aber dreimal hielt der zornige Gott Apollo, der nach der Schwester Verwundung herbeigeeilt war, ihm den Schild vor; und als jener das viertemal anstürmte, drohte er ihm mit schrecklicher Stimme: »Sterblicher, wage nicht, mit den Göttern dich zu messen!« Scheu und mit zauderndem Schritt entwich Diomedes. Apollo aber trug den Äneas aus dem Schlachtgewühl in seinen Tempel nach Troja, wo Leto, seine Mutter, und Artemis, seine Schwester, ihn in ihre Pflege nahmen. Auf dem Boden, wo der Held gelegen, schuf er sein Scheinbild, um das sich nun Trojaner und Griechen mit wilden Schlägen und Stößen zankten. Dann ermahnte Apollo den Ares, daß er den frechen Tydiden, der die Götter selbst bekämpfe, aus der Schlacht zu entfernen strebe. Und der Kriegsgott, in der Gestalt des Thrakiers Akamas, mischte sich im Getümmel unter die Söhne des Priamos und schalt sie: »Wie lange gönnet ihr den Griechen das Morden, ihr Fürsten? Wollt ihr warten, bis um die Tore eurer Stadt selbst gekämpft wird? Wißt ihr nicht, daß Äneas auf dem Boden liegt? Auf und retten wir den edlen Genossen aus der Hand der Feinde!« So erregte Ares die Herzen der Trojaner. Sarpedon, der Fürst der Lykier, näherte sich dem Hektor und sprach zu ihm: »Hektor, wohin ist dir dein Mut geschwunden? Rühmtest du dich doch jüngst, selbst ohne Verbündete, ohne Heeresmacht, mit deinen leiblichen Brüdern und Schwägern allein wolltest du Troja schirmen; nun aber sehe ich ihrer keinen in der Schlacht, sie schmiegen sich alle wie die Hunde vor dem Löwen, und wir Bundesgenossen allein müssen den Kampf aufrechterhalten!« Hektor fühlte den Vorwurf tief im Herzen, er sprang vom Wagen, schwenkte die Lanze, durchwandelte ermahnend alle Heldengeschwader und erweckte den tobenden Streit aufs neue. Seine Brüder und alle Trojaner kehrten die Stirne dem Feinde wieder zu. Auch den Äneas, mit Gesundheit und Kraft erfüllt, sandte Apollo wieder in den Kampf, daß er sich plötzlich unverletzt den Seinigen wieder zugesellte. Alle freuten sich, aber keiner nahm sich Zeit, ihn zu fragen; sie stürzten nur miteinander in die Schlacht.

Aber die Danaer, Diomedes, die beiden Ajax und Odysseus an der Spitze, erwarteten ruhig die Heranstürmenden wie ein unbewegliches Gewölk; und Agamemnon durcheilte die Heerschar und rief: »Jetzt seid Männer, o ihr Freunde, und ehret euch selbst in der Schlacht; denn wo ein Volk sich selbst ehrt, da stehen mehr Männer als fallen; aber für den Fliehenden gibt es keinen Ruhm und keine Rettung!« So rief er, schickte zuerst den Speer gegen die heranrückenden Trojaner ab und streckte den Freund des Äneas, den hochgeehrten Deïkoon, der immer im

Vorderkampfe stritt, nieder. Aber auch die gewaltige Hand des Äneas tötete zwei der tapfersten Danaer, Krethon und Orsilochos, Söhne des Diokles, die zu Pherai im Peloponnes wie zwei freudige Berglöwen zusammen aufgewachsen waren. Um die Gefallenen trauerte Menelaos, schwenkte den Speer und warf sich rasch in das vorderste Gewühl. Ares selbst spornte sein Herz, denn er hoffte, daß ihn Äneas fällen werde. Aber Antilochos, Nestors Sohn, um den Völkerhirten besorgt, stürzte gleichfalls hervor an seine Seite, während jene beiden schon voll Kampfgier ihre Lanzen gegeneinander gezückt hatten. Als Äneas zwei Helden sich gegenübersah, wich er zurück; Menelaos und Antilochos retteten die beiden Leichen aus den Händen der Feinde und übergaben sie den Freunden; sie selbst wandten sich dem Vorkampfe wieder zu. Menelaos durchstach den Pylaimenes, Antilochos hieb seinem Wagenlenker Mydon das Schwert in die Schläfe, daß er auf den Scheitel gestellt in den Staub stürzte, bis ihn seine eigenen Rosse umwarfen, die Antilochos mit der Geißel den Griechen zutrieb.

Jetzt aber jagte Hektor mit den tapfersten Heerscharen der Trojaner voran, und der Kriegsgott selbst wandelte bald vor, bald hinter ihm her. Als Diomedes den Gott kommen sah, stutzte der Held, wie ein Wanderer vor einem brausenden Wasserfalle staunt, und rief dem Volke zu: »Staunet nicht über die Unerschrockenheit Hektors, ihr Freunde, denn immer geht ein Gott neben ihm her und wehrt das Verderben von ihm ab. Darum, wenn wir weichen, so weichen wir den Göttern!« Indessen stürmten die Schlachtreihen der Trojaner immer näher heran, und Hektor erschlug zwei tapfere Griechen auf einem Streitwagen, den Anchialos und Menesthes. Ajax, der Telamonier, eilte herbei, sie zu rächen; er traf mit der Lanze den Amphios, einen Verbündeten der Trojaner, unter dem Gurte, daß er in dumpfem Falle zu Boden stürzte; dann stemmte er den Fuß auf den Leichnam und zog die Lanze heraus; ein Hagel von Speeren hinderte ihn, den Gefallenen der Rüstung zu berauben.

Auf einer andern Seite trieb ein böses Verhängnis den Herakliden Tlepolemos auf den Lykier Sarpedon zu, dem er schon von weitem zurief: »Was nötigt dich, hier in Angst zu vergehen, weibischer Asiate, der du dich fälschlich rühmst, ein Zeussohn zu sein wie mein Vater Herakles! Du bist feige, und selbst wenn du ein Tapferer wärest, so solltest du jetzt dem Hades nicht entgehen!« »Habe ich mir noch keinen Ruhm erworben«, entgegnete ihm Sarpedon, »so soll dein Tod mir ihn verschaffen!« Und nun kreuzten sich die Lanzen beider Helden; der Wurfspieß des Sarpedon traf den prahlerischen Gegner gerade in den Hals, daß die Spitze hinten hervordrang und er entseelt zur Erde stürzte. Aber auch des Tlepolemos Speer hatte den linken Schenkel Sarpedons bis auf die Knochen durchbohrt, und nur sein Vater Zeus hemmte den Tod. Die Freunde führten den Bebenden aus dem Kampfe, so hastig, daß keiner bemerkte, wie er die aus dem Schenkel hervorragende Lanze noch nachschleppte. Auch die Leiche des Tlepolemos trugen die Griechen aus dem Kampfe zurück.

Während Odysseus in der führerlosen Schar der Lykier wütete und schon ganz nahe an dem flüchtenden Sarpedon war, erfreute diesen der Anblick des herannahenden Hektor, und er rief ihm mit schwacher Stimme zu: »Priamos' Sohn, laß mich nicht den Achivern zum Raube daliegen; verteidige mich, daß ich mein Leben ruhig in dieser Stadt aushauchen mag, wenn ich doch das Land der Väter, mein Weib und mein Söhnlein nicht mehr sehen soll!« Ohne ein Wort zu erwidern, drängte Hektor die verfolgenden Griechen zurück, so daß selbst Odysseus nicht wagte, weiter vorzudringen. Nun legten den Sarpedon seine Freunde unweit vom Skäischen Tore unter der hohen Buche nieder, die seinem Vater Zeus heilig war, und sein Jugendgenosse Pelagon zog ihm den Speer aus dem Schenkel. Einen Augenblick verließ den Verwundeten die Besinnung, doch atmete er bald wieder auf, und ein kühler Nordwind wehte seinen matten Lebensgeistern Erfrischung zu.

Ares und Hektor bedrängten jetzt die Griechen, daß sie allmählich rückwärts wichen zu ihren Schiffen. Sechs herrliche Helden fielen allein von Hektors Hand. Mit Schrecken überblickte vom Olymp herab Hera, die Göttermutter, das Gemetzel, das die Trojaner unter dem Beistande des Ares anrichteten. Auf ihren Antrieb ward Athenes Wagen mit den ehernen, goldumfaßten Rädern, der silbernen Deichsel und dem goldenen Joche gerüstet, in welches Hera selbst ihr schnellfüßiges Rossegespann fügte; Athene aber hüllte sich in ihres Vaters Panzer, bedeckte das Haupt mit dem goldenen Helm, ergriff den Schild mit dem Gorgonenhaupte, faßte den Speer und schwang sich auf den silbernen Sessel, der in goldenen Riemen hing. Neben ihr sitzend, schwenkte Hera die Geißel und beflügelte die Rosse. Des Himmels Tor, das die Horen hüteten, krachte von selbst auf, und die riesigen Göttinnen fuhren an den Zacken des Olymp vorüber. Auf der höchsten Kuppe saß Zeus, und ihr Gespann einen Augenblick zügelnd, rief ihm Hera, seine Gemahlin, zu: »Zürnst du denn gar nicht, Vater, daß dein Sohn Ares das herrliche Volk der Griechen wider das Geschick verdirbt? Siehst du, wie sich Aphrodite und Apollo freuen, die den Wüterich gereizt haben? Nun wirst du mir doch erlauben, daß ich dem Frechen einen Streich versetze, der ihn aus dem Kampfe hinausstößt!« »Immerhin soll es dir gestattet sein«, rief ihr Zeus von seinem Sitze zu, »sende nur frisch meine Tochter Athene gegen ihn, die am bittersten zu kämpfen versteht.« Nun flog der Wagen zwischen dem Sternengewölbe und der Erde dahin, bis er sich am Zusammenflusse des Simois und Skamander mitsamt den Rossen auf den Boden niederließ.

Die Göttinnen eilten sofort in die Männerschlacht, wo die Krieger wie Löwen und Eber um den Tydiden gedrängt standen. Zu ihnen gesellte sich Hera in Stentors Gestalt und rief mit der ehernen Stimme dieses Helden: »Schämet euch, ihr Argiver! Seid ihr nur furchtbar, solange Achill an eurer Seite ficht? Der sitzt nun bei den Schiffen, und ihr vermöget nichts!« Mit diesem Ruf erregte sie den wankenden Mut der Danaer. Athene aber bahnte sich den Weg zu Diomedes selbst. Sie fand diesen an seinem Wagen stehend und die Wunde abkühlend, die ihm der Pfeil des Pandaros gebohrt hatte. Der Druck des breiten Schildgehenkes und der Schweiß peinigten ihn, und seine Hand fühlte sich kraftlos; mit Mühe lüftete er den Riemen und trocknete sich das Blut. Nun faßte die Göttin Athene das Joch der Rosse, stützte ihren Arm darauf und sprach zu dem Helden gekehrt: »In Wahrheit, der Sohn des mutigen Tydeus gleicht seinem Vater nicht sonderlich; dieser zwar war nur klein von Gestalt, aber doch ein immer rüstiger Kämpfer; schlug er sich doch vor Theben einmal ganz wider meinen Willen, und doch konnte ich ihm meinen Beistand nicht versagen. Auch hättest du dich meiner Obhut und meiner Hilfe zu erfreuen; aber ich weiß nicht, was es ist – starren dir deine Glieder von der Arbeit oder lähmt dich die sinnberaubende Furcht: genug, du scheinst mir nicht der Sohn des feurigen Tydeus zu sein!« Diomedes blickte bei diesen Reden der Göttin auf, staunte ihr ins Gesicht und sprach: »Wohl erkenne ich dich, Tochter des Zeus, und will dir die Wahrheit unverhohlen sagen. Weder Furcht noch Trägheit lähmen mich, sondern der gewaltigsten Götter einer. Du selbst hast mir das Auge aufgetan, daß ich ihn erkenne. Es ist Ares, der Gott des Krieges, den ich im Treffen der Trojaner walten sah; sieh hier die Ursache, warum ich selbst zurückwich und auch dem übrigen Griechenvolke gebot, sich hier um mich zu sammeln!« Darauf antwortete ihm Athene: »Diomedes, mein auserwählter Freund! Hinfort sollst du weder den Ares noch einen andern der Unsterblichen fürchten; ich selbst will deine Helferin sein. Lenke nur mutig deine Rosse dem rasenden Kriegsgott selber zu!« So sprach sie, gab seinem Wagenlenker Sthenelos einen leichten Stoß, daß er willig vom Streitwagen sprang, und setzte sich selbst in den Sessel zu dem herrlichen Helden. Die Achse stöhnte unter der Last der Göttin und des Stärksten unter den Griechen. Sofort ergriff Pallas Athene Zügel und Peitsche und lenkte den Huftritt der Rosse Ares, dem Kriegsgotte, zu. Dieser raubte gerade dem tapfersten Ätolier, Periphas, den er erschlagen hatte, die Rüstung. Als er aber den Diomedes im Streitwagen auf sich zukommen sah – die Göttin hatte sich in undurchdringliche Nacht gehüllt –, ließ er den Periphas liegen und eilte auf den Tydiden zu, über Joch und Zügel seiner Rosse herausgelehnt und mit der Lanze nach der Brust des Helden zielend. Aber Athene, unsichtbar, ergriff sie mit der Hand und gab ihr eine andere Richtung, daß sie ohne Ziel in die Luft hinausflog. Nun erhub sich Diomedes in seinem Wagensitze, und Athene selbst lenkte den Stoß seines Speeres, daß es dem Ares unter dem ehernen Leibgurt in die Weiche fuhr. Der Kriegsgott brüllte, wie zehntausend Sterbliche in der Schlacht schreien: Trojaner und Griechen zitterten, denn sie glaubten bei heiterer Luft den Donner des Zeus zu hören. Diomedes aber sah den Ares, in Wolken gehüllt, wie in einem Orkane zum Himmel emporfahren. Dort setzte sich der Kriegsgott neben den Donnerer, seinen Vater, und zeigte ihm das aus der Wunde herabtriefende Blut. Aber Zeus schaute finster und sprach: »Sohn, winsle mir hier nicht an meiner Seite! Von allen Olympiern bist du mir der Verhaßteste; immer hast du nur Zank und Fehde geliebt, mehr als alle anderen gleichest du an Trotz und Starrsinn deiner Mutter. Gewiß hat dieses Weh dir auch ihr Rat bereitet! Dennoch kann ich nicht länger mit ansehen, wie du leidest, und der Arzt der Götter wird dich heilen.« So übergab er ihn dem Paion, welcher der Wunde wahrnahm, daß sie sich auf der Stelle schloß.

Inzwischen waren auch die andern Götter in den Olymp zurückgekehrt, um die Feldschlacht der Troer und Danaer wieder sich selbst zu überlassen. Zuerst brach jetzt Ajax, der Sohn Telamons, in das Gedränge der Trojaner und machte den Seinigen wieder Luft, indem er Akamas, dem gewaltigsten Thrakier, die Stirne unter dem Helm durchbohrte. Darauf erschlug Diomedes den Axylos und seinen Wagenlenker; vor Euryalos erlagen drei andere edle Trojaner, vor Odysseus Pidytes, vor Teucer Aretaon, vor Antilochos Ableros, vor Agamemnon Elatos, vor andern andere. Den Adrastos erhaschte Menelaos, als ihn die Rosse, strauchelnd, auf den Boden geworfen und mit dem Wagen unter andern herrenlosen Pferden zur Stadt enteilten. Der liegende Feind umschlang die Knie des Fürsten und flehte jämmerlich: »Fange mich lebendig, Atride, nimm volle Lösung von Erz und Gold aus dem Schatze meines Vaters, der sie dir willig gibt, wenn er mich wieder lebendig umarmen darf!« Menelaos fühlte sein Herz im Busen bewegt, da lief Agamemnon heran und strafte ihn mit den Worten: »Sorgst du so für deine Feinde, Menelaos? Fürwahr, sie haben es um dich im Heimatlande verdient! Nein, keiner soll unserm Arm entfliehen, auch der Knabe im Mutterschoße nicht! Alles, was Troja großgezogen hat, soll ohne Erbarmen sterben!« Da stieß Menelaos den Flehenden mit der Hand von sich, und Agamemnon durchbohrte ihm den Leib mit er Lanze. Unter den stürmenden Argivern hörte man Nestors hallenden Ruf: »Freunde, daß ja keiner, zu Raub und Beute gewendet, dahinten bleibe! Jetzt gilt es nur, Männer zu töten; nachher könnt ihr gemächlich den Leichnamen die Rüstung abziehen!«

Bald wären jetzt die Trojaner ihrer Stadt überwunden zugeflohen, wenn nicht Helenos, der Sohn des Priamos, der kundigste Vogelschauer, sich zu Hektor und Äneas gewendet und so zu ihnen gesprochen hätte: »Alles beruht jetzt auf euch, ihr Freunde; nur wenn ihr das flüchtige Volk vor den Toren hemmet, vermögen wir selbst noch die Scharen der Danaer zu bekämpfen. Dir,

Äneas, übertragen die Götter zunächst dieses Geschäft. Du aber, Bruder Hektor, eile gen Troja und sage unserer Mutter ein Wort. Sie soll die edelsten Weiber auf der Burg im Tempel Athenes versammeln, ihr köstlichstes Gewand auf die Knie der Göttin legen und ihr zwölf untadelige Kühe geloben, wenn sie sich der trojanischen Frauen und Kinder und ihrer Stadt erbarmt und den schrecklichen Tydiden abwehrt.« Unverdrossen sprang Hektor vom Wagen, durchwandelte ermahnend die Geschwader und enteilte nach der Stadt.

GLAUKOS UND DIOMEDES

Auf dem Schlachtfelde rannten jetzt der Lykier Glaukos, der Enkel des Bellerophontes, und der Tydide Diomedes aus den Heeren hervor und begegneten voll Kampfgier einander. Als Diomedes den Gegner in der Nähe sah, maß er ihn mit den Blikken und sprach: »Wer bist du, edler Kämpfer? Noch nie bist du mir in der Feldschlacht begegnet, doch jetzt sehe ich dich vor andern weit hervorragen, da du es wagest, dich meiner Lanze entgegenzustellen; denn mir kommen nur Kinder in den Weg, die zum Unglücke geboren sind. Bist du aber ein Gott, der sterbliche Gestalt angenommen hat, so begebe ich mich des Kampfes. Ich fürchte den Zorn der Himmlischen und verlange nicht ferner nach dem Streite mit unsterblichen Göttern. Doch wenn du ein Sterblicher bist, so komm immerhin heran, du sollst dem Tode nicht entgehen!« Darauf antwortete der Sohn des Hippolochos: »Diomedes, was fragst du nach meinem Geschlecht? Wir Menschen sind wie Blätter im Walde, die der Wind verweht und der Frühling wieder treibt! Willst du es aber wissen, so höre: Mein Urahn ist Aiolos, der Sohn des Hellen, der zeugte den schlauen Sisyphos, Sisyphos zeugte den Glaukos, Glaukos den Bellerophontes, Bellerophontes den Hippolochos, und des Hippolochos Sohn bin ich. Dieser schickte mich her gen Troja, daß ich andern vorstreben und der Väter Geschlecht nicht schänden sollte.« Als der Gegner geendigt, stieß Diomedes seinen Schaft in die

Erde und rief ihm mit freundlichen Worten zu: »Wahrlich, edler Fürst, so bist du ja mein Gastfreund von Väterzeiten her, Öneus, mein Großvater, hat deinen Großvater Bellerophontes zwanzig Tage lang gastlich in seinem Hause beherbergt; und unsere Ahnen haben sich schöne Ehrengeschenke gereicht: der meine dem deinen einen purpurnen Leibgurt, der deinige dem meinigen einen golenen Henkelbecher, den ich noch in meiner Behausung verwahre. So bin ich denn dein Wirt in Argos und du der meine in Lykien, wenn ich je dorthin mit meinem Gefolge komme. Darum wollen wir uns im Schlachtgetümmel beide mit unsern Lanzen vermeiden. Gibt es doch für mich noch Trojaner genug zu töten und für dich der Griechen genug! Uns aber laß die Waffen miteinander vertauschen, damit auch die andern sehen, wie wir uns von Väterzeiten her rühmen, Gastfreunde zu sein!« So redeten jene, schwangen sich von den Streitwagen herab, faßten sich liebreich die Hände und gelobten einander gegenseitige Freundschaft. Zeus aber, der alles, was geschah, zugunsten der Griechen lenkte, verblendete den Sinn des Glaukos, daß er seine goldene Rüstung mit der ehernen des Diomedes wechselte; es war, wie wenn ein Mann gegen neun Farren hundert hergäbe.

HEKTOR IN TROJA

Hektor hatte unterdessen die Buche des Zeus und das Skäische Tor erreicht. Hier umringten ihn die Weiber und Töchter der Trojaner und forschten ängstlich nach Gemahlen, Söhnen, Brüdern und Verwandten. Nicht allen wußte er Bescheid zu geben; er ermahnte nur alle, die Götter anzuflehen. Doch viele hatten seine Nachrichten in Weh und Jammer versenkt. Jetzt war er am Palaste seines Vaters angekommen. Dieser war ein herrliches Gebäude, ringsum mit weithin sich dehnenden Säulenhallen geschmückt; im Innern waren fünfzig Gemächer aus glattem Marmor, eins ans andere nachbarlich angebaut. Hier wohnten die Söhne des Königes mit ihren Gemahlinnen. Auf der andern Seite des inneren Hofes reihten sich zwölf Marmorsäle aneinander, wo die Eidame des Königes mit seinen Töchtern hausten. Das Ganze war von einer hohen Mauer umschlossen und bildete für sich allein eine stattliche Burg. Hier begegnete Hektor seiner guten Mutter Hekabe, die eben zu ihrer liebsten und anmutigsten Tochter Laodike zu gehen im Begriffe war. Die greise Königin eilte auf Hektor zu, faßte ihm die Hand und sprach voll Sorgen und Liebe: »Sohn, wie kommst du zu uns aus der wütenden Schlacht? Die entsetzlichen Männer müssen uns wohl hart bedrängen, und du kommst gewiß, die Hände zu Zeus zu erheben. So verziehe denn, bis ich dir vom lieblichen Wein bringe, daß du dem Vater Zeus und den andern Göttern ein Trankopfer darbringen kannst und darauf dich selbst mit einem Labetrunk erquicken; denn der Wein ist doch die kräftigste Stärkung für einen müden Kämpfer!« Aber Hektor erwiderte der Königin: »Laß mir keinen Wein reichen, geliebte Mutter, daß du mich nicht entnervest und ich meiner Kraft vergesse; auch dem Göttervater scheue ich mich mit ungewaschener Hand Wein zu spenden; du hingegen geh, von den edelsten Frauen Trojas umringt, mit Räuchwerk zu Athenes Tempel, lege der Göttin dein köstlichstes Gewand auf die Knie und gelobe ihr zwölf untadelige Kühe, wenn sie sich unser erbarmt. Ich aber will hingehen, meinen Bruder Paris in die Schlacht zu berufen. Schlänge ihn doch die Erde lebendig hinab, denn er ist zu unserem Verderben geboren!«

Die Mutter tat, wie der Sohn sie angewiesen. Sie stieg in die duftende Kammer hinunter, wo die schönsten Seidengewande verwahrt lagen, die Paris selbst aus Sidon mitgebracht hatte, als er auf Umwegen mit Helena nach der Heimat schiffte. Eines davon, das größte, schönste, mit den herrlichsten Bildern durchwirkte, das zuunterst von allen lag, suchte sie hervor und wandelte nun, von der Schar der edelsten Weiber begleitet, nach der Burg, zu Athenes Tempel. Hier öffnete ihnen Antenors Gattin Theano, die trojanische Priesterin der Pallas, das Haus der Göttin. Die Frauen reihten sich um das Bild Athenes und huben mit Klagetönen die Hände zu der Göttin empor. Dann nahm Theano das Gewand aus den Händen der Königin, legte es auf die Knie des Bildes und flehte zu der Tochter des Zeus: »Pallas Athene, Beschirmerin der Städte, erhabene, machtvolle Göttin, brich du dem Diomedes den Speer, laß ihn selbst, auf sein Angesicht gestürzt, vor unsern Toren sich wälzen; erbarme dich der Stadt, der Frauen, der stammelnden Kinder! In dieser Hoffnung weihen wir dir zwölf untadelige Kühe.«

Aber Pallas Athene verweigerte ihnen im Herzen ihre Bitte. Hektor war inzwischen im Palaste des Paris angekommen, der hoch auf der Burg, in der Nähe vom Königspalast und von Hektors Wohnung, stand; denn beide Fürsten hatten von der Königswohnung abgesonderte Häuser. Er trug in der Rechten seinen Speer, der elf Ellen lang und dessen eherne Spitze am Schaft mit einem goldenen Ring umlegt war. Er fand den Bruder, wie er in seinem Gemache die Waffen musterte und das Horn des Bogens glättete; seine Gemahlin Helena saß emsig unter den Weibern und leitete ihr Tagewerk. Als Hektor jenen sah, schalt er ihn und rief: »Du tust nicht recht, so im Unmute hier zu sitzen, Bruder; um deinetwillen schlägt sich das Volk vor der Stadt im Feldgetümmel! Du selbst aber würdest mit jedem andern zanken, den du so saumselig zum Treffen sähest. Auf denn, ehe die Stadt unter den Feuerbränden unseres Feindes auflodert, hilf sie verteidigen mit uns!« Paris antwortete ihm: »Du tadelst mich nicht mit Unrecht, Bruder; doch habe ich nicht aus Unmut, sondern nur aus Gram hier in der Untätigkeit gesessen. Nun aber hat mir meine Gattin freundlich zugeredet, in die Schlacht hinauszugehen; so verziehe denn, bis ich meine Rüstung angezogen habe, oder geh: ich hoffe dir bald nachzufolgen.« Hektor schwieg darauf, aber Helena redete ihn mit Worten der Beschämung an: »O Schwager, ich bin ein schnödes, unheilstiftendes Weib! Hätte mich doch die Meereswoge verschlungen, ehe ich mit Paris hier ans Land stieg! Nun das Übel aber einmal verhängt worden: wäre ich doch wenigstens nur die Genossin eines besseren Mannes, der die Schmach und die vielen Vorwürfe, die er sich zuzieht, auch empfände; so aber hat er kein Herz im Leibe und wird keines haben, und die Frucht seiner Feigheit wird nicht ausbleiben. Aber du, Hektor, komm doch herein und ruhe von der Arbeit, die wegen meiner, des schändlichen Weibes, die wegen der Freveltat meines Gatten doch zumeist auf deinen Schultern lastet!« »Nein, Helena«, sprach Hektor, »heiß mich nicht so freundlich sitzen, ich darf wahrlich nicht: mein Herz drängt mich, den Trojanern zu helfen. Muntere du nur diesen Menschen da auf, und er selbst spute sich, daß er mich bald innerhalb der Stadtmauern erreiche. Ich will zuvor noch in meine eigene Wohnung gehen und nach Weib, Söhnlein und Gesinde schauen.« So sprach Hektor und enteilte. Aber er fand die Gattin nicht zu Hause. »Als sie hörte«, sprach zu ihm die Schaffnerin, »daß die Trojaner Not leiden und der Sieg sich zu den Griechen neige, verließ sie die Wohnung, wie außer sich, um einen der Stadttürme zu besteigen, und die Wärterin mußte ihr das Kind nachtragen.«

Schnell legte Hektor den Weg durch die Straßen Trojas jetzt wieder zurück. Als er das Skäische Tor erreicht, kam seine Gemahlin Andromache, die blühende Tochter des kilikischen Eëtion von Theben, eilenden Laufes gegen ihn her; die Dienerin, ihr folgend, trug das unmündige Knäblein Astyanax, schön wie ein Gestirn, an der Brust. Mit stillem Lächeln betrachtete der Vater den Knaben, Andromache aber trat ihm unter Tränen zur Seite, drückte ihm zärtlich die Hand und sprach: »Entsetzlicher Mann! gewiß tötet dich noch dein Mut, und du erbarmest dich weder deines stammelnden Kindes noch deines unglückseligen Weibes, das du bald zur Witwe machen wirst. Werde ich deiner beraubt, so wäre es das beste, ich sänke in den Boden hinab. Den Vater hat mir Achill getötet, meine Mutter hat der Bogen der Artemis erlegt, meine sieben Brüder hat auch der Pelide umgebracht, ohne dich habe ich keinen Trost, Hektor: du bist mir Vater und Mutter und Bruder. Darum erbarme dich, bleib hier auf dem Turm; mach dein Kind nicht zur Waise, dein Weib nicht zur Witwe! Das Heer stelle dort an den Feigenhügel: dort steht die Mauer dem Angriffe frei und ist am leichtesten zu ersteigen, dorthin haben die tapfersten Krieger, die Ajax beide, Idomeneus, die Atriden und Diomedes schon dreimal den Sturm gelenkt, sei es, daß ein Seher es ihnen offenbarte, sei's, daß das eigene Herz dieselben trieb!«

Liebreich antwortete Hektor seiner Gemahlin: »Auch mich härmt alles dieses, Geliebteste; aber ich müßte mich vor Trojas Männern und Frauen schämen, wenn ich, erschlafft wie ein Feiger, hier aus der Ferne zuschaute. Auch mein eigner Mut erlaubt es mir nicht, er hat mich immer gelehrt, im Vorderkampfe zu streiten; zwar das Herz weissagt es mir: der Tag wird kommen, wo die heilige Troja hinsinkt und Priamos und all sein Volk; aber weder der Trojaner Leid noch der eigenen Eltern und der leiblichen Brüder, wenn sie dann unter dem Schwert der Griechen fallen, geht mir so zu Herzen wie das deine, wenn dich, die Weinende, ein Danaer in die Knechtschaft führen wird und du dann zu Argos am Webestuhl sitzest oder Wasser trägst, vom harten Zwang belastet, und dann wohl ein Mann, dich in Tränen schauend, spricht: ›Das war Hektors Weib!‹ Decke mich der Grabhügel, ehe ich von deinem Geschrei und deiner Entführung hören muß!« So sprach er und streckte die Arme nach seinem Knäbchen aus; aber das Kind schmiegte sich schreiend an den Busen der Amme, von der Zärtlichkeit des Vaters erschreckt und vor dem ehernen Helm und dem fürchterlich flatternden Roßschweif erbangend. Der Vater schaute das Kind und die Mutter lächelnd an, nahm sich schnell den schimmernden Helm vom Haupte, legte ihn zu Boden, küßte sein geliebtes Söhnchen und wiegte es auf dem Arm. Dann flehte er zum Himmel empor: »Zeus und ihr Götter! laßt dies mein Knäblein werden wie mich selbst, voranstrebend dem Volk der Trojaner; laßt es mächtig werden in Troja und die Stadt beherrschen, und dereinst sage man, wenn es beutebeladen aus dem Streite heimkehrt: der ist noch weit tapferer als sein Vater; und darüber soll sich seine Mutter herzlich freuen!« Mit diesen Worten gab er den Sohn der Gattin in den Arm, die unter Tränen lächelnd ihn an den Busen drückte. Hektor aber streichelte sie, inniger Wehmut voll, mit der Hand und sagte: »Armes Weib, traure mir nicht zu sehr im Herzen, gegen das Geschick wird mich niemand töten; dem Verhängnis aber ist noch kein Sterblicher entronnen. Auf, geh du zur Spindel und zum Webestuhl und befiehl deinen Weibern! Den Männern Trojas liegt die Sorge für den Krieg ob, am meisten aber mir!« Als er dies gesagt, setzte sich Hektor den Helm auf und ging davon. Andromache schritt dem Hause zu, indem sie wiederholt rückwärts blickte und herzliche Tränen weinte. Als die Mägde in der Kammer sie erblickten, teilte sich ihnen allen ihr Gram und ihre Betrübnis mit, und Hektor wurde bei lebendigem Leib in seinem Palast betrauert.

Auch Paris hatte nicht gezaudert; in strahlenden Erzwaffen eilte er durch die Stadt, wie ein stattliches Roß die Halfter zerreißt und nach dem Strombade rennt. Er erreichte den Bruder, als dieser sich eben von seiner Gattin Andromache gewendet hatte. »Nicht wahr«, rief ihm Paris von weitem zu, »ich habe dich, mein älterer Bruder, durch mein Zaudern aufgehalten und bin nicht da zur rechten Zeit!« Aber Hektor antwortete ihm freundlich: »Mein Guter, billig zu reden bist du ein tapferer Streiter; nur säumst du oft gern und willst nicht, und sieh, da kränkt es mich dann innig, wenn ich unter dem Trojanervolke, das so viel für dich erduldet, schmähliche Reden über dich hören muß. Doch das wollen wir ein andermal ausmachen, wenn wir die Griechen aus Troas verjagt haben und um den Krug der Freiheit im Palaste sitzen!«

HEKTOR UND AJAX IM ZWEIKAMPF

Als die Göttin Athene vom Olymp herab die beiden Brüder so zum Kampfe hineilen sah, flog sie stürmisch hinunter zur Stadt Troja. An des Zeus Buche begegnete ihr Apollo, der von der Zinne der Burg, von wo er die Schlacht der Trojaner lenkte, daherkam und seine Schwester anredete: »Welch ein heftiger Eifer treibt dich vom Olymp herunter, Pallas? Bist du noch immer auf den Fall der Trojaner bedacht, Erbarmungslose? Wolltest du mir doch gehorchen und für heute den Entscheidungskampf ruhen lassen! Ein andermal mögen sie die Feldschlacht erneuern, weil ihr, du und Hera, doch nicht ruhet, bis ihr die hohe Stadt Troja verwüstet habt!« Ihm antwortete Athene: »Fernhintreffer, es sei, wie du sagst; und in derselben Absicht bin ich auch vom Olymp herabgekommen. Aber sage mir, wie gedenkst du den Männerkampf zu stillen?« »Wir wollen«, sprach Apollo, »dem gewaltigen Hektor seinen Mut noch steigern, daß er einen der Danaer zum entscheidenden Zweikampf herausfordert; laß uns dann sehen, was diese tun.« Athene war das zufrieden.

Das Gespräch der Unsterblichen hatte der Seher Helenos in seiner Seele vernommen; eilig trat er zu Hektor und sprach: »Weiser Sohn des Priamos, wolltest du diesmal meinem Rate gehorchen, der ich dein liebender Bruder bin? Heiß die andern alle, Trojaner und Griechen, vom Streite ruhen; du selbst aber fordre den Tapfersten aller Argiver zur Entscheidung heraus. Du kannst es ohne Gefahr; denn, glaube meinem Seherworte, der Tod ist noch nicht über dich verhängt.«

Hektor freute sich dieses Worts. Er hemmte die trojanischen Heerhaufen und trat, den Speer in der Mitte haltend, zwischen die kämpfenden Heere, und auf dieses Zeichen ruhte alsbald der Streit auf beiden Seiten; denn auch Agamemnon hieß seine Griechen sich lagern. Athene und Apollo aber setzten sich beide in Gestalt zweier Geier auf die Buche des Zeus und freuten sich des Männergewühls, bis beide Ordnungen, von Schilden, Helmen und hervorragenden Lanzen dicht umstarrt, gedrängt dasaßen, nur so viel sich regend als das Meer, wenn das Gekräusel des Westes darüber hinschauert. In der Mitte beider Völker begann jetzt Hektor: »Trojaner und ihr Griechen, höret, was mir mein Herz gebietet! Den Bundesvertrag, den wir jüngst geschlossen, hat Zeus nicht genehmigt, vielmehr beiden Völkern böse Entschlüsse eingegeben, bis entweder ihr selbst Troja erobert oder vor uns erlieget bei euren Schiffen. Nun sind die tapfersten Helden Griechenlands in eurem Heere. Welchem von solchen sein Herz gebeut, mit mir, dem göttergleichen Hektor, den Vorkampf zu wagen, der trete heraus! Die Bedingung, die ich stelle, ist diese, und Zeus sei mein Zeuge: wenn mein Gegner mich mit dem Speer erlegt, mag er meinen Waffenraub zu den Schiffen hinabtragen, doch meinen Leib nach Troja senden, daß er der Ehre des Scheiterhaufens in der Heimat teilhaftig werde; wenn aber mir Apollo Ruhm gewährt und ich meinen Gegner erlege, so hänge ich seine Rüstung im Tempel des Phöbos zu Troja auf, und den Erschlagenen möget ihr bei euren Schiffen mit Pracht bestatten und ihm am Hellespont ein Mal auftürmen, von dem einst in späten Zeiten der Schiffer noch sage: ›Sehet, hier ragt der Grabhügel des längstverstorbenen Mannes, der einst im Streit mit dem göttergleichen Hektor erlag!«

Also sprach jener; die Danaer aber schwiegen, denn es war schimpflich, den Kampf zu verweigern, und gefahrvoll, ihn anzunehmen. Endlich stand Menelaos auf und strafte seine Landsleute mit den Worten: »Wehe mir, ihr Prahler: Weiber, nicht Männer! Wäre es doch eine unvertilgbare Schande, wenn kein Danaer dem Hektor zu begegnen wagte! Möchtet ihr euch alle in Kot und Wasser verwandeln, wie ihr miteinander dasitzet, jeder ohne Herz und ohne Ruhm! So will ich denn mich selbst zum

Kampfe gürten und den Göttern den Ausgang anempfehlen!« So sprach er und warf sich in die Rüstung; und sein Tod wäre beschlossen gewesen, wenn nicht die Fürsten der Griechen aufgefahren wären und ihn zurückgehalten hätten. Ja selbst Agamemnon ergriff seine Rechte und sprach: »Bruder, bedenke dich! was fällt dir ein, den stärkern Mann bekämpfen zu wollen, vor dem selbst andern, als du bist, graut; mit dem Achill selber in der Feldschlacht sich zu messen gestutzt hat! Wir bitten dich alle, tritt zurück und setze dich nieder!« So wandte Agamemnon seinem Bruder das Herz. Und nun hielt Nestor eine strafende Rede an das Volk und erzählte seinen eigenen Zweikampf mit Ereuthalion, dem Arkadier. »Wäre ich noch so jugendlich«, endete er, »noch so ungeschwächter Kraft wie damals, so sollte Hektor seinen Kämpfer bald gefunden haben!« Auf seine Strafrede erhuben sich neun Fürsten in dem Heere: vor allen Agamemnon, ihm zunächst Diomedes, drauf die beiden Ajax zugleich; dann Idomeneus, sein Genosse Meriones, Eurypylos, Thoas und Odysseus. Sie alle erboten sich zu dem gefürchteten Kampf. »Das Los soll entscheiden«, begann von neuem Nestor; »wen es auch trifft, freuen werden sich die Griechen und der Erkorene mit, wenn er aus dem erbitterten Streit als Sieger hervorgeht.« Nun bezeichnete sich jeder selbst ein Los; alle zusammen wurden in den Helm Agamemnons geworfen; das Volk betete; Nestor schüttelte den Helm, und heraus sprang das Los des Telamonssohnes Ajax. Ein Herold zeigte dasselbe herumwandelnd den acht Helden vor Ajax, aber keiner erkannte es, bis die Reihe an den kam, der es sich selbst bezeichnet hatte. Freudig warf Ajax das Los vor die Füße und rief: »Freunde, wahrlich, es ist meines, und mein Herz ist froh, denn ich hoffe, über Hektor zu siegen. Ihr alle betet in der Stille oder laut, während ich mich rüste.« Das Volk gehorchte ihm, und bald stürmte Ajax, den riesigen Leib in blinkende Erzwaffen gehüllt, zum Kampfe vor, dem ungeheuren Kriegsgott selber ähnlich. Ein Lächeln flog über sein finsterernstes Antlitz, wie er mächtigen Schrittes, die gewaltige Lanze schwingend, einherwandelte. Alle Danaer freuten sich ringsum seines Anblicks, und Schrecken durchschauderte die Schlachtreihen der Trojaner. Ja dem gewaltigen Hektor selbst fing sein Herz im Busen an zu schlagen, aber er konnte nicht mehr ins Gewühl seiner Scharen zurückfliehen, hatte er doch selbst den Zweikampf gefordert.

Ajax näherte sich ihm, den ehernen siebenhäutigen Schild vortragend, den der berühmte Künstler Tychios ihm einst gefertigt. Als er ganz nahe vor Hektor stand, sprach er drohend: »Hektor, nun erkennst du, daß es im Danaervolk auch außer dem löwenherzigen Peliden noch Helden gibt, und zwar ihrer genug. Wohlan denn, beginne den blutigen Kampf!« Ihm antwortete Hektor: »Göttergleicher Sohn des Telamon, versuche mich nicht wie ein schwaches Kind oder ein unkriegerisches Weib. Sind mir doch die Männerschlachten wohlbekannt; ich weiß den Stierschild rechts und links hinzuwenden, weiß den Tanz des schrecklichen Kriegsgotts zu Fuße zu tanzen und die Rosse im Gewühl zu lenken! Wohlan, nicht mit heimlicher List sende ich den Speer nach dir, tapferer Held, nein, öffentlich: laß sehen, ob er dich treffe!« Mit diesen Worten entsandte er in hohem Schwung die Lanze, und sie fuhr dem Ajax in den Schild, durchdrang sechs Schichten und ermattete erst in der siebenten Haut. Jetzt flog die Lanze des Telamoniers durch die Luft: diese durchschmetterte dem Hektor den ganzen Schild, durchschnitt seinen Leibrock und würde ihm in die Weiche gedrungen sein, wenn nicht Hektor ihrem Fluge ausgebogen wäre. Beide zogen die Speere aus den Waffen und rannten wie unverwüstliche Waldeber aufs neue gegeneinander an. Hektor zielte, mit dem Speere stoßend, dem Ajax auf die Mitte des Schilds; aber seine Lanzenspitze bog sich und durchbrach das Erz nicht. Ajax hingegen durchbohrte mit dem Speere den Schild seines Gegners und streifte ihm selbst den Hals, daß ihm schwarzes Blut entspritzte. Nun wich Hektor wohl ein wenig rückwärts, seine nervige Rechte ergriff jedoch einen Feldstein und traf damit die Schildbuckel des Feindes, daß das Erz erdröhnte. Ajax aber hub einen noch viel größeren Stein vom Boden auf und sandte ihn mit solchem Schwunge dem Hektor zu, daß er den Schild einwärts brach und den Gegner am Knie verletzte, so daß derselbe rücklings hinsank; doch verlor er den Schild nicht aus den Händen, und Apollo, der ihm unsichtbar zur Seite stand, richtete ihn schnell vom Boden wieder auf. Beide wären jetzt mit dem Schwert aufeinander losgegangen, um den Streit endlich zu entscheiden: da eilten die Herolde der beiden Völker, Idaios, der Troer, Talthybios, der Grieche, herbei und streckten die Stäbe zwischen die Kämpfenden. »Nicht weiter gekämpft, ihr Kinder«, rief Idaios, »ihr seid ja beide tapfer, beide von Zeus geliebt; wir alle haben das gesehen! Jetzt aber kommt die Nacht herbei, gehorchet der Nacht.« »Ermahne du deinen eignen Volksgenossen!« entgegnete dem Herold Ajax, »er ist es ja, der den Tapfersten der Griechen zum Kampfe hervorgerufen hat! Will er es so, so mag ich dir gehorchen!« Und nun sprach Hektor selbst zu seinem Gegner: »Ajax, ein Gott hat dir den gewaltigen Leib, die Kraft und die Speerkunde verliehen: doch laß uns heute vom Entscheidungskampfe ausruhen; ein andermal wollen wir ihn erneuern und so lange fechten, bis ein Gott einem von beiden Völkern Sieg und Kriegsruhm verleiht! Nun laß uns aber auch noch einander rühmliche Gaben schenken, damit es einst bei Trojanern und Griechen heiße: sehet, sie kämpften miteinander den Kampf der Zwietracht, aber in Freundschaft sind sie voneinander geschieden!« So sprach Hektor und reichte dem Gegner sein Schwert mit dem silbernen Griff samt Scheide und zierlichem Wehrgehenk. Ajax aber löste seinen purpurnen Gurt vom Leibe und bot ihn dem Hektor dar. Dann schieden beide voneinander. Ajax zog sich in die Schar der Griechen zurück, Hektor ins Gewühl der Trojaner. Diese waren froh, ihren Helden unverletzt aus den Händen des furchtbaren Ajax zurückzuerhalten.

WAFFENSTILLSTAND

Die Fürsten der Danaer versammelten sich jetzt in dem Gezelte ihres Oberfeldherrn Agamemnon, wohin sie auch den seines Sieges sich hocherfreuenden Ajax jubelnd geführt hatten. Hier wurde dem Zeus ein fünfjähriger fetter Stier geopfert und beim Schmause der Sieger mit dem besten Rückenstücke geehrt. Als sie sich an Speise und Trank gesättiget, eröffnete Nestor den Rat der Fürsten mit dem Vorschlage, am andern Morgen den Krieg ruhen zu lassen und nach Abschluß eines Waffenstillstandes die Leichname der gefallenen Danaer auf Wagen, mit Rindern und Maultieren bespannt, abzuholen und abseits von den

Schiffen zu verbrennen, damit, wenn sie wieder zum Vaterlande heimzögen, ein jeder den Kindern seiner Verwandten den Staub der Ihrigen mitbringen könnte. Die Könige riefen ihm ringsumher Beifall.

Auf der andern Seite kamen auch die Trojaner auf ihrer Burg, vor dem Palaste des Königes, nicht ohne Schmerz und Verwirrung über den Ausgang des Zweikampfes, zur Versammlung, und hier stand der weise Antenor auf und sprach: »Höret mein Wort, ihr Trojaner und Bundesgenossen. Solange wir treulos gegen den heiligen Vertrag, den Pandaros gebrochen hat, kämpfen, kann unserm Volke keine Wohlfahrt blühen; deswegen berge ich meines Herzens Meinung und meinen Rat nicht, daß wir die Argiverin Helena mitsamt ihren Schätzen den Atriden ausliefern sollten.« Dagegen erhub sich Paris und erwiderte: »Wenn du im Ernste so geredet hast, Antenor, so haben dir wahrhaftig die Götter deinen Verstand geraubt; ich aber bekenne geradeheraus, daß ich das Weib nie wieder hergeben werde. Die Schätze, die ich aus Argos mitgeführt, mögen sie meinethalben wiederhaben; und ich will freiwillig von dem Meinigen noch hinzutun, was sie als Buße verlangen können!« Nach seinem Sohne sprach der greise König Priamos mit wohlmeinender Gesinnung: »Laßt uns heute nichts Weiteres mehr beginnen, ihr Freunde! Verteilet den Nachtimbiß unter das Heer, stellet die Wachen aus und überlasset euch, behutsam wie immer, dem Schlafe. Am nächsten Morgen aber soll Idaios, unser Herold, zu den Schiffen der Griechen gehen und denselben das friedsame Wort meines Sohnes Paris verkündigen, zugleich sie erforschen, ob sie geneigt seien, uns Waffenruhe zu gewähren, bis wir unsere Toten verbrannt haben. Können wir uns nicht vereinigen, so mag nachher die Feldschlacht wieder beginnen.«

So geschah es. Am andern Morgen erschien Idaios als Herold vor den Griechen und meldete das Anerbieten des Paris und den Vorschlag des Königes. Als die Helden der Danaer solches hörten, blieben alle lange stumm. Endlich begann Diomedes: »Laßt euch doch nicht einfallen, ihr Griechen, die Schätze anzunehmen; auch nicht, wenn ihr Helena dazubekämet. Der Einfältigste wird ja wohl hieraus erkennen, daß die Trojaner bereits mit dem Untergang bedroht sind!« Diesem Worte jauchzten die Fürsten alle Beifall zu, und Agamemnon sprach jetzt zu dem Herolde: »Du hast selbst den Bescheid der Griechen, was den Vorschlag des Paris betrifft, vernommen; die Verbrennung der Toten aber soll euch keineswegs verweigert sein; der Donnerer selbst soll diese unsere Zusage hören!« Mit diesen Worten hub er den Zepter gen Himmel. Idaios kehrte nach Troja zurück und traf den Rat der Trojaner wieder versammelt. Auf die willkommene Botschaft wurde es schnell in der Stadt lebendig; die einen holten die Leichname, die andern Holz aus der Waldung. Und ganz dasselbe geschah im Schiffslager der Griechen. Friedlich begegneten im Strahl der Morgensonne Feinde den Feinden und suchten ihre Toten, einer an der Seite des andern. Schwer war der Gegner vom Freunde zu erkennen, wie die Leichname blutig und der Rüstungen beraubt dalagen. Unter heißen Tränen wuschen die Trojaner den ihrigen, deren viel mehr waren, das Blut von den Gliedern, aber alle laute Wehklage verbot Priamos. So huben sie sie verstummt auf die Wagen und türmten unter großer Herzensbetrübnis die Scheiterhaufen auf. Dasselbe taten die Griechen, gleichfalls mit traurigem Herzen; und als die Glut ausgelodert, kehrten sie zu ihren Schiffen zurück. Der Tag war über dieser Arbeit zu Ende gegangen, und das Abendmahl begann. Gerade zur rechten Zeit waren aus Lemnos von Euneos, dem Sohne Iasons und Hypsipyles, Lastschiffe mit einer Ladung edlen Weines angekommen, den der Gastfreund den verwandten Griechen zum Geschenke sandte, viel tausend Krüge. Da ward ein lieblicher Festschmaus gerüstet, und als die Griechen ihre Beute bei den Schiffen untergebracht, setzten sie sich zum Mahle.

Auch die Trojaner wollten sich beim Schmause von der Schlacht erholen. Aber Zeus ließ ihnen keine Ruhe und schreckte sie die ganze Nacht hindurch mit Donnerschlägen, die sich von Zeit zu Zeit wiederholten und ihnen neues Unglück zu verkündigen schienen. Entsetzen faßte sie, und sie wagten den Becher nicht an den Mund zu führen, ohne dem zürnenden Göttervater ein Trankopfer auszugießen.

SIEG DER TROJANER

Für den Augenblick jedoch hatte es Zeus anders in seinem Rate beschlossen. »Höret mein Wort«, sprach er zu den versammelten Göttern und Göttinnen am andern Morgen, »wer mir heute hingeht, den Trojanern oder den Griechen beizustehen, den fasse ich und schleudere ihn in den Abgrund des Tartaros unter das Erdreich, so tief hinab, als tief unter dem Himmel die Erde liegt; dann verschließe ich die eiserne Pforte, welche die eherne Schwelle der Unterwelt verwahrt, und der Missetäter kommt mir nicht mehr herauf. Und zweifelt ihr an meiner Allmacht, so versucht es: befestiget eine goldene Kette am Himmel, hängt euch alle daran und sehet zu, ob ihr mich auf den Erdboden herabzuziehen vermögend seid. Vielmehr würde ich euch selbst mitsamt Erd und Meer emporziehen, die Kette an der Felsenkuppe des Olymp festbinden und so das Weltall in der Schwebe tragen.« Die Götter demütigten sich unter dieses zornige Wort; Zeus selbst bestieg seinen Donnerwagen und fuhr nach dem Ida, wo er einen Hain und Altar hatte. Dort setzte er sich auf die Höhe und überschaute mit freudigem Trotze die Stadt der Trojaner und das griechische Schiffslager. An beiden Orten warfen sich die Männer in die Rüstung. Der Trojaner waren zwar weniger, doch waren auch sie nach der Schlacht begierig, galt es ja den Kampf für ihre Weiber und Kinder. Bald öffneten sich bei ihnen die Tore, und ihr Kriegsheer stürzte, zu Fuß und zu Wagen, unter Getümmel heraus. Den Morgen über wurde mit gleichem Glücke gekämpft, und auf beiden Seiten strömte viel Blut auf den Boden. Als aber die Sonne hoch am Mittagshimmel stand, legte Zeus zwei Todeslose in seine goldene Waage, faßte sie in der Mitte und wog in der Luft. Da sank das Verhängnis der Griechen, daß ihr Gewicht sich bis zur Erde niedersenkte und das der Trojaner zum Himmel emporstieg.

Mit einem Donnerschlage kündigte er die verwandelte Schikkung dem Heere der Griechen an, indem ein Blitzstrahl mitten unter dasselbe herabfuhr. Bei diesem Anblicke durchschauderte ein ahnungsvoller Schrecken die Reihen der Griechen, und die größten Helden fingen an zu wanken. Idomeneus, Agamemnon, die beiden Ajax selbst hielten nicht mehr stand. Bald war nur noch der greise Nestor im Vorderkampf zu schauen, aber auch dieser nur gezwungen; denn Paris hatte sein Roß vorn am Mähnenbusch mit einem Pfeile tödlich getroffen. Das Pferd bäumte sich angstvoll und wälzte sich bald mit seiner Wunde; während nun Nestor dem Nebenroß die Stränge mit seinem Schwert abzuhauen bemüht war, kam Hektor mit seinem Wagen, in der Verfolgung der Griechen begriffen, auf ihn zugefahren; und jetzt war es um das Leben des edlen Greises geschehen, wenn nicht Diomedes herbeigeeilt wäre. Dieser schalt den mit umgewandtem Rücken den Schiffen zufliehenden Odysseus und ermunterte ihn vergebens zur Abwehr; dann stellte er sich selbst vor die Rosse Nestors, überantwortete sie dem Sthenelos und Eurymedon und nahm den Greis auf seinen eigenen Wagen. Hierauf ging er mit ihm gerade dem Hektor entgegen, schickte seinen Speer ab und verfehlte zwar den Helden selbst, durchschoß jedoch seinem Wagenlenker Eniopeus die Brust, daß er dem Wagen entsank. So tief ihn der Tod des Freundes schmerzte, ließ ihn Hektor doch liegen, rief einen andern Helden herbei, die Rosse zu lenken, und flog dem Diomedes entgegen. Hektor wäre verloren gewesen, wenn er sich mit dem Tydiden gemessen hätte, und der Göttervater wußte wohl, daß mit seinem Sturze sich die Schlacht gewendet und die Griechen noch an diesem Tage Ilion erobert hätten. Dies wollte Zeus nicht und schleuderte dicht vor dem Wagen des Diomedes einen Blitzstrahl in den Boden. Nestor ließ vor Schrecken die Zügel aus den Händen fahren und sprach: »Auf, Diomedes, wende deine Rosse zur Flucht; erkennst du nicht, daß Zeus dir heute den Sieg verweigert?« »Du hast recht, o Greis«, erwiderte dieser, »aber es empört mir das Herz, wenn Hektor einst in der Versammlung der Trojaner sagen darf: der Sohn des Tydeus hat sich vor mir in banger Flucht den Schiffen zugewendet!« Aber Nestor sprach: »Was denkst du, wenn dich Hektor auch feige schilt, werden ihm die Troer und Troerinnen glauben, deren Freunde und Gatten du in den Staub gestreckt hast?« Mit diesen Worten wandte er die Rosse zur Flucht, und Hektor, mit seinen Trojanern nachstürmend, rief: »Tydide, dich ehrten die Griechen in der Versammlung und beim Festmahl; künftig verachten sie dich wie ein zagendes Weib! Du bist es nicht, der Troja erobern und unsere Frauen zu Schiffe wegführen wird!« Da besann sich Diomedes dreimal, ob er die Rosse umlenken und dem Höhnenden entgegenfahren sollte; aber dreimal donnerte Zeus fürchterlich vom Ida her, und so setzte er die Flucht und Hektor die Verfolgung fort.

Vergebens wollte Hera, die dies mit Kummer sah, Poseidon, den besondern Schutzgott der Griechen, bewegen, seinem Volke beizustehen; er wagte es nicht, gegen das zornige Wort seines mächtigen Bruders zu handeln. Jetzt waren die Fliehenden mit Roß und Mann am Wall und Graben vor den Schiffen angekommen; und gewiß wäre Hektor eingedrungen und hätte die Brandfackel ins Schiffslager der Griechen geworfen, wenn nicht Agamemnon, von Hera ermutigt, die verstörten Griechen um sich gesammelt hätte. Er betrat das gewaltige Meerschiff des Odysseus, das in der Mitte stand und hoch über die andern hervorragte. Hier stand er auf dem Verdeck, den schimmernden Purpurmantel mit der nervigen Rechten sich über die Schulter schlagend, und rief, auf der einen Seite zu den Gezelten des salaminischen Ajax, auf der andern zu denen des Peliden hinab, wo auf beiden Seiten das flüchtende Heer sich zusammendrängte: »Schämet euch, Verworfene«, rief er, »wo ist euer Heldenmut jetzt, ihr Prahler bei den Krügen? Vor dem einen Hektor sind wir jetzt zunichte geworden; bald wird er unsere Schiffe in Brand stecken. O Zeus, mit welchem Fluche hast du mich beladen! Wenn ich dich je mit Gebeten und Opfern geehrt, so laß mich jetzt wenigstens entfliehen und entkommen und nicht hier bei den Schiffen von der Macht der Trojaner erdrückt werden!« So rief er unter Tränen, daß es den Göttervater selbst erbarmte und er den Griechen ein heilvolles Zeichen vom Himmel sandte, einen Adler, der ein junges Reh in den Klauen trug und vor dem Altar des Zeus selbst niederwarf.

Dieses Zeichen stärkte die Dananer, und aufs neue flogen sie vorwärts, dem Gewühl der eindringenden Feinde entgegen. Vor allen andern sprengte Diomedes mit seinen Rossen über den Graben hervor und stieß den Trojaner Agelaos, der vor ihm seinen Streitwagen zur Flucht wandte, mit dem Speere durch den Rücken. Nächst ihm drangen Agamemnon und Menelaos vor, ihnen zunächst die beiden Ajax; dann Idomeneus und Meriones; dann Eurypylos. Jetzt kam Teucer als der neunte; dieser hinter dem Schilde seines Halbbruders Ajax aufgestellt, schoß einen Trojaner um den andern mit seinen Pfeilen in den Staub. Schon hatte er ihrer achte zu Boden gestreckt, als Agamemnon einen freudigen Blick auf ihn warf und ihm zurief: »Triff so fort, edler Freund, und werde ein Licht der Danaer! Gewähren uns Zeus und Athene, Troja zu vertilgen, so sollst du der erste sein, dem ich ein Ehrengeschenk verleihe!« »Du brauchst mich nicht lange zu ermahnen, König«, antwortete ihm Teucer, »spare ich doch selbst nicht mit aller meiner Kraft! Nur den wütenden Hund zu treffen ist mir noch nicht gelungen!« Damit sandte er einen Pfeil gerade auf Hektor ab; dennoch fehlte das Geschoß und traf nur einen Bastard des Priamos, den Gorgythion, der sein helmbeschwertes Haupt zur Seite neigte, wie ein Mohnhaupt unter dem Regenschauer des Frühlings sich beugt. Einen zweiten Pfeil des Teucer lenkte Apollo ab; doch durchschoß er die Brust des Archeptolemos, der dem Hektor den Wagen lenkte. Auch diesen Freund ließ Hektor mit bitterem Schmerze liegen und rief einen dritten auf den Wagen. Dann drang er in heißer Begier auf Teucer los und traf ihn, als er eben den Bogen wieder spannte, mit einem langen, kantigen Stein am Schlüsselbeine, daß die Sehne ihm zerriß, die Hand am Knöchel erstarrte und er ins Knie sank. Aber Ajax vergaß des Bruders nicht, er umging ihn und deckte ihn so lange mit dem Schild, bis zwei Freunde den schwer Aufstöhnenden nach den Schiffen getragen hatten.

Nun aber stärkte Zeus den Trojanern den Mut wieder. Wütend und mit funkelnden Augen drang Hektor mit den ersten voran und verfolgte die Griechen, wie ein Hund den gehetzten Eber im Bergwalde verfolgt, indem er immer jeden Äußersten, der ihm in den Wurf kam, niederstreckte. Die Griechen wurden wieder zu den Schiffen zusammengedrängt und beteten geängstet zu ihren Göttern. Das erbarmte Hera, und zu Athene gewendet, sprach sie: »Wollen wir das sterbende Volk der Danaer immer noch nicht retten? Siehst du nicht, wie unerträglich Hektor dort unten wütet, welches Blutbad er schon angerichtet hat?« »Ja, mein Vater ist grausam«, antwortete Athene, »er hat ganz vergessen, wie getreulich ich seinem Sohne Herakles auf allen Abenteuern zur Seite gestanden habe. Aber die Schmeichlerin Thetis hat ihn mit ihren Liebkosungen bestochen, und nun bin ich ihm verhaßt geworden. Doch denke ich, nennt er mich einmal wieder sein blauäugiges Töchterlein. Hilf mir den Wagen anschirren, Hera; ich selbst will zum Vater nach dem Ida hinabeilen!«

Aber Zeus ergrimmte, als er dies innewurde, und seine windschnelle Botin Iris mußte den Wagen aufhalten, als er mit den beiden Göttinnen eben durch das vorderste Tor des Olymp hindurchfuhr. Auf seine zornige Botschaft lenkten diese um, und bald erschien Zeus auf dem Donnerwagen selbst wieder, daß die Höhen des Götterbergs vor seinem Nahen erbebten. Aber er blieb taub gegen die Bitten der Gemahlin und der Tochter. »Noch größeren Sieg der Trojaner sollst du morgen schauen«, sprach er zu Hera. »Nicht eher soll der gewaltige Hektor vom Streite ruhen, bis die Griechen in schrecklicher Bedrängnis, um die Steuerruder ihrer Schiffe zusammengedrängt, kämpfen und der zürnende Achill sich wieder in seinem Zelte erhebt. So ist es der Wille des Verhängnisses.« Hera ward traurig und verstummte.

Bei den Schiffen hatte die Nacht dem Kampf ein Ziel gesetzt. Hektor berief seine Krieger, seitwärts von den Schiffen, bei den Wirbeln des Skamander, zu einer Ratsversammlung und sprach: »Hätte uns die Nacht nicht ereilt, so wären die Feinde jetzt vertilgt. Aber auch so lasset uns nicht in die Stadt zurückkehren, sondern führet eilig aus derselben Hornvieh und Schafe herzu, auch Wein und Brot werde uns reichlich aus den Häusern herbeigeschafft; Wachtfeuer sollen uns rings vor einem Überfall der Feinde schützen, während wir des Mahles oder der Wunden pflegen. Mit Anbruch des Morgens erneuern wir den Angriff auf die Schiffe; dann will ich sehen, ob Diomedes mich zur Mauer hinwegdrängt oder ich ihm selbst die Rüstung vom Leichnam abziehe!« Die Trojaner rauschten ihm Beifall zu; es geschah nach seinem Rate; die ganze Nacht über rasteten sie, im Schutze von tausend Wachtfeuern, je fünfzig und fünfzig, bei Schmaus und Wein; ihre Rosse standen beim Geschirr und labten sich an Spelt und Gerste.

BOTSCHAFT DER GRIECHEN AN ACHILL

Im griechischen Lager hatte sich der Schrecken von der Flucht noch nicht gelegt, als Agamemnon die Fürsten Mann für Mann, doch nicht laut, zu einer Ratsversammlung rufen ließ. Tiefbekümmert saßen sie bald beisammen, und unter schweren Seufzern sprach der Völkerfürst: »Freunde und Pfleger des Volkes, in schwere Schuld hat mich Zeus verstrickt. Er, dessen gnädiger Wink mir verheißen hatte, daß ich als Sieger nach Vertilgung Trojas heimgehen sollte, hat mich betrogen und befiehlt mir jetzt, so viele tapfere Männer auf der Walstatt zurücklassend, ruhmlos nach Argos heimzukehren. Vergebens widersetzen wir uns dem Willen dessen, der schon so vielen Städten das Haupt zerschmettert hat und noch zerschmettern wird. Aber Troja sollen wir nicht erobern. So gehorchet mir denn, und laßt uns auf den schnellen Schiffen zum Lande der Väter fliehen!«

Lang blieben die bekümmerten Helden Griechenlands stumm, als sie das traurige Wort vernommen hatten, bis endlich Diomedes zu reden begann: »Zwar schmähtest du jüngst«, sprach er, »meinen Mut und meine Tapferkeit vor den Griechen, o König, jetzt aber will mir bedünken, daß dir selbst Zeus mit dem Zepter der Macht die Tapferkeit nicht verliehen hat. Glaubst du denn im Ernste, die Männer Griechenlands seien so unkriegerisch, wie du geredet? Wohl, wenn dich das Herz so sehr nach der Heimat drängt, so wandre! der Weg ist frei, und dein Schiff steht bereit! Wir andern Achiver wollen bleiben, bis wir die Burg des Priamos zerstört haben. Ja, wenn sie alle davongingen, so blieben doch wir, ich und mein Freund Sthenelos, und kämpften fort, im Glauben, daß eine Gottheit uns hierhergeführt!« Die Helden jubelten bei diesem Worte, und Nestor sprach: »Du könntest mein jüngster Sohn sein, o Jüngling, und doch hast du lauter Verständiges gesprochen. Auf daher, Agamemnon, gibt den Führern ein Mahl, du hast ja Weins genug in den Zelten; die Scharenhüter sollen sich am Graben draußen vor der Mauer lagern, du aber horche beim Becher auf den Rat der Besten unter dem Volke.«

So geschah es. Die Fürsten schmausten bei Agamemnon getrösteteren Muts, und nach dem Mahle sprach Nestor wieder in der Versammlung: »Agamemnon, du weißt, was seit dem Tage geschehen ist, an welchem du dem zürnenden Peliden die schöne Tochter des Brises aus den Zelten raubtest, wider unsern Sinn; denn ich habe dich mit großem Ernst abgemahnt. Jetzt ist es Zeit, darauf zu sinnen, wie wir das Herz des Gekränkten zur Versöhnung bewegen mögen.« »Du hast recht, o Greis«, antwortete Agamemnon, »ich habe gefehlt und leugne es nicht. Auch will ich es gerne gutmachen und dem Beleidigten unendliche Sühnung bieten: zehn Talente Goldes, sieben Dreifüße, zwanzig Becken, zwölf Rosse, sieben blühende lesbische Weiber, die ich selbst erobert, endlich die liebliche Jungfrau Briseïs selbst, die ich, obgleich ich sie dem Achill entrissen, doch immer in Ehren gehalten habe, wie ich mit heiligem Eide beschwören kann. Erobern wir dann Troja und teilen den Siegesraub, so will ich ihm selbst sein Schiff mit Erz und Gold vollfüllen, und er mag sich zwanzig Trojanerinnen, die schönsten nach Helena, zur Beute heraussuchen. Kommen wir nach Argos heim, so soll er sich eine von meinen Töchtern zur Gattin erwählen; er wird mir ein lieber Eidam sein, und meinen eigenen einzigen Sohn Orestes will ich nicht höher halten. Sieben Städte werde ich ihm zum Brautschatz geben. Solches alles will ich tun, sobald er von seinem Zorn abläßt.«

»Fürwahr«, antwortete ihm Nestor, »du bietest dem Fürsten Achill keine verächtlichen Gaben. Senden wir denn auf der Stelle auserlesene Männer, Phönix als Führer, dann den großen Ajax und den edlen Odysseus und mit ihnen die Herolde Hodios und Eurybates, zu den Zelten des zürnenden Helden.«

Nach einem feierlichen Trankopfer verließen wirklich die von Nestor ausgewählten Fürsten die Versammlung und gelangten in kurzem zu den Schiffen der Myrmidonen. Hier fanden sie den Achill, wie er auf der schönen gewölbten Leier mit silbernem Stege, einer Beute aus Eëtions Stadt, sein Herz erlabend spielte und Siegestaten der Helden dazu sang. Ihm gegenüber saß sein Freund Patroklos und harrte schweigend, bis jener den Gesang beendigt hätte. Als der Pelide die Abgesandten, Odysseus an der Spitze, kommen sah, erhub er sich staunend von seinem Sitze, die Leier in der Hand behaltend. Auch Patroklos stand auf, sobald er ihrer ansichtig wurde; beide gingen ihnen entgegen, und Achill faßte den Phönix und den Odysseus bei den Händen und rief: »Freude sei mit euch, ihr Teuren! Zwar führt euch gewiß irgendeine Not zu mir her; doch ich liebe euch so sehr vor allen Griechen, daß ihr auch dem Zürnenden willkommen seid.« Schnell brachte jetzt Patroklos einen großen Krug Weines herbei. Achill selbst steckte den Rücken einer Ziege und eines Schafes und das Schulterblatt eines Mastschweins an den Spieß und briet alles mit Hilfe seines Gefährten Automedon. Nachdem sie sich nun, um das Mahl gelagert, an Speise und Trank gelabt hatten, winkte Ajax dem Phönix; Odysseus aber kam diesem zuvor, füllte den Becher mit Wein und trank dem Peliden mit einem Handschlage zu; dann begann er: »Heil dir, Pelide, deinem Schmaus gebricht es nicht an Fülle; aber nicht das liebliche Mahl ist's, wonach uns verlangt, sondern unser großes Unglück führt uns zu dir. Denn jetzt gilt es unsere Rettung oder unsern Untergang, je nachdem du mit uns gehest oder nicht. Die Trojaner bedrohen den Steinwall und unsere Schiffe; Hektor, die Augen voll Mordlust, wütet, auf Zeus vertrauend. Erhebe dich denn, die Griechen wenn auch spät, zu befreien; bändige den Stolz deines Herzens; glaube mir, freundlicher Sinn ist besser als verderblicher Zank. Hat dir doch dein Vater Peleus selbst solche Ermahnungen mit auf den Zug gegeben!« Dann zählte ihm Odysseus alle die herrlichen Gaben auf, die Agamemnon ihm zur Sühne anbieten ließ und noch weiter versprach.

Aber Achill erwiderte: »Edler Sohn des Laërtes, ich muß deine schöne Rede von der Brust weg mit Nein beantworten. Agamemnon ist mir verhaßt wie die Pforte des Hades, und weder er noch die Griechen werden mich bereden, wieder in ihren Reihen zu kämpfen; denn wann habe ich einen Dank für meine Heldenarbeit davongetragen? Wie eine Mutter den nackten Vögelchen den gefundenen Bissen darbringt, auch wenn sie selbst hungert, so habe ich unruhige Nächte und blutige Tage genug zugebracht, um jenen Undankbaren ein Weib zu erobern, und was ich erbeutet hatte, brachte ich dem Atriden zur Gabe dar; er aber nahm die Schätze, behielt das meiste und verteilte davon nur weniges; mir selbst hat er auch die lieblichste Beute entrissen. Darum will ich morgen schon Zeus und den Göttern opfern; noch im Morgenrote sollen meine Schiffe im Hellespont schwimmen, und in dreien Tagen hoffe ich in Phthia zu Hause zu sein. Einmal hat er mich betrogen, zum zweiten Male wird er mich nicht täuschen; er begnüge sich! Gehet und meldet den Fürsten diese Botschaft, Phönix aber bleibe, wenn es ihm gefällt, und schiffe heim mit mir ins Land der Väter!«

Vergebens suchte Phönix, sein alter Freund und Führer, den jungen Helden auf andere Gedanken zu bringen. Dieser winkte dem Patroklos, dem alten Helden ein warmes Bette zurechtzumachen. Da stand Ajax auf und sprach: »Odysseus, laß uns gehen, in der Brust des Grausamen wohnt keine Milde; den Unbarmherzigen bewegt nicht die Freundschaft der Genossen, er trägt ein unversöhnliches Herz im Busen!« Auch Odysseus erhob sich nun vom Mahle, und nachdem sie den Göttern das Trankopfer dargebracht, verließen sie mit den Herolden das Zelt des Achill, bei dem nur Phönix zurückblieb.

DOLON UND RHESOS

Als Odysseus die unwillkommene Botschaft aus dem Zelte des Peliden mitbrachte, verstummten Agamemnon und die Fürsten. Kein Schlaf legte sich die ganze Nacht über auf die Augenlider der Atriden; in banger Angst erhoben sich beide noch lang vor Tagesanbruch und teilten sich in ihr Geschäft. Menelaos ging, die Helden Mann für Mann in den Zelten zu bearbeiten; Agamemnon aber wandelte nach der Lagerhütte Nestors. Er fand den Greis noch im weichen Bette ruhend; Rüstung, Schild, Helm, Gurt und zwei Lanzen lagen an der Seite des Lagers. Der Greis, aus dem Schlaf erweckt, stützte sich auf den Ellbogen und rief dem Atriden zu: »Wer bist du, der in finsterer Nacht, wo andere Sterbliche schlummern, so einsam durch die Schiffe wandelt, als suchtest du einen Freund oder ein verlaufenes Maultier? So rede doch, du Schweigender, was suchst du?« »Erkenne mich, Nestor«, sprach jener leise, »ich bin Agamemnon, den Zeus in so unergründliches Leid versenkt hat; kein Schlaf kommt in meine Augen; mein Herz klopft; meine Glieder zittern aus Angst um die Danaer. Laß uns zu den Hütern hinabgehen, ob sie nicht schlummern. Weiß doch keiner von uns, ob die Feinde nicht noch in der Nacht einen Angriff machen werden!« Nestor zog eilig seinen wollenen Leibrock an, warf den Purpurmantel um, ergriff die Lanze und durchwandelte mit dem Könige die Schiffsgassen. Zuerst weckten sie Odysseus, der auf ihren Ruf sogleich den Schild um die Schultern warf und ihnen folgte; dann nahte sich Nestor dem Zelt und der Lagerstatt des Tydiden, berührte ihm den Fuß mit der Ferse und weckte ihn scheltend. »Unmüßiger Greis«, antwortete der Held im halben Schlafe, »du kannst doch nimmer von der Arbeit ruhen! Gäbe es nicht Jüngere genug, die das Heer bei Nacht durchwandern und die Helden aus dem Schlafe wecken könnten? Aber du bist unbändig, Alter!« »Du hast wohlziemend geredet«, erwiderte ihm Nestor, »habe ich doch selbst Völker genug, dazu treffliche Söhne, die dies Amt verrichten könnten. Aber die Bedrängnis der Achiver ist viel zu groß, als daß ich nicht selbst tun sollte, was das Herz mir gebietet. Auf der Schwertspitze steht bei ihnen Untergang und Leben; deswegen erhebe dich und hilf du selbst uns den Ajax und Meges, den Sohn des Phyleus, wecken!« Diomedes warf sogleich sein Löwenfell um die Schultern und holte die verlangten Helden. Nun musterten sie zusammen die Schar der Hüter, aber keinen fanden sie schlafend: alle saßen munter und wach in ihren Rüstungen da.

Allmählich waren jetzt alle Fürsten vom Schlaf aufgeweckt worden, und bald saß die Ratsversammlung vollständig beisammen. Nestor aber begann das Gespräch: »Wie wär es, ihr Freunde«, sagte er, »wenn jetzt ein Mann die Kühnheit hätte, hinzugehen zu den Trojanern, ob er nicht etwa einen der Äußersten erhaschen könnte oder ihren Rat erlauschen und erfahren, ob sie hier auf dem Schlachtfelde zu bleiben gedenken oder mit dem Siege sich in ihre Stadt zurückzuziehen? Edle Gaben sollten den kühnen Mann belohnen, der solches wagte!« Als Nestor ausgeredet, stand Diomedes auf und erbot sich zu dem Wagnisse, falls ein Begleiter sich zu ihm gesellen wollte. Da fanden sich viele bereit: die Ajax beide, Meriones, Antilochos, Menelaos und Odysseus; und Diomedes sprach: »Wenn ihr mir anheimstellet, den Genossen selbst zu wählen, wie sollte ich des Odysseus vergessen, der in jeder Gefahr ein so entschlossenes Herz zeigt und den Pallas Athene liebt! Wenn er mich begleitet, glaube ich, wir würden aus einem Flammenofen zurückkehren; denn er weiß Rat wie keiner.« »Schilt und rühme mich nicht zu sehr«, antwortete Odysseus, »du redest beides vor kundigen Männern! Aber gehen wir; denn die Sterne sind schon weit vorgerückt, und wir haben nur noch ein Dritteil von der Nacht übrig.«

Darauf hüllten sich beide in furchtbare Rüstung und machten sich unkenntlich; Diomedes ließ Schwert und Schild bei den Schiffen und entlehnte das zweischneidige Schwert des Helden Thrasymedes sowie dessen Sturmhaube und Stierhaut, ohne Federbusch und Roßschweif. Dem Odysseus gab Meriones Bogen, Köcher und Schwert und einen Helm von Leder und Filz mit Schweinshauern. So verließen sie das griechische Lager und wandelten in der Nacht dahin. Da hörten sie einen Reiher von der rechten Seite schreiend vorüberflattern, wurden des Glückszeichens froh, das ihnen Pallas Athene sendete, und flehten zu ihr um Begünstigung ihres Unternehmens. So gingen sie durch Waffen, Blut und Leichen im Dunkel dahin, an Mut zween wilden Löwen gleich.

Während diese Auskundschaftung im griechischen Lager verabredet wurde, hatte in der Versammlung seiner Trojaner Hektor denselben Vorschlag gemacht und aus der griechischen Beute, die er hoffte, einen Wagen und zwei der edelsten Rosse dem Manne versprochen, der es über sich nehmen würde, den Zustand des griechischen Lagers zu erforschen. Nun befand sich unter dem trojanischen Volke der Sohn des Eumedes, eines edlen Herolds, namens Dolon, ein an Geld und Erz wohlbegüterter Mann von unansehnlicher Gestalt, aber ein gar hurtiger Läufer, neben fünf Schwestern der einzige Sohn. Diesen reizte die Kühnheit seines Herzens, daß er gegen das Versprechen, den Wagen und die Rosse des Achill zu erhalten, es über sich nahm, das feindliche Kriegsheer zu durchwandern, bis er an Agamemnons Feldherrnschiff käme, um dort den Fürstenrat der Danaer zu belauschen. Er hängte eilend seinen Bogen um die Schulter, hüllte sich in ein graues, zottiges Wolfsfell, setzte einen Otterhelm auf das Haupt, faßte den Wurfspieß und ging mit Begier seinen Weg. Dieser aber führte ihn ganz nahe an den auf gleichem Gange begriffenen Griechenhelden vorüber. Odysseus merkte den Tritt des Herannahenden und flüsterte seinem Gesellen zu: »Diomedes, dort kommt ein Mann aus dem trojanischen Lager herangewandelt; entweder es ist ein Kundschafter, oder er will die Leichname auf dem Schlachtfelde berauben; lassen wir ihn ein wenig vorübergehen, dann wollen wir ihm nachjagen und ihn entweder erhaschen oder nach den Schiffen treiben.« Nun schmiegten sich beide abseits von dem Wege unter die Toten, und Dolon lief sorglos vorüber. Als er einen Bogenschuß entfernt war, hörte er das Geräusch der Helden und stand stille, denn er vermutete, daß Hektor ihn durch befreundete Boten zurückrufen lasse; bald aber waren die Helden nur noch einen Speerwurf entfernt, und jetzt erkannte er sie als Feinde. Nun regte er seine schnellen Knie und flog dahin wie ein Hund, der einen Hasen verfolgt. »Steh oder ich werfe meine Lanze nach dir«, donnerte Diomedes und entsandte seinen Speer, jedoch mit Vorsatz fehlend, so daß das Erz über die Schulter des Laufenden hin in den Boden fuhr. Dolon stand, starr und bleich vor Schrekken; sein Kinn bebte, und die Zähne klapperten ihm. »Fahet mich lebendig«, rief er unter Tränen, als die herankeuchenden Helden ihn mit beiden Händen festhielten, »ich bin reich und will euch als Lösegeld Eisenerz und Gold geben, soviel ihr nur wollet!« »Sei getrost«, sprach Odysseus zu ihm, »und mach dir keine Todesgedanken, aber sag uns die Wahrheit, was dich diesen Weg führte.« Als Dolon zitternd und bebend alles gestanden, sprach Odysseus lächelnd: »Fürwahr, du hast keinen schlechten Geschmack, Bursche, daß deine Seele nach dem Gespann des Peliden gelüstet! Jetzt aber sage mir auf der Stelle: wo verließest du den Hektor, wo stehen seine Rosse, wo ist das Kriegsgeräte? wo sind die andern Trojaner? wo die Bundesgenossen?« Dolon antwortete: »Hektor berät sich mit den Fürsten am Grabmale des Ilos; das Kriegsheer ist ohne besondere Wachen um Feuer gelagert, die fern herbeigerufenen Bundesgenossen aber, die für keine Weiber und Kinder zu sorgen haben, schlafen getrennt von dem Heere und unbewacht. Wenn ihr in das trojanische Lager wandeln wollet, so stoßet ihr zuerst auf die eben angekommenen Thrakier, die um ihren Fürsten Rhesos, den Sohn des Eïoneus, hingestreckt ruhen. Seine blendend weißen Rosse sind die schönsten, größesten und schnellfüßigsten, die ich je gesehen habe; sein Wagen ist mit Silber und Gold köstlich geschmückt; er selbst trägt eine wundervolle goldne Rüstung wie ein Unsterblicher und nicht wie ein Mensch. Nun wißt ihr alles, führet mich nun nach den Schiffen oder laßt mich gebunden hier und überzeuget euch, daß ich die Wahrheit gesagt habe.« Aber Diomedes schaute den Gefangenen finster an und sprach: »Ich merke wohl, Betrüger, du sinnest auf Flucht; aber meine Hand wird dafür sorgen, daß du den Argivern nicht mehr verderblich sein kannst!« Zitternd erhob Dolon seine Rechte, das Kinn des Helden flehentlich zu berühren, als schon das Schwert des Tydiden ihm durch den Nacken fuhr, daß das Haupt des Redenden in den Staub hinrollte. Hierauf nahmen ihm die Helden den Otterhelm vom Scheitel, zogen dem Rumpfe das Wolfsfell ab, lösten den Bogen, nahmen den Speer des Getöteten zur Hand und legten die ganze Rüstung zum Merkmale für den Heimweg auf einige Rohrbüschel; dann gingen sie vorwärts und stießen endlich auf die harmlos schlafenden Thrakier. Bei jedem stand ein Doppelgespann von stampfenden Rossen; die Rüstungen lagen in schöner Ordnung und in dreifachen Reihen blinkend auf dem Boden. In der Mitte schlief Rhesos, und seine Rosse standen am hintersten Wagenringe, mit Riemen angebunden. »Hier sind unsre Leute«, sprach Odysseus ins Ohr des Tydiden; »jetzt gilt es Tätigkeit, löse du die Rosse ab, oder besser, töte du die Männer und laß mir die Rosse.« Diomedes antwortete ihm nicht, sondern wie ein Löwe unter Ziegen oder Schafe fährt, hieb er wild um sich her, daß sich ein Röcheln unter seinem Schwert erhub und der Boden rot von Blute ward. Bald hatte er zwölf Thrakier gemordet; der kluge Odysseus aber zog jeden Getöteten, am Fuß ihn ergreifend, zurück, um den Rossen eine Bahn zu machen. Nun hieb Diomedes auch den dreizehnten nieder: und dies war der König Rhesos, der eben in einem schweren Traume stöhnte, den ihm die Götter gesendet hatten. Inzwischen hatte Odysseus die Rosse vom Wagen abgelöst, mit Riemen verbunden und, indem er sich seines Bogens anstatt der Geißel bediente, sie aus dem Haufen hinweggetrieben. Dann gab er seinem Genossen ein Zeichen durch leises Pfeifen: dieser besann sich, ob er den köstlichen Wagen an der Deichsel wegziehen oder auf den Schultern hinaustragen sollte; da nahte ihm warnend Pallas, die Göttin, und trieb ihn zur Flucht. Eilend bestieg Diomedes das eine Roß, Odysseus trieb, nebenher laufend, beide mit dem Bogen an, und nun flogen sie dem Schiffslager wieder zu.

Der Schutzgott der Trojaner, Apollo, hatte bemerkt, wie sich Athene zu Diomedes gesellte. Dies verdroß ihn; er machte sich ins Getümmel des trojanischen Heeres und weckte den tapfern Freund des Rhesos, den Thrakier Hippokoon, aus dem Schlaf. Als dieser die Stelle, wo die Rosse des Fürsten gestanden, leer und ermordete Männer am Boden zuckend fand, rief er laut wehklagend den Namen seines Freundes. Die Trojaner stürzten im Aufruhr heran und starrten vor Schrecken, als sie die entsetzliche Tat sahen.

Unterdessen hatten die beiden Griechenhelden den Ort wieder erreicht, wo sie den Dolon getötet hatten; Diomedes sprang vom Rosse, schwang sich aber wieder hinauf, nachdem er die Rüstung den Händen des Freundes überreicht; Odysseus bestieg das andere Tier, und bald waren sie mit den rasch dahinfliegenden Pferden bei den Schiffen angekommen. Nestor hörte zuerst das Stampfen der Hufe und machte die Fürsten der Griechen aufmerksam; aber ehe er sich recht besinnen konnte, ob er geirrt oder Wirkliches vernommen, waren die Helden mit den Rossen da, schwangen sich vom Pferde, reichten den Freunden die Hände ringsumher zum Gruße und erzählten unter dem Jubel des Heeres den glücklichen Erfolg ihres Unternehmens. Dann trieb Odysseus die Rosse durch den Graben, und die andern Achiver folgten ihm jauchzend zur Lagerhütte des Tydiden. Dort wurden die Pferde zu den andern Rossen des Fürsten an die mit Weizen wohlgefüllte Krippe gebunden. Die blutige Rüstung Dolons aber legte Odysseus hinten im Schiffe nieder, bis sie bei einem Dankfest Athenes prangen könnte. Nun spülten sich beide Helden mit der Meerflut Schweiß und Blut von den Gliedern, setzten sich zum warmen Bad in Wannen, salbten sich mit Öl und genossen das Frühmahl beim vollen Kruge; und Pallas Athene ward mit dem Trankopfer nicht vergessen.

ZWEITE NIEDERLAGE DER GRIECHEN

Es war Morgen. Agamemnon befahl dem Volke, sich zu gürten, und legte selbst die Rüstung an, den herrlichen Harnisch, an dem zehn bläuliche Stahlstreifen mit zwölf aus funkelndem Gold und zwanzig aus Zinn wechselten; die Halsbrünne bildeten drei Drachen, glänzend wie Regenbogen; der Panzer war ein Geschenk des Kinyras, Fürsten von Cypern; dann warf er sich das Schwert, mit goldenen Buckeln am Griff, in silberner Scheide, am strahlenden Goldgehenke befestigt, um die Schulter; darauf hob er den kunstreich gewölbten Schild, um den zehn Erzkreise herliefen und zwanzig weiße zinnerne Buckeln blinkten; auf dem mittleren dunkelblauen Felde war das gräßliche Gorgonenhaupt abgebildet, das Schildgehenk hatte die Gestalt eines bläulichen Drachens mit drei gekrümmten Häuptern. Dann setzte er sich den viergipflichten, von Roßhaaren umwallten Helm, mit fürchterlich nickendem Helmbusch, aufs Haupt, ergriff zwei mächtige Lanzen mit strahlenden Erzspitzen und schritt in die Schlacht. Hera und Athene begrüßten vom Himmel herab den herrlich gerüsteten König der Völker mit einem freudigen Donner. Zuerst drangen die Fußgänger mit den ehernen Waffenrüstungen über den Graben, ihnen folgten die Reisigen auf den Streitwagen, und mit lautem Getümmel eilte das ganze Heer vorwärts.

Auf der andern Seite hielten die Trojaner einen Hügel des Feldes mit ihren Scharen besetzt; ihre Führer waren Hektor, Polydamas und Äneas; nächst ihnen Polybos, Agenor und Akamas, die drei tapfern Söhne Antenors. Wie ein Stern durch Nachtgewölk wandelte Hektor bald durch den vordersten, bald durch den äußersten Zug und ordnete die Schlachtreihen; in seiner Erzrüstung leuchtete er wie ein Blitzstrahl des Donnerers. Bald stürmten nun Trojaner und Danaer mordend gegeneinander, wie Schnitter mähend in die Schwaden fahren; alles drängte sich Haupt an Haupt zur Schlacht, in beiden Heeren tobten die Streiter wie Wölfe. Endlich durchbrachen die Griechen mit ihrer Kraft die Schlachtreihen der Feinde, und Agamemnon stieß, voranstürmend, den Fürsten Bianor und seinen Wagenlenker nieder. Dann warf er sich auf zwei Söhne des Königes Priamos, den Antiphos und seinen Wagenlenker, den Bastard Isos; jenem durchschoß er die Brust mit der Lanze, diesen stürzte er mit einem Schwerthiebe vom Wagen, und den Getöteten entzog er eilig die Rüstung. Jetzt begegnete er zwei Söhnen des Antimachos, des Trojanerfürsten, der einst, von Paris' Golde betört, die Helena auszuliefern verboten hatte. Vergebens flehten ihn die Knaben, in den Wagen hineingeschmiegt, um Schonung an. Ihres Vaters gedenkend, durchbohrte er den einen und hieb dem andern die Hände vom Leib und das Haupt von der Schulter. Immer tiefer drang die Verfolgung der Griechen ein, auf Fußvolk und auf Wagen, wie ein Feuerbrand unter Sturm durch unausgehauene Waldung sich verbreitet.

Aus den Blutströmen und dem Getümmel entzog den Fürsten Hektor Zeus selbst den Geschossen, daß er zum Denkmale des alten Königes Ilos, an den Feigenhügel vorüber, mitten durch das Gefilde, sehnsüchtig nach der Stadt hin floh; aber Agamemnon, seine Hände mit Trojanerblute besudelt, folgte ihm laut schreiend. Endlich an der Buche des Zeus, nicht fern vom Skäischen Tore, stand Hektor und zugleich die ganze Flucht der Seinigen, ihm nachgedrungen, stille. Da sandte Zeus die Götterbotin Iris und befahl ihm, solange Agamemnon im Vordergewühl tobte, selbst zurückzustehen und dem andern Volke die Feldschlacht zu überlassen, bis der Atride verwundet würde. Dann wollte der Göttervater ihn selbst wieder zum Siege führen. Hektor gehorchte. Von der Hinterhut aus mahnte er die Seinigen zu frischem Kampfe. Aufs neue begann das Gefecht; Agamemnon stürmte voraus und fing wieder an, in den Scharen der Trojaner und ihrer Bundesgenossen zu wüten. Ihm begegnete zuerst Antenors Sohn, Iphidamas, ein großer, gewaltiger Held, der in Thrakien bei seinem Ahn aufgewachsen war und neuvermählt zum Kampfe in die alte Heimat gezogen kam. Agamemnons Lanze fehlte; der Speer des Iphidamas verbog sich die Spitze am Leibgurt seines Feindes. Schleunig ergriff jetzt Agamemnon die Lanze des Gegners, riß sie ihm aus der Hand und durchhieb ihm den Nacken mit dem Schwert. So sank der Arme, von der Gattin getrennt, im Kampfe für die Seinigen, bemitleidenswert in den ehernen Todesschlummer. Agamemnon entwaffnete ihn und prahlte mit der herrlichen Rüstung durch die Reihen der Achiver. Als ihn so der ältere Sohn des Antenor, Koon, einer der gepriesensten trojanischen Kämpfer, einherschreiten sah, faßte ihn unaussprechlicher Gram um den gefallenen Bruder; doch raubte ihm der Schmerz die Besinnung nicht, sondern, unbemerkt vom Atriden, stach er diesem seitwärts mit seinem Speere mitten in den Arm, dicht unter dem Gelenk. Agamemnon fühlte sich von einem plötzlichen Schauer durchdrungen; dennoch gönnte er sich keine Rast vom Kampfe, und während Koon seinen Bruder am Fuß aus dem Gewühl zu ziehen bestrebt war, durchstach ihn der Schaft des Atriden unter dem Schilde, so daß er entseelt auf den Leichnam des Bruders hinsank.

Solange das Blut noch warm aus der offenen Wunde hervordrang, fuhr Agamemnon fort, mit Lanze, Schwert und Steinen in den Reihen der Trojaner zu morden; als aber das Blut in der Wunde zu erharschen anfing, da mahnte ihn ein scharfer zuckender Schmerz, das Gewühl der Schlacht zu verlassen. Schnell sprang er in den Sitz des Streitwagens, dem Rosselenker gebietend, nach den Schiffen umzukehren; und bald trug der Wagen, mit Staub umwölkt, den von der Wunde hart gequälten König dem Schiffslager zu.

Als Hektor sah, wie der Atride sich entfernte, gedachte er an den Befehl des Zeus, eilte in die Vorderschar der Trojaner und Lykier und rief laut aus: »Jetzt, ihr Freunde, seid Männer und sinnet auf Abwehr! Der tapferste Mann Griechenlands ist ferne, und Zeus verleiht mir Siegesruhm. Auf, mitten unter die Helden der Danaer hinein mit den Rossen, damit wir um so höheren Ruhm gewinnen!« So rief Hektor und stürzte sich wie ein Sturmwind zuerst in die Schlacht. Und in kurzer Zeit waren neun Fürsten der Griechen, dazu viel gemeines Volk unter seinen Händen erlegen. Schon war er nahe daran, das fliehende Heer der Griechen in die Schiffe zu drängen, da ermahnte Odysseus den Tydiden: »Ist es möglich, daß wir der Abwehr so ganz vergessen? Tritt doch näher, Freund, und stelle dich neben mich; laß uns die Schande nicht erleben, daß Hektor unser Schiffslager erobere!« Diomedes nickte ihm zu und durchschmetterte die Brust des Trojaners Thymbraios auf der linken Seite mit dem Wurfspieß, daß er vom Wagen auf die Erde herabfiel; sein Wagenlenker, Molion, sank unter Odysseus zu Boden. Weiter noch durchtobten sie, vorwärtsgewendet, den Feind, und die Griechen fingen an, wieder aufzuatmen. Zeus, der noch immer vom Ida herabschaute, ließ den Kampf im Gleichgewichte schweben. Endlich erkannte Hektor durch die Schlachtreihen hindurch die zwei rasenden Helden und stürmte mit seinen Heerscharen auf sie daher. Noch zur rechten Zeit sah sich Diomedes vor und schleuderte ihm die Lanze an die Helmkuppel. Zwar prallte sie ab, doch flog Hektor zurück in die Scharen aufs Knie; seine Rechte stemmte sich gegen die Erde, und vor seinen Blicken ward es Nacht. Bis jedoch der Tydide dem Schwung seines Speeres selbst nachgeeilt kam, hatte sich der Trojaner in den Wagensitz geschwungen und rettete sich vor dem Tod ins Gedränge der Seinigen. Unmutig wandte sich Diomedes einem andern Trojaner zu, den er niederstreckte und der Rüstung zu berauben sich anschickte.

Diesen Augenblick ersah Paris, schmiegte sich hinter die Denksäule des Ilos und schoß den knienden Helden in die Ferse, daß der Pfeil, durch die Sohle gedrungen, im Fleische festsaß. Dann sprang er lachend aus dem Hinterhalte und spottete jauchzend des Getroffenen. Diomedes schaute sich um, und als er den Schützen erblickte, rief er ihm zu: »Bist du es, Weiberheld? Du vermöchtest mit offener Gewalt nichts gegen mich und prahlest jetzt, daß du mir den Fuß von hinten geritzt hast? Das macht mir so wenig, als hätte mich ein Mädchen oder ein Knabe getroffen!« Inzwischen war Odysseus herbeigeeilt und stellte sich vor den Verwundeten, der sich mit Schmerzen, doch in Sicherheit den Pfeil aus dem Fuße zog. Dann schwang er sich in den Wagensitz zu seinem Freunde Sthenelos und ließ sich heimgeleiten zu seinen Schiffen.

Nun blieb Odysseus allein zurück im tiefsten Gedränge der Feinde, und kein Argiver wagte sich in die Nähe. Der Held besprach sich mit seinem Herzen, ob er weichen sollte oder ausharren. Doch sah er wohl ein, daß es demjenigen, der in der Feldschlacht edel erscheinen will, durchaus not tut, standzuhalten, mag er nun treffen oder getroffen werden. Während er dies erwog, umschlossen ihn die Trojaner mit ihren Schlachtreihen, wie Jäger und Jagdhunde einen stürzenden Eber umringen, der den Zahn im zurückgebogenen Rüssel wetzt. Er aber empfing entschlossen die auf ihn Einstürmenden, und es dauerte wenig

Augenblicke, so waren fünf Trojaner vor seinen Waffen in den Staub gesunken. Da kam ein sechster heran, Sokos, dem er eben den Bruder erstochen, und rief: »Odysseus, heute trägst du entweder den Ruhm davon, daß du beide Söhne des Hippasos, herrliche Männer, zu Boden gestreckt und ihre Waffen erbeutet hast, oder aber du verhauchst unter meiner Lanze das Leben!« Und nun durchschmetterte er ihm den Schild und riß ihm die Haut von den Rippen; tiefer ließ Athene den Stoß nicht eindringen. Odysseus, der sich nicht zum Tode getroffen fühlte, wich nur ein weniges zurück, stürzte dann auf den Gegner los, der sich zur Flucht wendete, und durchbohrte ihm den Rücken zwischen den Schultern, daß der Speer aus dem Busen vordrang und er in dumpfem Falle hinkrachte. Dann erst zog sich Odysseus die Lanze des Feindes aus der Wunde. Als nun die Trojaner sein Blut springen sahen, drängten sich erst recht alle auf ihn zu, daß er zurückwich und dreimal einen lauten Hilferuf ausstieß.

Menelaos vernahm das Geschrei zuerst und rief seinem Nebenmanne Ajax zu: »Laß uns durchdringen durch das Getümmel; ich habe den Schrei des Odysseus gehört!« Beide hatten in kurzem den duldenden Kämpfer erreicht und trafen ihn, gegen unzählige Feinde seine Lanze schwingend. Als aber der Schild des Ajax wie eine getürmte Mauer dem Streitenden vorgehalten ward, erzitterten die Trojaner. Da benützte Menelaos den Augenblick, ergriff den Sohn des Laërtes bei der Hand und half ihm auf seinen eigenen Streitwagen. Ajax aber sprang jetzt auf die Trojaner hinein und wälzte Leichen vor sich her wie ein Bergstrom im Herbst dorrende Kiefern und Eichen. Davon hatte Hektor keine Ahnung; er kämpfte auf der linken Seite des Treffens am Gestade des Skamander und richtete dort in den Reihen der Jünglinge, die den Helden Idomeneus umgaben, breite Verwüstung an. Dennoch wären die Helden nicht vor ihm gewichen, hätte nicht ein dreikantiger Pfeil des Paris dem großen Arzt des Danaerheeres, Machaon, die rechte Schulter verwundet. Da rief erschrocken Idomeneus: »Nestor! Hurtig dem Freund auf den Wagen geholfen! Ein Mann, der Pfeile ausschneidet und lindernden Balsam auflegt, ist hundert andere Helden wert!« Schnell schwang sich Nestor auf seinen Wagen, der verwundete Machaon mit ihm, und beide flogen den Schiffen zu.

Aber der Wagenlenker Hektors machte jetzt diesen auf die Verwirrung aufmerksam, in welcher sich der andere Flügel der Trojaner befand, wo Ajax das Gewühl der Feinde durchtobte. In einem Augenblicke waren sie mit ihrem Wagen dort, und Hektor fing an, unter den Reihen der Griechen zu rasen. Nur den Ajax vermied er; denn Zeus hatte ihn gewarnt, sich mit dem stärkeren Manne messen zu wollen. Zugleich aber sandte der Göttervater in die Seele des Ajax Furcht, daß dieser beim Anblicke Hektors den Schild auf die Schulter warf und, angstvoll um die Schiffe der Danaer besorgt, die Reihen der Trojaner, sich zur Flucht kehrend, verließ. Als die Feinde dies gewahr wurden, schleuderten sie ihm die Lanzen auf den vom Rücken herabhängenden Schild. Doch Ajax durfte sein Angesicht nur umwenden, so flohen sie wieder. Wo der Weg zu den Schiffen ging, stellte er sich jetzt auf, hielt den Schild vor und wehrte die vordringenden Trojaner ab, daß ihre Speere teils in seinem siebenhäutigen Stierschilde hafteten, teils ohne den Leib zu berühren in die Erde fuhren. Als der tapfere Held Eurypylos ihn so von Geschossen bedrängt sah, eilte er dem Telamonier zu Hilfe und durchbohrte dem Trojaner Apisaon die Brust. Doch während Eurypylos dem getöteten Feinde die Rüstung abzog, sandte ihm Paris einen Pfeil in den Schenkel, daß er sich schnell in das Gedräng der Freunde zurückzog, die ihn mit erhöhten Lanzen und vorgehaltenen Schilden deckten.

Inzwischen trugen seine Stuten den Nestor mit dem wunden Machaon aus der Schlacht, vorbei an dem grollenden Achill, der auf dem Hinterdecke seines Schiffes saß und geruhig zusah, wie seine Landsleute von den Trojanern verfolgt wurden. Da rief er dem Patroklos, ohne zu ahnen, daß er das Unglück seines Freundes selbst vorbereite, und sprach: »Geh doch, Patroklos, und erforsche mir von Nestor, welchen Verwundeten er dort aus der Schlacht zurückführt; denn ich weiß nicht, welch Mitleid für die Griechen sich in meiner Seele regt!« Patroklos gehorchte und lief zu den Schiffen. Er kam am Zelte Nestors an, als dieser eben aus dem Wagen stieg, seinem Diener Eurymedon die Rosse übergab und ins Zelt hineintrat, mit Machaon der erquickenden Mahlzeit zu genießen, die ihnen seine erbeutete Sklavin Hekamede vorsetzte. Als der Greis den Helden Patroklos an der Pforte gewahr ward, sprang er vom Sessel, ergriff ihn bei der Hand und wollte ihn freundlich zum Sitzen nötigen. Doch Patroklos sprach: »Es bedarf dessen nicht, ehrwürdiger Greis! Achill hat mich nur ausgesandt, zu schauen, welchen Verwundeten du zurückführest. Nun habe ich selbst in ihm den heilungskundigen Helden Machaon erkannt und eile, ihm dieses zu melden. Du kennst ja den heftigen Sinn meines Freundes, der auch Unschuldige selber leicht beschuldigt.« Aber Nestor antwortete ihm mit tiefer Gemütsbewegung: »Was kümmert sich doch das Herz des Achill so sehr um die Achiver, die bereits zum Tode wund sind? Alle Tapferen liegen bei den Schiffen umher: Diomedes ist pfeilwund; Odysseus und Agamemnon sind lanzenwund; und diesen unschätzbaren Mann entführte ich soeben, vom Geschoß des Bogens verwundet, aus der Feldschlacht. Aber Achill kennt kein Erbarmen! Will er vielleicht warten, bis unsre Schiffe am Gestad in Flammen lodern und wir Griechen einer um den andern der Reihe nach hinbluten? O wär ich noch kräftig wie in meiner Jugend und in meinen besten Mannsjahren, damals, wo ich als Sieger im Hause des Peleus einkehrte! Da sah ich auch deinen Vater Menötios und dich und den kleinen Achill. Diesen ermahnte der graue Held Peleus, stets der Erste zu sein und allen andern vorzustreben, dich aber dein Vater, des Peliden Lenker und Freund zu sein, weil er an Stärke zwar der Größere, am Alter aber hinter dir sei. Erzähle davon dem Achill; vielleicht rührt ihn auch jetzt deine Zurede.« So sprach der Alte und mischte liebliche Erinnerungen aus seiner eigenen Heldenjugend in die Rede, so daß dem Patroklos das Herz im Busen bewegt wurde.

Als er auf der Rückkehr an den Schiffen des Odysseus vorübereilte, fand er hier den Eurypylos, der, vom Pfeil in den Schenkel verwundet, mühsam aus der Schlacht einhergehinkt kam. Es erbarmte den Sohn des Menötios, wie der wunde Held ihn so kläglich anrief, seiner mit den Künsten Chirons des Zentauren, die er gewiß durch Achill gelernt habe, zu pflegen, so daß Patroklos endlich den Verwundeten unter der Brust faßte, ins Zelt führte, dort ihn auf eine Stierhaut legte und ihm mit dem Messer den scharfen Pfeil aus dem Schenkel schnitt; dann spülte er das schwarze Blut sogleich mit lauem Wasser ab, zerrieb eine bittere Heilwurzel zwischen den Fingern und streute sie auf die Wunde, bis das Blut ins Stocken geriet. So pflegte der gute Patroklos des wunden Helden.

KAMPF UM DIE MAUER

Der Graben und die Mauer, welche die Griechen um ihre Schiffe her breit aufgetürmt hatten, war ohne ein Festopfer den Göttern zum Trotze von ihnen gebaut worden. Deswegen sollte sie ihnen auch nicht zum Schutze dienen und nicht lange unerschüttert bestehen. Schon jetzt, wo Troja im zehnten Jahre seiner Belagerung schmachtete, beschlossen Poseidon und Apollo, den Bau dereinst zu vertilgen, die Bergströme auf sie hereinzuleiten und das Meer gegen sie zu empören. Doch sollte dies erst nach der Zerstörung Trojas ins Werk gesetzt werden.

Jetzt aber war Getümmel und Schlacht rings um den gewaltigen Bau entbrannt, und die Argiver drängten sich, bange vor Hektors Wut, bei den Schiffen eingehegt. Dieser rannte wie ein Löwe im Gewühl umher und muntere die Seinigen auf, den Graben zu durchrennen. Das aber wollte kein Rossegespann ihm wagen. Am äußersten Rande des Grabens angekommen, bäumten sich alle unter lautem Gewieher zurück; denn er war zu breit zum Sprunge und zu abschüssig von beiden Seiten zum Durchgang, dazu mit dicht gereihten spitzen Pfählen bepflanzt. Nur die Fußvölker versuchten daher den Übergang. Als dies Polydamas sah, ging er mit Hektor zu Rate und sprach: »Wir wären alle verloren, wenn wir es mit den Rossen wagen wollten, und kämen ruhmlos in der Tiefe des Grabens um. Lasset deswegen die Wagenlenker die Rosse hier am Graben hemmen, uns selbst aber in den ehernen Waffen eine Fußschar bilden, unter deiner Führung über den Graben setzen und den Wall durchbrechen.«

Hektor billigte diesen Rat. Auf seinen Befehl sprangen alle Helden von den Wagen, mit Ausnahme der Lenker; sie scharten sich in fünf Ordnungen: die erste unter Hektor und Polydamas, die andere unter Paris, die dritte führten Helenos und Deïphobos, der vierten gebot Äneas; an der Spitze der Bundesgenossen schritten Sarpedon und Glaukos. Diese Fürsten alle aber hatten andere bewährte Helden zur Seite. Von den sämtlichen Streitern wollte nur Asios seinen Wagen nicht verlassen. Er wandte sich mit demselben zur Linken, wo die Achajer selbst beim Bau einen Durchgang für ihre eigenen Rosse und Streitwagen gelassen hatten. Hier sah er die Flügel des Tores offen; denn die Griechen harrten, ob nicht noch ein verspäteter Genosse käme, der, dem Treffen entflohen, Rettung im Lager suchte. So lenkte Asios die Rosse gerade auf den Durchgang los, und andere Trojaner folgten ihm zu Fuße mit lautem Geschrei nach. Aber am Eingang waren zwei tapfere Männer aufgestellt, Polypötes, der Sohn des Peirithoos, und Leonteus. Diese standen am Tore, hohen Bergeichen gleich, die mit langen und breiten Wurzeln in den Boden eingesenkt in Sturm und Regenschauer unverrückt aushalten. Plötzlich stürzten diese beiden auf die hereinstürmenden Trojaner vor, und zugleich flog ein Schwall von Steinen von den festen Türmen der Mauer herab.

Während Asios und die ihn umringenden verdrießlich den unvermuteten Kampf bestanden und viele erlagen, kämpften andere, zu Fuß über den Graben stürmend, um andere Tore des griechischen Lagers. Die Argiver waren jetzt auf die Beschirmung ihrer Schiffe beschränkt; und die Götter, soviel ihrer ihnen halfen, trauerten herzlich, vom Olymp herabschauend. Nur die zahlreichste und tapferste Schar der Trojaner, unter Hektor und Polydamas, verweilte noch unschlüssig am jenseitigen Rande des Grabens, den sie eben erstiegen; denn vor ihren Augen hatte sich ein bedenkliches Zeichen ereignet. Ein Adler streifte links über das Kriegsheer hin; er trug eine rote, zappelnde Schlange in den Klauen, die sich unter seinen Krallen wehrte und, den Kopf rückwärts drehend, den Vogel in den Hals stach; von Schmerzen gequält, ließ er sie fahren und flog davon; die Schlange aber fiel mitten im Haufen der Trojaner nieder, die sie mit Schrecken im Staube liegen sahen und in diesem Ereignis ein Zeichen des Zeus erkannten. »Laß uns nicht weitergehen«, rief Polydamas, der Sohn des Panthoos, seinem Busenfreunde, dem Hektor, erschrocken zu, »es könnte uns ergehen wie dem Adler, der seinen Raub nicht heimbrachte.« Aber Hektor erwiderte finster: »Was kümmern mich die Vögel, ob sie rechts oder links daherfliegen; ich verlasse mich auf des Zeus Ratschluß! Ich kenne nur ein Wahrzeichen: es heißt Rettung des Vaterlandes! Warum zitterst denn du vor dem Kampfe? Sänken wir auch alle an den Schiffen darnieder, dir droht kein Todesschrecken, denn du hast kein Herz, in der Feldschlacht auszuhalten; doch wisse, wo du dich dem Kampf entziehest, so fällst du, von meiner eigenen Lanze durchbohrt!« So sprach Hektor und ging voran, und alle andern folgten ihm unter gräßlichem Geschrei. Zeus aber schickte einen ungeheuren Sturmwind vom Idagebirge herab, der den Staub zu den Schiffen hinüberwirbelte, daß den Griechen der Mut entsank, die Trojaner aber, dem Winke des Donnergottes und der eigenen Kraft vertrauend, die große Verschanzung der Danaer zu durchbrechen sich anschickten, indem sie die Zinnen der Türme herabrissen, an der Brustwehr rüttelten und die hervorragenden Pfeiler des Walles mit Hebeln umzuwühlen begannen.

Aber die Danaer wichen nicht von der Stelle; wie ein Zaun standen sie mit ihren Schilden auf der Brustwehr und begrüßten die Mauerstürmer mit Steinen und Geschossen. Die beiden Ajax machten die Runde auf der Mauer und ermahnten das Streitvolk auf den Türmen, die Tapferen freundlich, die Nachlässigen mit strengen Drohworten. Inzwischen flogen die Steine hin und her wie Schneeflocken; doch hätte Hektor mit seinen Trojanern den mächtigen Riegel an der Wallpforte noch immer nicht durchbrochen, wenn nicht Zeus seinen Sohn Sarpedon, den Lykier mit dem goldgeränderten Schilde, wie einen heißhungrigen Berglöwen gegen die Feinde gereizt hätte, daß er schnell zu seinem Genossen Glaukos sprach: »Was ist es, Freund, daß man uns im Lykiervolke mit Ehrensitz und gefüllten Bechern beim Gastmahle wie die Götter ehrt, wenn wir in der brennenden Schlacht nicht auch uns im Vorkampfe zeigen? Auf, entweder wollen wir den eigenen Ruhm oder durch unsern Tod den Ruhm anderer verherrlichen!« Glaukos vernahm es nicht träge, und beide stürmten mit ihren Lykiern in gerader Richtung voran. Menestheus, von seinem Turme herab, stutzte, als er sie so wütend herannahen und sich und die Seinigen dem Verderben ausgesetzt sah. Ängstlich schaute er sich nach der Unterstützung anderer Helden um: wohl sah er in der Ferne die beiden Ajax, unersättlich im Kampfe, dastehen und noch näher den Teucer, der eben von den Zelten zurückkam; doch hallte sein Hilferuf nicht so weit, er prallte an Helmen und Schilden ab, und das Getöse der Schlacht verschlang ihn. Deswegen schickte er den Herold Thootes zu den beiden Ajax hinüber und bat den Telamonier durch ihn, samt seinem Bruder Teucer, wenn sie beide dies könnten, ihm aus der Bedrängnis zu helfen. Der große Ajax war nicht säumig, er eilte mit seinem Bruder Teucer und Pandion, der dessen Bogen trug, der Mauer entlang, von innen dem Turme zu. Sie kamen bei Menestheus an, als eben die Lykier an der Brustwehr emporzuklimmen anfingen. Ajax brach sogleich einen scharfgezackten Marmorstein zuoberst aus der Brustwehr und zerknirschte damit dem Epikles, einem Freunde des Sarpedon, Helm und Haupt, daß er wie ein Taucher von dem Turme herabschoß. Teucer aber verwundete den Glaukos am entblößten Arme, während er eben den Wall hinanstieg. Dieser sprang ganz geheim von der Mauer, um nicht von den Griechen erblickt und mit seiner Wunde gehöhnt zu werden. Mit Schmerzen sah Sarpedon seinen Bruder aus der Schlacht scheiden; er selbst aber klomm aufwärts, durchstach den Alkmaon, den Sohn Thestors, mit der Lanze, daß dieser der wieder herausgezogenen taumelnd folgte, faßte dann mit aller Gewalt die Brustwehr, daß sie von seinem Stoß zusammenstürzte und die Mauer, entblößt, für viele einen Zugang gewährte. Doch Ajax und Teucer begegneten dem Stürmenden; der letztere traf ihn mit einem Pfeil in den Schildriemen; Ajax durchstach dem Anlaufenden den Schild: die Lanze durchdrang ihn schmetternd, und einen Augenblick wich Sarpedon von der Brustwehr hinweg. Doch ermannte er sich bald wieder, und gegen die Schar seiner Lykier sich umdrehend, rief er laut: »Lykier, vergesset ihr des Sturmes? Mir allein, und wäre ich der Tapferste, ist es unmöglich, durchzubrechen! Nur wenn wir zusammenhalten, können wir uns die Bahn zu den Schiffen öffnen!« Die Lykier drängten sich um ihren scheltenden König und stürmten rascher empor; aber auch die Danaer von innen verdoppelten ihren Widerstand, und so standen sie, nur durch die Brustwehr getrennt und über sie hin wild aufeinander loshauend, wie zwei Bauern auf der Grenzscheide stehen und miteinander darum hadern. Rechts und links von den Türmen und der Brustwehr rieselte das Blut hinab. Lange stand die Waage der Schlacht schwebend, bis endlich Zeus dem Hektor die Oberhand gab, daß er zuerst an das Tor der Mauer vordrang und die Genossen teils ihm folgten, teils zu seinen beiden Seiten über die Zinnen kletterten. Am verschlossenen Tore, dessen Doppelflügel zwei sich begegnende Riegel von innen zusammenhielten, stand ein dicker, oben zugespitzter Feldstein. Diesen riß Hektor mit übermenschlicher Gewalt aus dem Boden und zerschmetterte damit die Angeln und die Bohlen, daß die mächtigen Riegel nicht mehr standhielten, das Tor dumpf aufkrachte und der Stein schwer hineinfiel. Furchtbar anzuschauen wie die Wetternacht, im schrecklichen Glanze seiner Erzrüstung, mit funkelndem Auge, sprang Hektor, zwei blinkende Lanzen schüttelnd, in das Tor. Ihm nach strömten seine Streitgenossen durch die aufgerissene Pforte; andere hatten zu Hunderten die Mauer überklettert: Aufruhr tobte allenthalben im Vorlager, und die Griechen flüchteten zu den Schiffen.

KAMPF UM DIE SCHIFFE

Als Zeus die Trojaner so weit gebracht hatte, überließ er die Griechen ferner ihrem Elende, wandte, auf dem Gipfel des Ida sitzend, seine Augen von dem Schiffslager ab und schaute gleichgültig ins Land der Thrakier hinüber. Inzwischen blieb der Meergott Poseidon nicht untätig. Dieser saß auf einem der obersten Gipfel des waldigen Thrakiens, wo der Ida mit allen seinen Höhen samt Troja und den Schiffen der Danaer unter ihm lag. Mit Gram sah er die Griechen vor Trojas Volk in den Staub sinken; er verließ das zackige Felsengebirg, und mit vier Götterschritten, unter denen Höhen und Wälder bebten, stand er am Meeresufer bei Aigai, wo ihm in den Tiefen der Flut ein von unvergänglichem Golde schimmernder Palast erbaut stand. Hier hüllte er sich in die goldne Rüstung, schirrte seine goldmähnigen Rosse ins Joch, ergriff die goldene Geißel, schwang sich in seinen Wagensitz und lenkte die Pferde über die Flut; die Meerungeheuer erkannten ihren Herrscher und hüpften aus den Klüften umher, die Woge trennte sich freudig, und ohne die eherne Wagenachse zu benetzen, kam Poseidon bei den Schiffen der Danaer, zwischen Tenedos und Imbros, in einer tiefen Grotte an, wo er die Rosse aus dem Geschirr spannte, ihnen die Füße mit goldenen Fesseln umschlang und Ambrosia zur Kost reichte. Er selbst eilte mitten ins Gewühl der Schlacht, wo sich die Trojaner wie ein Orkan um Hektor mit brausendem Geschrei drängten und jetzt eben die Schiffe der Griechen zu bemeistern hofften. Da gesellte sich Poseidon zu den Reihen der Griechen, dem Seher Kalchas an Wuchs und Stimme gleich. Zuerst rief er den beiden Ajax zu, die für sich selbst schon von Kampflust glühten: »Ihr Helden beide vermöchtet wohl das Volk der Griechen zu retten, wenn ihr eurer Stärke gedenken wolltet. An andern Orten ängstet mich der Kampf der Trojaner nicht, so herzhaft sich ihre Heeresmacht über die Mauer hereinstürzt; die vereinigten Achiver werden sie schon abzuwehren wissen. Hier nur, wo der rasende Hektor wie ein Feuerbrand vorherrscht, hier nur bin ich um unsre Rettung bange. Möchte doch ein Gott euch den Gedanken in die Seele geben, hierhin euren Widerstand zu kehren und auch andere dazu anzureizen.« Zu diesen Worten gab ihnen der Ländererschütterer einen Schlag mit seinem Stabe, davon ihr Mut erhöht und ihre Glieder leicht geschaffen wurden; der Gott aber entschwang sich ihren Blicken wie ein Habicht, und Ajax, der Sohn des Oïleus, erkannte ihn zuerst. »Ajax«, sprach er zu seinem Namensbruder, »es war nicht Kalchas, es war Poseidon, ich habe ihn von hinten an Gang und Schenkeln erkannt; denn die Götter sind leicht zu erkennen. Jetzt verlangt mich im innersten Herzen nach dem Entscheidungskampfe, Füße und Hände streben mir nach oben!« Ihm erwiderte der Telamonier: »Auch mir zücken die Hände ungestüm um den Speer; die Seele hebt sich mir; die Füße wollen fliegen; Sehnsucht ergreift mich, den Einzelkampf mit Hektor zu bestehen!«

Während die beiden Führer dies Gespräch wechselten, ermunterte Poseidon hinter ihnen die Helden, die vor Gram und Müdigkeit bei den Schiffen ausruhten, und schalt sie, bis alle Tapfern sich um die beiden Ajax scharten und gefaßt den Hektor mit seinen Trojanern erwarteten. Lanze drängte sich an Lanze, Schild auf Schild, Helm an Helm, Tartsche war an Tartsche gelehnt, Krieger an Krieger, die nickenden Helmbüsche berührten sich mit den Bügeln, so dicht stand die Heerschar; ihre Speere aber zitterten dem Feind entgegen. Doch auch die Trojaner drangen mit aller Kraft herein; Hektor voran, wie ein Felsstein von der Krone des Bergs, durch den herbstlichen Strom abgerissen, im Sprunge herniederstürzt, daß die Waldung zerschmettert zusammenkracht. »Haltet euch, Trojaner und Lykier«, rief er hinterwärts, »jene wohlgeordnete Heerschar wird nicht lange bestehen, sie werden vor meinem Speere weichen, so gewiß der Donnerer mich leitet!« So rief er, den Mut der Seinigen anspornend. In seiner Schar ging trotzig, doch mit leisem Schritt, unter dem Schilde Deïphobos, das andere Heldenkind des Priamos, einher. Ihn wählte sich Meriones zum Ziele und schoß die Lanze nach ihm ab; aber Deïphobos hielt den mächtigen Schild weit vom Leibe ab, daß der Wurfspieß brach. Erbittert über den verfehlten Angriff, wandte sich Meriones zu den Schiffen hinab, sich einen mächtigeren Speer aus dem Zelte zu holen.

Die andern kämpften indessen fort, und der Schlachtruf brüllte. Teucer warf den Imbrios, den Sohn Mentors, unter dem Ohre mit dem Speer, daß er wie eine Esche auf luftigem Gebirgsgipfel hintaumelte. Den Leichnam machte ihm Hektor streitig; doch traf er statt des Teucer nur den Amphimachos; als er diesem den Helm von den Schläfen ziehen wollte, traf ihn die Lanze des großen Ajax auf den Schildnabel, daß er von dem Erschlagenen zurückprallte und Menestheus samt Stichios den Leichnam des Amphimachos, den Imbrios aber die beiden Ajax, wie zwei Löwen die Ziege, die sie den Hunden abgejagt, hinab ins Heer der Griechen trugen.

Amphimachos war ein Enkel des Poseidon, und sein Fall empörte diesen. Er eilte zu den Zelten hinunter, die Griechen noch mehr zu entflammen. Da begegnete ihm Idomeneus, der einen verwundeten Freund zu den Ärzten geschafft hatte und jetzt seinen Speer im Zelte suchte. In den Thoas verwandelt, den Sohn des Andraimon, näherte sich ihm der Gott und sprach mit tönender Stimme zu ihm: »Kreterkönig, wo sind eure Drohungen? Nimmer kehre der Mann von Troja heim, der an diesem Tag den Kampf freiwillig meidet; die Hunde sollen ihn zerfleischen!« »So geschehe es, Thoas«, rief Idomeneus dem enteilenden Gotte nach, suchte sich zwei Lanzen aus dem Zelte hervor, hüllte sich in schönere Waffen und flog, herrlich wie der Blitz des Zeus, aus dem Zelte hervor. Da begegnete er dem Meriones, dessen Speer an des Deïphobos Schilde zerbrochen war und der dahineilte, sich im fernen Zelt einen andern zu holen. »Tapferer Mann«, rief ihm Idomeneus zu, »ich sehe, in welcher Not du bist; in meinem Zelte lehnen wohl zwanzig erbeutete Speere an der Wand; hole dir den besten davon.« Und als Meriones sich eine stattliche Lanze erkoren hatte, eilten sie beide in die Schlacht zurück und gesellten sich zu den Freunden, die den eindringenden Hektor bekämpften. Obgleich Idomeneus schon halb ergraut war, ermunterte er die Griechen doch, sobald sie ihn in ihren Reihen wieder begrüßt hatten, wie ein Jüngling. Der erste, dem er den Wurfspieß mitten in den Leib sandte, war Othryoneus, der als Freier der Kassandra, der Tochter des Königes Priamos, in den Reihen der Trojaner kämpfte. Frohlockend rief Idomeneus, während er den Gefallenen am Fuß aus dem Schlachtgewühl zog: »Hole dir jetzt die Tochter des Priamos, beglückter Sterblicher! Auch wir hätten dir die schönste Tochter des Atriden versprochen, wenn du uns hättest helfen wollen Troja vertilgen! Folge mir nun zu den Schiffen; dort wollen wir uns über die Ehe verabreden, du sollst eine stattliche Mitgift erhalten!« Er spottete noch, als Asios mit seinem Gespanne, das der Wagenführer lenkte, herangeflogen kam, den Getöteten zu rächen. Schon holte er den Arm zum Wurfe aus, da traf ihn der Speer des Idomeneus unter dem Sinn in die Gurgel, daß das Erz aus dem Nacken hervorragte und er vor seinem Streitwagen der Länge nach darniederfiel. Sein Wagenlenker erstarrte, als er dieses sah, er vermochte das Gespann nicht mehr rückwärts zu lenken, und ein Lanzenstoß von Antilochos, dem Sohne Nestors, warf auch ihn vom Wagen herab.

Nun aber kam Deïphobos auf Idomeneus heran, und entschlossen, den Fall seines Freundes Asios zu rächen, schleuderte er die Lanze gegen den Kreter. Dieser aber schmiegte sich so ganz unter den Schild, daß der Wurfspieß über ihn hinwegflog und den Schild nur klirrend streifte, dafür aber dem Fürsten Hypsenor in die Leber fuhr, der auch alsbald in die Knie sank. »So liegst du doch nicht ungerächt, lieber Freund Asios«, so frohlockte der Troer, »denn ich habe dir einen Begleiter gegeben, gleichviel welchen!« Der schwer aufstöhnende Hypsenor wurde indessen von zwei Genossen aus dem Getümmel getragen. Doch war Idomeneus dadurch nicht mutlos gemacht, er erschlug den Alkathoos, den edlen Eidam des Anchises, und rief jauchzend: »Ist unsre Rechnung billig, Deïphobos? Ich gebe dir drei für einen! Wohlan, erprobe du selbst auch, ob ich wirklich von des Zeus Geschlechte bin!« Es war aber Idomeneus ein Enkel des Königes Minos und ein Urenkel des Göttervaters. Deïphobos besann sich einen Augenblick, ob er den Zweikampf allein bestehen oder sich einen heldenmütigen Trojaner beigesellen sollte. Der letzte Gedanke schien ihm der beste; und bald führte er seinen Schwager Äneas dem Idomeneus entgegen. Dieser aber, als er die beiden gewaltigen Kämpfer auf sich zukommen sah, zagte nicht etwa vor Furcht wie ein Knabe, sondern erwartete sie, wie ein Gebirgseber die Hetzhunde. Doch rief auch er seine Genossen herbei, die er in der Nähe kämpfen sah, und sprach: »Heran, ihr Freunde, und helfet mir einzelnem, denn mir graut vor Äneas, der ein Gewaltiger in der Feldschlacht ist und noch in üppiger Jugend strotzt!« Auf diesen Ruf versammelten sich um ihn, die Schilde an die Schultern gelehnt, Aphareus, Askalaphos, Deïpyros, Meriones, Antilochos. Indes rief auch Äneas seine Genossen Paris und Agenor herbei, und die Trojaner folgten ihnen nach wie Schafe dem Widder. Bald rasselte das Erz der Speere ans Erz, und aus dem Zweikampfe wurde ein vielfältiger Männerkampf. Äneas schoß zuerst seinen Speer auf Idomeneus ab; aber er fuhr an dem Helden vorüber in den Boden. Idomeneus dagegen traf den Önomaos mitten in den Leib, daß er stürzend und sterbend mit der Hand den Boden faßte; der Sieger hatte eben nur Zeit, den Speer aus dem Leichnam herauszuziehen; denn die Geschosse bedrängten ihn so, daß er sich zum Weichen entschließen mußte. Aber seine greisen Füße trugen ihn nur langsam aus dem Treffen, und Deïphobos schickte ihm voll Groll die Lanze nach, die zwar ihn selbst verfehlte, aber den Askalaphos, den Sohn des Ares, dafür in den Staub warf. Der Kriegsgott, der durch den Ratschluß des Zeus mit andern Göttern in die goldenen Wolken des Olymp gebannt war, ahnte nicht, daß ihm ein Sohn gefallen sei. Diesem aber riß Deïphobos den blanken Helm vom Haupte: da fuhr ihm der Speer des Meriones in den Arm, daß der Helm auf den Boden rollte. Meriones sprang herzu, zog den Wurfspieß aus dem Arme des Verwundeten und flog ins Gedränge seiner Freunde zurück. Nun faßte Polites seinen verwundeten Bruder Deïphobos um den Leib und trug ihn aus der stürmenden Schlacht über den Graben hinüber zu dem harrenden Wagen, auf dem der Blutende, matt vor Schmerz, alsbald nach der Stadt geführt wurde.

Die andern kämpften fort. Äneas durchstach den Aphareus, Antilochos den Thoon; der Trojaner Adamas verfehlte diesen und verblutete bald am Speere des Meriones. Dafür rollte

Deïpyros der Grieche, von Helenos mit dem Schwert über die Schläfe getroffen, die Reihen der Danaer entlang. Schmerzergriffen zuckte Menelaos seinen Speer gegen Helenos, der zu gleicher Zeit den Pfeil vom Bogen auf den Atriden abschnellte. Menelaos traf den Sohn des Priamos auf das Panzergewölbe, doch prallte der Wurfspieß ab; aber auch der Pfeil des Helenos war vergebens entflogen, und nun bohrte ihm Menelaos seine Lanze in die Hand, die den Bogen noch hielt, und Helenos schleppte den Speer, ins Gedränge seiner Freunde flüchtend, nach. Sein Kampfgenosse Agenor zog ihm die Waffe aus der Hand, nahm einem Begleiter die wollene Schleuder ab und verband damit die Wunde des Sehers.

Jetzt führte ein böses Geschick den Trojaner Peisander dem Helden Menelaos entgegen. Der Atride schoß fehl mit der Lanze, sein Gegner stieß kräftig den Speer dem Menelaos in den Schild; aber der Schaft zerbrach am Öhre. Nun holte Menelaos mit dem Schwert aus; Peisander hob die lange Streitaxt unter dem Schilde, und beide rannten aufeinander los; aber der Trojaner traf dem Gegner nur die Spitze des Helmbusches, indes dieser ihm den Knochen über der Nase zerspaltete, daß die Augen ihm blutig vor die Füße hinabrollten und er sich sterbend auf dem Boden wand. Menelaos stemmte ihm die Ferse auf die Brust und sprach frohlockend: »Ihr Hunde, die ihr mein junges Weib und Schätze genug freventlich von dannen geführt, nachdem sie euch freundlich bewirtet hatte, die ihr nun auch noch den Feuerbrand in unsere Schiffe werfen und alle Griechen ermorden möchtet: wird man euch endlich zur Ruhe bringen, ihr nimmersatten Fechter?« So sprach er und zog dem Leichnam die blutige Rüstung ab, die er den Freunden übergab. Dann drang er wieder in den Vorderkampf und fing die geschwungene Lanze des Harpalion mit dem Schilde auf; den, der sie abgeschossen, traf Meriones rechts in die Weiche, daß er sterbend von seinem Vater Pylaimenes auf den Wagen gerettet werden mußte. Das erbitterte den Paris, und er schoß dem Korinther Euchenor, der ihm eben in den Weg kam, den Pfeil durch Ohr und Backen, daß dieser entseelt zu Boden sank.

So kämpften sie dort; Hektor ahnete indessen nicht, daß zur Linken der Schiffe der Sieg sich auf die Seite der Griechen hinneigte, sondern wo er zuerst durchs Tor hereingesprungen und die Mauer am niedrigsten gebaut war, fuhr er fort, siegreich in die Schlachtreihen der Achiver einzubrechen. Vergebens wehrten ihn anfangs die Böotier, Thessalier, Lokrer, Athener ab; sie vermochten nicht, ihn hinwegzudrängen. Wie zwei Stiere am Pflug wandelten die beiden Ajax aneinander: vom Telamonier wichen die Seinigen nicht, lauter entschlossene Männer; aber die Lokrer, den stehenden Kampf nicht aushaltend, waren ihrem Ajax nicht auf den Fersen gefolgt; denn voll Zuversicht waren sie ohne Helme, Schilde und Lanzen, mit Bogen und wollenen Schleudern allein bewaffnet, gen Troja gezogen und hatten früher mit ihren Geschossen manche trojanische Schar gesprengt. Auch jetzt bedrängten sie die Troer, sich verbergend und von ferne her schießend, mit ihren Pfeilen und richteten selbst so keine geringe Verwirrung unter ihnen an.

Und wirklich wären die Trojaner jetzt, von Schiffen und Zelten zurückgetrieben, mit Schmach in ihre Stadt geworfen worden, hätte nicht Polydamas dem trotzigen Hektor so zugeredet: »Verschmähest du denn allen Rat, Freund, weil du im Kampf der Kühnere bist? Siehest du nicht, wie die Flamme des Krieges über dir zusammenschlägt, die Trojaner sich teils mit den erbeuteten Rüstungen aus dem Gefechte entfernen, teils, und dies die wenigeren, durch die Schiffe hin und her zerstreut kämpfen? Weiche darum, beruf einen Rat unserer Edeln und laß uns dann entscheiden, ob wir uns ins Labyrinth der Schiffe hineinstürzen oder unbeschädigt von dannen ziehen wollen; denn fürwahr, ich besorge, die Griechen möchten uns die gestrige Schuld mit Wucher heimbezahlen, solang ihr unersättlichster Krieger noch bei den Schiffen auf uns harrt!« Hektor war es zufrieden und beauftragte seinen Freund, die Edelsten des Volkes zu versammeln. Er selbst eilte in die Schlacht zurück, und wo er einen der Führer traf, befahl er ihm, sich bei Polydamas einzufinden. Seine Brüder Deïphobos und Helenos, den Asios und seinen Sohn Adamas suchte er im Vorderkampfe und fand die ersteren verwundet, die andern tot. Als er seinen Bruder Paris erblickte, rief er ihn zornig an: »Wo sind unsere Helden, du Weiberverführer? Bald ist es aus mit unserer Stadt, dann nahet auch dir das grause Verhängnis; jetzt aber komm in den Kampf, während die andern sich zum Rat versammeln!« »Ich begleite dich mit freudiger Seele«, erwiderte Paris dem Bruder, ihn beschwichtigend, »du sollst meinen Mut nicht vermissen!« So eilten sie miteinander in das heftigste Gefecht, wo die tapfersten Trojaner wie ein Sturmwind im rollenden Wetter daherrauschten; und bald war Hektor wieder an ihrer Spitze. Doch erschreckte er die Griechen nicht mehr wie früher, und der mächtige Ajax rief ihn trotzig zum Kampfe heraus. Der Trojaner achtete sein Schelten nicht und stürmte vorwärts ins Getümmel der Schlacht.

DIE GRIECHEN VON POSEIDON GESTÄRKT

Während so draußen das Treffen tobte, saß der greise Nestor geruhig in seinem Zelte beim Trunk, den verwundeten Helden und Arzt Machaon bewirtend. Als nun aber der Streitruf immer lauter hallte und näher in ihre Ohren drang, überantwortete er seinen Gast der Dienerin Hekamede, ihm ein warmes Bad zu bereiten, ergriff Schild und Lanze und trat hinaus vor das Zelt. Hier sah er die unerfreuliche Wendung, die der Kampf genommen hatte, und während er in Zweifel stand, ob er in die Schlacht eilen oder den Völkerfürsten Agamemnon aufsuchen sollte, mit ihm zu beraten, begegnete ihm, von den Schiffen am Meeresgestade zurückkommend, dieser selbst mit Odysseus und Diomedes, alle drei auf ihre Lanzen gestützt und an Wunden krank. Sie kamen auch nur, der Schlacht wieder zuzuschauen, ohne Hoffnung, selbst an dem Kampfe teilnehmen zu können. Sorgenvoll traten sie mit Nestor zusammen und berieten das Geschick der Ihrigen. Endlich sprach Agamemnon: »Freunde, ich hege keine Hoffnung mehr. Da der Graben, der uns so viele Mühe gekostet, da die Mauer, die unzerbrechlich schien, den Schiffen nicht zur Abwehr gereicht haben und der Kampf längst mitten unter diesen wütet, so gefällt es wohl Zeus, uns Griechen alle, wenn wir nicht freiwillig abziehen, ferne von Argos, hier in der Fremde, ruhmlos dem Verderben preiszugeben. Laßt uns deswegen mit den Schiffen, die wir zunächst am Meeresstrande aufgestellt haben, auf der hohen See vor Anker gehen und die Nacht dort erwarten. Wendet sich alsdann Trojas Volk zurück, so wollen wir auch die übrigen Schiffe in die Wogen ziehen und noch bei Nacht der Gefahr entrinnen.« Mit Unwillen hörte Odysseus diesen Vorschlag. »Atride«, sprach er, »du verdientest ein feigeres Kriegsvolk anzuführen als das unsrige. Mitten im Treffen ermahnest du, die Schiffe ins Meer hinabzuziehen, daß die armen Griechen in Angst umschauen, der Streitlust vergessen und verlassen auf der Schlachtbank zurückbleiben?« »Ferne sei das von mir«, erwiderte Agamemnon, »daß ich wider Willen der Argiver und ohne sie zu hören solches tun wollte! Auch gebe ich meinen Rat gerne auf, wenn einer besseren vorzubringen weiß.« »Der beste Rat ist«, rief der Tydide, »daß wir sogleich in die Schlacht zurückkehren, und wenn wir auch nicht selbst zu kämpfen vermögen, doch die andern als ehrliche Volksführer zur Tapferkeit ermahnen.«

Dieses Wort hörte mit Wohlgefallen der Beschirmer der Griechen, der Meergott, der schon lange das Gespräch der Helden belauscht hatte. Er trat in Gestalt eines greisen Kriegers zu ihnen, drückte dem Agamemnon die Hand und sprach: »Schande dem Achill, der sich jetzt der Griechenflucht erfreuet! Aber seid getrost; noch hassen euch die Götter nicht so, daß ihr nicht bald den Staub von der Trojanerflucht aufwirbeln sehen solltet!« So sprach der Gott und stürmte von ihnen weg durchs Gefilde, indem er seinen Schlachtruf in das Heer der Griechen hineinschallen ließ, der wie zehntausend Männerstimmen brüllte und jedes Helden Herz mit Mut durchdrang.

Auch die Himmelskönigin Hera, die vom Olymp herab den Kampf überschaute, blieb jetzt nicht untätig, als sie Poseidon, ihren Bruder und Schwager, zugunsten ihrer Freunde sich in die Schlacht mischen sah. Und wie sie ihren Gemahl Zeus so feindselig auf dem Gipfel des Ida sitzend erblickte, zürnte sie ihm in der tiefsten Seele und sann hin und her, wie sie ihn täuschen und von der Sorge für den Kampf abziehen möchte. Ein glücklicher Gedanke stieg ihr plötzlich im Herzen auf. Sie eilte in das verborgenste Gemach, das ihr Sohn Hephaistos im Götterpalaste ihr kunstreich gezimmert und dessen Pforte er mit unlösbaren Riegeln befestigt hatte. Dieses betrat sie und schloß die Türflügel hinter sich. Hier badete und salbte sie mit ambrosischem Öl ihre schöne Gestalt, flocht ihr Haupthaar in glänzende Locken um den unsterblichen Scheitel, hüllte sich in das köstliche Gewand, das ihr Athene zart und künstlich gewirkt hatte, heftete es über der Brust mit goldenen Spangen fest, umschlang sich mit dem schimmernden Gürtel, fügte sich die funkelnden Juwelengehänge in die Ohren, umhüllte das Haupt mit einem durchsichtigen Schleier und band sich zierliche Sohlen unter ihre glänzenden Füße. So von Anmut leuchtend, verließ sie das Gemach und suchte Aphrodite, die Liebesgöttin, auf. »Grolle mir nicht, Töchterchen«, sprach sie liebkosend, »weil ich die Griechen und du die Trojaner beschützest; und versage mir nicht, um was mein Herz dich bittet. Leihe mir den Zaubergürtel der Liebe, der Menschen und Götter bezähmt; denn ich will an die Grenze der Erde gehen, den Okeanos und die Tethys, meine Pflegeeltern, aufzusuchen, die in Zwistigkeiten leben. Ich möchte ihr Herz durch freundliche Worte zur Versöhnung bewegen, und dazu brauche ich deinen Gürtel.« Aphrodite, die den Trug nicht durchschaute, erwiderte arglos: »Mutter, du bist die Gemahlin des Götterköniges; nicht recht wäre es, dir eine solche Bitte zu verweigern.« Damit löste sie sich den wunderköstlichen buntgestickten Gürtel, in dem alle Zauberreize versammelt waren. »Birg ihn«, sprach sie, »immerhin in dem Busen, gewiß kehrst du nicht ohne Erfolg von dannen.«

Weiter ging nun die Götterkönigin nach dem fernen Thrakien in die Behausung des Schlafes und beschwor diesen, in der folgenden Nacht dem Göttervater die leuchtenden Augen unter seinen Wimpern tief einzuschläfern. Aber der Schlaf erschrak. Er hatte schon einmal auf Heras Befehl den Sinn des Gottes betäubt, als Herakles von dem verwüsteten Troja heimfuhr und Hera, seine Feindin, ihn auf die Insel Kos verschlagen wollte. Damals hatte Zeus, als er erwachend den Betrug innewurde, die Götter im Saale herumgeschleudert, und den Schlaf selbst hätte er vertilgt, wenn er nicht in die Arme der Nacht geflüchtet wäre, die Götter und Menschen bändigt. Daran erinnerte jetzt der Schlafgott erschrocken die Gemahlin des Zeus, doch diese beruhigte ihn und sprach: »Was denkst du, Schlaf! Meinst du, Zeus verteidige die Trojaner so eifrig, als er seinen Sohn Herakles liebte? Sei klug und willfahre mir: tust du es, so will ich dir der Charitinnen jüngste und schönste zur Gemahlin geben.« Der Gott des Schlummers ließ sie mit einem Schwure beim Styx dies Versprechen bekräftigen und versprach, ihr zu gehorchen.

Nun bestieg Hera im Glanze ihrer Schönheit den Gipfel des Ida, und Inbrunst erfüllte das Herz ihres Gemahls, als er sie erblickte, so daß er auf der Stelle des Trojanerkampfs vergaß. »Wie kommst du hierher vom Olymp«, sprach er, »wo hast du Rosse und Wagen gelassen, liebes Weib?« Mit listigem Sinn erwiderte ihm Hera: »Väterchen, ich will ans Ende der Erde gehen, den Okeanos und die Tethys, meine Pflegeeltern, zu versöhnen.« »Hegst du denn ewige Feindschaft gegen mich?« antwortete Zeus, »diese Ausfahrt kannst du auch später betreiben. Laß uns hier sanft gelagert und einmütig an dem Kampfe der Völker uns ergötzen.« Als Hera dies Wort hörte, erschrak sie; denn sie sah, daß selbst ihre Schönheit und der Zaubergürtel Aphrodites dem Gemahl die Sorge für den Kampf und den Groll gegen die Griechen nicht ganz aus dem Herzen zu scheuchen vermochten. Doch verhehlte sie ihren Schrecken, umschlang ihn freundlich und sprach, seine Wange streichelnd: »Väterchen, ich will ja deinen Willen tun.« Zugleich aber winkte sie dem Schlaf, der ihr unsichtbar gefolgt war und ihres Befehles gewärtig hinter des Göttervaters Rücken stand. Dieser senkte sich auf seine Augenlider, daß Zeus, ohne zu antworten, sein nickendes Haupt in den Schoß der Gemahlin legte und in tiefen Schlummer versank. Eilig schickte jetzt die Himmlische den Gott des Schlafs als Boten nach den Schiffen zu Poseidon und ließ dem Bruder sagen: »Jetzt laß dir's Ernst sein und verleih den Griechen Ruhm; denn Zeus liegt auf dem Gipfel des Ida durch meine Betörung in tiefen Schlaf gesunken!«

Schnell stürzte sich Poseidon jetzt ins vorderste Getümmel und rief in eines Helden Gestalt dem Danaervolke zu: »Wollen wir dem Hektor auch jetzt noch den Sieg lassen, ihr Männer, daß er die Schiffe erobere und Ruhm einernte? Zwar ich weiß, er verläßt sich auf den Zorn des Achill, aber es wäre eine Schmach für uns, wenn wir ohne diesen nicht zu siegen vermöchten! Ergreifet eure gewaltigsten Schilde, hüllt euch in die strahlendsten Helme, schwinget die mächtigsten Lanzen, wir wollen gehen, und ich selbst voraus vor euch allen; wir wollen sehen, ob Hektor vor uns besteht!« Die Krieger gehorchten der gewaltigen Stimme des mächtigen Streiters, die verwundeten Fürsten selbst ordneten die Schlacht, verteilten den Männern Waffen, gaben dem Starken starke, den Schwächeren schwache. Dann drang alles vor: der Erderschütterer selbst, ein entsetzliches Schwert wie einen flammenden Blitz in der Rechten schwingend, war ihr Führer. Ihm wich alles aus, und niemand wagte ihm im Kampfe zu begegnen. Zugleich empörte er das Meer, daß es wogend an die Schiffe und Zelte der Danaer anschlug.

Doch ließ sich Hektor durch dieses alles nicht schrecken. Er stürzte mit seinen Trojanern in die Schlacht, wie ein Waldbrand mit sausenden Flammen durch ein gekrümmtes Bergtal prasselt; und ein erneuter Kampf entspann sich zwischen beiden Heeren. Zuerst zielte Hektor auf den großen Ajax mit der Lanze und traf gut; aber Schild- und Schwertriemen, die sich ihm über den Busen kreuzten, beschirmten den Leib, und Hektor, des Speeres verlustig, wich unwillig in die Reihen der Seinigen zurück. Ajax schickte dem Weichenden einen Stein nach, daß er in den Staub stürzte, Lanze, Schild und Helm ihm entflog und das Erz der Rüstung klirrte. Die Griechen jauchzten, ein Hagel von Speeren folgte, und sie hofften den Liegenden wegzuziehen. Aber die ersten Helden der Trojaner vergaßen seiner nicht: Äneas, Polydamas, der edle Agenor, der Lykier Sarpedon und sein Genosse Glaukos, alle hielten die Schilde zur Abwehr vor, erhuben den Betäubten und brachten ihn ungefährdet auf den Streitwagen, der ihn zur Stadt zurückführte.

Als sie den Hektor fliehen sahen, rannten die Griechen noch viel heftiger auf den Feind ein. Um Ajax erhub sich ein Getümmel; denn nach allen Seiten hin traf sein Wurfspieß und seine Lanze. Doch schmerzte auch die Griechen hier und dort ein in ihrer Mitte fallender Held. Den Sturz des Danaers Prothoënor, den Polydamas erlegt hatte, mußte dem Ajax der Sohn des Antenor, Archilochos, büßen; den Böotier Promachos, den der Bruder des Archilochos, Akamas, mit dem Speere niedergestochen, rächte der Grieche Peneleus am Ilioneus; Ajax stieß den Hyrtios nieder; Antilochos den Mermeros und Phalkes; Meriones den Hippotion und Morys; Teucers Pfeil brachte den Prothoon und Periphetes zu Falle; Agememnon durchstach dem Hyperenor die Weiche; am allermeisten aber wütete unter den Trojanern, die schon draußen vor der Mauer über den Graben und durch die Pfähle zu fliehen begannen, der kleine Ajax, der hurtige Lokrer, dessen Augenblick jetzt gekommen war.

Erst bei ihren Wagen machten die Trojaner wieder halt, erschrocken und bleich vor Angst. Jetzt aber erwachte Zeus auf dem Gipfel des Ida und erhob sein Haupt aus Heras Schoße. Schnell sprang er empor und überschaute mit einem Blicke Griechen und Trojaner, diese in die Flucht getrieben, jene stürmisch verfolgend; mitten in ihren Reihen seinen Bruder Poseidon; er sah Hektorn auf dem Wege zur Stadt mitten im Felde aus dem Wagen gehoben zu Boden liegen, die Genossen um ihn her; schwer atmete der Bewußtlose und spie Blut, denn kein Schwächerer hatte ihn getroffen. Voll Mitleid ruhte der Blick des Vaters der Götter und Menschen auf ihm; dann wandte er sich drohend zu Hera, sein Angesicht verfinsterte sich, und er sprach: »Arglistige Betrügerin, was hast du getan? Fürchtest du nicht, die erste Frucht deines Frevels selbst zu genießen? Denkst du nicht mehr daran, wie du, die Füße an zwei Ambosse gehängt, die Hände mit goldner Fessel geschürzt, zur Strafe in der Luft schwebtest und kein Olympischer dir zu nahen wagte, ohne von mir auf die Erde geschleudert zu werden, damals, als du die Götter des Orkans gegen meinen Sohn Herakles aufgewiegelt? Verlangt dich darnach zum zweiten Male?«

Hera stutzte eine Weile schweigend, dann sprach sie: »Himmel und Erde und die Flut des Styx sollen meine Zeugen sein, daß nicht mein Geheiß den Erderschütterer gegen die Trojaner aufgehetzt hat; ihn wird die eigne Regung getrieben haben. Ja eher möchte ich ihm selbst freundlich zureden, daß er deinem Befehle, du wolkig Blickender, sich füge.« Des Zeus Stirne wurde heiterer; denn noch immer wirkte der Gürtel Aphrodites, den Hera bei sich trug. Endlich sprach er besänftigt: »Hegtest du im Rate der Unsterblichen gleiche Gesinnung mit mir, Gemahlin, so würde freilich Poseidon seinen Sinn bald nach unser beider Herzen umlenken. Wenn es dir aber ernst ist, so geh und rufe mir Iris und Apollo herbei, daß jene meinem Bruder befehle, aus dem Kampf zum Palaste heimzukehren, und Phöbos Apollo den Hektor heile, zur Schlacht aufmuntere und mit neuer Kraft beseele!« Mit erschrockenem Antlitze gehorchte Hera und trat in den olympischen Saal ein, wo die Unsterblichen zechten. Diese sprangen ehrerbietig von den Sitzen empor und streckten ihr die Becher entgegen. Sie aber ergriff den Becher der Themis, schlürfte vom Nektar und meldete des Zeus Machtgebot. Windschnell fuhr Iris hinab auf das Schlachtfeld. Als Poseidon den Befehl seines Bruders aus ihrem Munde vernahm, sprach er zuerst unmutsvoll: »Traun, das ist nicht brüderlich gesprochen! Auch soll er nicht mit Gewalt meinen Willen hemmen, denn ich bin, was er ist. Hat gleich das Los um die Herrschaft mir nur das graue Meer zugeteilt, dem Pluto die Hölle und ihm den Himmel: die Erde wie der Olymp ist uns allen gemein!« »Soll ich diese trotzige Rede, so wie du sie gesprochen, dem Göttervater überbringen?« fragte Iris zögernd. Da besann sich der Gott, und das Heer der Danaer verlassend, rief er: »Nun wohl, ich gehe! Das aber wisse Zeus: trennt er sich von mir und den andern olympischen Freunden der Griechen und beschließt Trojas Vertilgung nicht, so entflammt uns unheilbarer Zorn!« So sprach er, in die Fluten tauchend; und augenblicks vermißten die Danaer seine Gegenwart.

Seinen Sohn Phöbos Apollo sandte dagegen Zeus zu Hektor vom Olymp hinab. Dieser fand ihn nicht mehr liegend auf dem Boden, sondern schon wieder aufgerichtet und von Zeus gestärkt. Der Angstschweiß hatte nachgelassen: der Atem war leichter; ihn erfrischte wiederkehrendes Leben. Als Apollo sich ihm mitleidig näherte, blickte er traurig auf und sprach: »Wer bist du, Bester der Himmlischen, der nach mir fragt? Hast du es schon gehört, daß der gewaltige Ajax mich bei den Schiffen mit einem Stein an die Brust getroffen und mitten im Siege gehemmt hat? Glaubte ich doch, noch an diesem Tage den schwarzen Hades schauen zu müssen!« »Sei getrost«, antwortete ihm Apollo, »siehe, mich selbst, seinen Sohn Phöbos, sendet dir Zeus, dich ferner, wie ich wohl auch von selbst früher getan habe, von nun an auf sein Geheiß zu schirmen, und ich werde das goldene Schwert, das du in meinen Händen siehest, für dich schwingen. Besteige deinen Wagen wieder: ich selbst eile voran, ebne euren Rossen den Weg und helfe dir die Griechen in die Flucht jagen!«

Kaum hatte Hektor die Stimme des Gottes vernommen, so sprang er, wie ein mutiges Roß das Halfter an der Krippe zerreißt, vom Boden auf und schwang sich in seinen Wagen. Die Griechen aber, als sie den Helden herbeifliegen sahen, standen starr und ließen plötzlich von der Verfolgung ab, wie Jäger und Hunde, die einem Hirsch ins Waldesdickicht nachfolgen, vor einem zottigen Löwen erschrecken, der ihnen plötzlich drohend in den Weg kommt. Der erste, der Hektors ansichtig geworden, war der Ätolier Thoas, ein beredter Mann, der sogleich die Fürsten der Griechen, in deren Mitte er kämpfte, aufmerksam machte und ausrief: »Wehe mir, welch Wunder erblicke ich mit meinen Augen dort! Hektor, den wir alle unter dem Steinwurfe des Telamoniers stürzen sahen, kommt aufrecht auf dem Wagen heran, freudigen Mutes dem Vorkampfe zueilend; gewiß, ihm steht Zeus der Donnerer zur Seite! So gehorchet denn meinem Rate: heißt die Masse des Heeres sich auf die Schiffe zurückziehen; wir aber, die Tapfersten im Heere, wollen ihm mit Abwehr begegnen; und unsre Schar zu durchbrechen wird er sich scheuen, wenn er auch noch so mörderisch herantobt.«

Die Helden gehorchten dem vernünftigen Rate; sie beriefen die edelsten Fürsten und Kämpfer, und diese reiheten sich schnell um die beiden Ajax, um Idomeneus, Meriones und Teucer her: hinter ihnen aber zog sich alles Volk auf die Schiffe zurück. Die Trojaner ihrerseits drangen mit Heereskraft vor; sie führte Hektor, hoch auf seinem Streitwagen stehend; ihn selbst, in Gewölk eingehüllt, Apollo der Gott, den grauenvollen Ägisschild in der Hand. Die griechischen Helden harrten der Feinde in gedrängtem Häuflein; lautes Geschrei stieg aus beiden Heeren: bald sprangen die Pfeile und sausten die Speere; aber die Geschosse der Trojaner hafteten alle in Feindesleibern, weil Phöbos Apollo mit ihnen war, und sobald dieser die gräßliche Ägis gegen das Antlitz der Danaer schüttelte, laut und fürchterlich aus seiner dunkeln Wolke dazu aufschreiend, bebte den Griechen das Herz im Busen, und sie vergaßen der Abwehr. So erschlug denn Hektor zuerst den Führer der Böotier, Stichios, dann Arkesilaos, den edeln Genossen des Menestheus; Äneas raubte dem Athener Iasos und dem Medon, dem Halbbruder des lokrischen Ajax, Leben und Waffen; vor Polydamas sank Mekisteus, vor Polites Echios und Klonios vor Agenor: den Deïochos aber, der aus dem Vorderkampfe floh, schoß Paris durch den Rücken, daß die Lanzenspitze zur Brust herausdrang. Während die Trojaner diese alle der Rüstungen entblößten, flohen die Griechen in Verwirrung, dem Graben und den Pfählen zustürzend, bebten da- und dorthin; und manche retteten sich in der Not auch schon über die Mauer. Hektor rief unter seine Trojaner hinein, daß es hallte: »Laßt die Leichname in ihren blutigen Rüstungen liegen und sprengt geradenwegs auf die Schiffe zu. Wen ich nicht auf dem Wege dorthin treffe, der ist des Todes!« So schrie er, geißelte seine Rosse über die Schultern und lenkte dem Graben zu: und ihm folgten alle Helden Trojas mit ihren Streitwagen. Apollo stampfte mit seinen Götterfüßen die emporragenden Ränder des Grabens in der Mitte hinab und schuf ihnen so die Brücke eines Pfades, so lang und breit, als der Schwung eines Wurfspießes reicht. Auf diesem Wege überschritt der Gott selbst zuerst den Graben, und mit einem Stoße seiner Ägis warf er die Mauer der Griechen über den Haufen, wie ein am Meeresufer spielendes Kind den Sandhaufen, den es aufgebaut hat, auseinanderstört. Die Griechen waren jetzt wieder in den Schiffsgassen zusammengedrängt und hoben ihre Hände flehend zu den Göttern empor. Auf Nestors Gebet aber donnerte Zeus mit gnädigem Halle.

Die Trojaner deuteten das Zeichen vom Himmel zu ihren eigenen Gunsten, stürzten sich mit Wutausbruch mit Roß, Wagen und Mann über die Mauerbrücke und kämpften von ihren Streitwagen herab, während die Griechen sich auf die Verdecke ihrer Schiffe flüchteten und von deren Borden herab sich wehrten.

Während Griechen und Trojaner noch um den Wall kämpften, saß Patroklos immer noch in dem schönen Zelte des Helden Eurypylos und pflegte die Wunde desselben, lindernde Säfte dareinträufelnd. Als er aber hörte, wie die Troer mit Macht an die Mauer rannten und das Getümmel und Angstgeschrei der flüchtenden Danaer vor seine Ohren kam, schlug er sich die Hüfte mit der flachen Hand und rief laut aufjammernd: »Nein, Eurypylos, so gerne ich dich noch weiter pflegen möchte, länger darf ich nicht bei dir verweilen, denn draußen wird es zu laut! So behilf dich denn mit deinem Waffengenossen. Ich selbst aber eile zu meinem Freunde, dem Peliden, und versuche es, ob ich mit Hilfe der Götter und mit meinem Zuspruche ihn nicht zu bewegen vermag, an der Feldschlacht endlich wieder Anteil zu nehmen!« Kaum hatte er das Wort geendet, als seine behenden Füße ihn auch schon aus dem Zelte trugen.

Inzwischen tobte der Kampf bei den Schiffen, ohne daß der Vorteil sich auf eine Seite geneigt hätte. Um eines der Schiffe stritten sich Hektor und Ajax; aber jener vermochte diesen nicht vom Borde zu vertreiben und den Feuerbrand in das Fahrzeug zu werfen; dieser nicht, jenen zu verdrängen. Der Speer des Telamoniers streckte Kaletor, den Verwandten Hektors, an dessen Seite nieder; die Lanze Hektors traf Lykophron, den Streitgenossen des Ajax. Auf seinen Fall eilte Teucer dem Bruder zu Hilfe und schoß dem Wagenlenker des Polydamas, Kleitos, einen Pfeil in den Nacken. Polydamas, der zu Fuße focht, hemmte die leer davoneilenden Rosse. Ein zweiter Pfeil Teucers flog auf Hektor, aber Zeus ließ die Sehne zerreißen und das Geschoß seitwärts abirren; der Bogenschütze empfand schmerzlich die feindselige Gewalt des Gottes. Ajax ermahnte den Bruder, Bogen und Pfeil zu lassen und zu Schild und Speer zu greifen; dies tat der Held und bedeckte sich mit einem stattlichen Helme. Hektor dagegen rief seinen Kämpfern zu: »Mutig fortgestritten, ihr Männer! Eben sah ich, wie der Donnerer der tapfersten Griechen einem das Geschoß zerbrochen hat! Drum auf mit Heereskraft zum Schiffskampfe! Mit uns sind die Götter!« »Schande über euch, Argiver«, rief auf der andern Seite Ajax, »nun gilt's zu sterben oder den Schiffen Rettung zu schaffen! Wenn der gewaltige Hektor diese mit Feuer zerstört, gedenket ihr zu Fuße über die Meerflut heimzukehren? Oder meint ihr, Hektor lade euch zum Reigentanz und nicht zum Kampfe? Viel besser ist's, die Wahl des Todes oder Lebens zu beschleunigen, als in schmählicher Unentschiedenheit hinzuschmachten, von schlechteren Männern, die hinter dem Schirme der Götter fechten, vertilgt!« So rief Ajax und streckte einen Trojanerhelden nieder, aber für jeden Fallenden vergalt ihm Hektor mit dem Fall eines andern. Endlich entspann sich ein mörderischer Kampf um die Leiche und Rüstung des Dolops, den Menelaos gefällt hatte. Hektor bot alle Brüder und Verwandten auf; Ajax und seine Freunde dagegen umzäunten die Schiffe mit einem Gehege von Schilden und Lanzen. Da munterte Menelaos den schmucken Sohn des Nestor, Antilochos, auf und rief ihm zu: »Es ist doch keiner jünger und schneller im ganzen Heer als du und auch nicht tapferer, o Jüngling! Es wäre schön, wenn du hervorsprängest und einen der Trojaner erlegtest!« So reizte er den Antilochos, der sofort aus dem Gewühle herauseilte, sich umschaute und den blinkenden Wurfspeer absandte. Als er zielte, flogen die Trojaner auseinander, dennoch traf sein Geschoß den Melanippos, den Sohn Hiketaons, unter der Brustwarze, daß er zusammenstürzte und die Waffen um ihn prasselten. Herzu sprang Antilochos, wie der Hund auf das Hirschkalb, das der Jäger auf der Lauer durchschossen; als ihm aber Hektor entgegenlief, entfloh er wie ein Wild, das Hund oder Hirten der Herde zerrissen und, sich der bösen Tat bewußt, davonflieht, wenn es eine Männerschar herannahen sieht. Die Geschosse der Trojaner folgten ihm, und Antilochos wandte sich erst wieder um, als er bei den Seinigen in Sicherheit war.

Nun stürzte Trojas Volk wie eine Schar blutgieriger Löwen unter die Schiffe: Zeus schien entschlossen, den unbarmherzigen Wunsch der gleich ihrem Sohne Achill zürnenden Thetis ganz zu gewähren. Doch wartete er nur darauf, bis er die aufflammende Lohe eines einzigen in Flammen gesetzten Schiffes erblickte, um alsdann wieder Flucht und Verfolgung über die Trojaner zu verhängen und den Griechen aufs neue Siegesruhm zu gewähren. Hektor wütete unterdessen voll Grimm: der Schaum stand ihm um die Lippen, die Augen funkelten ihm unter den düsteren Brauen, und fürchterlich wehte der Busch von seinem Helme. Weil ihm nur noch wenige Lebenstage gewährt waren, so rüstete ihn Zeus vor allen Männern noch einmal mit Kraft und Herrlichkeit aus: denn schon lenkte ihm Pallas Athene das grause Todesverhängnis entgegen. Jetzt aber durchbrach er die Reihen der Feinde, wo er die dichtesten Haufen und die besten Rüstungen sah. Doch er versuchte lang umsonst einzubrechen; die dichtgeschlossene Schar der Danaer stand wie ein getürmter Meerfels, an dem die Brandung umsonst in die Höhe schäumt; dennoch warf er sich auf die Heerscharen, wie im Sturm eine Woge sich in ein Schiff hineinstürzt, daß endlich ein Grauen sich der Griechen bemächtigte und sie miteinander die Flucht ergriffen. Einem jedoch, der, als er zur Flucht sich umdrehte, unten am Schilde sich stieß und rückwärts fiel – es war der Sohn des berüchtigten Kopreus, Periphetes aus Mykene, ein besserer Mann als sein häßlicher Vater –, bohrte dicht bei seinen fliehenden Genossen Hektor die Lanze in die Brust.

Schon wichen die Griechen von den vorderen Schiffen zurück;

doch zerstreuten sie sich nicht durch die Gassen des Lagers, sondern Scham und zugleich Furcht hielt sie bei den Zelten in Scharen aufgestellt zusammen, und sie ermahnten einander gegenseitig, vor allen der greise Held Nestor, der mit seinem Schlachtruf die Herzen der Männer ermutigte. Ajax der Telamonier aber umwandelte die Schiffsverdecke, ein zweiundzwanzig Ellen langes Ruder, mit Eisenringen gefügt, in seiner Rechten; und wie ein geschickter Rossespringer von einem Pferde aufs andre zum Staunen der Zuschauer hüpft, so sprang er von einem Schiffsgetäfel aufs andere und schrie mit schrecklicher Stimme zu den Griechen hinab. Aber auch Hektor weilte nicht untätig im Hafen der Seinigen, sondern wie ein funkelnder Adler auf die Scharen von Kranichen oder Schwänen stürzt, die sich am Ufer eines Stroms gelagert haben, so drang er geradenwegs auf eines der Meerschiffe stürmend los; Zeus selbst gab ihm im Rücken einen Stoß, daß er voranflog und seine ganze Schar ihm nachstürmte.

Da erhub sich von neuem um die Schiffe ein erbitterter Kampf: die Griechen wollten lieber sterben als entfliehen, von den Trojanern hoffte ein jeder, den ersten Fackelbrand in die Schiffe zu schleudern. Und nun faßte Hektor das Steuerende des schönen Schiffes, das den Protesilaos gen Troja geführt hatte, aber nicht wieder heimbringen sollte, weil er der erste war, der nach der Landung im Gefechte gegen die Trojaner gefallen war. Um dieses Schiff kämpften und mordeten jetzt Danaer und Troer; da war keine Rede mehr von Bogenschuß oder auch nur von Speerwurf: zusammengedrängt schwangen alle nur scharfe Beile, Äxte und Schwerter gegeneinander und führten Lanzen zum Stich. Manches gute Schwert stürzte dort aus der Hand in den Staub oder von den Schultern der Streitenden herab, und der Boden schwamm in Blut. Hektor aber, nachdem er einmal das Schiff gefaßt, umklammerte es fest und rief: »Jetzt Feuer her und den Schlachtruf erhoben! Jetzt schickt uns Zeus den Tag, der uns für alle andern schadlos hält! Jetzt die Schiffe erobert, welche uns so viel Jammer gebracht haben! Jetzt wird kein Ältester uns hindern, den Sieg zu benützen: Zeus selbst ermahnt und befiehlt uns jetzt!«

Auch Ajax vermochte Hektors Andrange nun nicht mehr zu widerstehen, die Geschosse drängten ihn zu sehr; er wich ein wenig vom Verdecke des Schiffs und schwang sich auf die Bank des Steuermanns. Aber auch von hier aus spähte er umher, wo abzuwehren sei, und richtete seine Lanze gegen die mit Feuerbränden eindringenden Trojaner; zugleich donnerte er seine Volksgenossen an: »Freunde, jetzt seid Männer! oder wähnet ihr, hinter den Schiffen stehen euch noch andere Helfer, noch ein stärkerer Wall, der euch schirmen könnte? Ihr habt keine Stadt, hinter deren Mauern ihr euch flüchten könntet wie die Trojaner; auf Feindesboden, fern vom Lande der Väter, an den Meeresrand sind wir hingedrängt! Unser ganzes Heil beruht nur auf unserem Arme!« So rief er und empfing jeden Feind, der mit einer Fackel sich dem Schiffe näherte, mit einem Lanzenstich, daß bald zwölf Leichen vor ihm den Boden deckten.

TOD DES PATROKLOS

Indes um das Schiff, auf welchem Ajax stand, auf Tod und Leben gekämpft wurde, war Patroklos, als er das Zelt des wunden Eurypylos verlassen, zu seinem Freunde Achill geeilt, und als er in dessen Lagerhütte eintrat, stürzten ihm die Tränen aus den Augen, wie eine finstere Quelle, die ihr dunkles Wasser aus steilen Klippen gießt. Mitleidig sah ihn der Pelide an und sprach zu ihm: »Du weinst ja wie ein junges Mädchen, Freund Patroklos, das der Mutter nachläuft und: ›Nimm mich!‹ schreit und sich lang an ihr Kleid anklammert, bis die Mutter es aufhebt! Bringst du meinen Myrmidonen, mir oder dir selbst schlimme Botschaft aus Phthia? Ich weiß doch, dein Vater Menötios lebt, mein Vater Peleus lebt! Oder beklagst du vielleicht das Volk von Argos, daß es so jämmerlich zugrunde geht, zum Lohn seines eigenen Frevels? Rede nur immer ehrlich heraus und laß mich alles wissen!«

Schwer seufzte bei dieser Frage Patroklos auf und sprach endlich: »Zürne mir nicht, erhabenster Held! Allerdings lastet der Gram der Griechen schwer auf meiner Seele! Alle Tapfersten liegen von Wurf oder Stoß getroffen bei den Schiffen umher; wund ist Diomedes; lanzenwund Odysseus und Agamemnon; den Euryplos traf ein Pfeil in den Schenkel: sie alle sind den Ärzten zur

Heilung übergeben, statt daß sie in unsern Reihen kämpfen sollten. Du aber bleibst unerbittlich; nicht Peleus und Thetis, der Mensch und die Göttin, können deine Eltern sein; dich muß das finstre Meer oder ein starrer Fels geboren haben, so unfreundlich ist dein Herz! Nun denn, wenn die Worte deiner Mutter und ein Bescheid der Götter dich zurückhalten, so sende wenigstens mich und deine Krieger ab, ob wir den Griechen nicht vielleicht Trost bringen. Laß mich deine eigene Rüstung anlegen: leicht mag es sein, wenn die Trojaner mich sehen und dich zu erblicken glauben, daß sie vom Kampf abstehen und den Danaern Zeit lassen, sich zu erholen!«

Aber Achill erwiderte unmutig: »Wehe mir, Freund! Nicht das Wort meiner Mutter, auch kein Götterausspruch hindert mich; nur der bittere Schmerz frißt mir an der Seele, daß ein Grieche es gewagt hat, mich, den Ebenbürtigen, des Ehrengeschenks zu berauben. Dennoch habe ich mir nicht vorgesetzt, ewig zu grollen, und war von jeher entschlossen, wenn das Schlachtgetümmel bis zu den Schiffen gelangen sollte, meinem Groll Abschied zu sagen. Selber Anteil am Kampfe zu nehmen, kann ich mich zwar noch nicht entschließen; du aber hülle immerhin deine Schultern in meine Rüstung und führe auch unser streitbares Volk zum Kampfe. Stürze mit aller Macht auf die Trojaner und treibe sie aus den Schiffen fort! Nur an einen lege die Hände nicht, und dies ist Hektor; auch hüte dich, daß du nicht einem Gott in die Hände fallest; denn Apollo liebt unsre Feinde! Wenn du die Schiffe gerettet hast, kehre wieder um. Die andern mögen sich dann auf dem offenen Felde gegenseitig ermorden; denn eigentlich wäre es doch am besten, wenn gar kein Danaer davonkäme und wir zwei allein der Vertilgung entgingen und Trojas Mauern niederreißen könnten!«

Bei den Schiffen atmete inzwischen Ajax immer schwerer. Sein Helm rasselte von feindlichen Geschossen; die Schulter, vom aufliegenden Schilde beschwert, fing an ihm zu erstarren: der Angstschweiß floß ihm von den Gliedern herab, und keine Erholung durfte er sich gönnen. Als nun vollends Hektors Schwert ihm die Lanze dicht am Öhre durchschmetterte, daß der verstümmelte Teil in seiner Hand blieb und die eherne Spitze klirrend auf den Boden fiel, da erkannte Ajax, daß die Gewalt eines Gottes den Griechen entgegen sei, und entwich dem Geschoß. Und nun warf Hektor mit den Seinigen einen mächtigen Feuerbrand in das Schiff, und bald schlug die Flamme lodernd um das Steuerruder zusammen.

Als Achill in seinem Zelt Feuer von dem Schiffe auflodern sah, da durchzuckte auch den unbeugsamen Helden der Schmerz. »Auf, edler Patroklos«, rief er, »erhebe dich, daß sie die Schiffe nicht nehmen und den Unsrigen jeden Ausweg versperren! Ich selbst will hingehen, mein Volk zu versammeln.« Patroklos war des Wortes froh, das er aus dem Munde seines Freundes vernommen hatte: eilig legte er die Beinschienen an, schnallte den kunstvoll gearbeiteten Harnisch um die Brust, hing sich das Schwert um die Schulter, setzte den von Roßhaaren umwallten Helm aufs Haupt, griff mit der Linken zum Schilde, mit der Rechten faßte er zwei mächtige Lanzen. Gern hätte er den mörderischen Speer seines Freundes Achill selbst genommen, der aus einer Esche des thessalischen Berges Pelion gezimmert war und den der Zentaur Chiron dem Vater Peleus geschenkt hatte; dieser aber war so groß und schwer, daß ihn außer dem Peliden kein anderer Held schwingen konnte. Nun ließ Patroklos seinen Freund und Wagenlenker Automedon die Rosse Xanthos und Balios anschirren, die unsterblichen Kinder der Harpyie Podarge und des Zephyros, dazu das Roß Pedasos, das der Pelide einst aus der Stadt Theben als Beute fortgeführt hatte; Achill aber rief sein Myrmidonenvolk, hungrigen Wölfen gleich, herbei, je fünfzig Männer aus den fünfzig Schiffen; ihre Schlachtreihen führten fünf Kriegsobersten: Menesthios, der Sohn des Flußgottes Spercheios und der schönen Peleustochter Polydora; Eudoros, der Sohn des Hermes und der Jungfrau Polymele; Peisander, der Sohn des Maimalos, nach Patroklos der beste Kämpfer in der Schar; endlich der ergraute Phönix und Alkimedon, der Sohn des Laërkes.

Den Abziehenden rief der Pelide zu: »Vergesse mir keiner, ihr Myrmidonen, wie oft ihr während meines Zornes den Trojanern gedroht und unmutig meine Galle gescholten habt, welche die Streitgenossen mit Zwang vom Kampfe zurückhalte. Endlich ist die Stunde, nach der ihr geschmachtet, erschienen: Kämpfe nun, wem es das mutige Herz befiehlt!« Als er so gesprochen, zog er sich in sein Zelt zurück und holte aus dem Kasten, den voll von Leibröcken, Decken und Mänteln, auch andern kostbaren Dingen seine Mutter Thetis ihm mit aufs Schiff gegeben hatte, einen kunstreichen Becher hervor, aus dem kein anderer Mann je den funkelnden Wein getrunken hatte und kein anderer Gott Dankopfer empfangen hatte als der Donnerer. Aus diesem spendete er auch jetzt, in die Mitte seines Hofes tretend, unter Gebete dem Vater Zeus und bat ihn, den Griechen Sieg zu verleihen, seinen Waffengenossen Patroklos aber unverletzt zu den Schiffen zurückzugeleiten. Zu der ersten Bitte winkte Zeus Gewährung, zur zweiten schüttelte er sein Haupt, beides von dem Helden ungesehen. Achill ging in sein Zelt zurück, den Becher wieder aufzubewahren; dann stellte er sich vor sein Zelt, um dem blutigen Kampfe zwischen Griechen und Trojanern zuzusehen.

Die Myrmidonen zogen indessen, den Führer Patroklos an der Spitze, wie ein Wespenschwarm am Heerweg. Als die Trojaner ihn kommen sahen, schlug ihnen das Herz vor Schrecken, und ihre Geschwader gerieten in Verwirrung; denn sie glaubten, Achill selbst habe sich, den Groll aus der Seele verbannend, von den Zelten aufgemacht, und schon fingen sie an umherzublikken, wie sie dem Verderben entrinnen könnten. Patroklos benützte ihre Furcht und schwang seine blinkende Lanze gerade in ihre Mitte hinein, wo am Schiffe des Protesilaos das Getümmel am stärksten war. Sie traf den Päonier Pyraichmes, daß er, an der rechten Schulter durchbohrt, wehklagend rücklings auf den Boden taumelte und die Päonier um ihn her, alle betäubt, vor dem gewaltigen Patroklos flüchteten. Das Schiff blieb halbverbrannt stehen; angstvoll flohen alle Trojaner; die Danaerhaufen stürzten sich in die Schiffsgassen zur Verfolgung: allenthalben tobte der Aufruhr. Doch faßten sich die Trojaner bald wieder, und die Griechen sahen sich genötigt, Mann für Mann zu Fuß zu kämpfen: Patroklos durchschoß dem Areïlykos den Schenkel; Menelaos bohrte dem Thoas die Lanze in die Brust; Meges, der Sohn des Phyleus, durchstach dem Amphiklos die Wade; Antilochos, Nestors Sohn, durchstieß dem Atymnios die Weiche; da flog Maris, voll Zorn über den Fall des Bruders, auf Antilochos zu, stellte sich vor den Erschlagenen und drohte mit der Lanze; doch ihm durchbohrte Thrasimedes, Nestors andrer Sohn, Schulter und Oberarm mit dem Speer, daß er sterbend zusammensank. Als so Brüder die Brüder zu Boden gestreckt hatten, sprang auch der schnelle kleine Ajax hervor und hieb dem vom Gedränge gehinderten Kleobulos auf der Flucht das Schwert in den Nacken. Penelaos und Lykon rannten, beide sich verfehlend, mit den Lanzen gegeneinander; aber im Schwertkampf siegte der Danaer; Meriones traf den Akamas, als er eben den Wagen bestieg, und durchbohrte ihm die rechte Schulter; er stürzte vom Wagen, und Dunkel goß sich ihm über die Augen.

Der große Ajax sann auf nichts anderes, als wie er mit dem Speere Hektorn treffen könnte; dieser aber, voll Kriegserfahrung, deckte sich mit seinem stierledernen Schilde, daß Pfeile und Wurfspieße daran abprallten. Zwar hatte der Feldherr bereits erkannt, daß der Sieg sich von ihm und den Seinen abgewendet habe, dennoch verweilte er unerschüttert in der Schlacht und dachte wenigstens darauf, seine teuren Genossen zu beschützen und zu retten. Erst als der Andrang unwiderstehlich wurde, kehrte er mit seinem Wagen um und flog mit seinen vortrefflichen Rossen über den Graben. Die andern Trojaner waren nicht so glücklich; viele Rosse ließen hier und dort im Graben die Wagen ihrer Herren zerschmettert an der Deichsel zurück; doch was glücklich hinüberkam, stäubte in der eiligsten Flucht nach der Stadt zurück, und Patroklos sprengte mit tönendem Rufe den noch diesseits des Grabens Dahinfliegenden nach: viele stürzten kopfüber unter die Räder ihrer Wagen, und geborstene Sitze krachten. Endlich sprang das unsterbliche Rossegespann des Peliden auch über den Graben, und Patroklos trieb sie an, den auf seinem Wagen dahineilenden Hektor zu erreichen. Dabei mordete er zwischen Schiffen, Mauer und Strom, was er antraf. Pronoos, Thestor, Eryalos und neun andere Troer waren auf seinem stürmenden Weg teils dem Speerschwunge, teils dem Lanzenstiche, teils dem Steinwurfe des Siegers erlegen. Mit Schmerz und Ingrimm sah dies der Lykier Sarpedon, ermahnte scheltend seine Heerschar und sprang gerüstet von seinem Wagen zur Erde. Patroklos tat ein gleiches: und nun stürzten sie schreiend gegeneinander wie zwei scharfklauige, krummschnäblige Habichte. Mit Erbarmen sah Zeus auf seinen Sohn Sarpedon hernieder vom Olymp; aber Hera schalt ihn und sprach: »Was denkst du, Gemahl! Einen Sterblichen willst du schonen, der dem Tode doch schon längst verfallen ist? Bedenke, wenn alle Götter ihre Söhne aus der Schlacht entführen wollten, was aus den Geschicken, die du selber zu vollführen beschlossen hast, alsdann würde. Glaube mir, es ist besser, du lässest ihn in der Feldschlacht umkommen, übergibst ihn dem Schlaf und dem Tode und gestattest seinem Volk, ihn aus dem Getümmel zu tragen und dereinst in Lykien unter Grabhügel und Säule zu bestatten!« Zeus ließ die Göttin gewähren, und nur eine Träne fiel aus seinem Götterauge herab auf die Erde, dem fallenden Sohne geweiht.

Die beiden Kämpfer hatten sich jetzt einander auf Schußweite genähert. Patroklos aber traf zuerst den tapfern Genossen Sarpedons, Thrasydemos; Sarpedons Speer verfehlte zwar den Helden, stieß aber dafür dem Beirosse Pedasos, das sterblich war, den Speer in die rechte Schulter; bei dem Stürzen des Röchelnden waren auch die zwei unsterblichen Rosse scheu geworden; das Joch krachte schon, die Zügel verwirrten sich, und sie wären zerrissen, wenn nicht der Wagenlenker Automedon schnell sein Schwert von der Hüfte gezogen und den Strang des getöteten Rosses zerhauen hätte.

Ein zweiter Lanzenwurf Sarpedons verfehlte den Gegner wieder; der Speer des Patroklos aber traf diesmal den Lykier ins Zwerchfell, und er fiel zu Boden wie eine Bergtanne unter der Axt, knirschte mit den Zähnen und griff mit der Hand in den blutigen Staub. Sterbend rief er seinen Freund Glaukos auf, mit den Lykierscharen sich um seinen Leichnam zu werfen, und verschied. Da betete Glaukos zu Phöbos Apollo, ihm die Armwunde zu heilen, die Teucer ihm bei Erstürmung der Mauer mit dem Pfeile beigebracht hatte und die ihn noch immer quälte und zum Kampf untüchtig machte. Der Gott erbarmte sich seiner und stillte auf der Stelle den Schmerz. Nun durcheilte er die Reihen der Trojaner und rief die Helden Polydamas, Agenor und Äneas, Sarpedons Leichnam zu schützen, auf. Die Fürsten trauerten, als sie den Tod des Mannes vernahmen, der, obwohl aus fremdem Geschlechte, doch ihre Stadt wie eine Säule gestützt hatte; aber ihre Trauer war nicht feige. Wild drangen sie auf die Danaer ein, und ihnen allen flog Hektor voran. Die Griechen dagegen entflammte Patroklos, und so rannten sie gegeneinander mit grauenvollem Geschrei, um die Leiche des gefallenen Sarpedon kämpfend. Als einer ihrer tapfersten Krieger, Epeigeus, der Sohn des Agakles, von einem Steinwurfe Hektors gefallen war, fingen zuerst die Myrmidonen an zurückzugehen. Patroklos aber, den der Tod des Freundes bitter schmerzte, stürzte sich ins vorderste Gewühl, zerschmetterte dem Troer Sthenelaos den Rücken und brachte die Trojaner wieder zum Weichen. Endlich kehrte sich unter diesen Glaukos zuerst wieder um und durchstach den Myrmidonen Bathykles mit der Lanze; dagegen traf Meriones den Laogonos, dessen Vater Onetor Priester des idäischen Zeus war; den Meriones aber verfehlte der Speer des gewaltigen Äneas. Während diese Hohnworte miteinander wechselten, rief Patroklos ihnen zu: »Was schwatzet ihr, Helden? Im Arme sucht der Krieg die Entscheidung!« Und damit drang er an der Spitze der Seinigen auf den Leichnam ein, und die Troer erwehrten sich seiner, daß die Leiche bald vom Haupte bis an die Sohlen von Geschossen, Staub und Blut zugedeckt war.

Zeus, der dem Kampfe aufmerksam zuschaute, bedachte sich eine Weile über den Tod des Patroklos, aber es däuchte ihm besser, diesem vorerst noch Sieg zu verleihen; und so drängte denn der Freund des Peliden die Trojaner samt den Lykiern zurück und der Stadt zu. Die Griechen beraubten den gefallenen König Sarpedon der Rüstung; und eben wollte ihn Patroklos seinen Myrmidonen übergeben, als Apollo auf des Zeus Geheiß vom Gebirge in die Feldschlacht herunterfuhr, den Leichnam auf seine göttlichen Schultern nahm und ihn fern an den Strom des Skamander trug. Hier spülte er ihn im Gewässer rein, salbte ihn mit Ambrosia und gab ihn den Zwillingen Schlaf und Tod hinwegzutragen. Diese flogen mit ihm davon und brachten ihn in sein lykisches Heimatland.

Aber Patroklos, vom bösen Geschicke getrieben, munterte seinen Wagenlenker und seine Rosse auf und rannte den Trojanern und Lykiern nach, ins eigne Unheil. Neun Troern zog er ihre Rüstungen vom erlegten Leichnam ab und tobte so unaufhaltsam im Lanzenkampfe voran, daß er die getürmte Stadt Troja selbst erobert hätte, hätte nicht auf dem festesten Turme der Gott Apollo gestanden und auf das Verderben des Helden und auf die Beschirmung der Trojaner gesonnen. Dreimal stieg der Sohn des Menötios zur hervorragenden Mauerecke heran, und dreimal verdrängte ihn Apollo mit unsterblicher Hand, den leuchtenden Schild ihm entgegenhaltend und sein »Weiche!« rufend. Da entwich Patroklos mit eilendem Schritte vor dem Befehl des Gottes.

Am Skäischen Tore hielt der fliehende Hektor mit seinen Rossen inne und besann sich einen Augenblick, ob er sie ins Schlachtgetümmel zurücktreiben oder seinem Volke gebieten sollte, sich in die Mauern der Stadt einzuschließen. Während er so unentschlossen die Zügel anzog, nahte sich ihm Phöbos in der Gestalt von Hekabes Bruder Asios, der ein Oheim des Fürsten war, und sprach zu ihm: »Hektor, was entziehst du dich dem Kampfe? Wär ich so viel stärker denn du, als ich schwächer bin, ich wollte dich für deine Untätigkeit zum Hades senden. Aber wohlan, wenn du nicht gern solche Worte hörst, lenke deine Rosse dem Patroklos zu; wer weiß, ob dir Apollo nicht den Sieg schenkt.« So raunte ihm der vermummte Gott ins Ohr und verlor sich im Gewühl der Schlacht. Da ermunterte Hektor seinen Wagenlenker Kebriones, einen Bastard seines Vaters, die Rosse wieder in die Schlacht zu treiben, und Apollo drang vor ihm her in die Reihen der Griechen ein und richtete Verwirrung unter ihnen an. Hektor aber rührte keinen andern Achiver an, sondern ging geraden Laufes auf Patroklos allein los.

Als dieser ihn herannahen sah, sprang er aus dem Wagen, in der Linken den Speer, mit der Rechten einen zackigen Marmorstein vom Boden auflesend, mit dem er sofort den Kebriones zum Tod an die Stirne traf, daß der Wagenlenker auf den Boden hinabstürzte. Patroklos sandte dem Fallenden beißenden Spott nach und rief: »Bei den Göttern, ein behender Mann! Wie leicht er sich in den Staub taucht! Hat er das Taucherhandwerk etwa auf dem Meere gelernt und einen Austerhandel getrieben?« Mit diesen Worten sprang er wie ein Löwe auf die Leiche des zu Boden Gesunkenen ein, und Hektor wehrte sich um seinen Halbbruder; er faßte das Haupt des Erschlagenen, Patroklos den Fuß; und von beiden Seiten schlugen Troer und Danaer drein, wie wenn Ost- und Südwind miteinander kämpfen. Gegen Abend entschied sich das Gefecht zugunsten der Achiver, sie entrissen die Leiche des Kebriones den Geschossen und beraubten ihn seiner Rüstung. Und nun warf sich Patroklos mit verdoppelter Wut auf die Trojaner und erschlug ihrer dreimal neun. Aber als er das viertemal angestürmt kam, lauerte der Tod auf ihn: denn Phöbos Apollo selbst begegnete ihm in der Schlacht. Patroklos bemerkte den Herannahenden nicht; denn er war in dichtes Nebelgewölk eingehüllt. Apollo aber stellte sich hinter ihn und versetzte dem Helden mit der flachen Hand einen Schlag auf Rücken und Schulter: da schwindelte es ihm vor den Augen; alsdann schlug der Gott ihm den Helm vom Haupte, daß er weithin in den Sand klingend unter die Pferdehufe dahinrollte und der Helmbusch mit Staub und Blut besudelt ward. Nun zerbrach er ihm die Lanze in der Hand, löste ihm den Schildriemen von der Schulter und den Harnisch vom Leibe und betäubte ihm sein Herz, daß er vor sich hinstarrend dastand. Da durchbohrte ihn Euphorbos, der Sohn des Panthoos, ein tapferer Krieger, der schon zwanzig Griechen gefällt hatte, von hinten mit der Lanze und eilte in die Heerschar zurück. Hektor aber rannte jetzt wieder aus der Schlachtreihe hervor und stieß dem schon Verwundeten von vorne den Speer in die Weiche des Bauchs, daß die Erzspitze hinten wieder hervordrang. So bezwang er ihn, wie ein Löwe den Eber am Gebirgsquell bezwingt, wohin sie beide zu trinken gekommen sind. Er entriß ihm mit dem Speere zugleich das Leben und rief frohlockend: »Ha, Patroklos! Du hattest im Sinn, unsre Stadt in einen Schutthaufen zu verwandeln und unsre Weiber als Mägde auf den Schiffen in eure Heimat zu führen! Nun habe ich ihnen den Tag der Knechtschaft wenigstens aufgeschoben, und dich werden die Geier fressen! Was hat dir nun dein Achill geholfen?«

Mit schwacher Stimme antwortete ihm der sterbende Patroklos: »Frohlocke du immerhin nach Herzenslust, Hektor! Zeus und Apollo haben dir Siegesruhm gewährt ohne Mühe, denn sie sind es, die mich entwaffnet haben; sonst hätte meine Lanze dich und zwanzig deinesgleichen gebändigt! Vor den Göttern hat mich Phöbos, vor den Menschen Euphorbos bezwungen. Du nimmst mir nur die Rüstung ab! Aber eines verkünde ich dir: du wirst nicht lange mehr so einhergehen, das Verhängnis steht dir schon zur Seite, und ich weiß, durch wen du sinkest!« Er brachte mit Mühe diese Worte hervor, und die Seele verließ die Glieder des Leibes und entflog hinunter zum Hades. Hektor aber rief dem Gestorbenen noch zu: »Was willst du mir da für Verderben weissagen, Patroklos? Wer weiß, ob nicht Achill selbst, von meiner Lanze durchbohrt, sein Leben aushauchen wird!« Unter solchen Worten zog er, die Ferse anstemmend, ihm den ehernen Speer aus der Wunde und schwang den Toten rücklings auf den Boden. Dann kehrte er die noch vom Blute des Patroklos triefende Lanze gegen seinen Wagenlenker Automedon. Doch diesen retteten die unsterblichen Rosse vor dem nachsprengenden Verfolger.

Um die Leiche des Patroklos zankten sich derweil mit den Waffen Euphorbos, der Trojaner, und Menelaos, der Atride. »Du sollst es mir büßen«, rief jener, »daß du mir den Bruder Hyperenor erschlagen und sein Weib zur Witwe gemacht!« Und damit rannte er mit der Lanze gegen den Schild des Atriden an; aber die Eisenspitze bog sich. Nun erhob auch Menelaos die Lanze und bohrte sie dem Feinde mitten in den Schlund, daß die Spitze zum Genicke herausdrang und sein zierlich gelocktes, mit Gold und Silber durchringeltes Haar vom Blute troff. So sank er in den Staub, unter dem Klirren seiner Waffen, deren ihn sofort Menelaos beraubte; und er hätte die Rüstung fortgetragen, wenn ihn nicht Apollo darum beneidet hätte. Dieser aber spornte den Hektor an, in Gestalt des Mentes, des Fürsten der Kikonen, von den unsterblichen Rossen des Peliden, die Automedon entführte, als einer unerreichbaren Beute abzulassen und sich wieder der Leiche des Euphorbos zuzuwenden. Er kehrte um, und plötzlich ward er den Fürsten Menelaos gewahr, wie er sich die herrliche Wehre des Euphorbos, über den blutenden Leichnam hingebückt, zueignete. Dieser vernahm den schmetternden Weheruf des trojanischen Helden und mußte sich gestehen, daß er dem mit seinen Troerscharen heranstürmenden Hektor nicht standhalten könne. So wich denn Menelaos, Leichnam und Rüstung lassend, doch nur unwillig, schaute sich, zurückeilend, von Zeit zu Zeit um, stand still und suchte den großen Ajax in der Schlacht. Als er ihn endlich zur Linken im Gemenge des Treffens erkannte, eilte er auf ihn zu und forderte ihn auf, mit ihm selbst dem Kampf um die Leiche des Patroklos zuzueilen.

Es war bereits die höchste Zeit, als beide sich wieder dem Platze näherten, wo der Sohn des Menötios gefallen war. Denn Hektor beschäftigte sich eben damit, nachdem er dem Leichnam des Patroklos die Rüstung abgezogen hatte, diesen an sich zu ziehen, um ihm mit dem Schwerte den Kopf von den Schultern zu hauen und den geschleiften Leib den Hunden zum Fraß vorzuwerfen. Wie er aber den Ajax unter seinem siebenhäutigen Stierschilde herannahen sah, ließ er von dem blutigen Vorhaben ab und flüchtete sich schnell in die Schar seiner Streitgenossen zurück. Dort sprang er empor in seinen Wagen und übergab die Rüstung des Patroklos den Freunden, damit sie ihm dieselbe zur Stadt trügen, wo sie als Denkmal seines Ruhmes aufbewahrt werden sollte. Vor die Leiche selbst warf sich Ajax wie ein Löwe vor seinen Jungen hin, und neben ihm stellte sich Menelaos auf.

Glaukos der Lykier aber heftete einen finstern Blick auf Hektor und sprach zu ihm die strafenden Worte: »Umsonst erhebt dich der Ruf, Hektor, wenn du dich so zagend vor dem Helden flüchtest! Denke nur darauf, wie du allein die Stadt verteidigst! Wenigstens ficht hinfort kein Lykier mehr an deiner Seite. Denn welchen geringeren Mann im Heere wirst du verteidigen, nachdem du unsern Fürsten Sarpedon, deinen Gastfreund und Kampfgenossen, den Danaern und den Hunden preisgegeben, hast liegen lassen? Wären die Trojaner an Kühnheit uns gleich, so würden wir bald die Leiche des Patroklos in die Mauern Trojas hereinziehen; dann würden die Achiver auch bald den Leichnam Sarpedons abliefern, um nur wieder seine Rüstung zu erhalten!« Es wußte nämlich Glaukos nicht, daß Apollo die Leiche Sarpedons den Griechen entführt hatte.

»Du bist nicht klug, Freund Glaukos«, erwiderte Hektor, »wenn du meinst, ich fürchte mich vor der Übermacht des Ajax. Noch kein Kampf je hat mir Grauen gemacht. Aber des Zeus Ratschluß ist mächtiger als unsere Tapferkeit. Jetzt jedoch tritt näher, mein Freund, schau mein Tun an und urteile, ob ich so verzagt sei, wie du soeben gesprochen!« Mit diesen Worten flog er seinen Freunden nach, welche die Waffen des Peliden, die Patroklos angetan hatte, als Beute der Stadt zutrugen. Er vertauschte, bei ihnen angekommen, seine eigene Rüstung mit der Rüstung Achills und zog die unsterbliche Wehre an, welche die Götter des Himmels selbst dem Helden Peleus bei seiner Hochzeit mit der Meeresgöttin Thetis geschenkt hatten und die der Vater dem Sohne übergeben, als er zu altern anfing. Aber der Sohn sollte nicht alt werden in den Waffen des Vaters.

Als der Herr der Götter und Menschen aus der Höhe zuschaute, wie Hektor die Waffen des göttergleichen Helden Achill anlegte, schüttelte er mit trübem Ernste sein Haupt und sprach in seines Herzens Tiefe: »Du Armer, du ahnest doch auch gar nichts von dem Todesgeschicke, das schon an deiner Seite geht. Du hast dem erhabenen Helden, vor dem auch andere zittern, seinen geliebten Freund erschlagen, hast ihm von Haupt und Schultern die Rüstung abgezogen und schmückest dich jetzt mit der unsterblichen Wehr des Sohnes der Göttin. Dennoch, weil dich keine Wiederkehr aus der Schlacht erwartet und dir deine Gattin Andromache diese schönen Waffen nicht ablösen und dich nie mehr begrüßen wird, so will ich dir zur Entschädigung noch einmal Siegesruhm verleihen.« Als Zeus so sprach, schloß sich die Rüstung enger an Hektors Leib, der kriegerische Geist des Ares durchdrang ihn, seine Glieder strotzten ihm innerlich von Kraft und Stärke. Mit lautem Zuruf sprengte er zu den Bundesgenossen und führte sie ermunternd, die Lanzen zum Stoß gefällt, gegen den Feind. Da entbrannte der Kampf aufs neue um des Patroklos Leiche, und Hektor wütete so mit Morden, daß Ajax selbst zu Menelaos sprach: »Trauter Held, ich bin nicht mehr so sehr um unsern toten Patroklos besorgt, der nun einmal die Speise trojanischer Vögel und Hunde werden muß, als um mein eigenes Haupt und um das deine. Denn Hektor umringt uns mit seinen Kriegsscharen wie eine Wolke. Versuch es daher, ob die Helden der Danaer unsern Hilferuf nicht hören!« Menelaos erhub seine Stimme, so laut er vermochte, und der erste, der den Ruf hörte, war Ajax der Lokrer, des Oïleus schneller Sohn; dieser flog zuerst herbei, dann kam Idomeneus mit seinem Streitgenossen Meriones und bald unzählige andere, so daß die Griechen nun wieder den Leichnam mit ihren Erzschilden umzäunt hielten. Doch wurden sie von den Trojanern so bedrängt, daß diese schon die Leiche hinwegzuziehen anfingen; endlich aber gelang es dem herrlichen Ajax, der Not zu steuern, und während Hippothoos, der Pelasger, ein troischer Bundesgenosse, die Sehnen des Leichnams unten am Knöchel mit Riemen umband, um ihn so fortzuschleppen, schlug ihm der Speer des Telamoniers durch die Kuppel des Helms, daß dieser zerbarst und das Gehirn aus der Wunde blutig am Speer emporspritzte. Hektor zielte jetzt auf Ajax, aber er traf nur den Phokäer Schedios; Ajax durchstieß dafür Phorkys, dem Sohne des Phainops, der um den Leichnam des Hippothoos kämpfte, den Panzer, daß die Spitze ihm schmetternd ins Eingeweide fuhr. Nun wichen die Trojaner und Hektor selbst, und gegen des Zeus Beschluß hätten die Griechen gesiegt, wenn nicht Apollo, in der Gestalt des Helden Periphas, des greisen Herolds, den gewaltigen Äneas zum Kampf angetrieben hätte. Dieser erkannte den Gott, feuerte die Seinigen mit mächtigem Zuruf an und focht, selbst weit voranspringend, bald der Vorderste im Streite. Jetzt wandten die Trojaner die Stirne wieder dem Feinde zu. Äneas durchstach den Leiokritos, den Genossen des Lykomedes; dieser rächte den Tod des Freundes an Apisaon dem Päonier; und jetzt streckten die Griechen ihre Lanzen alle dem Leichnam wieder vor.

So wetteiferten sie hier, während die Schlacht auch an anderen Punkten nicht feierte, den ganzen Tag in immer wütender Mordlust, und über Schenkel und Knie bis zu den Füßen hinab troff den Streitern der Schweiß. »Schlinge uns«, riefen die Danaer, »lieber der Boden hinab, als daß wir diesen Leichnam den Trojanern überlassen und ohne Ruhm zu den Schiffen kehren!« »Und müßten wir«, schrien dagegen die Trojaner, »alle miteinander bei diesem Manne sterben, so säume doch keiner im Kampf!«

Während sie so stritten, standen die unsterblichen Rosse des Achill abwärts vom Schlachtfeld. Als sie vernommen, daß ihr Wagenlenker Patroklos von der Hand Hektors ermordet im Staube gestreckt liege, fingen sie an zu weinen, wie Menschen tun. Vergebens bemühte sich Automedon, sie jetzt mit der Geißel zu beflügeln, jetzt mit Schmeichelworten, jetzt mit Drohungen anzutreiben. Nicht heim zu den Schiffen wollten sie gehen, nicht zu den Griechen in die Feldschlacht, sondern wie eine Säule, die unbeweglich über dem Grabhügel eines Verstorbenen steht, standen sie beide vor dem Wagensitze fest, ihre Häupter auf den Boden gesenkt; ihre Mähne quoll wallend und mit Staube besudelt aus dem Ringe des Jochs hervor, und aus den Wimpern tropften ihnen heiße Tränen. Nicht ohne Mitleid konnte sie Zeus von seiner Höhe herab erblicken. ›Ihr armen Tiere‹, sprach er bei sich selbst, ›warum haben wir euch ewig Junge, Unsterbliche dem sterblichen Peleus geschenkt! Etwa daß ihr mit den unseligen Menschen Gram ertragen solltet? Denn es gibt doch nichts Jammervolleres auf Erden von allem, was atmet und sich regt, als der Mensch. Aber umsonst hofft Hektor, euch zu bändigen und an seinen Wagen zu spannen. Nimmermehr gestatte ich dieses; ist es nicht genug, daß er in seiner Eitelkeit sich rühmt, des Peliden Waffen zu besitzen?‹ Da beseelte Zeus die Rosse mit Mut und edler Stärke. Plötzlich schüttelten beide den

Staub von den Mähnen und sprengten mit dem Wagen rasch unter Trojaner und Griechen hinein. Automedon mußte sie gewähren lassen und wehrte sich, so gut er konnte. Aber allein auf dem hohen Wagensitze, war es ihm unmöglich, zugleich die Rosse zu lenken und die Lanze gegen den Feind zu schwingen. Endlich erspähte ihn sein Genosse Alkimedon, der Sohn des Laërkes, und verwunderte sich, daß der Einsame mit dem leeren Wagen sich dem Schlachtgetümmel aussetze. »Du bist nächst meinem erschlagenen Freunde Patroklos der beste Rossebändiger, Alkimedon«, rief ihm jener zur Antwort zu; »wolltest du Peitsche und Zügel nehmen, so überlasse ich dir die Rosse und warte des Kampfes.«

Wie sich Automedon aus dem Sitze schwang, bemerkte es Hektor und sprach zu seinem Nebenkämpfer Äneas: »Schau, dort sprengen die Rosse des Achill mit sehr unkriegerischen Lenkern in der Schlacht vor; ist es dir recht, so bestürmen wir sie; die Beute kann uns nicht fehlen!« Äneas winkte, und beide sprengten unter ihren Schilden heran, Chromios und Aretos ihnen nach. Aber Automedon betete zu Zeus, und dieser erfüllte ihm sein Herz mit ungewohnter Kraft: »Halt mir die schnaubenden Rosse dicht am Rücken, Alkimedon!« rief er, und: »Ajax herbei, Menelaos herbei! Überlaßt den Gestorbenen andern Tapfern und wehret von uns Lebendigen das Verderben! Uns bedrängen Hektor und Äneas, die tapfersten Helden Trojas!« Mit diesen Worten schwang er die Lanze gegen Aretos, und diese durchstürmte den Schild und drang dem Helden ins Gedärm, daß der Vorspringende in den Staub zurücksank. Dann warf Hektor seinen Speer auf Automedon, aber dieser fuhr über das Haupt des Gegners zitternd in die Erde. Und jetzt wären sie sich im Schwertkampfe begegnet, hätte nicht die Ankunft der beiden Ajax die Streitenden getrennt und die Trojaner zur Rückkehr nach der Leiche des Patroklos vermocht.

Dort flammte der Entscheidungskampf wieder heftiger auf. Dem Zeus hatte sich das Herz gewandt; in dunkler Wolke senkte sich seine Botin Athene hernieder und stellte sich, in des alten Phönix Gestalt sichtbar geworden, neben Menelaos. Dieser sprach, den Helden erblickend: »Vater Phönix, möchte mir Athene heute Kraft verleihen, so wollte ich dem toten Freunde wohl helfen; denn ich verstehe den Vorwurf deines Blickes.« Da freute sich die Göttin, daß er unwissend zu ihr selber vor allen Göttern gefleht, stärkte ihm Schultern und Knie mit Kraft und gab ihm ausdauernden Trotz ins Herz. Schnell eilte er, die Lanze schwingend, auf die Leiche zu, und als Hektors geehrtester Tischfreund, Podes, der Sohn des Eëtion, sich vor ihm zur Flucht wandte, traf ihn der Speer des Atriden durchbohrend am Gurt, daß er in dumpfem Falle zu Boden krachte. Jetzt trat Apollo in des Phainops Gestalt zu Hektor und ermahnte diesen: »Ei, Hektor, wer im ganzen Danaervolke wird dich künftig noch fürchten, wenn ein Menelaos dich zurückzuschrecken vermag? Er hat dir den besten Freund erschlagen, und jetzt wird er, der Weichlichste unter allen Griechen, dir auch die Leiche des Patroklos entführen!« Diese Worte versenkten das Herz Hektors in Schwermut, und er eilte im Glanze seiner Erzrüstung voran. Zeus aber schüttelte die Ägis, hüllte den Ida in Wolken und gab durch Blitz und Donner den Trojanern das Zeichen des Siegs.

Der Böotier Peneleos, dem der Speer des Polydamas die Schultern gestreift, war der erste, der zur Flucht umwendete. Den Leïtos machte Hektor kampfunfähig, indem er ihm die Hand am Knöchel durchstach; ihn selbst verfehlte der Speer des Idomeneus; und statt diesen, der eben erst zu Fuße von den Schiffen angekommen war, mit dem Gegenwurfe zu treffen, durchschmetterte Hektors Speer Ohr und Wange des Köranos, der mit Meriones und seinem Wagen dem Idomeneus zum Heile vorangefahren war. Der Speer stieß ihm die Zähne aus und durchschnitt die Zunge, und der Held entsank dem Wagen; Meriones hob die Zügel aus dem Staub auf und gab sie seinem Freund Idomeneus, der sich schnell in den Wagensitz schwang und das Gespann fliehend den Schiffen zutrieb. Als der herrliche Ajax dies sah, brachte er gegen seinen Nebenstreiter Menelaos in so lauten Jammer aus, daß Zeus selbst Mitleid mit ihm fühlte, das Nebelgewölk zerstreute und die Schlacht wieder von der Sonne beleuchten ließ. »Sieh doch zu, Menelaos«, sprach jetzt Ajax, »ob du nicht den Antilochos, den Sohn des Nestor, irgendwo noch lebend erblickst. Der wär uns ein tauglicher Bote zu Achill, ihm zu melden, daß sein Freund Patroklos tot im Staube liege.« Menelaos ging mit spähendem Blicke, wie ein Adler nach dem flüchtigen Hasen späht, der im Laubgesträuch hingeduckt sitzt, und bald erkannte er Nestors Sohn links im Gewühl des Treffens. »Weißt du noch nicht, Antilochos«, rief er ihm zu, »daß ein Gott den Danaern Unheil und den Trojanern Sieg zugeschleudert? Patroklos ist gesunken, und alle Griechen vermissen ihren tapfersten Helden; nur ein Kühnerer lebt noch, Achill. Eile du zu diesem ins Zelt und bring ihm die Trauerbotschaft; ob er nicht kommen wird, den nackten Leichnam zu retten, dem Hektor die Rüstung ausgezogen hat.«

Ein Schauer durchfuhr den Jüngling, sein Auge füllte sich mit Tränen bei der Nachricht; und lange blieb er stumm und ohne Sprache. Endlich gab er seinem Wagengenossen Laodokos die Rüstung und eilte fliegenden Laufes den Schiffen zu. Als Menelaos wieder bei der Leiche angekommen war, beredete er sich mit Ajax, wie sie beide den erschlagenen Freund hinwegziehen wollten; denn sie hofften selbst von Achills Ankunft wenig, da dieser seiner unsterblichen Wehre beraubt war. Sie huben den Leichnam mit Gewalt hoch von der Erde empor, und obgleich die Trojaner von hinten ein grauenvolles Geschrei hören ließen und mit Schwertern und Lanzen folgten, so brauchte sich Ajax doch nur umzuwenden, daß sie erblaßten und ihnen die Bürde nicht streitig zu machen wagten. So trugen sie mit großer Anstrengung den Leichnam aus der Schlacht zu den Schiffen, und mit ihnen flüchteten auch die andern Griechen aus dem Treffen. Hektor und Äneas waren ihnen auf den Fersen; und hier und dort entsank den Fliehenden ein Waffenstück, indem sie in wilder Unordnung über den Graben zurückgingen.

JAMMER ACHILLS

Antilochos fand den Helden vorn an den Schiffen nachdenklich sitzend, im Geiste das Geschick übersinnend, dessen Vollendung er noch nicht kannte. Als er die Griechen aus der Ferne flüchtig herannahen sah, sprach er unmutig zu sich selbst: ›Wehe mir, was schwärmen doch die Achiver voll Angst durchs Gefilde den Schiffen wieder zu? Werden doch die Götter nicht mir zum Grame das Unglück verwirklichen, das meine Mutter mir einst verkündigt hat, daß der tapferste der Myrmidonen, solang ich noch lebte, das Leben durch die Hand der Trojaner lassen müsse!‹

Während er noch solches erwog, kam Antilochos weinend mit der Schreckensbotschaft und rief ihm schon von ferne zu: »Wehe mir, Pelide, möchte es doch nie geschehen sein, was du jetzt vernehmen mußt. Unser Patroklos ist gefallen; sie kämpfen um seinen nackten Leichnam, die Waffen hat ihm Hektor abgezogen.« Nacht wurde es vor den Augen Achills, als er dieses hörte; mit beiden Händen griff er nach dem schwarzen Staube und bestreute Haupt, Antlitz und Gewand. Dann warf er sich selbst, so riesig er war, zu Boden und raufte sich das Haupthaar aus. Jetzt stürzten auch die Sklavinnen, die Achill und Patroklos erbeutet hatten, aus dem Zelte hervor, mit wankenden Knien rannten sie herbei, als sie ihren Herrn zu Boden gestreckt sahen; und da sie innewurden, was geschehen war, schlugen sie wehklagend an ihre Brust. Auch Antilochos vergoß bittre Tränen, jammernd und die Hände des Helden festhaltend; denn er fürchtete, dieser möchte sich mit dem Schwerte die Kehle durchstechen.

Achill selbst heulte so fürchterlich in die Lüfte hinaus, daß seine Mutter im Abgrunde des Meeres, neben ihrem grauen Gatten sitzend, die Stimme des Weinenden vernahm und selber so laut zu schluchzen anfing, daß ihre silberne Grotte sich bald mit den Nereiden füllte, die alle zugleich an die Brust schlugen und die Wehklage mit der Schwester begannen. »Wehe mir Armen«, rief diese ihren Geschwistern zu, »wehe mir unglücklicher Mutter, daß ich einen so edeln, so tapfern, so herrlichen Sohn gebar! Er wuchs empor wie eine Pflanze von Gärtnershand gepflegt, dann sandt ich ihn zu den Schiffen gen Troja; aber nie sehe ich ihn wieder, nie kehrt er in den Palast des Peleus zurück; und solange er das Sonnenlicht noch sieht, muß er solche Qual dulden, und ich kann ihm nicht helfen! Dennoch will ich mein geliebtes Kind zu schauen gehen, will hören, welcher Kummer ihn betraf, während er ungefährdet vom Kampfe bei den Schiffen sitzt!« So sprach die Göttin und stieg mit den Schwestern durch die gespaltenen Wogen hinan zum Gestade, tauchte bei den Schiffen ans Land und eilte dem schluchzenden Sohne zu. »Kind, was weinst du«, rief sie, indem sie unter Wehklagen sein Haupt umschlang, »wer betrübt dir dein Herz? Rede, verhehle mir nichts! Ist es doch alles geschehen, wie du gewollt hast: die Männer Griechenlands sind um die Schiffe zusammengedrängt und schmachten trostlos nach deiner Hilfe!« Endlich begann Achill unter schweren Seufzern: »Mutter, was hilft mir das, seit mein Patroklos, der mir lieb war wie mein Haupt, in den Staub gesunken ist! Meine eigenen köstlichen Waffen, das Ehrengeschenk, das dem Peleus die Götter bei deiner Hochzeit dargebracht, hat ihm sein Mörder Hektor vom Leibe gezogen. O wohntest du doch lieber immer im Meere und hätte Peleus ein sterbliches Weib, so müßtest du nicht unsterbliches Leid tragen um deinen gestorbenen Sohn; denn nie kehrt er zur Heimat wieder! Ja das Herz selbst verbietet mir, lebend umherzuwandeln, wenn mir nicht Hektor, von meiner Lanze durchbohrt und sein Leben aushauchend, den Raub meines Patroklos büßt!« Weinend antwortete Thetis: »Ach, nur allzubald verblüht dir das Leben, mein Sohn; denn gleich nach Hektor ist dir dein eigenes Ende bestimmt.« Aber Achill rief voll Unmut: »Möchte ich doch auf der Stelle sterben, da das Schicksal mir nicht vergönnt hat, meinen gemordeten Freund zu verteidigen! Ohne meine Hilfe, fern von der Heimat, mußte er sterben; was frommt den Griechen nun mein kurzes Leben? Kein Heil habe ich dem Patroklos, kein Heil unzähligen erschlagenen Freunden gebracht. Bei den Schiffen sitz ich, eine unnütze Last der Erde, so schlecht im Gefecht wie kein anderer Achiver; im Rate besiegen mich ohnedem andere Helden. Verflucht sei der Zorn bei Göttern und Menschen, der zuerst dem Herzen süß eingeht wie Honig und bald wie eine Feuerflamme in der Mannesbrust emporwächst!« Und plötzlich fuhr er, sich ermannend, fort: »Doch Vergangenes sei vergangen: ich gehe, den Mörder des geliebtesten Hauptes zu erschlagen, den Hektor. Mag mein Los mir werden, wann Zeus und die Götter es wollen, wird doch manche Trojanerin über mir mit beiden Händen sich die Tränen des Jammers von der Rosenwange trocknen, und zitternde Seufzer werden ihrer Brust entsteigen. Die Trojaner sollen merken, daß ich lange genug vom Kriege gerastet habe! Verwehre mir den Kampf nicht, liebe Mutter!«

»Du hast recht, mein Kind«, antwortete ihm Thetis, »nur daß deine strahlende Rüstung in der Gewalt der Trojaner ist und Hektor selbst in ihr sich brüstet. Doch soll er nicht lange darin frohlocken; denn in aller Frühe, sobald die Sonne aufgeht, bringe ich dir neue Waffen, die Hephaistos selbst geschmiedet. Nur geh mir nicht früher in die Schlacht, als bis du mich mit eigenen Augen zurückkommen sahest.« So sprach die Göttin und hieß ihre Schwestern in den Schoß des Meeres wieder hinabtauchen. Sie selbst eilte hinauf zum Olymp, den Gott der Feuerarbeit Hephaistos aufzusuchen.

In dieser Zeit ereilte den Leichnam des Patroklos, den die Freunde davontrugen, der Kampf der Trojaner noch einmal, und Hektor kam ihm, gleich daherstürmendem Feuer, so nahe, daß er ihn dreimal hinten am Fuße faßte, um ihn wegzuziehen, und dreimal die beiden Ajax ihn von dem Toten hinwegstoßen mußten. Nun wütete er seitwärts durchs Schlachtengewühl, hielt dann wieder von neuem stand und schrie laut auf; zurückweichen wollte er nimmermehr. Vergebens bestrebten sich die beiden gleichnamigen Helden, ihn von dem Leichnam abzuschrekken, wie Hirten bei Nacht umsonst einen hungrigen Berglöwen vom Leibe des zerrissenen Rindes zu verscheuchen bemühet sind. Und wirklich hätte Hektor zuletzt die Leiche geraubt, wäre nicht Iris auf Heras Befehl mit der Botschaft zu dem Peliden geflogen, sich von Zeus und den andern Göttern ungesehen heimlich zu bewaffnen. »Aber wie soll ich denn zur Schlacht gehen«, fragte erwidernd Achill die Götterbotin, »da die Feinde meine Rüstung haben? Auch hat mir meine Mutter alle Bewaffnung verboten, bis ich sie selbst mit einer neuen Rüstung von Hephaistos zurückkehren sehen würde. Ich weiß niemand, dessen Waffen mir gerecht wären, es müßte denn der Riesenschild des Ajax sein; aber der hat und braucht ihn selber zum Schutze meines erschlagenen Freundes!« »Wohl wissen wir«, antwortete ihm Iris, »daß du deiner herrlichen Waffen beraubt bist, aber nahe dich einstweilen nur so dem Graben, wie du bist, und erscheine den Trojanern: vielleicht stehen sie vom Kampfe ab, wenn sie dich von fern erblicken, und den Griechen ist Erholung gegönnt.«

Als Iris wieder entflogen war, erhub sich der göttliche Achill. Athene selbst hängte ihm ihren Ägisschild um die Schulter und umgab sein Gesicht mit überirdischem Glanze. So trat er schnell durch Wall und Mauer zum Graben; doch mischte er sich, der mütterlichen Warnung eingedenk, nicht in den Kampf, sondern blieb von ferne stehen und schrie, und in seinen Ausruf mischte sich der Ruf Athenes, daß er wie eine Kriegsposaune ins Ohr der

Trojaner tönte. Als sie die eherne Stimme des Peliden vernahmen, füllte sich ihr Herz mit unheilvoller Ahnung, und Wagen und Rosse wandten sich rückwärts; mit Grauen sahen die Lenker um das Haupt des Peliden die Flamme brennen, und vor seinem dreifachen Schrei vom Graben her zerstob dreimal das Schlachtgewühl der Troer; und zwölf ihrer tapfersten Männer fielen in dem Gewühl unter den Wagen und Lanzen ihrer eigenen Freunde. Jetzt war Patroklos den Geschossen entrissen; die Helden legten ihn auf Betten, und voll Wehmut umringten den Leichnam die Freunde. Als Achill seinen treuen Genossen von den Speeren zerfleischt auf der Bahre liegen sah, mischte er sich zum ersten Male wieder unter die Griechen und warf sich mit heißen Tränen über den Leichnam. Die untergehende Sonne beleuchtete das jammervolle Schauspiel.

VIERTES BUCH

ACHILL NEU BEWAFFNET

Beide Heere ruhten jetzt vom hartnäckigen Kampfe. Die Trojaner lösten ihre Rosse von den Streitwagen, aber noch ehe sie des Mahles gedachten, eilten sie zur Versammlung. Da standen alle aufrecht im Kreis umher, keiner wagte sich zu setzen, denn noch bebten sie vor Achill und fürchteten sein Wiedererscheinen. Endlich sprach der Sohn des Panthoos, der verständige Polydamas, der allein vorwärts wie rückwärts zu schauen verstand, und riet, nicht auf die Frühe zu warten, sondern sogleich in die Stadt heimzukehren. »Findet Achill der Gewappnete«, sprach er, »uns morgen noch hier, dann werden diejenigen froh sein, die ihm in die Stadt entrinnen; viele aber werden den Hunden und Geiern zum Fraße dienen. Möge mein Ohr nie von solchem hören! Drum ist mein Rat, die Nacht auf dem Markte der Stadt mit aller Kriegsmacht zu halten, wo hohe Mauern und feste Tore uns ringsum beschützen. In aller Frühe sodann stehen wir wieder auf der Mauer; und wehe ihm, wenn er alsdann, von den Schiffen angestürmt, mit uns um jene zu kämpfen begehrt.«

Nun stand auch Hektor auf und begann mit finsterem Blick: »Mir gefällt keineswegs, was du da gesprochen hast, Polydamas. In dem Augenblicke, wo mir Zeus den Sieg verliehen, daß ich die Achiver bis ans Meer zurückgedrängt habe, muß dein Rat dem Volke töricht erscheinen, und kein einziger Trojaner wird dir gehorchen. Vielmehr befehle ich Haufen um Haufen, die Nachtkost unter das Heer zu verteilen und die Wachen nicht zu vergessen. Härmt sich einer um sein Gut und Vermögen, der lasse es beim gemeinsamen Gastmahl aufgehen, besser daß die Unsrigen sich dran erlustigen, als daß die Griechen es tun. Am Morgen wiederholen wir sodann den Sturm auf die Schiffe; wenn wirklich Achill wiederauferstanden ist, so hat er sich das schlimmere Los erkoren; denn nicht werde ich diesen gräßlichen Kampf verlassen, ehe mich oder ihn die Siegesehre krönt!« Die Trojaner überhörten die heilsamen Worte des Polydamas, rauschten dem Unheilsworte Hektors Beifall zu und warfen sich hungrig auf ihr Mahl.

Die Griechen aber jammerten die ganze Nacht über der Leiche des Patroklos, und vor allen erhub Achill die Klage, während seine mörderischen Hände auf dem Busen des Freundes ruhten. »O eitles Wort«, sprach er, »das mir damals entfallen ist, als ich, den alten Helden Menötios im Palaste tröstend, ihm versprach, seinen Sohn nach Trojas Zerstörung, reich an Ruhm und Beute, nach Opus in seine Heimat ihm zurückzubringen! Nun ward uns beiden bestimmt, dieselbe fremde Erde mit unserm Blute rot zu färben, denn auch mich werden mein grauer Vater Peleus und meine Mutter Thetis nimmermehr im Palast empfangen, sondern hier vor Troja wird mich das Erdreich bedecken. Aber weil ich doch nach dir in den Boden sinken soll, Patroklos, so will ich dir nicht eher dein Leichenfest feiern, als bis ich dir die Waffen und das Haupt deines Mörders, Hektors, gebracht habe; auch will ich dir zwölf der edelsten Söhne Trojas an deinem Scheiterhaufen opfern. Bis dies geschieht, ruhe du hier bei meinen Schiffen, geliebter Freund!« Hierauf befahl Achill seinen Freunden, einen großen Dreifuß voll Wasser an das Feuer zu stellen und den Leichnam des gefallenen Helden zu waschen und zu salben. Alsdann wurde er auf schöne Betten gelegt und köstliche Leinwand vom Haupte bis zu den Füßen über ihn gebreitet, auch ein schimmernder Teppich über den Toten geworfen.

Derweil gelangte Thetis an den unvergänglichen, sternenhellen Palast des Hephaistos, den der hinkende Künstler sich selbst aus Erz gebaut. Sie fand ihn dort schwitzend und in voller Arbeit um seine Blasebälge beschäftigt: er bereitete an zwanzig Dreifüße und befestigte unter dem Boden eines jeden goldene Räder, mit welchen sie ohne von fremder Hand getrieben zu werden, in den olympischen Sälen vor die Götter hinrollten und dann wieder zu ihrem Gemache heimkehrten: wahre Wunderwerke anzuschauen; sie waren bis auf die Henkel fertig, und diese fügte er jetzt eben an, indem er mit dem Hammer die Nägel am gehörigen Ort einschlug. Seine Gattin, die holde Charis, eine der Huldgöttinnen, ergriff die Hand der hereintretenden Göttin, führte sie auf einen silbernen Sessel, rückte ihr einen Schemel unter die Füße und holte dann den Gemahl herbei. Dieser rief, als er die Meeresgöttin erblickte, freudig aus: »Wohl mir, ist doch einmal die Edelste der Unsterblichen bei mir im Hause, die mich, den Neugeborenen, vom Verderben gerettet hat; denn weil ich lahm auf die Welt kam, warf mich die Mutter aus dem Schoße, und ich wäre elendiglich verkommen, wenn nicht Eurynome und Thetis mich in ihrem Schoße aufgefangen hätten und in der Meeresgrotte großgezogen bis ins neunte Jahr. Dort schmiedete ich allerlei Kunstwerke, Spangen, Ringe, Ohrengehenke, Haarnadeln, Kettchen aller Art in der gewölbten Grotte; und rings um uns her schäumte brausend der Strom des Ozeans. Diese meine Retterin besucht jetzt mein Haus! Bewirte sie, holdselige Gattin; mich aber laß diesen Wust hier aus dem Wege schaffen.« So sprach der rußige Gott, erhob sich hinkend vom Amboß, und mühsam hin und her wankend, legte er die Blasebälge vom Feuer weg, verschloß alle die mancherlei Gerätschaften in einen silbernen Kasten, wusch sich dann mit einem Schwamm Hände, Angesicht, Hals und Brust und hinkte, in einen Leibrock eingehüllt und von geschäftigen Mägden gestützt, wieder aus der Kammer; diese Dienerinnen aber waren keine geborenen Wesen, doch lebenden gleich; voll Jugendreiz, alle von ihm aus Gold geschmiedet, mit Kraft, Verstand, Stimme und Kunsttrieb begabt. Sie eilten mit hurtigen Füßen von ihrem Herrn weg, er aber, nachwackelnd, nahm sich einen schmucken Sessel, setzte sich neben Thetis, faßte ihr Hand und sprach: »Ehrenwerte, geliebte Göttin, was führt dich zu meiner Wohnung, die du sonst nur wenig besuchest? Sage mir, was du verlangst: alles wir dir mein Herz gewähren, was ich nur gewähren kann und was an sich gewährbar ist.«

Da erzählte ihm Thetis ihren ganzen Jammer und bat ihn, seine Knie umfassend, ihrem früh verwelkenden Sohne Achill, solang er den Griechen zum Schirm noch lebe, Helm, Schild, Harnisch, Beinschienen und Knöchelbedeckung neu gefertigt zu verleihen; denn die Rüstung der Unsterblichen, die er früher besessen, habe der gefallene Genoß ihm vor Troja verloren. »Mutig, edle Göttin!« antwortete ihr Hephaistos, »dein Herz kümmere sich darum nicht; möchte ich deinen Sohn doch so gewiß aus der Gewalt des Todes retten können, wenn ihm dereinst sein Geschick herannaht, als ich ihm jetzt eine herrliche Rüstung fertigen will, die ihn erfreuen soll und die noch mancher Sterbliche, der sie erblickt, anstaunen wird!« So sprach er, verließ die Göttin, und in seine Feueresse hinkend, kehrte er die Blasebälge ins Feuer und ließ sie mit Macht arbeiten. Ihrer zwanzig schickten den glühenden Wind zugleich in die Öfen hinein, während in mächtigen Tiegeln Erz, Zinn, Silber und Gold auf der Glut stand. Alsdann richtete er den Amboß auf dem Blocke zurecht, griff mit der Rechten nach seinem gewaltigen Hammer und faßte mit der Linken die Zange. Und nun fing er an zu schmieden und formte zuerst den riesenmäßigen starken Schild aus fünf Schichten, mit einem Silbergehenk und dreifachem blanken Rande. Auf der Wölbung des Schilds bildete er die Erde, das wogende Meer, den Himmel mit Sonne, Mond und allen Gestirnen ab; ferner zwei blühende Städe, die eine voll von Hochzeitfesten und Gelagen, mit Volksversammlung, Markt, hadernden Bürgern, Herolden und Obrigkeiten; die andere von zwei Heeren zugleich belagert: in den Mauern Weiber, unmündige Kinder, wankende Greise; die Männer der Stadt, vor dieser draußen in einen Hinterhalt gelagert und den Hirten in die Herden fallend. Auf einer andern Seite Schlachtgetümmel; Verwundete, Kampf um Leichname und Rüstungen. Weiter schuf er ein lockres Brachfeld, mit Bauern und Ochsen am Pflug; ein wallendes Ährenfeld voll Schnitter, seitwärts unter einer Eiche die Mahlzeit bereit; weiter einen Rebgarten voll schwarzer, schwellender Trauben, an Pfählen von lauterem Silber, ringsum ein Graben von blauem Stahl und ein Gehege von Zinn; eine einzige Furche führte durch den Weingarten, und eben war Lese: Jünglinge jauchzten, und rosige Jungfrauen trugen die süße Frucht in schönen Körben davon; mitten in der Schar ging ein Leierknabe, den andere umtanzten. Weiter schuf er eine Rinderherde aus Gold und Zinn, längs einem wallenden Fluß mit vier goldenen Hirten und neun Hunden; vorn in die Herde waren zwei Löwen gefallen und hatten einen Farren gefaßt, die Hirten hetzten ihre Hunde, die bellend auf Sprungweite von den Löwen standen. Wiederum schuf er eine anmutige Taltrift, von silbernen Schafen durchschwärmt, mit Hirtengehegen, Hütten und Ställen; endlich einen Reigen von blühenden Jünglingen und Jungfrauen in glänzenden Gewanden; jede Tänzerin schmückte ein Kranz, die Tänzer hatten goldene Dolche an silbernen Riemen hangen; zwei Gaukler drehten sich im Kreise zur Harfe eines Sängers; Zuschauergedränge umgab den Reigen. Um den äußersten Rand des Schildes schlang sich der Strom des Ozeans wie eine Schlange.

Als er den Schild vollendet, schmiedete er auch den Harnisch und gab ihm helleren Glanz, als das Feuer hat; dann den schweren prangenden Helm, den Schläfen ganz gerecht, mit goldnem Haarbusch; und zuletzt Beinschienen aus dem feinsten Zinn. Dieses ganze Geräte legte er gehäuft vor die Mutter des Peliden hin. Sie aber warf sich auf die Rüstung, wie ein Habicht auf die Beute, dankte und trug das schimmernde Waffengeschmeide mit ihren Götterhänden von dannen.

Mit dem ersten Morgenlichte war sie wieder bei ihrem Sohne, der, noch immer weinend und von jammernden Genossen umgeben, über seinen Freund Patroklos gestreckt lag. Sie legte die Waffen vor Achill nieder, daß alle die Wunder zusammenrasselten. Die Myrmidonen zitterten bei dem Anblicke, und keiner wagte der Göttin gerade ins Gesicht zu schauen. Dem Peliden aber funkelten die Augen unter den Wimpern wie Feuerflammen, von Zorn und Freude; er hielt die herrlichen Gaben des Gottes, eine um die andere, in die Höhe, und weidete lange sein Herz an der Betrachtung. Dann brach er auf, sich damit zu waffnen. »Sorget mir dafür«, sprach er im Weggehen zu seinen Freunden, »daß nicht Fliegen in die Wunden meines erschlagenen Streitgenossen schlüpfen und den schönen Leichnam entstellen!« »Laß dies meine Sorge sein«, sprach Thetis; und nun flößte sie dem Patroklos Ambrosia und Nektar in die halbgeöffneten Lippen, und dieser Götterbalsam durchdrang seinen Leib, daß er blieb wie ein Lebender.

Achill aber ging an den Meerstrand, und seine Donnerstimme rief die Danaer herbei. Da lief zusammen, was wandeln konnte; selbst die Steuermänner, die die Schiffe noch nie verlassen hatten, kamen herbei; herbei hinkten, auf die Lanze gestützt, Diomedes und Odysseus, die Verwundeten; alle Helden kamen, am spätesten erschien der Völkerfürst Agamemnon, auch er noch krank an der Wunde, die ihm Koon, der Sohn des Antenor, mit dem Speere gebohrt hatte.

ACHILL UND AGAMEMNON VERSÖHNT

Als die Versammlung vollzählig war, stand Achill auf und sprach: »Sohn des Atreus, hätte lieber Artemis' Pfeil an jenem Tage die Tochter des Brises bei den Schiffen getötet, an dem ich sie mir aus dem zerstörten Lyrnessos zur Beute erlesen, ehe so viele Argiver, dieweil ich zürnte, von den Feinden gebändigt, den Staub mit den Zähnen knirschen mußten! Vergessen sei das Vergangene, wenn es uns auch in der Seele kränkt: mein Zorn wenigstens ist besänftigt. Auf nun, zum Gefecht! Ich will versuchen, ob die Trojaner noch Lust haben, bei den Schiffen zu ruhen!«

Unermeßlicher Jubel der Griechen erfüllte bei diesen Worten die Luft. Und jetzt erhub sich Agamemnon der Völkerfürst und sprach, aufgestanden von seinem Sitze, doch ohne wie andere Redner in den Kreis vorzutreten: »Bändiget eure Zungen! Wer vermag bei solchem Getümmel zu reden oder zu hören? Ich will mich dem Sohne des Peleus erklären, ihr andern merkt's und beherziget meine Worte. Oft schon haben mich die Söhne Griechenlands über mein Betragen an jenem Unglückstage gestraft. Doch war die Schuld nicht mein: Zeus, die Parze und die Erinnys schickten mir damals in der Volksversammlung die verderbliche Verblendung zu. So mußte ich fehlen. Aber solange Hektor um die Schiffe her die Scharen der Argiver vertilgte, ward ich unaufhörlich an meine Schuld gemahnt, und ich wurde es inne, daß Zeus mir die Besinnung hinweggenommen hatte. Nun will ich gerne büßen, was ich gefehlt, und biete dir Sühnung, Achill, soviel du begehrt. Zieh in den Kampf, und ich bin erbötig, dir alle die Geschenke reichen zu lassen, die dir Odysseus, von mir in dein Zelt abgesandt, jüngst noch verheißen hat. Oder wenn du lieber willst, so bleib noch so lange, bis meine Diener aus dem Schiffe sie hergebracht haben, damit du mit eigenen Augen sehest, wie ich mein Versprechen erfülle.«

»Ruhmvoller Völkerfürst Agamemnon«, antwortete der Held, »mag es dir gut dünken, mir die Geschenke, wie es ziemlich ist, zu reichen oder sie zu behalten: es gilt mir gleich. Jetzt aber laß uns ohne Verzug der Schlacht gedenken, denn noch ist vieles ungetan, und mich verlangt darnach, daß man den Achill wieder im Vordertreffen gewahr werde!« Aber der kluge Odysseus tat Einrede und sprach: »Göttergleicher Pelide, treibe doch die Achiver nicht so ungespeist vor Troja hin! Laß sie sich vorher bei den Schiffen mit Speise und Wein erquicken, denn nur das gibt Kraft und Stärke! Inzwischen mag Agamemnon das Geschenk in unsern Kreis bringen, daß alle Danaer es mit Augen schauen und dein Herz sich dran erfreue. Und darauf soll er selbst dich in seinem Gezelte feierlich mit einem köstlichen Mahl bewirten.« »Freudig habe ich dein Wort vernommen, Odysseus«, antwortete der Atride; »du aber, Achill, wähle dir selbst die edelsten Jünglinge aus dem ganzen Heere, daß sie dir alle Geschenke aus meinem Schiffe herbeibringen; und Thalthybios, der Herold, schaffe uns einen Eber herbei, daß wir Zeus und dem Sonnengott opfern und ohne Fährde den Bund der Eintracht beschwören.« »Tut ihr, wie ihr wollt«, sprach Achill; »mir soll weder Trank noch Speise durch die Kehle gleiten, solang mir der Freund zerfleischt im Zelte daliegt. Mich verlangt nur nach Mord und Blut und Geröchel der Sterbenden!« Aber Odysseus sprach besänftigend zu ihm: »Erhabenster Held aller Griechen, du bis viel stärker als ich und viel tapferer im Speerkampf; am Rate jedoch möchte ich es dir vielleicht zuvortun, denn ich habe länger gelebt und mehr erfahren. So füge sich denn diesmal dein Herz meiner Ermahnung. Die Danaer müssen ja ihre Toten nicht mit dem Bauch betrauern; wie einer gestorben, beerdigt man ihn und beweint ihn einen Tag: wer aber entronnen ist, der stärke sich mit Trank und Speise, damit wir um so rastloser kämpfen mögen!«

So sprach er und wandelte, Nestors Söhnen, dann auch dem Meges, Meriones, Thoas, Melanippos und Lykomedes sich beigesellend, mit diesen der Lagerhütte Agamemnons zu. Dort nahmen sie die versprochenen Geschenke: sieben Dreifüße, zwölf Rosse, zwanzig Becken, sieben untadelige Weiber und die rosige Briseïs als achte. Odysseus wog die zehn Talente Goldes dar und schritt mit ihnen voran, die Jünglinge mit den andern Geschenken folgten. So stellten sie sich in den Volkskreis; Agamemnon erhub sich von seinem Sitze, der Herold Thalthybios aber faßte den Eber, richtete ihn zum Opfer zu, betete und zerschnitt ihm die Kehle. Dann warf er den geschlachteten wirbelnd in die Meerflut, den Fischen zum Fraß. Nun stand Achill auf und sprach vor den Argivern: »Vater Zeus, wie große Verblendung sendest du doch oft den Männern zu! Gewiß hätte mir der Sohn des Atreus nicht den Zorn so fürchterlich im Herzen aufgeweckt oder nicht so unbeugsam mit Gewalt das Mädchen mir entführt, wenn du nicht den Tod vielen Danaern hättest bereiten wollen! Doch nun laßt uns zum Mahle gehen und uns dann zum Angriffe rüsten.«

Nachdem der Held so gesprochen, trennte sich die Versammlung. Als die Tochter des Brises, holdselig wie Aphrodite, in das Zelt ihre früheren Gebieters trat, und den Helden Patroklos mit seinen tiefen Speerwunden auf den Teppichen ausgestreckt daliegen sah, zerschlug sie sich Brust und Wangen und warf sich weinend über ihn. »Ach mein teurer Patroklos«, rief sie, »der du mein liebreichster Freund im Elende warst, blühend verließ ich dich im Zelte, tot finde ich dich wieder! So verfolgt mich immer Unheil auf Unheil. Meinen Bräutigam sah ich vor unserer Stadt vom Speer getötet, drei leibliche, herzlich geliebte Brüder riß mir derselbe Unglückstag von der Seite weg. Dennoch, als Achill meinen Freund erschlagen und meine Heimat verheert hatte, wolltest du mich nie weinen sehen; du versprachst, mich dem Peliden zu vermählen, sobald du mich auf den Schiffen nach Phthia gebracht hättest, und dort unter den Myrmidonen meine Hochzeit zu feiern. Nie werd ich aufhören, dich zu beweinen, du Freundlicher.« So sprach sie weinend, und ringsum seufzten mit ihr die gefangenen Weiber, zum Schein um den Patroklos, im Herzensgrund aber jede über ihr eigenes Elend.

Die edelsten Danaerfürsten umringten indessen den Peliden, indem sie ihn flehentlich baten, sich doch des Mahles zu erfreuen. Doch er weigerte sich dessen unter Seufzen. »Wenn ihr wirklich Liebe zu mir heget«, sprach er »so verlanget nicht, mir das Herz zu erfrischen, ihr Freunde; mein Kummer duldet es nicht. Laßt mich bleiben, wie ich bin, bis die Sonne ins Meer sinkt.« Mit diesen Worten entließ er die andern Fürsten, und nur die beiden Atriden, Odysseus, Nestor, Idomeneus und Phönix blieben zurück. Sie alle waren vergebens bestrebt, den Trauernden aufzuheitern, doch dieser blieb regungslos; und wenn er einmal sprach, so flog sein Atem schneller, und seine Rede galt dem toten Freunde. »Ach wie oft hast du mir«, sagte er, »vordem selber, wenn das Heer der Griechen zur Schlacht hinausdrang, in geschäftiger Hast das labende Frühstück nach dem Zelt gebracht! Jetzt liegst du erschlagen hier, und mich vermag von all dem reichlichen Vorrat nichts zu erquicken; Herberes hätte mich nicht treffen können, selbst nicht die Botschaft vom Tode meines Vaters Peleus oder meines lieben Sohnes Neoptolemos, der mir in Skyros erzogen wird, wenn er anders noch lebt. Früher tröstete mich immer noch die Hoffnung, ich würde allein hier sterben dürfen, du aber werdest nach Phthia heimkehren und meinen Sohn von Skyros abholen, ihn in alle meine Habe einzusetzen; denn daß mein Vater Peleus, immer den schrecklichen Boten erwartend, der ihm meinen frühen Tod zu verkündigen käme, längst von Alter und Traurigkeit niedergebeugt gestorben sei, das ahnt mir ja im Geiste.« So sprach er weinend, und die Fürsten im Kreise seufzten mit, denn jeder dachte daran, was er im eigenen Hause von Geliebten zurückgelassen. Mitleidig sah Zeus von seiner Höhe auf die Trauernden herab, wandte sich schnell zu seiner Tochter Pallas und sagte: »Kümmert sich denn dein Herz gar nicht mehr um den edlen Helden, trautes Töchterchen, der dort, während die andern zum Frühmahl hingingen, um seinen Freund wehklagend dasitzt, ohne Speise und Trank zu berühren? Auf, labe ihm sogleich die Brust mit Nektar und Ambrosia, daß ihm in der Schlacht kein Hunger nahe!«

Wie ein Adler mit breiten Flügeln schwang sich die Göttin, die längst darnach verlangt hatte, ihrem Freunde zu helfen, durch den Äther, und während das Heer sich eifrig zur Schlacht rüstete, flößte sie Nektar und Ambrosia sanft und unvermerkt in die Brust des Peliden, daß seine Knie ihm nicht im Treffen von Hunger erstarrten. Dann kehrte sie zum Palast ihres allmächtigen Vaters heim. Inzwischen drangen, Helm an Helm, Schild an Schild, Harnisch an Harnisch und Lanzen an Lanzen, die Danaer aus den Schiffen hervor; das ganze Erdreich leuchtete von Erz und dröhnte von Erz unter ihren Fußtritten. Mitten unter den Dahineilenden bewaffnete sich Achill, mit den Zähnen knirschend und Glut in den Augen wie feurige Lohe. Er ergriff das Göttergeschenk, legte zuerst Schienen und Knöchelbedeckung an, dann bekleidete er die Brust mit dem Harnisch, warf das Schwert um die Schulter und ergriff den Schild, der dem vollen

Mond ähnlich durch den Äther glänzte. Hierauf setzte er den schweren Helm mit dem hohen goldenen Busch, strahlend wie ein Gestirn, aufs Haupt, und die Mähne flatterte aus gesponnenem Golde von ihm herab. Nun versuchte er sich selbst in der Rüstung, ob sie ihm auch genug anpaßte und sich die Glieder ungehemmt bewegten: und siehe, seine Waffen deuchten ihm wie Flügel und schienen ihn vom Boden emporheben zu wollen. Jetzt zog er den schweren gediegenen Speer seines Vaters Peleus, den kein anderer Danaer schwingen könnte, aus dem schönen Gehäuse; Automedon und Alkimos schirrten die Rosse ein, legten jedem den Zaum ins Maul und spannten die Zügel über den Wagensitz. In diesen sprang Automedon, die blanke Geißel fassend, und in Waffen strahlend schwang sich hinter ihm Achill auf. »Ihr unsterblichen Rosse«, rief dieser dem Gespanne seines Vaters zu, »ich sag es euch, bringt mir, nachdem wir uns in der Schlacht gesättigt haben, die Helden, die ihr führet, anders ins Heer zurück, als Patroklos heimgekehrt ist, den ihr tot im Gefilde liegen ließet.« Wie der Held so sprach, ward ihm ein grauenhaftes Wunderzeichen zuteil: sein Roß Xanthos neigte das Haupt tief zur Erde, daß die wallende Mähne ganz aus dem Ringe des Joches hervordrang und bis auf den Boden hinuntersank; und von der Göttin Hera plötzlich mit Sprache begabt, erteilte es ihm unter dem Joch die traurige Antwort: »Wohl, starker Achill, führen wir jetzt dich, den Lebenden, rüstig dahin; aber der Tag des Verderbens ist dir nahe. Nicht unsere Säumnis oder Fahrlässigkeit, sondern das Verhängnis und die Allmacht der Götter hat dem Patroklos das Leben geraubt und dem Hektor Siegesruhm gegeben. Wir können mit Zephyros, dem schnellsten der Winde, um die Wette laufen und ermüden nicht. Dir aber ist vom Geschicke bestimmt, unter der Hand eines Gottes zu erliegen.« So sprach das Roß und wollte noch weitersprechen, aber die Macht der Rachegöttinnen hemmte seinen Laut, und Achill antwortete voll Unmut: »Xanthos, was redest du mir da vom Tode? Es bedarf deiner Weissagung nicht, weiß ich doch selbst, daß mich, ferne von Vater und Mutter, das Schicksal hier wegraffen wird. Doch auch so raste ich nicht, bis Trojaner genug im Kampfe erlegen sind!« So sprach er und lenkte mit lautem Ruf die stampfenden Rosse vorwärts.

SCHLACHT DER GÖTTER UND MENSCHEN

Im Olymp hatte Zeus eine Götterversammlung berufen, in welcher er den Olympischen erlaubte, beiden Teilen, Trojanern und Griechen, zu helfen, wie einen jeden die Gesinnung triebe; denn wenn Achill, ohne daß die Götter Anteil an der Schlacht nähmen, die Trojaner jetzt bekämpfte, so würde er selbst gegen das Schicksal Troja auf der Stelle erobern. Auf dies Zugeständnis gingen die Götter sogleich zweierlei Wege: Hera die Göttermutter, Pallas Athene, Poseidon, Hermes und Hephaistos eilten zu den Schiffen der Griechen; Ares ging unter die Trojaner und mit ihm Phöbos und Artemis, beider Mutter Leto, der Flußgott Skamander, bei den Göttern Xanthos genannt, und Aphrodite.

Solange die Götter sich noch nicht unter die heranrückenden Heere gemischt hatten, trugen die Griechen das Haupt hoch, weil der schreckliche Achill wieder in ihrer Mitte war. Den Trojanern zitterten die Glieder vor Angst, als sie von ferne den Peliden in seinen blinkenden Waffen erblickten, dem furchtbaren Kriegsgott ähnlich. Plötzlich aber erschienen die Götter in beiden Heeren und drohten den Kampf wieder unentschieden zu machen. Da stand Athene bald außerhalb der Mauer am Graben, bald am Meeresstrand und ließ ihren mächtigen Ausruf hören. Auf der andern Seite ermahnte Ares bald von der obersten Höhe der Stadt die Trojaner brüllend wie ein Sturm, bald durchflog er die Reihen am Simoisfluß. Durch beide Scharen tobte Eris, die Göttin der Zwietracht; dazu donnerte gräßlich vom Olymp herab Zeus, der Beherrscher der Schlachten; Poseidon erschütterte die Erde von unten, daß die Häupter aller Berge und die Wurzeln des Ida wankten und Pluto selbst, der Fürst der Nacht, erschrak und bebend von Throne sprang, weil er fürchtete, ein Erdriß möchte sein geheimnisvolles Reich Sterblichen und Göttern offenbaren. Nun stellten sich die Götter einander unmittelbar im Kampfe entgegen: dem Meergotte Poseidon begegnete Phöbos Apollo mit seinen Pfeilen, dem Kriegsgotte Pallas Athene, der Göttermutter Artemis mit dem Bogen, Hermes der Leto, dem Hephaistos Skamander.

Während so Götter auf Götter zurückten, suchte Achill im Gewühle nur den Hektor auf, Apollo aber, in den Sohn des Priamos Lykaon verkleidet, schickte ihm den Helden Äneas entgegen, daß dieser von Mut beseelt, im schimmernden Erzpanzer, schnell in die vordersten Reihen vordrang. Doch blieb der Held im Getümmel der Heranziehenden nicht unbemerkt von Hera; schnell sammelte sie die ihr befreundeten Götter um sich und sprach: »Überleget ihr beide, du, Poseidon, und Athene, du, wohin unsere Sache sich jetzt wende. Dort kommt, von Phöbos gereizt, Äneas gegen den Peliden angestürmt: diesen müssen wir entweder verdrängen, oder es muß einer von uns die Kraft des Achill erhöhen, daß er spüre, die mächtigsten der Götter seien mit ihm. Heute nur soll ihm nichts vom Trojanervolke geschehen, nur deswegen sind wir alle ja vom Olymp herabgekommen. Künftig mag er erdulden, was die Parze ihm bei seiner Geburt gesponnen hat.« »Sei besonnen, Hera«, erwiderte Poseidon, »ungerne möcht ich, daß wir, ich und ihr anderen, vereinigt gegen die Götter anrennten; es wäre nicht ziemlich, denn wir sind die weit Überlegenen: laßt uns vielmehr abseits vom Wege dort auf die Warte uns niedersetzen. Wenn aber Ares oder Apollo zuerst den Kampf anheben, wenn sie den Achill hindern und sich ihn nicht frei im Streite bewegen lassen, alsdann haben auch wir ein Recht, am Gefechte teilzunehmen, und gewiß kehren unsere Gegner, von unserer Kraft gebändigt, eilig in den Olymp zur Schar der andern Götter zurück!« Der Meergott wartete nicht auf die Antwort, sondern schüttelte seine finstern Locken und ging voran auf den Wall des Herakles, den vorzeiten Pallas und die Trojaner diesem zum Schutze gegen die Meerungeheuer aufgetürmt hatten. Dorthin eilte Poseidon, die andern Götter folgten ihm, und hier saßen sie nun, die Schultern in undurchdringlichen Nebel gehüllt. Gegenüber auf dem Hügel Kallikolone setzten sich Mars und Apollo; und so lagerten die Unsterblichen säumend und sinnend, getrennt, aber kampfbereit und nicht ferne voneinander.

Unterdessen füllte sich ringsum das Gefilde und strahlte vom Erz der Streiter und der Wagen, und der Boden dröhnte vom Fußtritte der Herankommenden. Doch bald erschienen zwei Männer, einer aus jedem Heere, kampfbegierig hervorgerannt: Äneas, der Sohn des Anchises, und Achill der Pelide. Zuerst schritt Äneas heraus; vom schweren Helme nickte sein Federbusch, den riesigen Stierschild hielt er vor die Brust und schwenkte seinen Wurfspieß drohend. Als der Pelide dies sah, drang auch er wie ein grimmiger Löwe mit Ungestüm vor. Wie sie ganz nahe aneinander waren, rief er: »Was wagst du dich so weit aus der Menge hervor, Äneas? Hoffst du etwa, das Volk der Trojaner zu beherrschen, wenn du mich erlegst? Törichter, diese Ehre wird dir Priamos nie einräumen, hat er doch Söhne die Fülle, und er selbst der Alte, gedenkt noch nicht vom Throne zu steigen. Oder versprachen dir vielleicht die Trojaner ein köstliches Landgut, wenn du mich erschlügest? Habe ich dich doch, wie ich meine, im Beginne dieses Kampfes schon einmal mit meiner Lanze verfolgt! Denkst du nicht mehr daran, wie ich dich, den Vereinzelten, dort von den Rinderherden weg die Höhen des Ida hinabjagte? Da schautest du dich im Fliehen nicht einmal um, und bis nach der Stadt Lyrnessos trugen dich deine Füße. Ich aber warf diese mit Pallas und Zeus in Trümmer; und nur die Barmherzigkeit des letzteren rettete dich, während ich Weiber und Beute genug davonführte. Doch heute werden dich die Götter nicht zum zweiten Male retten; ich rate dir, begib du dich schleunig wieder unter die Menge zurück und hüte dich, mir zu begegnen, daß die kein Leid geschehe!« Dagegen rief Äneas: »Hoffe mich nicht mit Worten, wie einen Knaben, abzuschrecken, Pelide; herzzerschneidende Worte könnte auch ich dir zurufen. Kennt doch einer vom Rufe des andern Geschlecht wohl: daß dich die Meeresgöttin Thetis gebar, weiß ich; ich aber rühme mich, Aphroditens Sohn und Zeus' Enkel zu sein. Auch werden wir nicht mit kindischen Worten voneinander aus dem Schlachtfelde scheiden; laß uns deswegen nicht länger hier, gleich albernen Kindern, schwatzend in der Mitte des Getümmels stehen! Die ehernen Kriegslanzen sind es, die wir einander zu kosten geben wollen.« So sprach er und schwang den Speer zum Wurfe, von dem der entsetzliche Schild des Achill ringsum nachhallte; doch durchstürmte das Geschoß nur die zwei äußeren Schichten von Erz; die beiden inneren waren von Zinn, und von der mittleren goldenen wurde die Lanze gehemmt. Jetzt schwang auch der Pelide seinen Speer; dieser traf den Schild des Äneas am äußersten Rande, wo das Erz und die Stierhaut am dünnsten war; Äneas duckte sich und streckte in der Angst den

Schild in die Höhe: so sauste ihm die Lanze, die beiden Schildränder durchfahrend, über die Schulter hin und bohrte sich aufrecht dicht neben ihm in den Boden ein, daß den Sohn Aphroditens vor der Todesgefahr schwindelte. Und schon rannte Achill mit gezücktem Schwerte, laut schreiend, herbei. Da ergriff Äneas einen ungeheuren Feldstein, wie ihn zwei jetzige Sterbliche nicht aufheben könnten; er aber schwang ihn ganz behende. Hätte er nun mit dem Steine nur des Gegners Helm oder Schild getroffen, so wäre er unfehlbar dem Schwerte des Peliden erlegen.

Das erbarmte selbst die Götter, die, den Trojanern abhold, auf dem Herakleswalle saßen. »Es wäre doch schade«, sprach Poseidon, »wenn Äneas, weil er Apollos Wort gehorcht hat, zum Hades hinabfahren sollte; auch fürchte ich, Zeus könnte zürnen, dann haßt er gleich den Stamm des Priamos, so will er ihn doch nicht ganz vertilgen, und durch Äneas soll das Herrschergeschlecht in Kindern und Kindeskindern fortdauern.« »Tue, was du willst«, erwiderte Hera, »ich und Pallas, wir haben es mit einem Eidschwur beteuert, daß wir kein Unglück, welches es auch sei, von den Trojanern abhalten wollen.«

Diese Unterredung war das Werk eines Augenblicks; Poseidon flog in den Kampf, zog unsichtbar den Speer aus dem Schilde des Äneas und legte diesen dem Achill quer vor die Füße, nachdem er die Augen des Helden mit einem dichten Nebel umgossen hatte. Den Trojaner selbst schleuderte er, ihn hoch von der Erde aufhebend, über Wagen und Streiter hinweg an die Grenzen der Schlachtordnung, wo das Volk der kaukonischen Bundesgenossen kampfgerüstet einherzog. »Welcher Gott«, so schalt Poseidon hier den geretteten Helden, »verblendete dich, Äneas, gegen den Liebling der Götter, den weit mächtigeren Peliden, kämpfen zu wollen? Weich in Zukunft zurück, sooft du ihm begegnest; hat ihn einmal das Schicksal erreicht, dann magst du dich getrost in den vordersten Reihen schlagen!« Jetzt verließ ihn der Gott und zog den Nebel vor Achills Augen hinweg, der verwundert seine Lanze an der Erde liegen und den Mann verschwunden sah. »Troll er sich immerhin mit eines Gottes Hilfe«, sprach er verdrießlich, »ich bin sein Fliehen schon gewohnt.« Dann sprang er in die Reihen der Seinigen zurück und ermunterte sie zur Schlacht. Drüben aber feuerte Hektor die Seinigen an, und nun folgte ein wilder gemischter Angriff. Als Phöbos Apollo sah, wie gierig Hektor dem Peliden entgegenstrebte, flüsterte er ihm ein Warnungswort ins Ohr, vor welchem Hektor erschrocken in den Haufen seiner Streiter zurückwich. Achill aber drang stürmend unter die Feinde ein, und sein erster Speerwurf spaltete dem tapfern Iphition das Haupt, daß er zu Boden fiel und, von den Wagenrädern der Danaer zermalmt, im vordersten Gewühle dalag. Dann stieß er dem Sohn Antenors, Demoleon, den Speer in den Schlaf; dem Hippodamas stach er, als er eben vom Wagen herabsprang, die Lanze in den Rücken; dem Pammon, dem Sohne des Priamos, bohrte er sie, wie er gerade an ihm vorüberflog, in das Rückgrat an der Spange des Gurtes, daß sie vorn herausdrang und der Jüngling heulend ins Knie sank.

Als Hektor seinen Bruder auf der Erde gekrümmt sah, das eigene Gedärm in den Händen, wurde es Nacht vor seinen Augen; er konnte nicht länger entfernt vom Kampfe bleiben und stürmte trotz der Warnung des Gottes gerade auf Achill los, seinen Speer wie einen Blitzstrahl zückend. Achill frohlockte, als er ihn sah. »Dies ist der Mann«, sprach er, »der meinem Herzen in der tiefsten Tiefe wehe getan hat. Wollen wir länger voreinander fliehen, Hektor? Näher heran, daß du auf der Stelle das Todesziel erreichest!« »Wohl weiß ich, wie tapfer du bist«, antwortete Hektor unerschrocken, »und wie weit ich dir nachstehe; doch wer weiß, ob die Götter mein Geschoß nicht begünstigen, daß es dir, obwohl vom schwächeren Manne abgesendet, dennoch dein grausames Leben raubt.« Seinen Worten schickte er die Lanze nach. Aber Athene stand hinter dem Peliden und trieb sie mit einem leisen Anhauche gegen Hektor zurück, daß sie ihm kraftlos zu Füßen sank. Nun stürzte Achill heran, den Gegner mit einem Speerstoße zu durchbohren: doch Apollo schlug einen Nebel um Hektor, entrückte ihn, und dreimal stach der heranstürmende Pelide in die leere Luft. Als er das viertemal vergebens anrannte, rief er mit drohender Stimme: »So entrannst du abermals dem Tode, du Hund, und hast gewiß zu deinem Phöbos gebetet; aber wenn anders ein Gott auch mich begleitet, entrinnst du künftig dem Verderben von meiner Hand nicht! Für jetzt gehe ich, andere zu erhaschen.« So sprach er und stach dem Dryops die Lanze in den Hals, daß er ihm vor die Füße taumelte, durchbohrte dem Demuchos das Knie mit einem Speerwurf, stürzte den Laogonos und Dardanos, die Söhne des Bias, jenen mit einem Lanzenwurfe, diesen mit einem Schwerthiebe, vom Wagen; dem Tros, dem Sohne Alastors, spaltete er die Leber, obgleich der Held ihm die Knie flehend umfaßte; dem Mulios fuhr seine Lanze durch ein Ohr bis zum andern; dem Sohne Agenors, Echeklos, hieb er das Schwert tief in den Schädel; den Deukalion traf seine Lanzenspitze unter dem Armbug, und sein Haupt flog vor seinem Schwerte mitsamt dem Helm in den Staub; Rhigmos, dem Thrakier, schoß er die Lanze in den Bauch, und seinen Wagenlenker Areïthoos warf er mit einem Speerstoße vom Sitz. So wütete der göttergleiche Held, wie ein Wind im entsetzlichen Waldbrande; seine Rosse trabten stampfend über Schilde und Leichname dahin, die Achse seiner Wagenräder troff von Blut, und bis zu den schmucken Rändern des Sitzes spritzten die Tropfen empor.

KAMPF DES ACHILL MIT DEM STROMGOTTE SKAMANDER

Als die Fliehenden und ihr Verfolger an die Flut des wirbeldrehenden Skamander gekommen waren, teilte sich die Flucht. Ein Teil warf sich stadtwärts auf das Blachfeld, wo am vorigen Tage Hektor als Sieger die Griechen getummelt hatte. Über sie breitete Hera ein dichtes Gewölk aus und hinderte sie so, weiterzufliehen. Die andern aber, hart an das Gewässer des Stromes gedrängt, stürzten sich in seine tosenden Wirbel hinab, daß die Gestade ringsumher widerhallten. Dort schwammen sie durcheinander wie Heuschrecken, die man mit Feuer ins Wasser gescheucht hat; so füllte sich mit einem Gewirre von Rossen und Männern der ganze Fluß. Da lehnte der Pelide seine Lanze an einen Tamariskenbaum des Ufers und stürzte sich, das Schwert allein in der Hand, wie ein Gott ihnen nach. Bald rötete sich das Wasser von Blut, und unter seinen Streichen erhub sich hier und dort ein Röcheln aus den Wellen; er wütete wie in einer Hafenbucht ein ungeheurer Delphin, der von den andern Fischen verschlingt, welchen er erhascht. Als ihm allmählich vom Morden die Hände starr wurden, ergriff er doch noch zwölf Jünglinge lebendig im Strome; er zog sie, der Sinne halb schon beraubt, heraus und übergab sie den Seinigen: sie sollten bei seinem Zelt als Sühnopfer für den Tod seines Freundes Patroklos fallen.

Als der Held nun wieder in den Strom stürzte, nach neuem Würgen sich sehnend, begegnete ihm, eben aus den Fluten aufstrebend, Lykaon, der Sohn des Priamos, und Achill stutzte bei dem Anblick. Ihn hatte einst bei einem früheren nächtlichen Überfalle der Pelide im Obsthaine seines Vaters Priamos überrascht, wo er gerade wilde Feigensprossen zu einem Sesselrande seines Wagens schnitt. Damals entführte ihn Achill mit Gewalt und sandte ihn zu Schiffe nach der Insel Lemnos, wo der Sohn des Iason, Euneos, ihn als Sklaven an sich kaufte. Als nun ein anderer Sohn des Iason, Eëtion, Fürst von Imbros, seinen Halbbruder zu Lemnos besuchte, kaufte er den feinen Jüngling diesem um teures Geld ab und sandte ihn nach seiner Stadt Arisbe. Nachdem Lykaon hier einige Zeit gelebt, schlich er sich heimlich von dannen und rettete sich nach Troja. Es war der zwölfte Tag, daß er aus der Gefangenschaft zurückgekehrt war und jetzt zum zweiten Male dem Achill in die Hände fiel. Wie dieser ihn mit wankenden Knien kraftlos aus dem Strome hervortauchen sah, sprach er staunend zu sich selber: ›Wehe mir, welch Wunder muß ich erblicken! Gewiß werden jetzt auch die andern Trojaner, die ich erschlagen habe, aufs neue aus der Nacht hervorkriechen, da dieser wiederkommt, den ich vor langer Zeit nach Lemnos verkauft habe. Nun, wohlan, mag er die Spitze unserer Lanzen kosten und es dann versuchen, ob er auch aus dem Boden zurückkehren kann!‹ Doch ehe Achill recht mit dem Speere zielen konnte, hatte sich Lykaon heraufgeschwungen, umschlang ihm mit der einen Hand die Knie und faßte mit der andern seine Lanze. »Erbarme dich meiner, Achill«, rief er, »war ich doch einst deinem Schutze anvertraut! Damals trug ich dir hundert Stiere ein, jetzt will ich mich dreimal so hoch lösen! Erst seit zwölf Tagen bin ich in der Heimat, nach langer Qual der Gefangenschaft, aber Zeus muß mich wohl hassen, daß er mich von neuem in deine Hand gegeben. Doch töte mich nicht; ich bin ein Kind Laothoes und kein leiblicher Bruder des Hektor, der dir deinen Freund gemordet hat.« Aber Achill faltete die Stirn, und mit unbarmherziger Stimme sprach er: »Schwatze mir nicht von Lösung, du Tor; ehe Patroklos starb, war mein Herz zu schonen willig, jetzt aber entflieht keiner dem Tode. So stirb denn auch du, mein Guter; sieh mich nicht so kläglich an! Ist doch auch Patroklos gestorben, der viel herrlicher war als du. Und betrachte mich selbst, wie schön und groß ich von Gestalt bin; dennoch, ich weiß es gewiß, wird auch mich das Verhängnis von Feindeshand ereilen, sei's am Morgen, am Mittag oder am Abend!« Lykaon ließ zitternd den Speer fahren, als er ihn so reden hörte, saß mit ausgebreiteten Händen und empfing den Stoß des Schwertes in den Hals. Achill faßte den Gemordeten am Fuße, schleuderte ihn in den Strudel des Flusses und rief ihm höhnend nach: »Laß sehen, ob der Strom dich rette, dem ihr vergebens so viele Sühnopfer gebracht habt.«

Über diese Worte ergrimmte der Stromgott Skamander, der ohnedem auf Seite der Trojaner war, und erwog bei sich im Geiste, wie er den gräßlichen Helden in seiner Arbeit hemmen und die Plage von seinen Schützlingen abwenden könnte. Achill sprang indessen mit seiner Lanze auf Asteropaios den Päonier, den Sohn des Pelegon, ein, der, zwei Speere in den Händen, eben aus dem Strome stieg. Diesem hauchte der Flußgott Mut in die Seele, daß er mit Ingrimm das erbarmungslose Gemetzel des Peliden überblickte und kühn auf den Mordenden zueilte. »Wer bist du, der es wagt, mir entgegenzugehen?« rief Achill ihm zu, »nur die Kinder unglückseliger Eltern begegnen meiner Kraft.« Ihm antwortete Asteropaios: »Was fragst du nach meinem Geschlechte? Der Enkel des Stromgottes Axios bin ich, Pelegon hat mich gezeugt; vor elf Tagen bin ich mit meinen Päonen als Bundesgenosse Trojas erschienen. Jetzt aber kämpfe mit mir, hoher Achill!« Da erhub der Pelide seine Lanze; der Päonier aber warf zwei Speere zugleich, einen mit jeder Hand, denn er konnte die linke wie die rechte brauchen: der eine brach das Schildgewölbe des Peliden, ohne den Schild selbst zu brechen, der andere streifte ihm den rechten Arm am Ellenbogen, daß das Blut hervorrieselte. Jetzt erst schwang Achill seine Lanze, aber sie verfehlte den Gegner und fuhr bis zur Hälfte ins Ufer. Dreimal zog Asteropaios mit seiner nervigen Hand an ihr, ohne sie aus dem Boden herausreißen zu können. Als er das vierte Mal ansetzte, überfiel ihn Achill mit dem Schwert und hieb ihn in den Leib, daß alles

Gedärme hervordrang und er röchelnd auf die Erde sank. Der Pelide zog ihm jauchzend die Rüstung ab und ließ den Leichnam den Aalen zur Uferbeute liegen; dann stürzte er sich unter die Päonier, die noch voll Angst an dem Flusse umherflogen. Ihrer sieben hatte sein Schwert erschlagen, und noch wollte er unter ihnen fortwüten, als plötzlich Skamander, der zürnende Beherrscher des Stromes, in Menschengestalt aus dem tiefen Strudel emportauchte und dem Helden zurief: »Pelide, du wütest mit entsetzlichen Taten, mehr als ein Mensch! Meine Gewässer sind voll von Toten; mit Mühe ergießen sich meine Ströme ins Meer, laß ab!« »Ich gehorche dir, denn du bist ein Gott«, antwortete Achill, »aber darum wird mein Arm nicht vom Morde der Trojaner rasten, bis ich sie in die Stadt zurückgejagt und meine eigene Kraft mit der Kraft Hektors gemessen habe.« So sprach er und stürzte sich auf die flüchtigen Reihen der Trojaner, drängte sie aufs neue dem Ufer zu, und als sie sich ins Wasser retteten, sprang, den Befehl des Gottes vergessend, auch er wieder in den Strudel. Nun fing der Strom an, wütend zu schwellen, regte seine trüben Fluten auf, warf die Getöteten mit lautem Gebrüll ans Gestade; seine Brandung schlug schmetternd an den Schild des Peliden. Dieser, mit den Füßen wankend, faßte eine Ulme mit den Händen, riß sie aus den Wurzeln und klomm über ihre Äste ans Ufer. Nun flog er über das Gefilde hin, aber der Flußgott rauschte ihm mit der tosenden Welle nach und erreichte ihn, so rasch er war. Und sooft er ihm widerstehen wollte, bespülten die Wogen ihm die Schultern und raubten ihm den Boden unter den Füßen. Da klagte der Held gen Himmel: »Vater Zeus, erbarmt sich denn keiner der Ewigen meiner, mich aus der Gewalt des Stroms zu retten? Betrogen hat mich meine Mutter, als sie weissagte, daß mir der Tod durch Apolls edles Geschoß bereitet sei. Hätte mich doch Hektor getötet, der Starke den Starken! So aber soll ich des schmählichsten Todes in den Fluten sterben, wie der Knabe eines Sauhirten, der im Winter durch den Sturzbach watet und fortgerissen wird!«.

Wie er so jammerte, gesellten sich Poseidon und Athene in Menschengestalt zu ihm, faßten ihn bei der Hand und trösteten ihn, denn nicht sei ihm vom Schicksale bestimmt, in den Strom zu sinken. Die Götter schieden wieder, aber Athene füllte ihn mit Kraft, daß er hoch mit den Knien aus der Flut sprang und das Gefilde wiedergewann. Aber noch immer ließ Skamander von seinem Zorne nicht ab, vielmehr bäumte er sich mit immer höherer Brandung und rief laut seinem Bruder Simois zu: »Komm, Bruder, laß uns beide zusammen die Gewalt dieses Mannes da bändigen; sonst wirft er uns heute noch die Feste des Priamos in den Staub! Auf, hilf mir! Nimm die Quellen des Gebirges zu dir, ermuntere jeden Gießbach, hebe deine Flut hoch, rolle Steinblöcke daher! Nicht seine Kraft, nicht seine Rüstung soll ihn verteidigen: tief im Sumpfe soll diese liegen, mit Schlamm bedeckt. Ihn selbst verschütte ich mit Muscheln, Kies und Sand, daß die Argiver selbst seine Gebeine in dem Wust nicht mehr finden können. So türme ich ihm selbst sein Denkmal auf, und die Danaer brauchen ihm für kein Rasengrab zu sorgen!« Unter diesem Zurufe rauschte er mit Schaum, Blut und Leichen auf den Helden daher, daß bald seine Welle sich über ihm bäumte, indes auch der Strom Simois aus der Ferne sich herbeimachte.

Hera selbst, voll inniger Angst um ihren Liebling, schrie laut, als sie dieses sah. Dann sprang sie schnell zu Hephaistos: »Lieber hinkender Sohn, nur deine Flammen sind dem gewaltigen Strome gewachsen: bringe dem Peliden deine Hilfe; ich selbst will den West- und Südwind vom Meergestade erregen, daß sie die schreckliche Glut bis ins Heer der Trojaner hineintragen. Du aber zünde die Bäume am Gestade des Flusses an und durchlodere ihn selbst; laß dich durch keine Schmeichelei und durch keine Drohung zurückschrecken, Glut muß die Vertilgung im Zaume halten!« Auf ihr Wort durchflog die Flamme des Hephaistos das Gefild, und zuerst verbrannte sie die Leichname der Troer, die von Achills Hand gefallen waren. Dann wurde das Feld ganz trocken und das Wasser gehemmt. Am Ufer fingen die Ulmen, die Weiden, die Tamarisken und alles Gras zu brennen an; schon schnappten die Aale und andere Fische, angstvoll und matt von dem Glutanhauche, nach frischem Wasser. Endlich wogte der Strom selbst in lichten Flammen, und Skamander, der Gott, rief wimmernd aus seinen Fluten hervor: »Glutatmender Gott, ich begehre nicht, mit dir zu kämpfen, laß uns vom Streite ruhen; was geht mich die Fehde der Trojaner und des Achill an!« So klagte er, während seine Gewässer sprudelten, wie Fett im Kessel über der Flamme brodelt. Endlich wandte er sich laut wehklagend an die Göttermutter und rief: »Hera, warum quält denn dein Sohn Hephaistos meinen Strom so entsetzlich? Hab ich doch nicht mehr verschuldet als die andern Götter alle, soviel ihrer den Trojanern beistehen; jetzt aber will ich ja gerne ruhig sein, wenn du es befiehlst; nur sollte auch er mich in Ruhe lassen!« Da begann Hera zu ihrem Sohn: »Halt ein, Hephaistos, martere mir den unsterblichen Gott nicht länger um der Sterblichen willen!« Jetzt löschte der Feuergott seine Flamme, der Strom rollte in seine Ufer zurück, und der ferne Simois gab sich auch zufrieden.

SCHLACHT DER GÖTTER

Den andern Göttern tobte dafür das Herz in ungestümer Feindschaft, und im Sturme prallten sie aneinander, daß der Erdkreis dröhnte und die Luft rings wie von Posaunen erscholl. Zeus, auf der Spitze des Olymp gelagert, vernahm es, und sein Herz erbebte vor Wonne, als er die Unsterblichen zum riesenhaften Kampf aufeinander losrennen sah. Zuerst drang Ares, der Kriegsgott, vor und stürmte mit seinem ehernen Speer auf Pallas Athene ein, indem er ihr schmähende Worte entgegenrief: »Du schamloseste Fliege, was treibst du voll stürmischer Dreistigkeit die Götter zum Kampfe? Weißt du noch, wie du den Tydiden gereizt, daß er mich mit der Lanze verwundete, ja wie du selbst mit dem strahlenden Speere mir den unsterblichen Leib verletzt? Jetzt wollen wir die Rechnung miteinander abschließen, du Unbändige!« So sprach er, schlug an seinen schrecklichen Ägisschild und stieß mit dem Speer nach der Göttin. Diese wich aus, griff nach einem großen rauhen Markstein, der dort im Gefilde lag, und traf damit den Wüterich an den Hals, daß er klirrend in seinen ehernen Waffen zu Boden sank, sieben Hufen Landes im Fall bedeckend, und sein göttliches Haar vom Staube besudelt ward. Da lächelte Athene und sprach jubelnd: »Törichter, du hast wohl nie bedacht, wieviel ich dich an Kraft übertreffe, da du es gewagt hast, dich mit mir zu messen! Büße jetzt ganz deiner Mutter Hera Verwünschungen, die voll Zornes über dich ist, daß du dich den Griechen entzogen hast und die übermütigen Trojaner verteidigen magst.« So redete sie und wandte ihre strahlenden Götteraugen ab. Den schwer aufstöhnenden Kriegsgott, dem erst allmählich der Atem wiederkehrte, führte Zeus' Tochter, Aphrodite, aus der Schlacht; als aber Hera die beiden gewahr wurde, begann sie zu Athene: »Wehe mir, Pallas, siehest du nicht, wie dreist dort die weichliche Liebesgöttin den wilden Mörder mitten aus dem entscheidenden Kampfe durchs Getümmel hinwegführt? Wirst du sie nicht schnell verfolgen?« Nun stürmte Pallas Athene nach und versetzte der zarten Göttin mit mächtiger Hand einen Schlag auf die Brust, daß sie zu Boden sank und der verwundete Kriegsgott mit ihr. »Mögen alle so stürzen«, rief Athene, »die es wagen, den Trojanern beizustehen! Wäre es jedem der Unsern gelungen wie mir, so hätten wir längst Ruhe, und Troja wäre zum Schutthaufen unter unsern Händen geworden.« Ein Lächeln flog über Heras Gesicht, als sie dieses sah und hörte. Darauf sprach der Erderschütterer Poseidon zu Apollo gewendet: »Phöbos, warum stehen wir so entfernt, da doch andere den Kampf schon begonnen haben? Es wäre doch eine Schmach für uns, wenn wir beide zum Olymp zurückkehren wollten, ohne unsere Kraft aneinander versucht zu haben. So hebe denn du an, bist du doch der Jüngere! Was säumst du? Hat dein Herz ganz vergessen, wieviel wir beide vor allen Göttern bereits Böses um Troja geduldet haben, seit wir dem stolzen Laomedon bei dem Bau der Stadtmauer frönten und er unsere Dienste so schnöde vergalt? Du denkst wohl nicht mehr daran, sonst würdest du mit uns andern auf die Vernichtung der Trojaner bedacht sein und nicht dem Volke des trügerischen Laomedon willfahren.« »Beherrscher des Meeres«, antwortete ihm Phöbos, »ich selbst würde dir nicht bei Besinnung dünken, wenn ich der Sterblichen wegen, die hinfällig sind wie das Laub im Walde, mit dir, dem ehrfurchtgebietenden Gotte, kämpfen wollte.« So sprach Apollo und wandte sich, voll Scheu, wider den Bruder seines Vaters gewaltsam den Arm aufzuheben. Da spottete seiner die Schwester Artemis und rief höhnend: »Fliehest du schon vor der Schlacht, du Fernhintreffer, und räumst dem prahlerischen Poseidon den Sieg ein? Du Tor, was trägst du alsdann auf der Schulter den Bogen, das nichtige Kinderspiel?« Aber Hera verdroß die Spottrede: »Gedenkst du etwa, weil du dein Geschoß auf dem Rücken trägst, dich mit mir an Stärke zu messen, du Schamlose?« sprach sie, »wahrlich, dir wäre besser, du gingst in die Wälder, einen Eber oder Hirsch zu erlegen, als frech gegen höhere Götter anzukämpfen! Und doch, weil du so trotzig bis, so magst du meine Hand fühlen.« So schalt sie, ergriff mit der Linken beide Hände der Göttin am Knöchel, mit der Rechten zog sie ihr den Köcher samt den Pfeilen von der Schulter und versetzte damit der Zurückgewendeten schimpfliche Streiche um die Ohren, daß die Pfeile klirrend aus dem Köcher sanken. Wie eine schüchterne Taube, vom Habicht verfolgt, ließ Artemis Köcher und Pfeile liegen und floh unter Tränen davon. Ihre Mutter Leto wäre ihr zu Hilfe geeilt, wenn nicht Hermes in der Nähe auf der Lauer gestanden wäre. Als dieser das inneward, sprach er zu ihr: »Ferne sei von mir, daß ich mit dir streiten wollte, Leto; gefahrvoll ist der Kampf mit den Frauen, die der Donnerer seiner Liebe gewürdigt hat. Deswegen magst du dich immerhin im Kreise der Unsterblichen rühmen, mir obgesiegt zu haben.« So sprach er freundlich: da eilte Leto herbei, hub den Bogen, den Köcher und die Pfeile, wie sie wirbelnd da- und dorthin in den Staub gefallen waren, sie sammelnd, auf und eilte der Tochter nach, zum Olymp hinan. Dort hatte sich Artemis weinend auf die Knie des Vaters gesetzt, und ihr feines, von Ambrosia duftendes Gewand bebte ihr noch vom Zittern der Glieder. Zeus schloß sie liebkosend in die Arme und sprach unter freundlichem Lächeln zu ihr: »Welcher von den Göttern hat es gewagt, dich zu mißhandeln, mein zartes Töchterchen?« »Vater«, antwortete sie, »dein Weib hat mir ein Leids getan, die zornige Hera, die alle Götter zu Streit und Hader empört.« Da lachte Zeus, streichelte sie und sprach ihr Trost ein.

Drunten aber ging Phöbos Apollo hinein in die Stadt der Trojaner; denn ihm war ernstlich bange, die Danaer möchten, dem Schicksale zum Trotz, noch heute die Mauer der schönen Feste niederreißen. Die übrigen Götter eilten, die einen voll Siegeslust, die andern voll Zorn und Gram, in den Olymp zurück und setzten sich um den Vater, den Donnergott, im Kreise.

ACHILL UND HEKTOR VOR DEN TOREN

Auf einem hohen Turme der Stadt stand der greise König Priamos und schaute nieder auf den gewaltigen Peliden, wie er die fliehenden Trojaner vor sich her trieb, ohne daß ein Gott oder ein Sterblicher erschien, ihn abzuwehren. Wehklagend stieg der König vom Turme hernieder und ermahnte die Hüter der Mauer: »Öffnet die Torflügel und haltet sie, bis alle die fliehenden Völker sich in die Stadt hereingedrängt haben, denn Achill tobt ganz nahe dem Schwarm, und mir ahnet schlimmer Ausgang. Sind sie innerhalb der Mauer, so füget mit die Flügel wohl ineinander, sonst stürmt der Verderbliche hinter ihnen durch das Tor zu uns herein!« Die Wächter schoben die Riegel zurück, die Torflügel taten sich auseinander, und eine Rettungspforte stand offen.

Während aber die Trojaner, ausgedörrt von Durst, bedeckt mit Staub, durch das Blachfeld flohen und Achill mit seiner Lanze sie wie wahnsinnig verfolgte, verließ Apollo Trojas offenes Tor, die Not seiner Schutzbefohlenen zu wenden. Er erweckte den Helden Agenor, den tapfern Sohn Antenors, und stand ihm, in dunkeln Nebel eingehüllt, an die Buche des Zeus gedrängt, selbst zur Seite. So geschah es, daß Agenor zuerst von allen Trojanern im Fliehen innehielt, sich besann und schämte und zu sich selbst sagte: ›Wer ist es, der dich verfolgt? Ist nicht auch ihm der Leib mit spitzem Eisen verwundbar, ist er nicht auch sterblich wie andere Menschen?‹ So faßte er sich in Gedanken und erwartete den heranstürmenden Achill, streckte den Schild vor und rief ihm, die Lanze schwingend, entgegen: »Hoffe nicht so schnell die Stadt der Trojaner zu verheeren, Törichter; noch gibt es Männer unter uns, die für Eltern, Weiber und Kinder ihre Feste beschirmen!« Damit entschwang er den Speer und traf die neugegossene zinnerne Knieschiene des Helden, von der die Lanze jedoch, ohne zu verwunden, abprallte. Achill stürzte sich auf den Gegner, aber Apollo entführte diesen im Nebel und wußte den Peliden selbst durch eine List von der Verfolgung abzulenken. Er selbst verwandelte sich nämlich in die Gestalt Agenors und nahm seinen Weg durch das Weizenfeld, dem Skamanderflusse zu. Achill eilte ihm fliegend nach und hoffte beständig, ihn im Laufe zu erhaschen. Indessen flüchteten die Trojaner glücklich durchs offene Tor in die Stadt, die sich bald mit gedrängten Scharen füllte: keiner wartete auf den andern, keiner schaute sich um, zu sehen, wer gerettet, wer gefallen sei; alle waren nur froh für sich selbst, sich sicher hinter den Mauern zu wissen. Da kühlten sie den Schweiß, löschten den Durst und streckten sich längs der Mauer an der Brustwehr nieder.

Doch die Griechen, Schild an Schulter, wandelten in dichten Scharen auf die Mauer zu. Von allen Trojanern war nur Hektor außerhalb des Skaïschen Tores geblieben; denn sein Schicksal hatte es so geordnet. Achill aber war immer noch auf der Verfolgung Apollos begriffen, den er für Agenor hielt. Da stand plötzlich der Gott stille, wandte sich um und sprach mit seiner Götterstimme: »Was verfolgst du mich so hartnäckig, Pelide, und vergissest über mir die Verfolgung der Trojaner? Du meinest einen Sterblichen zu jagen und ranntest einem Gotte nach, den du doch nicht töten kannst.« Da fiel es wie Schuppen von den Augen des Helden, und er rief voll Ärger aus: »Grausamer, trügerischer Gott! daß du mich so von der Mauer hinweglocken konntest! Fürwahr, noch viele hätten mir im Staube knirschen müssen, ehe sie in Ilion einzogen! Du aber hast mir den Siegesruhm geraubt und sie gefahrlos gerettet, denn du hast als ein Gott keine Rache zu fürchten, wie gerne ich mich auch an dir rächen möchte!«

Achill wandte sich und flog trotzigen Sinnes auf die Stadt zu, wie ein ungestümes, sieggewohntes Roß am Wagen. Ihn erblickte zuerst der greise Priamos von der Warte des Turmes herab, auf welcher der König wieder Platz genommen hatte, und er erschien ihm leuchtend, wie der ausdörrende Hundsstern am Nachthimmel dem Landmann verderbenbringend entgegenfunkelt. Der Greis schlug sich die Brust mit den Händen und rief wehklagend zu seinem Sohne herab, der außerhalb des Skäischen Tores stand und voll heißer Kampfgier auf den Peliden wartete: »Hektor, teurer Sohn, was weilest du draußen einsam und von allen andern getrennt? Willst du dich denn mutwillig dem Verderber in die Hände geben, ihm, der mir schon so viele tapfere Söhne geraubt hat? Komm herein in die Stadt, beschirme hier

Trojas Männer und Frauen, verherrliche nicht den Ruhm des Peliden durch deinen Tod! Erbarme dich auch meiner, deines elenden Vaters, solange er noch atmet, meiner, den Zeus verdammt hat, an der äußersten Schwelle des Alters in Gram hinzuschwinden und so unendliches Leid mit anzuschauen! Meine Söhne werde ich sehen müssen erwürgt, meine Töchter hinweggerissen, ausgeplündert die Kammern meiner Burg, die stammelnden Kinder zu Boden geschmettert, die Schwiegertöchter fortgeschleppt. Zuletzt liege ich wohl selbst, von einem Speerwurf oder Lanzenstich ermordet, am Tore des Palastes, und die Haushunde, die ich aufgezogen, zerfleischen mich und lecken mein Blut!«

So rief der Greis vom Turme herab und zerraufte sein weißes Haar. Auch Hekabe, die Mutter, erschien an seiner Seite, zerriß ihr Gewand und rief weinend hinunter: »Hektor, gedenke, daß meine Brust dich gestillt hat; erbarme dich meiner! Wehre dem schrecklichen Manne hinter der Mauer, aber miß dich nicht mit ihm im Vorkampfe, du Rasender!«

Das laute Weinen und Rufen seiner Eltern vermochte den Sinn Hektors nicht umzustimmen; er blieb unbeweglich auf dem Platze und erwartete den herannahenden Achill. ›Damals hätte ich weichen müssen‹, sprach er in seinem Herzen, ›als mein Freund Polydamas mir den Rat gab, das Heer der Trojaner in die Stadt zurückzuführen. Jetzt, nachdem ich das Volk durch meine Betörung verderbt habe, fürchte ich mich vor den Männern und Weibern Trojas, daß nicht einer der Schlechteren mir dereinst sage: im Vertrauen auf seine eigene Stärke hat Hektor das Volk preisgegeben. Viel besser, ich siege oder falle im Kampfe mit dem Gefürchteten! – Oder wie? Wenn ich Schild und Helm jetzt zur Erde legte, meinen Speer an die Mauer lehnte, ihm entgegenginge, ihm Helena, alle Schätze, die Paris geraubt, zudem anderes Gut die Fülle anböte; wenn ich alsdann den Fürsten Trojas einen Eidschwur abnähme, nichts ingeheim zu entziehen; all unsre Schätze und Vorräte in zwei Teile zu teilen . . Doch, wehe mir, was für Gedanken kommen mir ins Herz? Ich mich ihm flehend nahen? Ohne Erbarmen würde er mich, den Entblößten, niederhauen wie ein Weib! Fürwahr, es würde schön lassen, wenn ich mich zu einem traulichen Gespräche ihm beigesellen wollte, wie ein Jüngling wohl mit der Jungfrau plaudert! Bessser, wir rennen aufeinander an zum Kampfe, daß es sich bald entscheiden muß, welchem von uns beiden die Olympischen den Sieg verleihen!‹ Solche Gedanken wog Hektor im Geiste ab und blieb.

DER TOD HEKTORS

Immer näher kam Achill geschritten, dem Kriegsgott an furchtbarer Herrlichkeit gleich; auf der rechten Schulter bebte ihm entsetzlich seine Lanze aus Pelions Eschenholz, seine Erzwaffen schimmerten um ihn wie eine Feuersbrunst oder wie die aufgehende Sonne. Als Hektor ihn sah, mußte er unwillkürlich zittern; er vermochte nicht mehr stillezustehen: er wandte sich um, dem Tore zu, und hinter ihm her flog der Pelide, wie ein Falk der Taube nachstürzt, die oft seitwärts schlüpft, während der Raubvogel grad andringt in seinem Fluge. So flüchtete Hektor längs der Mauer von Troja über den Fahrweg hinüber an den beiden sprudelnden Quellen des Skamander vorbei, der warmen und der kalten, immer weiter um die Mauer: ein Starker floh, aber ein Stärkerer folgte. Also kreisten sie dreimal um die Stadt des Priamos, und vom Olymp sahen alle ewigen Götter dem Schauspiele mit gespannter Aufmerksamkeit zu. »Erwägt es wohl, ihr Götter«, sprach Zeus, »die Stunde der Entscheidung ist gekommen; jetzt fragt es sich: soll Hektor dem Tode noch einmal entfliehen, oder soll er, wie tapfer er auch sein mag, fallen?« Da nahm Pallas Athene das Wort und sprach: »Vater, wo denkst du hin? Einen Sterblichen, der längst dem Verhängnis anheimgefallen ist, willst du vom Tod erlösen? Tu, was dir gut dünkt, aber hoffe nicht, daß die Götter deinen Rat billigen werden!« Zeus nickte seiner Tochter Gewährung zu, und sie schwang sich wie ein Vogel von den Felsenhöhen des Olymp aufs Schlachtfeld hinab.

Hier floh Hektor noch immer vor seinem Verfolger, der ihn, wie ein Jagdhund den aus dem Lager aufgejagten Hirsch, bedrängte und ihm, wie dieser seinem Wild, keinen Schlupfwinkel und keine Rast gönnte. Auch winkte Achill seinem Volke zu, daß keiner sein Geschoß auf Hektorn werfen und ihm den Ruhm rauben sollte, der erste und einzige gewesen zu sein, der den furchtbarsten Feind der Griechen erlegte.

Als sie nun zum viertenmal auf ihrer Runde um die Mauer an die Quellen des Skamander gelangt waren, da erhub sich Zeus auf dem Olymp, streckte die goldne Waage vor und legte zwei Todeslose hinein, das eine für den Peliden, das andre für Hektor. Dann faßte er die Waage in der Mitte und wog: da sank Hektors Waagschale tief nach dem Hades zu, und augenblicklich verließ Phöbos Apollo seine Seite. Zu Achill aber trat Athene die Göttin und flüsterte ihm ins Ohr: »Steh und erhole dich, während ich jenem zurede, dich kühn zu bekämpfen.« Achill lehnte sich, der Göttin gehorchend, auf seinen eschenen Speer, sie aber, in der Gestalt des Deïphobos, trat ganz nahe zu Hektor und sprach zu ihm: »Ach, mein älterer Bruder, wie bedrängt dich der Pelide! Wohlan, laß uns standhalten und ihn abwehren!« Freudig aufblickend erwiderte Hektor: »Du warst immer mein trautester Bruder, Deïphobos, jetzt aber muß dich mein Innerstes nur um so mehr hochachten, daß du dich, sobald mich dein Auge wahrnahm, aus der Stadt gewagt hast, während die andern alle hinter der Mauer sitzen!« Athene winkte dem Helden zu und schritt ihm, die Lanze gehoben, voran, dem ausruhenden Achill entgegen. Diesem rief Hektor zuerst zu: »Nicht länger entfliehe ich dir, Pelide; mein Herz treibt mich, dir fest entgegenzustehen, daß ich dich töte oder falle! Laß uns aber die Götter zu Zeugen eines Eidschwures nehmen: Wenn mir Zeus den Sieg verleiht, werde ich dich nimmermehr mißhandeln, sondern nachdem ich dir deine Rüstung abgezogen, die Leiche deinen Volksgenossen zurückgeben. Ein Gleiches sollst du mir tun!«

»Nicht von Verträgen geplaudert!« erwiderte finster Achill; »sowenig ein Hund zwischen Löwen und Menschen Freundschaft stiftet, sowenig zwischen Wölfen und Lämmern Eintracht besteht, sowenig wirst du mich mit dir befreunden. Einer von uns muß blutig zu Boden stürzen. Nimm deine Kunst zusammen, du mußt Lanzenschwinger und Fechter zugleich sein. Doch du wirst mir nicht entrinnen, all das Leid, das du den Meinigen mit der Lanze angetan hast, das büßest du mir jetzt auf einmal!« So schalt Achill und schleuderte die Lanze: doch Hektor sank ins Knie, und das Geschoß flog über ihn weg in die Erde; hier faßte es Athene und gab es dem Peliden, unbemerkt von Hektor, sogleich zurück. Mit zornigem Schwung entsandte nun Hektor auch seinen Speer, und dieser fehlte nicht, er traf mitten auf den Schild des Achill, aber prallte auch davon ab; bestürzt sah sich Hektor nach seinem Bruder Deïphobos um, denn er hatte keine zweite Lanze zu versenden. Doch dieser war verschwunden. Da wurde Hektor inne, daß es Athene war, die ihn getäuscht hatte. Wohl sah er ein, daß das Schicksal ihn jetzt fassen würde; er dachte daher nur darauf, wie er nicht ruhmlos in den Staub sinken wollte, zog sein gewaltiges Schwert von der Hüfte und stürmte, das geschwungene in der Rechten, wie ein Adler einher, der auf einen geduckten Hasen oder ein Lämmlein aus der Luft herabschießt. Der Pelide wartete den Streich nicht ab, auch er drang unter dem Schilde vor; sein Helm nickte, die Mähne flatterte, und sternhell strahlte sein Speer, den er grimmig in seiner Rechten schwenkte. Sein Auge durchspähte den Leib Hektors, forschend, wo etwa eine Wunde haften könnte. Da fand er alles blank von der geraubten Rüstung umhüllt: nur wo Achsel und Hals das Schlüsselbein verbindet, erschien die Kehle, die gefährlichste Stelle des Lebens am Leib, ein weniges entblößt. Dorthin lenkte Achill schnell besonnen seinen Stoß und durchstach ihm den Hals so mächtig, daß die Lanzenspitze zum Genick herausdrang. Doch durchschnitt ihm der Speer die Gurgel nicht so, daß der Verwundete nicht noch reden konnte, obgleich er in den Staub sank, während Achill laut frohlockte und den Leichnam Hunden und Vögeln preiszugeben drohte. Da begann der liegende Hektor, schon schwächer atmend, zu flehen: »Ich beschwöre dich bei deinem Leben, Achill, bei deinen Knien, bei deinen Eltern, laß nicht die Hunde bei den Schiffen der Danaer mich zerreißen! Nimm Erz und Gold, soviel du willst, zum Geschenk und entsende dafür meinen Leib nach Troja, daß Männer und Frauen dort ihm die Ehre des Scheiterhaufens zuteil werden lassen.«

Aber Achill schüttelte sein fürchterliches Haupt und sprach: »Beschwöre mich nicht bei meinen Knien und meinen Eltern, du Mörder meines Freundes! Niemand sei, der dir die Hunde verscheuche von deinem Haupt, und wenn mir deine Landsleute zwanzigfältige Sühnung darwögen und noch mehr verhießen.

Ja, wenn dich Priamos mir selbst mit Gold aufwägen wollte!« »Ich kenne dich«, stöhnte Hektor sterbend, »ich ahnte, daß du nicht zu erweichen sein würdest; dein Herz ist eisern! Aber denk an mich, wenn die Götter mich rächen und am hohen Skäischen Tore du vom Geschosse Phöbos Apollos getroffen im Staube endest wie jetzt ich!« Mit dieser Weissagung verließ Hektors Seele den Leib und flog zum Hades hinunter. Achill aber rief der fliehenden nach: »Stirb du; mein Los empfang ich, wann Zeus und die Götter wollen!« So sprach er und zog den Speer aus dem Leichnam, legte ihn beiseite und zog die eigene, blutige Rüstung von den Schultern des Gemordeten.

Nun kamen aus dem griechischen Heere viel Streiter herbeigelaufen und betrachteten den Wuchs und die hohe Bildung des toten Hektor bewundernd, und mancher sprach, ihn anrührend: »Wunderbar, wieviel sanfter ist doch der Mann nun zu betasten, als da er den Feuerbrand in unsere Schiffe schleuderte!« Jetzt stellte sich Achill mitten unter das Volk und sprach: »Freunde und Helden! Nachdem die Götter mir verliehen haben, diesen Mann hier zu bändigen, der uns mehr Böses getan hat als alle andern zusammen, so laßt uns in unserer Rüstung die Stadt ein wenig auskundschaften, um zu erforschen, ob sie uns wohl die Burg räumen werden oder ob sie es wagen, uns auch ohne Hektor Widerstand zu leisten. Aber was rede ich? Liegt nicht mein Freund Patroklos noch unbestattet bei den Schiffen? Darum stimmet den Siegsgesang an, ihr Männer, und laßt uns vor allen Dingen meinem Freunde das Sühnopfer bringen, das ich ihm geschlachtet habe!«

Mit solchen Worten wandte sich der Grausame dem Leichnam aufs neue zu, durchbohrte ihm an beiden Füßen die Sehnen zwischen Knöchel und Fersen, durchzog sie mit Riemen von Stierhaut, band sie am Wagensitze fest, schwang sich in den Wagen und trieb seine Rosse mit der Geißel den Schiffen zu, den Leichnam nachschleppend. Staubgewölk umwallte den Geschleiften, sein jüngst noch so liebliches Haupt zog mit zerrüttetem Haar eine breite Furche durch den Sand. Von der Mauer herab erblickte seine Mutter Hekabe das grauenvolle Schauspiel, warf den Schleier ihres Hauptes weit von sich und sah jammernd ihrem Sohne nach. Auch der König Priamos weinte und jammerte. Geheul und Angstruf der Trojaner und der fremden Völker hallte durch die ganze Stadt. Kaum ließ sich der alte König abhalten, selbst in seinem zornigen Schmerz zum Skäischen Tore hinauszustürmen und dem Mörder seines Sohnes nachzueilen. Er warf sich zu Boden und rief: »Hektor, Hektor! Alle andern Söhne, die mir mein Feind erschlug, vergesse ich über dir: o wärest du doch nur in meinen Armen gestorben!«

Andromache, Hektors Gemahlin, hatte von dem ganzen Jammer noch nichts vernommen, ja ihr war nicht einmal ein Bote gekommen, der gemeldet hätte, daß ihr Gatte sich noch draußen vor den Toren befinde. Ruhig saß sie in einem der Gemächer des Palastes und durchwirkte ein schönes Purpurgewand mit bunter Stickerei. Und eben rief sie einer der Dienerinnen, einen großen Dreifuß ans Feuer zu stellen, um ihrem Gemahl ein wärmendes Bad vorzubereiten, wenn er aus der Feldschlacht käme. Da vernahm sie vom Turme her Geheul und Jammergeschrei. Finstre Ahnung im Herzen, rief sie: »Weh mir, ihr Mägde, ich fürchte, Achill habe meinen mutigen Gatten allein von der Stadt abgeschnitten und bedrohe seine Kühnheit, die ihn niemals im Haufen weilen läßt; Folget euer zwei mir, daß wir schauen, was es gibt!« Mit pochendem Herzen durchstürmte sie den Palast, eilte auf den Turm und sah herab über die Mauer, wie die Rosse des Peliden den Leichnam ihres Gatten, erbarmungslos an den Wagen des Siegers gebunden, durchs Gefilde schleppten. Andromache sank rückwärts in die Arme ihrer Schwäger und Schwägerinnen in tiefe Ohnmacht, und der köstliche Haarschmuck, das Band, die Haube, die schöne Binde, das Hochzeitgeschenk Aphrodites, flogen weit weg von ihrem Haupte. Als sie endlich wieder aufzuatmen anfing, begann sie mit gebrochener Klage schluchzend vor Trojas Frauen: »Hektor! wehe mir Armen! Du, elend wie ich, zu Elend geboren, wie ich! In Schmerz und Jammer verlassen, sitze ich nun im Hause; eine Witwe mit unserem unmündigen Kinde, das des Vaters beraubt, die Augen gesenkt, mit immer betränten Wimpern aufwächst! Betteln wird es müssen bei den Freunden des Vaters und bald den am Rock, bald den am Ärmel zupfen, daß er ihm das Schälchen reiche und zu nippen gebe! Manchmal auch wird ein Kind blühender Eltern es vom Schmause verstoßen und sagen: ›Trolle dich, dein Vater ist ja nicht beim Gastmahl!‹ Dann flüchtet es sich weinend zu der Mutter, die keinen Gatten hat. Der aber wird die

Hunde sättigen, und die Würmer werden den Überrest verzehren! Was helfen mir nun die schmucken zierlichen Gewande in den Kästen? Der Flamme will ich sie alle übergeben: was frommen sie mir? Hektor wird nicht mehr auf ihnen ruhen, nicht mehr in ihnen prangen!« So sprach sie weinend und wehklagend, und ringsumher seufzten die Trojanerinnen.

LEICHENFEIER DES PATROKLOS

Sobald Achill mit der Leiche seines Feindes bei den Schiffen angekommen war, ließ er diese am Bette des Patroklos aufs Antlitz in den Staub strecken. Derweil legten die Danaer ihre Rüstungen ab und setzten sich zu Tausenden am Schiffe des Peliden zum festlichen Leichenschmause nieder. Stiere, Schafe und Schweine wurden geschlachtet, und der Pelide ließ den Streitern eine köstliche Mahlzeit zurichten. Den Helden selbst führten die Genossen widerstrebend von der Leiche seines Freundes weg in das Zelt des Königes Agamemnon. Hier ward ein großes Geschirr voll Wasser an die Glut gestellt: ob sie nicht etwa den Peliden vermögen könnten, sich den blutigen Schlachtstaub von den Gliedern zu waschen. Er aber weigerte sich hartnäckig und schwur einen großen Eid: »Nein, so wahr Zeus lebt, kein Bad soll meinen Scheitel netzen, ehe Patrokolos von mir auf den Scheiterhaufen gelegt ist, ehe ich mein Haar geschoren und ihm ein Denkmal aufgetürmt habe! Meinetwegen mögen wir jetzt das traurige Festmahl abhalten. Morgen aber laß Holz im Wald fällen, Fürst Agamemnon, und beut alles auf, was zur Leichenbestattung meinem Freunde gehört, daß das Feuer den Jammeranblick schnell von uns nehme und das Volk sich wieder zur Kriegsarbeit wende!« Die Fürsten ließen ihn gewähren, setzten sich ans Mahl und schmausten. Dann ging ein jeder zur Nachtruhe. Der Sohn des Peleus aber, weil die Toten in seinem Zelte waren, legte sich, von seinen Myrmidonen umringt, am Meergestade nieder, wo der kiesige Strand von den Wellen reingespült war.

Lange seufzte er hier noch auf dem harten Lager um den erschlagenen Freund. Als ihn aber endlich der Schlummer umfangen hatte, kam die Seele des jammervollen Patroklos im Traumbilde zu ihm, an Größe, Gestalt, Stimme und Augen jenem ganz ähnlich, den Leib eingehüllt in Gewande. So trat der Schatten zu seinen Häupten und sprach: »Schläfst du, meiner so ganz vergessen, Achill? Des Lebenden zwar hast du immerdar gedacht, aber nicht also des Toten! Gib mir ein Grab, denn mich verlangt sehr, durch das Tor des Hades einzugehen! Bis jetz hab ich es nur irrend umwandelt, und es sitzen als Wächter Seelen da, die mich zurückscheuchen. Ehe der Scheiterhaufen mir gewährt worden ist, kann ich nicht zur Ruhe kommen. Du mußt aber wissen, Freund, daß auch dir vom Schicksal bestimmt ist, nicht ferne von der Mauer Trojas zu fallen. Richte deswegen mein Grab so ein, daß unser beider Gebein nebeneinander ruhen kann, wie wir zusammen in deines Vaters Wohnung aufgewachsen sind.«

»Ich gelobe dir alles, Bruder!« rief Achill und streckte die Hände nach dem Schattenbilde aus: da sank die Seele schwirrend zur Erde hinab wie ein Rauch. Der Held sprang bestürzt vom Lager auf, schlug die Hände zusammen und sprach jammernd: »So leben denn die Seelen wirklich noch in der Behausung des Hades, aber ach! ein besinnungsloses Leben! Diese Nacht stand ja leibhaftig vor mir des Patroklos Seele, traurig und klagend, aber ihm in allem gleich!« Dadurch erregte Achill allen Helden die Sehnsucht nach dem Toten aufs neue.

Als aber die Morgenröte anbrach, da verließen auf Agamemnons Befehl Männer und Maultiere die Lagerzelte, Meriones an ihrer Spitze: die Tiere voran, die Männer mit Äxten und Seilen ihnen folgend. Da wurden von ihnen auf den Waldhöhen des Ida die hochstämmigsten Bäume gefällt, das Holz zerschlagen und den Maultieren aufgeladen. Diese trabten damit hinab nach den Schiffen; auch die Männer schleppten Holzklötze auf den Schultern, und am Meeresstrande wurde alles in Reihen niedergelegt. Nun befahl Achill seinen Myrdmidonen, ihre Erzrüstung anzulegen, und den Reisigen, die Wagen anzuspannen. Bald setzte sich der Leichenzug in Bewegung: die Fürsten, Kämpfer und Wagenlenker, von den Rossen gezogen, voran; ein dichtes Gewölk von Fußvolk zu Tausenden hinterdrein. In der Mitte trugen den Patroklos seine Streitgenossen und Freunde; der Leichnam war ganz mit geschorenen Locken bedeckt, sein Haupt hielt Achill, der Leiche folgend, selbst in den Händen, in tiefe Trauer versenkt.

Als sie den von diesem für das Grab seines Freundes bezeichneten Ort erreicht hatten, setzten sie die Totenbahre nieder, und ein ganzer Wald von Bäumen wurde zum Scheiterhaufen herbeigebracht. Der Pelide stellte sich abgewandt vom Gerüste und schor sein braungelocktes Haar, dann schaute er in die dunkle Meeresflut und sprach: »O Spercheios, thessalischer Heimatfluß, vergebens gelobte mein Vater Peleus, ich sollte heimgekehrt dir mein Haar scheren und an deinen Quellen, wo du Hain und Altar hast, dir fünfzig Widder opfern! Du hast sein Flehen nicht gehört, Stromgott! du lässest mich nicht heimkehren. So zürne mir auch nicht, wenn ich mein Lockenhaar dem Freunde Patroklos mit in den Hades zu tragen gebe!« Mit diesen Worten legte er sein Haupthaar in die Hände des Freundes, trat zu Agamemnon und sprach: »Heiß die Völker sich einmal sättigen am Gram, o Fürst! Gebeut ihnen, sich zu zerstreuen und das Mahl einzunehmen, uns laß das Werk der Bestattung vollenden!«

Auf Agamemnons Befehl zerstreute sich das Kriegervolk zu den Schiffen, und nur die bestattenden Fürsten blieben auf der Stelle. Da fingen sie an, ein ungeheures Gerüst aus den gefällten und behauenen Baumstämmen aufzuführen, je hundert Fuß ins Gevierte. Oben darauf legten sie mit betrübten Herzen den Leichnam. Dann zogen sie eine Menge Schafe und Hornvieh vor dem Scheiterhaufen ab; die abgezogenen Leiber wurden umhergehäuft, mit dem Fette der Leichnam bedeckt, gegen die Bahre Honig und Ölkrüge gelehnt, auch vier lebendige Rosse ächzend auf das Gerüst geworfen; sodann zwei der neun Haushunde geschlachtet; endlich mit dem Schwert erwürgt zwölf tapfere trojanische Jünglinge, aus der Zahl der Gefangenen erlesen. Denn entsetzlich rächte Achill den Tod seines Freundes.

Und nun hieß er die Flamme wüten und rief, während der Holzstoß angezündet wurde, dem Toten zu: »Möge dich noch in der Unterwelt Freude begleiten, Patroklos! Was ich gelobt habe, ist vollbracht. Zwölf Opfer verzehrt die Glut. Nur den Hektor soll sie nicht verzehren; nicht der Flammen, der Hunde Raub soll er sein!« So sprach er drohend; doch die Götter fügten dieses nicht so: Tag und Nacht wehrte Aphrodite die heißhungrigen Hunde von Hektors Leichnam ab und salbte ihn mit ambrosischem Balsam voll Rosenduft, daß auch keine Spur von der Schleifung übrigblieb. Apollo zog eine dunkle Wolke über die Stelle, wo er lag, daß die Sonne sein Fleisch nicht ausdörren konnte.

Der Scheiterhaufen der Patroklos war nun zwar angezündet, aber die Glut wollte nicht lodern. Da wandte sich Achill abermals vom Gerüste, gelobte den Winden Boreas und Zephyros Opfer, spendete ihnen Wein aus goldenem Becher und flehte sie, das Holz mit raschem Hauche zum Brand anzufachen. Iris brachte den Winden die Botschaft; diese kamen mit grauenvollem Getöse über das Meer gestürmt und stürzten sich in den Scheiterhaufen. Die ganze Nacht sausten sie um das Gerüst und durchwühlten es mit Flammen, während Achill unaufhörlich aus goldnem Krug und Becher der Seele seines toten Freundes Opferspenden darbrachte. Mit der Morgenröte ruhten Winde und Flammen, und der Holzstoß fiel in Asche. In der Mitte der Kohlen lag abgesondert das Gebein des Patroklos; am äußersten Rande lagen vermischt untereinander die Gebeine der Tiere und Männer. Auf den Befehl des Peliden löschten die Helden den glühenden Schutt mit rotem Weine, sammelten unter Tränen das weiße Gebein ihres Freundes, bargen es, mit einer doppelten Lage von Fett umgeben, in eine goldene Urne und stellten diese im Zelte auf. Alsdann nahmen sie im Umkreis das Maß zu seinem Denkmal, legten rings um den abgebrannten Scheiterhaufen einen Grund von Steinen und türmten dann aufgeschüttete Erde zum Grabhügel.

Auf die Bestattung folgten die Leichenspiele zu Ehren des gefallenen Helden. Achill berief alles Griechenvolk zusammen, hieß es in weitem Kreise sich setzen und stellte Dreifüße, Becken, Rosse, Maultiere, mächtige Stiere, gefangene kunstfertige Weiber in köstlichen Gewanden, dazu lauteres Gold als verschiedene Preise auf. Zuerst kam das Wagenrennen an die Reihe. Er selbst nahm keinen Teil an diesem Kampfe; lag doch sein geliebter Wagenlenker im Grab! Dagegen erhub sich Eumelos, der Sohn Admets, der wagenkundigste Held; Diomedes, der die dem Äneas geraubten Rosse anschirrte; Menelaos mit seinem Hengste Podargos und Agamemnons Stute Aithe; dann als vierter Antilochos, der junge Sohn Nestors, dem sein Vater allerlei weise Ermahnungen für das Wettrennen erteilte; als fünfter endlich schirrte Meriones seine glänzenden Rosse an den Wagen. Alle fünf Helden bestiegen den Wagensitz, und Achill schüttelte die Lose, in welcher Ordnung sie aus den Schranken fahren sollten. Da sprang zuerst das Los des Antilochos aus dem Helme, dann kamen Eumelos, Meneleaos, Meriones, zuletzt der Tydide. Zum Kampfschauer ward der graue Phönix, der Kampfgenosse seines Vaters, von dem Peliden bestellt. Jetzt erhuben alle fünf Fürsten zumal ihre Geißel, schlugen mit den Zügeln, ermahnten die Rosse und durchstürmten das Blachfeld; dicker Staub erhob sich, wild flatterten die Mähnen der Pferde, die Wagen rollten bald tief an der Erde bald flogen sie in schwebendem Sprunge durch die Luft. Hoch standen die Lenker in den Sitzen, und jedem klopfte das Herz nach dem Sieg. Als sich die Rosse dem Ende der Laufbahn, die ans Meer grenzte, nahten, da schien jedes ganz Schnelligkeit zu sein, und alle rannten in gestrecktem Lauf. Zuvorderst sprangen die Stuten des Eumelos; über Rücken und Schultern atmete ihm schon das Hengstgespann des Tydiden, als diesem Apollo zürnend die Geißel aus den Händen stieß und so die Schnelligkeit seiner Rosse hemmte. Athene bemerkte die List, gab dem Helden die Geißel zurück und zerbrach dem Eumelos das Joch, daß die Stuten auseinandersprangen und der Lenker sich neben dem Rade verwundet auf dem Boden wälzte. Der Tydide flog vorüber; ihm zunächst Menelaos; nächst ihm trieb Antilochos seine Rosse mit scheltendem Zuruf. An einem durchwühlten Hohlwege strauchelte Menelaos, Antilochos aber fuhr kühn durch den engen Paß an ihm vorbei. Während die zuschauenden Helden Rosse und Wagen durch den Staub zu erkennen strebten und sich darüber stritten, war Diomedes, die andern immer hinter sich lassend, mit seinem von Zinn und Gold schimmernden Wagen am Ziel angekommen. Den dampfenden Rossen strömte der Schweiß vom Nacken; der Held selbst sprang vom Sitz und lehnte die Geißel ans Joch. Sein Freund Sthenelos nahm den Kampfpreis in Empfang, ein schönes Weib und einen gehenkelten Kessel, gab sie den Freunden wegzubringen und schirrte die Rosse aus. Nächst ihm kam Antilochos an und fast zu gleicher Zeit Menelaos. Speerwurfsweite davon fuhr etwas träger Meriones einher, und ganz zuletzt schleppte den versehrten Wagen mit verrenkten Gliedern Eumelos hin. Dennoch wollte diesem Achill, weil ihn unverschuldetes Unglück getroffen und er der beste Wagenlenker war, den zweiten Preis erteilen, aber Antilochos fuhr zornig auf: »Mir gehört der zweite Preis«, sprach er, »die herrliche ungezähmte sechsjährige Stute; bedauerst du jenen, so hast du Gold, Erz, Vieh, Rosse und Mägde genug im Zelte, gib ihm davon, was du willst!« Achill lächelte, sprach seinem lieben Altersgenossen das Roß zu und schenkte dem Eumelos einen herrlichen Harnisch. Aber Menelaos beschuldigte nun seinerseits den Antilochos, ihm die Rosse mit List gehindert zu haben, und sann ihm einen Eid beim Schöpfer des Rosses, Poseidon, an. Der Beschämte gestand sein Vergehen und führte die gewonnene Stute dem Atriden zu. Dies besänftigte den Zorn des Menelaos; er überließ dem Jünglinge das Roß und nahm sich den dritten Preis, das Becken. Zwei Talente Goldes als vierten Kampfpreis erhub Meriones; den übrigen fünften, einen vom Feuer noch unberührten Mischbecher mit Henkeln, überließ Achill dem Nestor als Geschenk.

Nun wurde zum Faustkampf geschritten und dem Sieger ein Maultier, dem Besiegten ein Henkelbecher bestimmt. Sogleich erhub sich ein kraftvoller, gewaltiger Mann, Epeios, der Sohn des Panopeus, faßte das Tier und rief: »Dieses ist mein, den Becher nehme, wer will! Das aber verkünde ich: der Leib wird ihm von meiner Faust zerschmettert, und die Gebeine zermalm ich ihm!« Auf diesen Gruß verstummten alle Helden, bis sich Euryalos, des Mekisteus Sohn, ihm gegürtet und kampfbereit entgegenstellte. Bald kreuzten sich ihre Arme, die Fäuste klatschten auf den Kiefern, der Angstschweiß floß ihnen von den Gliedern. Endlich versetzte Epeios seinem Gegner einen Streich auf den Backen, daß er zu Boden fiel wie ein Fisch, der aus der Welle aufs Ufergras gesprungen ist. Epeios hob ihn an den Händen empor, und seine Freunde führten ihn Blut speiend und mit hängendem Haupt aus der Versammlung.

Hierauf stellte Achill die Preise für den Ringkampf aus: dem Sieger einen großen Dreifuß, zwölf Rinder an Wert, dem Besiegten ein blühendes kunstfertiges Weib. Da umfaßten sich bald mit schmiegsamen Armen Odysseus und der große Ajax, ineinandergefugt, wie ein Zimmermann Sparren zusammgenfügt; ihr Schweiß floß, ihr Rücken knirschte, an Seiten und Schultern wurden Blutstriemen sichtbar; schon murrten die Achiver, da hub Ajax den Odysseus in die Höhe, doch dieser gab dem Gegner mit gebeugtem Knie von hinten einen Stoß, warf ihn rücklings nieder und sank ihm von oben auf die Brust; doch vermochte er ihn nur ein weniges zu bewegen, und beide rollten miteinander in den Staub. »Ihr seid beide Sieger«, rief Achill, »und ich belohne euch mit gleichem Preise.«

Für den Wettlauf ward dem Sieger ein kunstvoll gearbeiteter, sechs Maß haltender Krug von Silber bestimmt; dem nächsten Läufer ein Stier, dem dritten ein halbes Talent Goldes. Hier erhoben sich der schnelle Lokrer Ajax, Odysseus und Antilochos. Achill gab das Zeichen; voran stürmte Ajax, ihm zunächst Odysseus, wie ein Webschiff an der Brust des Weibes dahinfliegt; schon wehte sein Hauch dem Ajax im Nacken, und alle Danaer ermunterten den Eilenden. Als sie dem Ziel ganz nahe waren, flehte Odysseus im Herzen zu seiner Schützerin Athene; die schuf ihm die Glieder leicht und ließ den Lokrer über den Unrat der dem Patroklos geschlachteten Rinder straucheln, daß ihm Mund und Nase besudelt ward. Ein lautes Gelächter schallte, als Odysseus den Mischkrug und bald darauf Ajax, Kot ausspeiend, den Stier faßte. Den letzten Preis ergriff Antilochos lächelnd und sprach: »Ehre verleihen die Götter älteren Menschen, zwar ist Ajax nur weniges älter denn ich, aber er ist früheren Stammes.« »Du sollst nicht umsonst so neidlos geredet haben«, sprach Achill zu dem holden Jüngling, »ich füge deinem Preis noch ein halbes Talent Goldes hinzu.«

Und nun trug der Pelide die herrliche Lanze des Sarpedon, die Patroklos jüngst erbeutet hatte, in den Kreis und legte sie mit Schild und Helm nieder. Um sie sollten zwei der tapfersten Helden in Waffen kämpfen, die Rüstung sollten beide gemeinschaftlich erhalten und beide köstlich im Zelte des Achill bewirtet werden, der Sieger aber das thrakische Schwert des Asteropaios voll Silberbuckeln davontragen. Mit drohendem Blicke rannten der Telamonier Ajax und Diomedes gegen einander, in Waffen dreimal aufeinander losstürmend. Ajax durchstieß den Schild des Tydiden, Diomedes aber zielte nach dem Hals. Die Achiver, um Ajax besorgt, trennten die Streitenden, doch das Schwert erhielt der Tydide.

Noch wurde mit der eisernen Kugel um die Wette gestritten,

die vordem der König von Theben oft geworfen, Eëtion, welchen Achill erschlagen, Epeios schwang sie im Wirbel und warf, doch so, daß die Danaer lachten; dann Leonteus, dann der gewaltige Ajax, daß sie über das Zeichen wegflog; aber weit über alle hinaus, wie ein Hirt Stecken über seine weidenden Rinder, schleuderte sie Polypötes und trug sie als Preis davon.

Zehn Äxte und zehn Beile von bläulich schimmerndem Eisen stellte Achill den Schützen aus. An den Mast eines Schiffes wurde an dünnen Fäden eine Taube gebunden; wer die traf, sollte die Äxte haben, der Besiegte sich mit den kleineren Beilen begnügen. Um den ersten Schuß losten Teucer und Meriones. Teucers Los sprang aus dem Helm, aber durch Apollos Mißgunst verfehlte er den Vogel und durchschoß den Faden, daß die Taube sich in die Lüfte schwang. Dem verdrossen nachblickenden Teucer entriß Meriones den Bogen, legte seinen Pfeil drauf und durchschoß der Taube in der Luft den Flügel; denn er hatte in Eile dem Phöbos eine Dankhekatombe gelobt. Die Taube setzte sich verwundet auf den Mast, senkte den Hals und die Flügel, und bald fiel sie tot zur Erde nieder. Staunend jubelten die Völker; Meriones faßte die Äxte, Teucer schlich mit den Beilen davon.

Ein Speer und ein mit Blumen geziertes reines Becken ward als Preis des Speerwurfs zuletzt in den Kreis gebracht. Da stand zuerst der Völkerfürst Agamemnon auf, und Meriones nach ihm. Aber Achill sprach: »Atride, wir wissen alle aus der Schlacht, wie weit du die Helden im Speerwurf besiegest, laß drum dem Helden Meriones den Speer und nimm ohne Kampf das Becken.« Agamemnon gehorchte dem Wunsch, reichte dem Kreter die Lanze und griff nach dem Becken. Und damit hatten die Spiele ein Ende.

PRIAMOS BEI ACHILL

Als sich die versammelten Völker getrennt hatten, sättigte sich jeder mit Speise und Schlaf. Nur Achill brachte eine Nacht ohne Schlummer im Andenken an seinen bestatteten Freund hin; er legte sich bald auf die Seite, bald auf den Rücken, bald aufs Angesicht; dann stand er plötzlich auf und schweifte am Meeresufer umher. Am frühen Morgen spannte er seine Rosse ins Joch, befestigte den Leichnam Hektors am Wagensitz und schleifte ihn dreimal um das Denkmal des Patroklos; aber Apollo deckte diesen mit dem goldenen Schirm seiner Ägide und sicherte den Leib vor allen Entstellungen. Achill verließ den Leichnam, in den Staub auf das Antlitz gestreckt. Das erbarmte die seligen Götter im Olymp, mit Ausnahme Heras, und Zeus beschickte die Mutter des Peliden, Thetis; er befahl ihr, schleunig zum Heere zu gehen und dem Sohne zu verkündigen, daß den Göttern insgesamt und Zeus selbst das Herz vor Zorn glühe, weil er Hektors Leib ohne Lösung bei den Schiffen zurückhalte. Thetis gehorchte, ging in das Zelt des Sohnes, setzte sich nahe zu ihm, und sanft mit der Hand ihn streichelnd, sprach sie: »Lieber Sohn, wie lange willst du mit Gram und Seufzern dir das Herz abzehren, des Schlafs und der Nahrung vergessen? Es wäre gut, wenn du dich der Freude des Lebens wieder zuwendetest, denn du wirst mir ja doch nicht lange mehr auf Erden einhergehen, und das grausame Verhängnis lauert schon an deiner Seite. Höre denn die Worte des Zeus, die ich dir melde: Er und alle Götter zürnen dir, daß du Hektors Leiche mißhandelst und bei den Schiffen zurückhältst. Wohlan, entlaß ihn, mein Sohn, gegen reiche Lösung.« Achill schaute auf, sah der Mutter ins Gesicht und sprach: »So sei es; was Zeus und der Rat der Himmlischen gebieten, muß geschehen. Wer mir die Lösung bringt, soll den Leichnam empfangen.«

Zur selben Zeit schickte Zeus die schnelle Götterbotin Iris in die Stadt des Priamos mit seinen Aufträgen. Diese fand, dort angekommen, nichts als Geheul und Wehklage. Im Vorhofe saßen um den Vater im Kreise die Söhne, sich die Gewande feucht weinend; in der Mitte der Greis, straff in den Mantel gehüllt, Staub auf Nacken und Haupt gestreut. In den Wohnungen lagen Töchter und Schwiegertöchter auf den Knien und jammerten um die gemordeten Helden. Da trat plötzlich die Botin von Zeus vor den König und begann mit leiser Stimme, daß ihm ein Schauer durch die Glieder fuhr: »Fasse dich, Sohn des Dardanos, verzage nicht; ich habe dir kein übles Wort zu verkündigen. Zeus erbarmt sich deiner: er gebietet dir, zu Achill zu gehen und ihm Geschenke darzubringen, womit du den Leichnam deines Sohnes lösen sollst. Du allein sollst gehen, von keinem andern Trojaner begleitet als von einem der älteren Herolde, der dir den Wagen mit den Maultieren lenken und dich mit dem Toten wieder zur Stadt zurückführen kann. Fürchte weder Tod noch einen andern Schrecken; Zeus gesellt dir den mächtigen Argoswürger Hermes zum Schutze zu, daß er dich geleite, zum Peliden führe und auch dort beschirme. Doch ist Achill selbst ja nicht vernunftlos und kein blinder Frevler; er wird von selbst des Flehenden schonen und alles Leid von dir abwehren.«

Priamos vertraute den Worten der Göttin, befahl seinen Söhnen, den Wagen mit dem Maultiergespanne zu rüsten, und stieg dann in die duftige, mit Zedernholz getäfelte Kammer hinab, in welcher viel Kostbarkeiten aufbewahrt lagen. Dorthin berief er seine Gemahlin Hekabe und sprach zu ihr: »Armes Weib, wisse, daß mir Botschaft von Zeus kam: ich soll zu Achill nach den Schiffen wandeln, sein Gemüt mit Geschenken versöhnen und den Leichnam unseres lieben Sohnes Hektor einlösen. Wie deucht dir solches in deinem Herzen? Mich selbst, ich berge dir es nicht, drängt ein heftiger Trieb, nach den Schiffen zu gehen.« So sprach der Greis; aber seine Gemahlin erwiderte ihm schluchzend: »Wehe mir, Priamos, wohin ist dir dein einst so gepriesener Verstand entflohen? Welch ein Gedanke: du, der Greis, allein zu den Schiffen der Danaer zu wandeln und dem Manne vor Augen zu treten, der dir so viel tapfere Söhne erschlagen hat! Meinst du, der Falsche, Blutgierige werde Mitleid mit dir haben, wenn er dich erblickt? Viel besser, wir beweinen ihn fern, zu Hause, ihn, dem das Geschick schon bei der Geburt bestimmt hat, von den Hunden verzehrt zu werden!« »Halte mich nicht«, antwortete Priamos entschlossen, »werde mir nicht selbst im Hause zum drohenden Unglücksvogel; und erwartete mich auch der Tod bei den Schiffen: der Wüterich mag mich ermorden, wenn ich nur, mein Herz mit Tränen sättigend, den geliebten Sohn in den Armen halten darf.« Unter diesen Worten schlug er den Deckel von den Kisten und wählte zwölf köstliche Feiergewande, zwölf Teppiche, ebensoviel Leibröcke und prächtige Mäntel aus. Dann wog er zehn Talente Goldes dar, erlas weiter vier schimmernde Becken, zwei Dreifüße; ja selbst einen köstlichen Becher, den ihm die Thrakier geschenkt hatten, als er zu ihnen auf Gesandtschaft kam, sparte der Greis nicht. So begierig war er, seinen trautesten Sohn zu lösen! Dann scheuchte er sämtliche Trojaner, die ihn aufhalten wollten, aus der Halle und bedrohte sie: »Ihr Nichtswürdigen, habt ihr nicht Gram im Hause genug, daß ihr herkommet, um auch mich zu bekümmern? Achtet ihr es für etwas Kleines, daß Zeus den Jammer über mich verhängte, meinen tapfersten Sohn zu verlieren? Doch ihr werdet's schon erfahren. Möchte nur ich in den Hades hinuntergehen, eh ich die Trümmerhaufen eurer Stadt schaue!« So scheuchte er sie mit dem Stabe hinaus; dann rief er scheltend seine Söhne: »Ihr Schändlichen, Untüchtigen, lägt ihr mir doch alle an Hektors Statt getötet bei den Schiffen! Alle Guten sind tot, nur die Schandflecke sind übrig, Lügner, Gaukler, Reigentänzer, die im Fette des Volkes schwelgen! Werdet ihr mir nicht sogleich den Wagen ausrüsten und alles dieses in den Korb hineinlegen, damit ich meinen Weg vollenden kann?« Erschrocken gehorchten die Söhne dem murrenden Vater, führten die Maultiere vor den Lastwagen und luden die Lösegeschenke auf. Alsdann spannten sie auch die sorglich gepflegten Rosse an den Wagen des Priamos, und der greise Herold, der ihn begleiten sollte, war auf der Stelle. Mit bekümmertem Herzen reichte Hekabe dem König den goldenen Becher zum Opfertrank; die Schaffnerin nahte ihm mit Waschgefäß und Kanne, und als Priamos sich die Hände mit lauterem Wasser besprengt, empfing er den Becher, stellte sich in die Mitte des Hofes, spendete vom Weine und betete mit erhobener Stimme zu Zeus: »Vater Zeus, Herrscher vom Ida, laß mich Barmherzigkeit und Gnade vor Peleus' Sohn finden! Gib mir auch ein Zeichen, daß ich getrost zu den Schiffen der Danaer gehen kann!« Kaum hatte er ausgesprochen, so stürmte mit ausgebreiteten Fittichen ein schwarzgeflügelter Adler rechts her über die Stadt. Alle Trojaner sahen es mit Wonne, und der Greis schwang sich voll Zuversicht in den Wagensitz. Vor ihm her zogen die Maultiere den schwerbepackten vierrädrigen Wagen, den der Herold Idaios lenkte. Hinter diesem trieb der Greis mit der Geißel sein Rossegespann an; die Seinigen aber folgten ihm alle wehklagend, als ob es zum Tode ginge. Als die Wagen draußen vor der Stadt waren und Priamos und der Herold am Denkmale des alten Königs Ilos vorbeieilten, hielten sie mit beiden Wagen ein wenig, um die Rosse und Maultiere unten am Strome zu tränken. Der Abend war eingebrochen, und das Gefilde lag rings in Dämmerung. Da bemerkte Idaios ganz in der Nähe die Gestalt eines Mannes, und erschrocken sprach er zu Priamos: »Merk auf, Herr, hier gilt's Besonnenheit! Sieh den Mann dort; ich fürchte, er steht auf der Lauer und sinnt auf unsern Tod. Wir sind unbewaffnet, dazu Greise; laß uns entweder umkehren und schnell in die Stadt zurückfliehen oder seine Knie umfassen und ihn um Erbarmung flehen.« Den Greis durchfuhr ein banger Schauer, und seine Haare sträubten sich. Jetzt näherte sich die Gestalt; es war aber kein Feind, sondern der Abgesandte des Zeus, Hermes, der Bringer des Heiles, welcher auserwählte Sterbliche auf ihren Wegen zu begleiten hat. Dieser faßte die Hand des Königes, ohne daß er ihn erkannte, und sprach: »Vater, wohin lenkst du in tiefer Nacht, wo andere Sterbliche schlafen, deine Rosse und Maultiere? Fürchtest du dich denn gar nicht vor den erbitterten Argivern? Wenn dich einer von ihnen so viel köstliche Habe durchs Dunkel führen sähe, wie würde dir wohl zumute werden? Sorge jedoch nicht, daß ich dir etwas zuleide tue; vielmehr möchte ich dich auch vor andern beschirmen, gleichst du doch meinem lieben Vater an Gestalt! Aber sage mir, führst du soviel auserlesene Güter flüchtend nach einem fremden Lande? Oder verlasset ihr alle bereits Troja, nachdem ihr den tapfersten Mann verloren habt, der keinem Griechen an Mute wich?« Priamos schöpfte leichter Atem und antwortete: »Wahrlich, jetzt sehe ich, daß die Hand eines Gottes mich beschirmt, da mir ein so liebreicher und verständiger Gefährte auf meinem Weg begegnet, der so schön vom Tode meines Sohnes redet. Aber wer bist du, mein Guter, und welcher Eltern Kind?« »Mein Vater heißt Polyktor«, antwortete Hermes, »ich bin von sieben Söhnen der letzte, ein Myrmidone und Genosse des Achill; daher ich denn oft mit meinen Augen deinen Sohn kämpfen und die Argiver zu den Schiffen treiben sah, während wir bei unserm zürnenden Herrn standen und jenen aus der Ferne bewunderten.« »Wenn du ein Genosse des schrecklichen Peliden bist«, fragte Priamos jetzt voll Ungeduld, »o so verkündige mir, ob mein Sohn noch bei den Schiffen ist oder ob Achill ihn schon, in Stücke zerhauen, den Hunden vorgeworfen hat!« »Nein«, antwortete Hermes, »er liegt noch im Zelte des Achill, von Moder unberührt, obgleich schon der zwölfte Morgen verflossen ist und der Held ihn mit jedem Sonnenaufgang ohne Mitleid um das Grab seines Freundes schleift. Du würdest dich selbst verwundern, wenn du sähest, wie frisch und tauig er daliegt, vom Blute gereinigt, alle Wunden geschlossen. Selbst im Tode pflegen die Götter noch seiner.« Voll Freude langte Priamos den herrlichen Becher hervor, den er bei sich im Wagen liegen hatte. »Nimm ihn«, sprach er, »verleih mir deinen Schutz dafür und geleite mich zum Zelte deines Herrn.« Hermes, als scheute er sich, ohne Achills Wissen Geschenke zu nehmen, wies die Gabe ab, schwang sich jedoch zu dem Helden in den Wagen, ergriff Zaum und Geißel, und bald hatten sie Graben und Mauer erreicht. Hier fanden sie die Hüter eben mit dem Nachtmahle beschäftigt. Doch ein Wink des Gottes versenkte sie in tiefen Schlaf, und ein Druck seiner Hand schob den Riegel vom Tore. So gelangte Priamos mit seinem Lastwagen glücklich vor die Lagerhütte des Peliden, die hoch aus Balken gebaut und mit Schilf bedeckt, auch mit einem geräumigen Hofe umgeben war, den eine dichte Reihe von Pfählen umschloß. Nur ein einziger tannener Riegel verschloß die Pforte, aber so schwer, daß nur drei starke Griechen ihn vor- oder zurückschieben konnten; nur Achill selbst brauchte keine Beihilfe dazu. Jetzt aber öffnete Hermes das Tor ohne Mühe, stieg vom Wagen, gab sich als Gott zu erkennen und verschwand, nachdem er dem Greis geraten, des Helden Knie zu umfassen und ihn bei Vater und Mutter zu beschwören.

Priamos sprang jetzt auch vom Wagen und übergab dem Idaios Rosse und Maultiere. Er selbst ging geraden Weges auf die Wohnung zu, wo Achill saß. Er traf ihn zu Hause, getrennt von den Seinigen, nur von den Helden Atomedon und Alkimos bedient, eben von der Mahlzeit ruhend, und die Tafel stand noch vor ihm. Unbemerkt trat der erhabene Greis ein, eilte auf den Peliden zu, umschlang seine Knie, küßte ihm die Hände, die entsetzlichen, die ihm so viele Söhne gemordet hatten, und sah ihm ins Antlitz. Staunend betrachteten ihn Achill und seine Freunde, da fing der Greis an zu flehen: »Göttergleicher Achill, gedenke deines Vaters, der alt ist wie ich, vielleicht auch bedrängt von feindlichen Nachbarn, in Angst und ohne Hilfe wie ich. Doch bleibt ihm von Tag zu Tag die Hoffnung, seinen geliebten Sohn von Troja heimkehren zu sehen. Ich aber, der ich fünfzig Söhne hatte, als die Argiver herangezogen kamen, und davon neunzehn von einer Gattin, bin der meisten in diesem Kriege beraubt worden, und zuletzt durch dich des einzigen, der die Stadt und uns alle zu beschirmen vermochte. Darum komme ich nun zu den Schiffen, ihn, meinen Hektor, von dir zu erkaufen, und bringe unermeßliches Lösegeld. Scheue die Götter, Pelide, erbarme dich mein, gedenke deines eigenen Vaters! Ich bin des Mitleids noch werter: dulde ich doch, was noch kein Sterblicher geduldet hat, und drücke die Hand an die Lippe, die meine Kinder mir getötet.« So sprach er und erweckte dem Helden sehnsüchtigen Gram um seinen Vater, daß er den Aeten sanft bei der Hand anfaßte und zurückdrängte. Da gedachte der Greis seines Sohnes Hektor, wand sich zu den Füßen des Peliden und fing laut an zu weinen; Achill aber weinte bald über seinen Vater, bald über seinen Freund, und das ganze Zelt erscholl von Jammertönen. Endlich sprang der edle Held vom Sessel empor, hub den Greis voll Mitleid mit seinem grauen Haupt und Bart, an der Hand auf und sprach: »Armer, fürwahr, viel Weh hast du erduldet, und jetzt, welch ein Mut so allein zu den Schiffen der Danaer zu wandeln und einem Manne vor die Augen zu treten, der dir so viele und so tapfere Söhne erschlagen hat! Du mußt ja ein eisernes Herz im Busen tragen! Aber wohlan, setz dich auf den Sessel, laß uns den Kummer ein wenig beruhigen, sosehr er uns von Herzen geht; wir schaffen ja doch nichts mit unserer Schwermut. Das ist nun einmal das Schicksal, das die Götter den elenden Sterblichen bestimmt haben, Gram zu erdulden, während sie selbst ohne Sorge sind. Denn zwei Fässer stehen an der Schwelle von Zeus' Behausung, das eine voll Gaben des Unglücks, das andere voll Gaben des Heils. Wem der Gott vermischt austeilt, den trifft abwechselnd bald ein böses, bald ein gutes Los; wem er nur Weh austeilt, den stößt er in Schande, der wird von herzzerfressender Not über die Erde hin verfolgt. So schenkten die Götter dem Peleus zwar herrliche Gaben: Habe, Macht, ja selbst eine Unsterbliche zur Gattin; doch hat ihm ein Himmlischer auch Böses gegeben, denn ihm ward ein einziger Sohn, der frühe hinwelken wird, der des Alternden so gar nicht pflegen kann; denn hier in weiter Ferne sitze ich vor Troja und betrübe dich und die Deinigen. Auch dich, o Greis, priesen die Völker vormals glückselig, jetzt aber haben die Olympischen dir dieses Leid gesandt, und seitdem tobt nur Schlacht und Mord um deine Mauern. So duld es denn und jammere nicht unablässig, du kannst deinen edlen Sohn doch nicht wieder aufwecken!«

Da antwortete Priamos: »Heiß mich nicht sitzen, Liebling des Zeus, solange Hektor noch unbeerdigt in deinem Zelte liegt. Erlaß ihn mir eilig, denn mich verlangt, ihn zu schauen. Freue dich der reichlichen Lösung, schone meiner und kehre heim in dein Vaterland!«

Achill runzelte die Stirn bei diesen Worten und sprach: »Reize mich nicht mehr, o Greis! Ich selbst ja beabsichtige, dir Hektor zu erlassen, denn meine Mutter brachte mir Zeus' Botschaft; auch erkenne ich wohl im Geiste, daß dich selbst, o Priamos, zu unsern Schiffen ein Gott geführt hat. Denn wie sollte dies ein Sterblicher, und wäre es der kühnste Jüngling, wagen, wie unsern Wächtern entschlüpfen, wie die Riegel der Tore zurückschieben? Darum errege mir mein trauriges Herz nicht noch mehr, ich möchte sonst Zeus' Befehl vergessen und deiner nicht schonen, o Greis, so demütig du flehst!«

Zagend gehorchte Priamos. Achill aber sprang wie ein Löwe aus der Pforte und ihm nach seine Genossen. Vor dem Zelte spannten sie die Tiere aus dem Joch und führten den Herold herein. Dann huben sie die Lösegeschenke vom Wagen und ließen nur zwei Mäntel und einen Leibrock zurück, um damit die Leiche Hektors anständig zu verhüllen. Dann ließ Achill, fern und ungesehen vom Vater, den Leichnam waschen, salben und bekleiden. Achill selbst legte ihn auf ein unterbreitetes Lager; rief, während die Freunde den Toten auf den mit Maultieren bespannten Wagen hoben, den Namen seines Freundes an und sprach: »Zürn' und eifre mir nicht, Patroklos, wenn du etwa in der Nacht der Unterwelt vernimmst, daß ich Hektors Leiche seinem Vater zurückgebe! Er hat kein unwürdiges Lösegeld gebracht, und auch dir soll dein Anteil davon werden!«

Nun kehrte er zurück ins Zelt, setzte sich dem Könige wieder gegenüber und sprach: »Sieh, dein Sohn ist jetz gelöst, o Greis, wie du es gewünscht hast; er liegt in ehrbare Gewande eingehüllt. Sobald der Morgen sich rötet, magst du ihn schauen und davonführen. Jetzt aber laß uns der Nachtkost gedenken; du hast noch Zeit genug, deinen lieben Sohn zu beweinen, wenn du ihn zur Stadt gebracht hast, denn wohl verdient er viele Tränen.« So sprach der Held, erhub sich wieder vom Sitz, eilte hinaus und schlachtete ein Schaf. Seine Freunde zogen die Haut ab, schnitten das Fleisch in Stücke und brieten es sorgfältig am Spieße. Dann setzten sie sich zu Tische: Automedon verteilte in zierlichen Körben das Brot, Achill das Fleisch, und alle sättigten sich nun mit Speise und Tranke. Staunend betrachtete Priamos Wuchs und Gestalt seines edlen Wirtes, denn er glich den Unsterblichen. Aber auch Achill staunte vor Priamos, wenn er ihm in das Angesicht voll Würde schaute und die weise Rede des Greisen vernahm. Als nun das Mahl vorüber war, sprach Priamos: »Bette mich jetzt, edler Held, daß wir uns am erquickenden Schlaf sättigen; denn seit mein Sohn gestorben ist, haben sich meine Augenlider nicht mehr geschlossen, und das erste Mal habe ich Fleisch und Wein gekostet.«

Sofort befahl Achill seinen Genossen und den Mägden, ein Bett unter die Halle zu stellen, mit Purpurpolstern zu belegen, Teppiche darüber zu breiten und zottige Mäntel als Decken darauf. So wurde jedem der Fremdlinge ein gesondertes Lager bereitet; und nun sprach Achill freundlich: »Lagere dich jetz draußen, lieber Greis, es möchte dich einer der Danaerfürsten, die sich beständig in meinem Zelte zum Rat versammeln, durchs Dunkel hinschleichen sehen und es dem Völkerhirten Agamemnon melden. Der aber könnte dir den Leichnam streitig machen. Jetzt sage mir aber auch noch: wieviel Tage gedenkst du auf die Bestattung deines edlen Sohnes zu verwenden? Damit ich so lange ruhe und auch das Volk von jedem Angriff abhalte.« »Wenn du mir es vergönnst«, antwortete Priamos, »meinem Sohne eine Leichenfeier zu halten, so gestatte mir deine Güte elf Tage. Du weißt, wir sind in die Stadt eingeschlossen und müssen das Holz fern im Gebirge holen. So brauchen wir neun Tage zur Vorbereitung, am zehnten möchten wir ihn bestatten und das Totenmahl feiern, am eilften ihm einen Ehrenhügel auftürmen; am zwölften Tage, wenn es so sein muß, wollen wir wieder kämpfen.« »Auch dieses geschehe, wie du begehrst«, erwiderte Achill; »ich werde das Heer so lange zurückhalten, als du gefordert.« So sprechend, faßte er die Rechte des Greises am Knöchel, um seinem Herzen alle Furcht zu benehmen. Dann entließ er ihn zum Schlafe und legte sich selbst im innersten Raume seines Zeltes nieder.

Während so alles schlief, blieb Hermes der Gott schlummerlos und erwog im Geiste, wie er den König Trojas, von den Wächtern ungesehen, aus den Schiffen zurückführen möchte. Deswegen trat er zu dem Haupte des schlummernden Greises und sprach zu ihm: »Alter, du schläfst fürwahr sehr unbesorgt bei feindlichen Männern, nachdem dich alles verschont hat. Es ist wahr, du hast den Sohn teuer gelöst; aber wenn Agamemnon und die Griechen es wüßten, so müßten deine Söhne daheim dich, den Lebenden, mit dreimal größerem Lösegeld auskaufen!« Der Greis erschrak und weckte den Herold; Hermes selbst spannte ihnen Rosse und Mäuler ein und schwang sich zu dem König in den Wagen; Idaios lenkte die Maultiere mit dem Leichnam. So fuhren sie unbemerkt durch das Heer und hatten bald das griechische Lager hinter sich.

HEKTORS LEICHNAM IN TROJA

Hermes begleitete den König bis an die Furt des Skamander. Dort schied er aus dem Wagen und entflog zum hohen Olymp. Priamos und der Herold aber trieben seufzend und wehklagend die Rosse mit dem Wagen des Königes und die Maultiere mit dem Leichnam in die Stadt. Es war früher Morgen, alles lag noch im Schlummer, und niemand sah sie herankommen; nur Kassandra hatte die Burg von Pergamos erstiegen und erschaute von ferne ihren Vater im Wagensitze stehend, den Herold mit dem Maultierwagen und in diesem auf Gewanden ausgestreckt den Leichnam. Da begann sie laut zu wehklagen und rief, daß es in der stillen Stadt widerhallte: »Schaut doch hin, ihr Troer und ihr Troerinnen, dort kommt ja Hektor, ach nur der tote Hektor!

Habt ihr euch jemals des Lebenden erfreut, wenn er siegreich aus der Feldschlacht zurückkehrte, so begrüßt jetzt auch den Gestorbenen!« Auf ihren Ruf blieb kein Mann und kein Weib in der Feste; denn aller Herzen durchdrang eine grenzenlose Trauer. Am Tore begegneten Männer und Frauen, voran die Mutter und die Gattin Hektors, dem Führer des Leichenwagens; jene beiden rauften ihr Haar aus, stürzten sich auf den Wagen und legten ihre Hände auf das Haupt des Erschlagenen; die Menge umringte sie in Tränen, und sie hätten den Wagen mit ihrem Wehklagen bis zum Abend aufgehalten, wenn nicht Priamos von seinem Wagensitz zu dem Volke geredet hätte: »Macht Platz und laßt die Maultiere hindurchgehen; wenn ich ihn ins Haus geführt, möget ihr euch satt weinen!« Auf seinen Ruf wichen die Volkshaufen ehrfurchtsvoll dem Wagen.

Sobald die Leiche am Palaste des Königes angekommen war, wurde sie auf ein schönes Gestell gelegt und Sänger zugeordnet, welche mit kläglichen Lauten den Trauergesang unter dem Nachseufzen der Weiber anstimmten. Vor allen klagte die Fürstin Andromache, die noch in der Blüte ihres Lebens, vor dem Leichname stand und sein Haupt in ihren Händen hielt. »Herrlicher Gatte«, rief sie, »so verlorst du dein Leben und lässest mich als Witwe hier im Palaste und mit mir unser unmündiges Kind. Ach, schwerlich blüht dieses wohl zum Jünglinge heran! Denn vorher noch wird Troja zerstört, da du, der Stadt Verteidiger, starbest, du Schutz der züchtigen Frauen und der stammelnden Kinder! Bald werden diese nun gefangen zu den Schiffen hinweggeführt, und ich mitten unter ihnen. Du aber, mein trauter Astyanax, wirst Schmach und Arbeit unter einem grausamen Fronherrn mit deiner Mutter teilen. Oder es faßt dich ein Grieche am Arm und schmettert dich vom Turme herab, weil dein Vater Hektor ihm Bruder, Vater oder Sohn getötet; denn freilich schonte dein Vater auch nicht, wo es die Entscheidung galt: deswegen wehklagen auch jetzt die Völker um ihn ringsumher in der Burg. Unaussprechlichen Gram hast du deinen Eltern bereitet, Hektor, endlose Verzweiflung mir selbst. Nicht von dem Sterbelager hast du die Hand mir gereicht, nicht ein Abschiedswort voll Weisheit mir zugerufen, dessen ich Tag und Nacht unter Tränen der Wehmut gedenken könnte!«

Nach Andromache erhub Hekabe, die Mutter, klagend ihre

Stimme. »Hektor, o du mein Herzenskind, wie lieb warest du selbst den Göttern, die deiner auch beim bittersten Tode nicht vergessen haben. Mit dem Schwert getötet und geschleift, ruhest du doch so frisch in unserm Hause, als hätte dich das linde Geschoß Apollos vom silbernen Bogen unversehens hingestreckt.« So sprach sie sich selber tröstend und vergoß eine Flut von Tränen. Jetzt nahm auch Helena das Wort. »Hektor«, klagte sie, »du, mir lieber als alle Brüder meines Mannes; zwanzig Lebensjahre sind mir entflohen, seit mich Unglückselige Paris gen Troja geführt hat, und nie in dieser langen Zeit hörte ich auch nur ein Wörtlein im Bösen von dir. Zwar König Priamos war immer auch milde gegen mich wie ein Vater, aber wenn ein anderer im Hause, Bruder oder Schwester des Gatten, seine Mutter oder eine Schwägerin, mich hart anließ, die besänftigtest du immer, und dein freundliches Herz redete mir zugut. In dir ist mein Tröster und Freund gestorben; mit Abscheu werden sich jetz alle von mir abwenden!«

So sprach sie unter Tränen, und das zahllos versammelte Volk seufzete. Da rief Priamos über das Gedränge hin: »Jetzt, ihr Trojaner, bringet Holz für den Scheiterhaufen zur Stadt her und besorget nicht, daß etwa ein Hinterhalt der Danaer auf euch laure. Der Sohn des Peleus, als er mich von den Schiffen entließ, hat mir verheißen, uns keinen Schaden zu tun, bis der zwölfte Morgen gekommen wäre.«

Die Völker gehorchten; schnell wurden Lastwagen mit Stieren und Maultieren bespannt, und alles versammelte sich vor der Stadt. Neun Tage lang führten sie Holz, eine ganze Waldung, herbei; am zehnten Morgen wurde die Leiche Hektors unter lauten Wehklagen hinausgetragen, auf das hohe Scheitergerüst niedergelegt und dieses in Flammen gesetzt. Das ganze Volk stand um den brennenden Holzstoß versammel; als er niedergebrannt war, löschten sie den glimmenden Schutt mit Wein, und die Brüder und Streitgenossen des Verstorbenen lasen das weiße Gebein unter Tränen aus der Asche zusammen. Mit weichen Purpurgewanden umhüllt, ward es in ein goldenes Kästchen gelegt und in die hohle Gruft gesenkt. Dichte Quadern verschlossen diese, dann wurde der Grabhügel aufgeschüttet, und ringsum saßen Späher, damit nicht ein plötzlicher Überfall der Griechen sie störte. Als die Erde aufgeschüttet war, zog alles

Volk in die Stadt zurück, und im Königshause des Priamos wurde das feierliche Totenmahl begangen.

PENTHESILEA

Nach Hektors Bestattung hielten sich die Trojaner wieder hinter den Mauern ihrer Stadt, denn sie fürchteten sich vor der Kraft des unbändigen Peleussohnes und scheuten sich, in seine Nähe zu kommen, wie sich Stiere sträuben, dem Lager eines entsetzlichen Waldlöwen zu nahen. In der Stadt herrschte Trauer und Klage über den Verlust ihres edelsten Bürgers und mächtigsten Beschützers, und der Jammer war so groß, als wenn Troja schon von den Flammen der Eroberer verzehrt würde.

In dieser trostlosen Lage erschien den Belagerten eine Hilfe, von wannen sie nicht erwartet worden war. Vom Thermodonstrome, in der kleinasiatischen Landschaft Pontus, kam mit einem kleinen Haufen von Heldinnen die Amazonenkönigin Penthesilea herangezogen, die Trojaner zu unterstützen. Es trieb sie zu dieser Unternehmung teils die männliche Lust an Kriegsgefahren, die diesem Weibervolke eigen ist, teils eine unfreiwillige Blutschuld, die ihr auf dem Herzen lastete und wegen der sie in ihrem Vaterlande übel angesehen war. Sie hatte nämlich auf einer Jagd, als sie nach einem Hirsch mit ihrem Speere zielte, ihre eigene geliebte Schwester Hippolyte mit dem Wurfgeschosse getötet. Nun begleiteten sie die Rachegöttinnen auf allen Pfaden, und kein Opfer hatte dieselben bis auf diese Stunde versöhnen können. Diesen Qualen hoffte sie am ehesten durch einen den Göttern wohlgefälligen Kriegszug zu entgehen, und so brach sie mit zwölf auserlesenen Genossinnen gen Troja auf, die alle gleich ihr nach Krieg und Männerkämpfen dürsteten. Doch gegenüber ihrer Königin Penthesilea erschienen selbst diese herrlichen Jungfrauen nur wie Sklavinnen. Wie unter den Sternen der Mond am Himmel hervorstrahlt, so überragte an Glanz und Schönheit die Fürstin alle ihre Dienerinnen. Sie war herrlich wie die Göttin der Morgenröte, wenn sie von den Horen umgeben aus den Höhen des Olympos zum Rande der Erde herniederfährt.

Als die Trojaner von den Mauern herab an der Spitze ihrer Jungfrauen die zarte und doch gewaltige Königin in Panzer und Schienen von Erz gehüllt, einer Göttin ähnlich, einherschreiten sahen, strömten sie von allen Seiten voll Bewunderung herbei und konnten sich, als die Jungfrauenschar näher heranzog, an der Schönheit ihrer Fürstin mit Blicken nicht genug ersättigen; denn in ihren Zügen war das Schreckliche wunderbar mit dem Lieblichen verbunden: ein holdseliges Lächeln schwebte auf ihren Lippen, und wie Sonnenstrahlen leuchteten unter langen Wimpern ihre lebensvollen Augen; ihre Wangen bedeckte eine sittsame Röte, und über das ganze Antlitz verbreitete sich mädchenhafte Anmut, beseelt von kriegerischem Feuer. So betrübt das Volk Trojas vorher gewesen war, so fröhlich jauchzte es jetzt bei diesem Anblicke. Selbst das trauernde Herz des Königes Priamos wurde wieder etwas freudiger gestimmt, und als er die herrliche Penthesilea ansah, da wurde ihm zumute wie einem Halbverblendeten, dem ein wohltätiger Lichtstrahl ins kranke Auge dringt. Aber seine Freude war nur mäßig und gedämpft durch die Erinnerung an den Verlust soviel trefflicher, nicht minder schöner Söhne. Doch führte er die Königin in seine Wohnung ein, ehrte sie wie eine eigene Tochter und bewirtete sie aufs köstlichste. Die auserlesensten Geschenke wurden für sie auf sein Geheiß herbeigebracht, und noch mehrere versprach er ihr für die Zukunft, wenn es ihr glücken sollte, die Trojaner der Gefahr zu entreißen. Die Amazonenkönigin aber erhub sich von dem Ehrenstuhl, auf dem sie Platz genommen, und vermaß sich eines Schwures, der noch keinem Sterblichen in den Sinn gekommen war; sie verhieß dem Könige den Tod des göttergleichen Achill: ihn und alle Scharen der Argiver wollte sie vertilgen, und ihr Feuer sollte alle feindlichen Schiffen fressen! So schwur die Törin, welche den lanzenschwingenden Helden und seinen furchtbaren Arm noch nicht kannte. Als Andromache, Hektors trauernde Witwe, dieses Versprechen mit anhörte, da dachte sie bei sich selber: ›O du Arme, du weißt nicht, was du gesprochen hast und wessen du dich im Stolze vermissest! Wie sollte dir die Kraft zu Gebote stehen, die zum Kampfe mit dem männermordenden Helden erforderlich ist? Bist du von Sinnen,

Verlorene, und siehest das Ziel des Todes nicht, vor dem du jetzt schon stehest? Schauten doch auf meinen Gatten Hektor, wie auf einen Gott, alle Trojaner hin, und doch hat der Speer des Peliden seinen Hals durchbohrt! O möchte mich die Erde verschlingen!‹

So dachte Andromache bei sich. Indessen war der Tag zu Ende gegangen, und nachdem die Heldinnen sich vom Zuge erholt und mit Speise und Trank gelabt hatten, wurde der Fürstin und ihren Begleiterinnen von den Dienstmägden des Palastes ein behagliches Lager bereitet, auf welchem Penthesilea bald in einen tiefen Schlummer sank. Da nahete ihr auf Athenes Befehl ein verderbliches Traumbild. Ihr eigener Vater erschien ihr im Schlafe und drang in sie, den Kampf mit dem schnellen Achill zu beginnen. Der Jungfrau, wie sie das täuschende Gesicht erblickte, schlug das Herz im Busen, und sie hoffte noch am heutigen Tage das Ungeheure zu vollführen. Erwacht, sprang sie vom Lager und legte sich die schimmernde Rüstung, die ihr Ares selbst geschenkt hatte, um die Schultern, paßte sich die goldenen Schienen an, umhüllte sich mit dem strahlenden Panzer und warf das Wehrgehäng, an welchem in einer Scheide von Silber und Elfenbein das mächtige Schwert hing, sich über die Achsel. Dann nahm sie ihren Schild, welcher schimmerte wie der Mond, wenn er aus dem Spiegel des Meeres aufsteigt, und setzte den Helm aufs Haupt, von dem eine goldgelbe Mähne herabfloß. In die Linke nahm sie zwei Speere, und in die Rechte eine zweischneidige Axt, welche ihr einst die verderbliche Göttin der Zwietracht als Kriegswaffe geschenkt hatte. Als sie so in der blinkenden Rüstung zum Palaste hinausstürmte, glich sie einem Blitzstrahle, den die Hand des Zeus vom Olymp auf die Erde herabschleudert.

Jauchzend vor Lust eilte sie zu den Mauern der Stadt hinaus und ermunterte die Trojaner zum rühmlichen Kampfe. Auf ihren Ruf versammelten sich auch sogleich die tapfersten Männer, die vorher dem Achill nicht mehr entgegenzugehen gewagt hatten. Penthesilea selbst aber schwang sich im Drange der Kriegslust auf ein schönes, schnellfüßiges Pferd, ein Geschenk der Gemahlin des thrakischen Königes Boreas, das so rasch flog wie die Harpyien. Auf diesem Rosse jagte sie hinaus aufs Schlachtfeld und alle ihre Jungfrauen, gleichfalls zu Rosse ihr nach. Ganze Scharen troischen Volkes begleiteten sie. König

Priamos, der im Palaste zurückblieb, hob seine Hände gen Himmel und betete zu Zeus: »Höre, o Vater, und laß Achajas Scharen am heutigen Tage vor der Tochter des Ares in den Staub sinken, sie selbst aber glücklich in meinen Palast zurückkehren. Tue es deinem gewaltigen Sohne Ares zu Ehren; tu es ihr selbst zu Liebe, die einem Gotte entstammt und euch unsterblichen Göttern so ähnlich ist; tu es auch um meinetwillen, der ich so vielfach gelitten, so viele schöne Söhne unter den Händen der Griechen habe dahinsinken sehen! Tu es, solange noch vom edeln Blute des Dardanos etwas übrigbleibt und die alte Stadt Troja noch unzerstört ist!« Kaum hatte er ausgebetet, so stürmte ihm zur Linken ein kreischender Adler durch die Luft, der eine zerrissene Taube in den Krallen hielt. Ein Schauer der Furcht durchbebte das Gebein des Königes bei diesem Vorzeichen, und die Hoffnung entsank seiner Brust.

Inzwischen sahen die Griechen in ihrem Schiffslager die Trojaner, an deren Mutlosigkeit sie sich seit einigen Tagen gewöhnt hatten, zu ihrem Staunen heranziehen wie reißende Tiere, die sich vom Gebirge herunter auf Schafherden stürzen. Einer sprach voll Bewunderung zum andern: »Wer hat doch wohl die Troer wieder vereinigt, die seit Hektors Tode alle Lust verloren zu haben schienen, uns je wieder zu bekämpfen? Das muß wohl ein Gott sein, der sich ihrer annimmt. Wohl! Sind wir doch auch nicht ohne Götter; und haben wir sie bisher bezwungen, so wird es uns auch heute gelingen!« So warfen sie sich in die Waffen und strömten kampflustig von den Schiffen heraus. Bald begann die blutige Schlacht, Speer streckte sich gegen Speer, Harnisch stieß auf Harnisch, Schild prallte an Schild und Helm an Helm, der Boden Trojas färbte sich einmal wieder rot vom Blute; Penthesilea wütete unter den griechischen Helden, und ihre Kriegerinnen wetteiferten mit ihr in Tapferkeit. Sie selbst erlegte den Molion und sieben andere Helden; als aber die Amazone Klonia den Menippos, den Freund des gewaltigen Podarkes, niederschlug, ergrimmte dieser und durchbohrte die Hüfte der Männin mit seiner Lanze; zu spät hieb ihm Penthesilea die zum Stoß ausholende Hand ab; ihre Kriegerin war in den Tod gesunken, und jenen retteten die entführenden Freunde. Jetzt wandte sich das Glück zu den Griechen, Idomeneus traf die Amazone Bremusa rechts in die Brust mit dem Speere, Meriones erschlug Euandra und

Thermodoa, unter Ajax, des Oileus Sohn, sank Derione; der Tydide hieb Alkibia und Derimacheia nieder, indem sein Schwert beiden die Häupter mitsamt dem Genicke von den Schultern trennte. Darauf kehrte sich der Kampf gegen die Trojaner. Sthenelos tötete den Kabeiros aus Sestos, und vergebens schnellte Paris seinen Pfeil auf den Mörder ab. Er flog vorüber und traf, von den grausamen Parzen abgelenkt, einen andern Griechen, den Helden Euenor von Dulichion, zum Tode. Sein Schicksal regte den Anführer der Dulichier, Meges, den mutigen Sohn des Königes Phyleus, auf; rasch wie ein Löwe sprang er heran, daß die Troer bestürzt vor ihm flohen. Er erschlug zwei ihrer besten Bundesgenossen, den Itymoneus und Agelaos von Milet, und auch Trojaner, soviel sein Speer erreichen konnte. Andre erlegten andre; denn ein furchtbares Schlachtgetümmel durchtobte die Reihen, und von beiden Seiten sanken an diesem Tage viele Helden in den Staub.

Penthesilea aber stürmte noch immer unbezwungen unter die Griechen, wie eine Löwin unter einer Rinderherde wütet, und diese wichen, von Schrecken ergriffen, zurück, wo sie nahte. Trunkenen Mutes rief ihnen die Siegerin entgegen: »Heute noch, ihr Hunde, sollet ihr die Schmach des Priamos mir büßen. Raubtieren und Vögeln sollt ihr zum Fraße modern, und keiner von euch soll Weib und Kind zu Hause wiederschauen, kein Erdhügel je über euren Gebeinen sich erheben! Wo ist Diomedes, wo Ajax, Telamons Sohn, wo der Pelide Achill, die besten unter eurem Heere? Warum kommen sie nicht und messen sich mit mir? Aber freilich, sie wissen, daß sie vor mir zerschmettert und zu Leichen werden müßten!« So rief sie und drang voll Verachtung auf die Argiver ein; bald wütete sie mit der Axt, bald mit dem Wurfspieß, und den Köcher voll Geschosse trug ihr, falls sie sein bedürftig wäre, ihr gelenkiges Roß. Ihr nach drängten sich die Söhne des Priamos und die Ersten der Trojaner. Diesem Andrange vermochten die Griechen nicht zu widerstehen; wie Blätter im Winde oder wie Regentropfen fielen sie gedrängt nacheinander, bald war das Gefilde mit argivischen Leichen bedeckt, und die Rosse der troischen Streitwagen zertraten verfolgend Gefallene und Tote wie gedroschenes Korn. Den Trojanern war nicht anders zu Sinne, denn als ob eine der Unsterblichen sichtbar vom Himmel herabgestiegen wäre, um ihnen die Scharen der Feinde bekämpfen zu helfen, und in der törichten Freude ihres Herzens glaubten sie schon an deren gänzliche Vernichtung.

Aber noch war das Getöse des Kampfes weder zu dem gewaltigen Ajax noch zu dem Göttersohn Achill gedrungen. Beide lagen fern am Grabe des Patroklos und gedachten hier ihres erschlagenen Freundes; so war es vom Geschicke verordnet, welches der Amazonenfürstin ein paar Stunden der Ernte gönnen wollte und sie mit Ruhm bekränzt zum Tode trieb. Auf den Mauern der Stadt standen die trojanischen Frauen und bewunderten jubelnd die Heldentaten ihrer Mitschwester. Eine von ihnen, Hippodameia, die Gattin des tapfern Trojaners Tisiphonos, fühlte sich plötzlich von Kampflust ergriffen: »Freundinnen«, sprach sie, »warum kämpfen nicht auch wir, unsern Männern gleich, fürs Vaterland, für uns und für unsere Kinder? Stehen wir doch nicht so ferne von dem kräftigen Geschlecht unserer Jünglinge: dieselbe Kraft wie ihnen ward auch uns verliehen; unsere Augen spähen nicht weniger scharf; unsere Knie wanken so wenig wie die ihrigen; Licht, Luft und Nahrung gehört uns wie ihnen; warum sollte nicht auch die Feldschlacht uns verliehen sein? Seht ihr denn nicht dort das Weib, das hoch hervorragt vor allen Männern? Und doch ist es nicht einmal von unserem Stamme! Es kämpft für einen fremden König, für eine Stadt, die nicht seine Heimat ist, und tut es unbekümmert um die Männer, faßt sich einen Mut im Herzen und sinnt auf Unheil gegen die Feinde. Wir aber hätten für unser eigenes Glück zu fechten, und eigenes Unglück hätten wir zu rächen. Wo ist eine von uns, die in diesem unseligen Kriege nicht ein Kind oder einen Gatten oder einen Vater verloren hätte oder um Brüder oder andere nahe Verwandte trauerte? Und wenn unsere Männer unterliegen, was steht uns allen Besseres bevor als die Knechtschaft? Darum lasset uns den Kampf nicht länger aufschieben; lieber wollen wir sterben, denn als Beute von den Feinden hinweggeführt werden mit unsern unmündigen Kindern, wenn die Gatten tot sind und die Stadt hinter uns in Flammen steht!«

So sprach Hippodameia und erregte die Begierde nach Kampf in ihnen allen. Sie legten Wolle und Webekorb zur Seite, zerstreuten sich wie ein Bienenschwarm in ihre Häuser und griffen nach den Waffen. Unfehlbar wären alle ein Opfer ihres unsinnigen Eifers geworden, wenn nicht die Schwester der Königin

Hekabe, Theano, die Gemahlin Antenors, welche weiser war als alle anderen, sich ihrem unsinnigen Beginnen widersetzt hätte. Diese suchte sie mit verständigen Worten zu beschwichtigen. »Was wollt ihr anfangen, ihr Unvernünftigen«, rief sie den schon Ausziehenden entgegen; »gegen die Danaer wollt ihr ziehen, die in Waffen und im Kampfe geübten Männer? Wie möget ihr hoffen, euch mit ihnen messen zu können? Habt ihr denn je Kriegswerk getrieben wie die Amazonen, habt Rosse tummeln gelernt und anderes Tun der Männer? Dazu ist jenes Wunderweib noch eine Tochter des Kriegsgottes, ihr aber seid alle Kinder von Sterblichen. Deswegen sollt ihr Weiber bleiben, euch ferne vom Schlachtgetümmel halten und im innern Hausraume der Spindel pflegen; den Krieg aber mögt ihr den Männern lassen. Noch sind ja diese aufrecht und umringen schirmend eure Stadt; noch ist es nicht so weit gekommen, daß sie der Hilfe ihrer Weiber bedürften und diese zur Verteidigung der Stadt aufrufen müßten!«

Den klugen Worten der bejahrten Troerin schenkten die aufgeregten Frauen allmählich Gehör, kehrten auf die Mauer zurück und sahen bald wieder, wie zuvor, von ferne der Schlacht zu. Indessen mordete Penthesilea fort, und die Scharen der Argiver erbebten vor ihr; die Helden begannen zu fliehen und zerstreuten sich da- und dorthin, die einen, nachdem sie die Wehre von den Schultern auf den Boden geworfen, die andern in voller Waffenrüstung: Rosse und Wagen flogen hier- und dorthin ohne Führer; überall hörte man Gewinsel der Sterbenden, denn alles sank zusammen vor dem Schlachtspeer der Amazone.

Immer vorwärts drangen die Trojaner; schon waren sie ganz nahe an den Schiffen der Griechen angekommen und machten Anstalt, diese zu verbrennen. Da hörte endlich Ajax, der gewaltige Sohn des Telamon, das Kriegsgeschrei, hob sein Haupt vom Grabhügel des Patroklos empor und sprach zu Achill: »Kampfbruder, mir drang ein unendliches Getöse zu den Ohren, gleich als hätte sich irgendwo ein gefährlicher Kampf erhoben. Laß uns gehen, daß die Trojaner uns nicht zuvorkommen und doch einmal die Schiffe verbrennen!« Diese Worte regten den Peliden auf, und jetzt wurde auch sein Ohr von dem Jammergeschrei erreicht. Eilig warfen sich beide in ihre schimmernde Rüstung und gingen, in Waffen leuchtend und von Streitlust brennend, der Gegend zu, von welcher der Hall des Kampfes ihnen entgegenlärmte.

Durch die gebrochenen Reihen der Argiver zuckte eine Freude, als sie die beiden tapfersten Männer heraneilen sahen. Diese aber stürzten sich sogleich mit brennendem Eifer in den Kampf und fingen an, unter dem trojanischen Heere zu würgen. Ajax warf sich auf die Männer, und seinen ersten Speerstößen erlagen vier Trojaner. Achill aber kehrte sich gegen die Amazonen, und vier der Jungfrauen erlagen seinen Streichen: dann stürzten sich beide miteinander auf die Masse des feindlichen Heeres, und mit geringer Mühe waren die noch jüngst so dicht stehenden Reihen der Feinde gelichtet.

Als Penthesilea dies inneward, stürzte sie unmutig ihren beiden Feinden entgegen, wie ein Panthertier den Jägern entgegeneilt. Jene aber reckten sich, daß ihre ehernen Panzer klirrten, und hielten ihre Lanzen empor. Die Amazone warf ihren Speer zuerst auf Achill. Der Schild des Helden fing ihn auf, daß er zersplitternd abprallte, als wäre er auf einen Felsen gestoßen. Mit der zweiten Lanze zielte sie jetzt auf Ajax, und zugleich rief sie beiden Helden zu: »Wenn auch mein erster Wurf mißlang, dieser zweite soll euch Prahlern Kraft und Leben rauben, die ihr euch rühmet, die Stärksten im Heere der Danaer zu sein, aber jetzt nur hergekommen seid, um zu erfahren, daß ein Weib mehr vermag als ihr beide zusammen!« So rief sie und brachte durch ihre Rede die Helden zum Lachen. Ihre Lanze aber erreicht die silberne Beinschiene des Ajax, und so gerne sie in seinem Blute geschwelgt hätte, vermochte sie doch nicht einmal seine Haut zu ritzen, denn die Waffe prallte von der ehernen Fußbekleidung ab. Ajax, ohne sich viel um die Amazone zu bekümmern, stürzte sich auf die Schlachtreihen der Trojaner und überließ dem Achill die Feindin, denn er zweifelte in seinem Geiste keinen Augenblick, daß dieser allein mit ihr fertig werden würde, so bald wie ein Habicht mit einer Taube.

Penthesilea, als sie sah, daß auch ihr zweiter Wurf ohne Erfolg geblieben, stieß einen lauten Seufzer aus; Achill aber maß sie mit seinen Blicken und rief ihr zu: »Sage mir, Weib, wie hast du dich erdreisten können, dich so übermütig uns entgegenzuwerfen und uns, die gewaltigsten Helden der ganzen Erde, zu bekämpfen, uns, die wir vom Blute des Donnerers selbst entsprossen sind und vor welchen Hektor bebte und erlegen ist? Der Wahnsinn muß aus dir gesprochen haben, als dein Mund uns heute mit dem Tod bedrohte; denn siehe, dein eigenes letztes Stündlein ist gekommen.« Mit diesen Worten drang er auf sie ein, die unbezwingliche Lanze, das Werk des Zentauren Chiron, seines Erziehers, schwingend. Ihr Wurf traf die Kriegerin oberhalb der rechten Brust, so tief, daß alsbald das schwarze Blut aus der Wunde strömte und alle Kraft ihre Glieder verließ. Die Axt fiel ihr aus der Hand, und ihr Auge hüllte sich in Finsternis. Doch erholte sie sich noch einmal und sah ihrem Feinde, der eben heranstürmte, sie vom flüchtigen Rosse zu ziehen, fest ins Antlitz. Sie besann sich einen Augenblick, ob sie ihr Schwert aus der Scheide ziehen und sich wehren oder vom Rosse steigen und zu dem Sieger flehend ihm Gold und Erz genug für ihr Leben versprechen sollte. Aber Achill ließ ihr keine Zeit, sich zu besinnen. Im Zorn über ihren Stolz durchbohrte er Roß und Reiterin mit einem Stoße. Alsbald glitt diese herab und sank in den Staub und ins Verderben, am Speer zuckend und mit dem Rücken an das flüchtige Streitroß angelehnt, das sterbend auf den Knien lag, sie selbst einer schlanken Tanne gleich, die der Nordwind geknickt hat.

Als die Trojaner den Fall ihrer Heldin gewahr wurden, stürzten sie voll Betäubung zurück nach den Toren der Stadt, wehklagend über den Tod der Amazone und ihrer eigenen vielen Stammesverwandten. Der Sohn des Peleus aber rief mit Frohlocken: »So liege du denn, du armes Geschöpf, den Raubvögeln und Hunden zur Weide! Wer hat dich auch mit mir kämpfen geheißen? Du hofftest wohl unermeßliche Gaben aus der Hand des Königs Priamos als Kampfpreis zu empfangen, dafür, daß du so viele Griechen erschlagen hast? Aber ein anderer Lohn wurde dir zuteil!« So sprach er und zog ihr und dem Pferde den Speer aus dem Leibe, und noch zuckten beide. Dann nahm er ihr den Helm vom Haupte ab und betrachtete das Antlitz der Verschiedenen. Obgleich von Blut und Staub bedeckt, waren doch ihre edeln Züge auch im Tode noch voll Anmut, und die Griechen, die den Leichnam umringten, mußten alle über die überirdische Schönheit der Jungfrau staunen, die, ähnlich der nach heißer Gebirgsjagd schlummernden Artemis, in voller Waffenrüstung dalag. Achill selbst, als er sie länger betrachtete, fühlte sich von überschleichendem Schmerze bestrickt und mußte sich gestehen, daß die Fürstin, anstatt von ihm getötet zu werden, viel eher verdient hätte, als herrliche Gattin mit ihm in Phthia einzuziehen.

In den tiefsten Schmerz aber versank der Vater der Amazone, der Kriegsgott, über ihren Tod. Wie ein Blitz mit rollendem Donner stürzte er sich bewaffnet vom Olymp herunter auf die Erde und schritt über die Gipfel und Schluchten des Berges Ida hin, daß Gebirg und Tal unter seinem Schritte erbebten. Und sicherlich hätte er den Griechen das Verderben gebracht, wenn ihn nicht Zeus, der Freund der Danaer, durch ein furchtbares Gewitter gewarnt hätte, das sich Schlag auf Schlag über seinem Haupte entlud und in welchem er die Stimme seines allmächtigen Vaters vernahm, so daß Ares, so sehr er sich nach dem Kampfe sehnte, es doch nicht sogleich wagte, dem Willen des Donnerers entgegenzuhandeln, und mitten auf dem Wege nach dem Schlachtfelde stillestand. Er war unschlüssig, ob er zum Olymp zurückkehren sollte oder, dem Vater trotzend, hingehen und seine Hände in das Blut des Achill tauchen. Zuletzt gedachte er jedoch der vielen Söhne Zeus' selbst, die nach dem Ratschlusse des Vaters sterben mußten und die er selbst nicht imstande gewesen, vor dem Tode zu schützen. So besann er sich denn des Besseren; kannte er ja doch seinen allgewaltigen Vater und wußte, daß, wer sich ihm widersetzt, vom Blitze gebändigt und zu den Titanen in die Unterwelt hinabgeschleudert wird.

Um den Leichnam Penthesileas drängten sich inzwischen die Danaer und fingen an, die Tote ihrer Waffen zu berauben. Achill aber stand mit ganz verwandeltem Gemüte daneben, er, der noch soeben ihren Leib den Hunden und Vögeln zum Fraße hatte preisgeben wollen. Mit tiefer Wehmut blickte er auf die Jungfrau hernieder, und es nagte ihm keine geringere Qual am Herzen als einst, da er um seinen liebsten Freund, den erschlagenen Patroklos, jammerte.

Unter den herbeiströmenden Griechen näherte sich auch der häßliche Thersites und fiel den Helden mit schmähenden Reden an: »Bist du nicht ein Tor«, rief er ihm zu, »daß du dich um die Jungfrau abhärmen magst, die uns allen doch so vielfaches Unheil bereitet hat? Du zeigst dich fürwahr als einen weibischen Lüstling, daß dich eine Sehnsucht nach der Schönheit dieser Erschlagenen beschleicht! Hätte dich doch ihre Lanze in der Schlacht getötet, du Unersättlicher, der du meinst, daß alle Weiber deine Beute werden müßten!« Wütender Zorn bemächtigte sich des Helden, als er aus dem Munde eines Elenden solche

Schmähworte hören mußte. Er versetzte dem häßlichen Schelter mit der bloßen Faust einen solchen Streich auf die Wange, daß ihm die Zähne aus dem Munde fielen, ein Blutstrom hervorschoß und Thersites, sich auf dem Boden krümmend, seine feige Seele aushauchte. Da war unter den Umstehenden keiner, der ihn bedauert hätte, denn sein einziges Geschäft war gewesen, andere zu schmähen, indes er selbst im Felde und im Rate sich immer nur als einen armseligen Wicht bewies. Achill aber sprach voll Unmut: »Hier magst du denn im Staube liegen und deine Torheit vergessen lernen! Denn Torheit ist es, wenn der Schlechtere sich dem Besseren gleichstellen will! Wie mich, hast du schon früher den Odysseus gereizt; aber er war zu großmütig, dich zu bestrafen. Jetzt erfuhrest du, daß der Sohn des Peleus sich nicht ungestraft schelten läßt. Geh jetzt und schmähe bei den Schatten!«

Nur einer war unter dem ganzen griechischen Heere, dem der Tod des Thersites die Galle aufregte: Diomedes, des Tydeus Sohn, und zwar deswegen, weil der Erschlagene aus einem Blute mit ihm entsprungen war, denn sein Großvater Öneus und des Thersites Vater waren Brüder gewesen. Darum zürnte jetzt Diomedes, und er hätte die Waffen gegen Achill erhoben, wenn nicht die edelsten Danaer ins Mittel getreten wären, denn auch der Pelide war bereit, ihm für das Blut seines Vetters mit dem Schwerte Genugtuung zu geben. So aber ließen sich beide beschwichtigen.

Die Atriden selbst erlaubten nun, voll Mitleid und Bewunderung für die getötete Jungfrau, daß dem Könige Priamos, der durch eine feierliche Botschaft sich die Leiche erbeten hatte, um sie in der Gruft des Königes Laomedon zu bestatten, ihr Leichnam ausgeliefert werde. Priamos aber errichtete ihr vor der Stadt einen mächtigen Scheiterhaufen und legte den Leib der Jungfrau samt vielen herrlichen Gaben darauf. Dann entzündete er den Holzstoß, daß er hoch emporloderte, und als der Leichnam verzehrt war, löschten die umstehenden Trojaner den Brand mit süß duftendem Weine. Sodann sammelten sie die Gebeine Penthesileas, legten dieselben in ein Kästchen und trugen sie wehklagend und in feierlichem Aufzug in die Gruft des Königes Laomedon, die sich an einem hervorragenden Turme der Stadt befand. Neben ihr wurden ihre zwölf Begleiterinnen, die alle ebenfalls in der Männerschlacht geblieben waren, beigesetzt, denn auch ihnen hatten die Söhne des Atreus diese Ehre gegönnt. Auf der andern Seite begruben auch die Griechen ihre Toten und bejammerten vor allen den Podarkes, der seinem Bruder Protesilaos, welchen Hektor erschlagen hatte, nun im Schlachtentode gefolgt war. Abgesondert von den andern wurde ihm ein eigener Grabhügel erhöhet, der ein weithin sichtbares Denkmal bildete. Zuletzt scharrten sie auch den häßlichen Thersites ein, und nun kehrten sie wieder zu ihren Schiffen zurück, alle voll Danks im Herzen gegen den gewaltigen Achill, der auch diesmal der Retter der Griechen war.

Als die Nacht einbrach, lagerten sich im geräumigen Zelte der Atriden die vornehmsten Helden zum Schmause, und auch die andern Griechen freuten sich, da und dort hingestreckt, des erquickenden Mahles, bis der Morgen wieder anbrach.

MEMNON

Die aufsteigende Sonne leuchtete in Troja über lauter Kümmernis. Auf den Mauern umher saßen spähend die Trojaner, denn sie fürchteten jeden Augenblick, der gewaltige Sieger möchte nun auf Leitern über die Stadtmauer setzen und ihren alten Wohnsitz einäschern. Da erhub sich im Rate der Bangenden ein Greis mit Namen Thymötes, der sprach: »Freunde! Vergebens sinnt mein Geist auf ein Mittel, das drohende Verderben von uns abzuwenden. Seit Hektor unter den Händen des unbezwinglichen Achill erlegen ist, müßte, glaube ich, selbst ein Gott, wenn er sich unser annehmen wollte, im Kampfe erliegen. Hat er doch auch die Amazone, vor der alle andern Danaer bebten, bezwungen! Und doch war sie so furchtbar, daß wir alle in ihr eine Göttin zu sehen glaubten und Freude unser Herz bei ihrem Anblick durchströmte. Aber ach, leider war sie nicht unsterblich! So fragt es sich denn nun, ob es nicht besser für uns wäre, wenn wir diese unglückselige Stadt, die doch zum Untergange bestimmt ist, verließen und anderswo sichere Wohnungen aufsuchten, zu welchen die verderblichen Griechen nicht dringen könnten!« So redete Thymötes. Da stand Priamos in der Versammlung auf, ihm zu entgegnen: »Lieber Freund«, sprach er, »und ihr alle, Trojaner und gute Bundsgenossen! Laßt uns doch die geliebte Heimat nicht feige aufgeben und uns größerer Gefahr preisgeben, wenn wir uns in offener Feldschlacht durch die umringenden Feinde durchschlagen sollten. Vielmehr wollen wir warten, bis Memnon da ist, der Äthiopier, aus dem Lande der schwarzen Männer, der wohl mit seinem unzähligen Volke schon unterwegs ist, uns Hilfe zu bringen. Es ist schon viel Zeit verflossen, seit meine Boten zu ihm gegangen sind. Deswegen haltet nur noch ein kleines aus; und müßtet ihr selbst im Kampfe alle umkommen, so ist es doch besser, als bei Fremdlingen, von Schande gebeugt, sein Leben fristen zu müssen!«

Zwischen diese entgegengesetzten Meinungen trat ein bedächtiger Mann unter den Trojanern, der Held Polydamas, und gab seinen Rat mit folgenden Worten: »Wenn Memnon wirklich kommt, so habe ich nichts dagegen, König und Herr! Aber ich befürchte, der Mann wird mitsamt seinen Gefährten den Tod bei uns finden und den Unsrigen nur noch mehr Unheil bereiten. Doch bin ich auch keineswegs der Meinung, daß wir das Land unsrer Väter verlassen sollten. Vielmehr wäre, wenn es auch jetzt spät ist, doch immer noch das beste, wenn wir die Ursache dieses ganzen Krieges, die Fürstin Helena mit allem dem, was sie uns aus Sparta zugebracht hat, den Griechen wieder auslieferten, ehe sich die Feinde in unsre Habe geteilt und die Stadt mit Feuer verzehrt haben.«

Dieser Rede gaben die Trojaner zwar im Herzen stillen Beifall, doch wagten sie nicht, ihrem Könige laut zu widersprechen. Auf der andern Seite erhub sich Paris, Helenas Gemahl, und beschuldigte den Schutzredner der Griechen, wie er Polydamas nannte, der äußersten Feigheit. »Ein Mann, der dazu raten kann, würde im Felde der erste sein, der die Flucht ergriffe«, sprach er. »Besinnet euch wohl , Trojaner, ob es klug gehandelt ist, sprach er, dem Rate eines solchen zu folgen!«

Polydamas wußte wohl, daß Paris von Helena nicht lassen würde und eher einen Aufruhr im Heere erregen, ja selber sterben, ehe er auf sie verzichtete; darum schwieg er, und die ganze Versammlung mit ihm. Als sie noch sinnend im Rate saßen, kam die frohe Botschaft, daß Memnon im Anzuge sei. Den Trojanern ward zumute wie Schiffern, die, dem Tode schon im Rachen, nach dem furchtbarsten Sturme die Sterne wieder am Himmel schimmern sehen; vor allen aber freute sich der König Priamos, denn er zweifelte nicht, daß es der Überzahl der Äthiopier gelingen müßte, die feindlichen Schiffe zu verbrennen.

Als daher Memnon, der hohe Sohn der Eos, angekommen war, ehrte der König ihn und die Seinen durch die herrlichsten Gaben und Festmahle. Das Gespräch wurde wieder heiter, und sie gedachten in Ehren der gefallenen Trojanerhelden. Memnon aber erzählte von seinem unsterblichen Elternpaare, Thitonos und Eos; ein andermal vom endlosen Weltmeere und wiederum von den Grenzen der Erde, vom Aufgang der Sonne und von dem ganzen weiten Wege, den er von den Ufern des Ozeans bis zu den Höhen des Berges Ida und der Stadt des Königes Priamos zurückgelegt, und was für Heldentaten er unterwegs verrichtet habe. Ihm lauschte der Trojanerkönig mit Wohlgefallen; voll Wärme ergriff er seine Hand und sprach: »Memnon, wie danke ich den Göttern, daß sie mir, dem Greise, gegönnet haben, dich und dein Heer noch zu erblicken und dich selbst in meinem Palaste zu bewirten! Fürwahr, du gleichest mehr als irgendein Sterblicher den Göttern, und deswegen hege ich die Zuversicht zu dir, daß du unter unsern Feinden mit furchtbarem Gemetzel wüten werdest!« Mit diesen Worten hob der König einen Pokal aus gediegenem Golde und trank ihn dem neuen Bundesgenossen zu. Memnon betrachtete staunend ringsum den herrlichen Becher, der ein Werk Hephaistos' und ein Erbstück der trojanischen Königsfamilie war; dann erwiderte er: »Nicht beim Schmause ziemt es sich zu prahlen und zuversichtliche Verheißungen zu tun; ich antworte dir daher nicht, o König, sondern freue mich jetzt in Ruhe des Mahles und will im Geiste das Nötige vorbereiten. In der Schlacht muß es sich zeigen, ob ein Mann ein Held sei. Nun aber laß uns bald zur Ruhe gehen; denn dem, der die Entscheidung des Kampfes erwartet, schadet ein übermäßiger Genuß des Weines und eine durchschwärmte Nacht.«

Damit erhob sich der besonnene Memnon vom Mahle, und Priamos hütete sich, seinen Gast zu längerem Bleiben zu nötigen. Auch die übrigen Gästen gingen zur Ruhe, und alles überließ sich dem wohltuenden Schlafe. Während nun die Sterblichen auf der

Erde schlummerten, saßen die Götter im olympischen Palaste des Zeus noch beim Schmause und besprachen sich über den Kampf um Troja. Zeus, der Sohn des Kronos, dem die Zukunft deutlich war wie die Gegenwart, nahm zuletzt das Wort und sprach: »Es ist vergebens, daß ihr sorget, der eine für die Griechen, der andre für die Troer. Noch unzählige Rosse und Männer werdet ihr auf beiden Seiten im Kampfe dahinsinken sehen. Sosehr euch nun mancher, der des einen oder des andern Freund ist, am Herzen liegen mag, so lasse sich doch keiner von euch einfallen, sich mir deshalb mit Bitten zu nahen und für einen Sohn oder einen Freund zu flehen: denn die Schicksalsgöttinnen sind unerbittlich für mich wie für euch!« Keiner der Unsterblichen wagte es, dem Göttervater zu widersprechen; schweigend verließen sie das Mahl, und jeder in seinem Hause warf sich traurig auf das Lager, bis auch der Götter sich der Schlaf erbarmte.

Am anderen Morgen stieg Eos nur widerstrebend am Himmel auf, denn auch sie hatte das Wort des Zeus vernommen, und ihr Herz sagte ihr voraus, welch ein Schicksal ihrem geliebten Sohne Memnon bevorstand. Dieser aber war schon in aller Frühe erwacht, als kaum die Gestirne bleichten; er schüttelte sich den Schlaf, den letzten auf Erden, von den Wimpern, und sprang vom Lager voll Sehnen, den entscheidenden Kampf für seine Freunde mit den Griechen zu beginnen. Auch die Trojaner warfen sich in ihre Rüstungen, und mit ihnen die zahllosen Gäste aus Äthiopien. Ohne sich lange zu verweilen, strömten die Scharen, Sturmgewölke gleich, das vom Winde getrieben wird, zu den Toren hinaus aufs Blachfeld; die ganze Straße wogte von dichtem Gedränge, und der Staub erhob sich unter ihren Füßen.

Als die Griechen sie aus der Ferne heranziehen sahen, staunten sie, waffneten sich in Eile und zogen aus: Achill, auf welchen sie vertrauten, in ihrer Mitte, stolz auf seinem Wagen stehend, wie ein Titane und gleich einem Donnergeschoß in Zeus' Hand. Aber in der Mitte des trojanischen Heeres zog nicht minder herrlich Memnon einher, dem Kriegsgotte selber zu vergleichen; und sein unendliches Volk, gehorsam und kampflustig, hatte sich rings um ihn her geschart. Nun begann der Kampf: wie zwei Meere wogten die Heere sich entgegen und schlugen aneinander Well an Welle. Schwerter zischten und Speere sausten, lautes Getöse hallte durch die Schlachtreihen, und bald erhob sich in beiden Heeren Klagelaut um die Fallenden. Bald stürzte ein Troer um den andern vor den Stößen des Achill nieder wie vor einem Sturm, der Bäume aus den Wurzeln reißt und Häuser umwirft. Anderseits warf auch Memnon die griechischen Scharen darnieder wie ein böses Verhängnis, das den Sterblichen viel Jammer und Unheil bringt. Zwei edle Genossen Nestors fielen von seiner Hand, und jetzt nahte er dem Greise von Pylos selber, und es fehlte wenig, daß Nestor von der Lanze des Äthiopiers gefallen wäre. Denn eines seiner Wagenpferde war eben von einem Pfeile des Paris verwundet worden und hemmte den Wagen seines Herrn, als Memnon mit seinem Speere auf den Greis herzugerannt kam. Erschrocken rief dieser seinen Sohn Antilochos zu Hilfe, und sein Wort verhallte nicht in den Lüften. Der fromme Jüngling eilte heran, stellte sich vor die Brust des Vaters und warf seinen Speer nach dem Äthiopier. Dieser wich dem Geschosse aus, aber es traf seinen Freund Äthops, den Sohn des Pyrrhasos. Darüber ergrimmte Memnon, und wie der Löwe auf den Eber losstürzt, warf er sich nun auf Antilochos. Dieser schleuderte einen Stein gegen den Tobenden, der jedoch an seinem dichten Helme abprallte. Nun stieß ihm Memnon die Lanze durchs Herz, und Antilochos erkaufte so die Rettung seines Vaters mit dem Tode. Als die Achajer ihn sinken sahen, bemächtigte sich ihrer aller der Schmerz; den bittersten aber empfand der Vater, weil um seinetwillen und ihm vor den Augen der Sohn erschlagen wurde. Doch behielt er Besinnung genug, einen andern seiner Söhne, Thrasymedes, herbeizurufen, damit er den Mörder von dem Leichname seines Bruders hinwegscheuche. Dieser vernahm den Ruf im Getümmel der Schlacht, und zugleich mit ihm machte sich Phereus auf, den tobenden Sohn der Eos zu bekämpfen. Memnon ließ sie voll Zuversicht nahen, und alle ihre Speere flogen an seiner Rüstung vorüber, die ihm die göttliche Mutter gefeiet hatte. Doch erreichten sie immer ein Ziel, nur ein anderes, als wofür sie bestimmt waren, und beide trafen mit ihren Geschossen feindliche Helden. Währenddessen fing Memnon an, den getöteten Antilochos seiner Rüstung zu berauben, und die griechischen Streiter umkreisten den Gefallenen vergebens, wie heulende Schakale einen Hirsch, den der Löwe zerreißt. Nestor, als er dies erblickte, jammerte laut auf, rief seinen übrigen Freunden, ja sprang selbst vom Wagen herab und wollte mit schwindenden Geisteskräften für den Leichnam des Sohnes kämpfen. Doch Memnon, als er ihn kommen sah, wandte sich freiwillig von ihm ab, ehrfurchtsvoll, als sähe er einen Vater nahen. »Greis«, sprach er, »mir ziemt nicht, den Kampf mit dir zu versuchen! Von ferne hielt ich dich für einen jungen kriegerischen Mann, darum zielte meine Lanze nach dir; nun aber sehe ich, daß du weit älter bist. Meide den Kampf, weiche, daß ich dich nicht mit widerstrebendem Herzen fälle und du zu deinem Sohne in den Staub sinkest! Würde man dich doch einen Toren schelten, wenn du in so ungleichen Kampf dich gewagt hättest!« Nestor aber antwortete: »Das sind nichtige Worte, die du da geredet, Memnon! Kein Mensch heißt den Mann töricht, der, über den Tod seines Sohnes ergrimmt, zu kämpfen kommt und den grausamen Mörder von seinem Leichnam vertreiben will! O hättest du mich als jung gekannt! Jetzt gleiche ich freilich nur einem alten Löwen, den jeder Hund von der Schafhürde abhalten kann! Doch nein, noch besiege ich viele Streiter, und nur wenigen weicht mein Alter!« So sprach Nestor und wich ein wenig rückwärts, indem er den Sohn im Staube liegen ließ. Zugleich zogen sich auch Thrasymedes und Phereus zurück; und nun wütete Memnon mit seinen Äthiopiern ungehindert in der Schlacht fort, und die Argiver vermieden seinen Speer mit Schrecken.

Nun wandte sich Nestor an Achill. »Du Beschirmer der Griechen«, sprach er, »siehe, dort liegt mein Sohn tot; Memnon hat ihm die Waffen geraubt; bald wird er eine Speise der Hunde sein! Eile zu Hilfe; denn nur der ist ein wahrer Freund, der des erschlagenen Freundes sich annimmt!« Achill horchte auf, und tiefer Kummer bemächtigte sich seiner, als er sah, wie der Äthiopier die Danaer scharenweise in den Staub streckte. Bisher hatte sich nämlich der Pelide unter den Trojanern herumgetummelt und hier viele getötet. Jetzt aber ließ er von ihnen ab und wandte sich plötzlich Memnon entgegen. Als dieser ihn kommen sah, raffte er einen Markstein vom Boden auf und schleuderte ihn nach dem Schilde des Feindes. Aber der Stein prallte ab, und Achill, der seinen Streitwagen hinter der Schlachtreihe gelassen hatte, drang zu Fuße auf Memnon ein und traf ihn mit dem Speere rechts an der Schulter. Der Äthiopier achtete auf diesen Stoß nicht, eilte vorwärts und stieß dem Achill seine mächtige Lanze in den Arm, daß das Blut des Helden zur Erde floß. Nun brüstete sich Memnon in eitler Freude und rief: »Elender, der du so mitleidlos die Trojaner erschlugest, jetzt steht dir ein Göttersohn entgegen, dem du nicht gewachsen bist, denn Eos, meine Mutter, die Olympierin, ist mehr denn deine Mutter Thetis, die sich allein unter den Scheusalen des Meeres gefällt!« Aber Achill lächelte nur und sprach: »Der Erfolg wird lehren, welcher von uns von edleren Eltern abstammt! Ich fordere von dir jetzt Rache für den jungen Helden Antilochos, wie ich einst an Hektor Rache genommen für meinen Freund Patroklos!«

Damit faßte er seinen riesigen Speer mit beiden Händen, und dasselbe tat Memnon. So stürzten sie aufeinander los. Zeus selbst machte sie in diesem Augenblicke größer, stärker und unermüdlicher, als Menschen sind, so daß kein Stoß des einen den andern fällte und sie so nah aneinanderkamen, daß Helmbusch an Helmbusch streifte. Vergebens suchten sie einander bald über dem Schienbein, bald unter dem Panzer zu verwunden; ihre Rüstungen klirrten; das Kampfgeschrei der Äthiopier, Trojaner und Argiver stieg empor zum Himmel, der Staub wirbelte unter ihren Füßen auf, und während die Führer kämpften, feierte unter ihren Kriegern das Gemetzel nicht. Die Olympier, die von der Höhe herab zuschauten, hatten ihre Freude an dem unentschiedenen Kampfe, die einen an der Kraft des Peliden, die andern an Memnons unbesiegtem Widerstande, je nachdem sie dem einen oder dem andern verwandt oder befreundet waren. Und bald wären die Götter untereinander darüber in Zwietracht geraten, wenn nicht Zeus zwei der Parzen aufgerufen und befohlen, daß die finstre sich zu Memnon, die lichte zu Achill gesellen sollte. Laut schrien die Bewohner des Olymps auf bei diesem Befehle, die einen vor Freude, die andern vor Leid.

Die beiden Helden aber stritten fort, ohne die Schicksalsgöttinnen zu erblicken. Sie kämpften gegeneinander bald mit der Lanze, bald mit Schwertern, bald mit Steinen; keiner erzitterte; fest standen sie wie die Felsen. Und ebenso unentschieden zog sich rechts und links von ihnen der Kampf ihrer Genossen hin, Blut und Schweiß floß auf den Boden, und die Erde deckte sich mit Leichen. Endlich aber siegte das Geschick. Achill stieß seinem Gegner die Lanze so tief in die Brust, daß sie zum Rücken herausfuhr und er mit dumpfem Dröhnen in sein Blut auf dem Kampfplatz niedersank.

Jetzt flohen die Trojaner, von dem verfolgenden Achill wie von einem Orkane gejagt, während er Memnons Leichnam seinen Freunden zum Berauben überließ. Eos stieß am Himmel einen Seufzer aus und hüllte sich in Gewölk ein, daß die Erde Finsternis bedeckte; ihre Kinder, die Winde, flogen auf ihr Geheiß herunter auf die Ebene, ergriffen den Leib des Erschlagenen und entführten ihn durch die Lüfte aus den Händen seiner Feinde. Nichts blieb von ihm auf der Erde übrig als die Blutstropfen, die herabträufelten, während er von den Winden emporgetragen ward. Daraus wurde ein blutiger, unversieglicher Strom, der in späten Tagen noch am Fuße des Ida jedesmal am Todestage des Memnon flüssig wurde und mit Modergeruch dahinfloß. Die Winde hielten sich mit dem Leichnam nicht allzuhoch über der Erde und flogen mit ihm in der Quere dahin; die Äthiopier aber, die sich von dem erschlagenen Beherrscher nicht trennen wollten, folgten unten mit einem tiefen Stöhnen, bis jene den staunenden Troern und Argivern mit der Leiche aus den Augen schwanden. Die Winde setzten den Leichnam am Ufer des Flusses Aisepos nieder, dessen Töchter, anmutige Jungfrauen, ihm in einem lieblichen Haine ein Grabmal errichteten, wo ihn seine vom Himmel herabgestiegene Mutter Eos mit vielen andern Nymphen unter heißen Tränen bestatten half. Auch die Troer, in ihre Stadt zurückgekehrt, beklagten den hohen Memnon herzlich. Die Argiver selbst empfanden keine ungetrübte Freude: sie priesen zwar den Sieger Achill, den Stolz des Heeres, aber sie weinten auch mit Nestor um seinen lieben Sohn Antilochos; und so durchwachten sie unter Schmerz und Lust die Nacht auf dem Schlachtfelde.

DER TOD DES ACHILL

Am andern Morgen trugen seine Volksgenossen, die Pylier, den Leichnam ihres Königssohnes Antilochos unter Wehklagen hinweg zu den Schiffen und bestatteten ihn dort an den Ufern des Hellesponts. Der greise Nestor aber blieb fest in seinem

Gemüt und bewältigte den Schmerz durch Besonnenheit. Achill jedoch rastete nicht. Sein Grimm über den Tod des Freundes jagte ihn mit Tagesanbruche, unter die Trojaner, die auch schon kampflustig ihre Mauern verlassen hatten, obgleich sie vor dem Speere des göttergleichen Achill bebten. Bald wurde der Kampf wieder allgemein; der Held erschlug eine Unzahl von Feinden und verfolgte die Trojaner bis vor die Stadt. Hier, seiner übermenschlichen Kraft sich bewußt, schickte er sich an, die Torflügel aus den Angeln zu heben, die Riegel zu öffnen und den Griechen die Stadt des Priamos aufzutun.

Aber Phöbos Apollo, der vom Olymp herab den unermeßlichen Haufen Erschlagener überschaute, fing an, ihm unerbittlich zu zürnen. Wie ein reißendes Tier stieg er vom Göttersitze hernieder, den Köcher mit den unheilbar tötenden Pfeilen auf dem Rücken. So trat er dem Peliden entgegen; Köcher und Pfeile klirrten, sein Auge flammte, unter dem Wandelnden erbebte der Boden. Und nun, dem Helden im Rücken, ließ er seine furchtbare Stimme erschallen: »Laß von den Dardanern ab, o Pelide, wüte nicht so rasend! Hüte dich, daß nicht einer der Unsterblichen dich verderbe!« Achill kannte die Stimme des Gottes wohl; aber er ließ sich nicht einschüchtern, und ohne die Warnung zu beachten, rief er ihm laut entgegen: »Was willst du mich reizen, mit Göttern zu kämpfen, indem du immerdar die Frevler, die Trojaner, begünstigst? Schon einmal hast du mich in Zorn gebracht, als du mir zum erstenmal Hektorn entrissest. Nun rate ich dir, entweiche fern zu den andern Göttern, daß dich mein Speer nicht treffe, obwohl du unsterblich bist!«

Mit solchen Worten wandte er sich von Apollo ab, den Feinden wieder zu. Der zürnende Phöbos aber verhüllte sich in ein schwarzes Gewölk, legte einen Pfeil auf seinen Bogen und schoß aus dem Nebel den Peliden in die verwundliche Ferse. Ein stechender Schmerz durchfuhr auf der Stelle den Achill bis ans Herz hinan, und wie ein unterhöhlter Turm stürzte er plötzlich zu Boden. Liegend spähte er rings um sich her und schrie mit schneidendem, furchtbarem Tone: »Wer hat mir aus der Ferne den tükkischen Pfeil zugeschickt? O daß er mir im offenen Kampf entgegenträte; wie wollte ich ihm sein Gedärm aus dem Leibe zerren und all sein Blut vergießen, bis seine verfluchte Seele in den Hades führe! Aber aus dem Verborgenen stellen die Feiglinge dem Tapfern immer nach! Wisse er dies, und wenn es ein Gott wäre, der mir zürnt. Denn wehe, mir ahnet, daß es Apollo sei. Auch hat mir Thetis, meine Mutter, einst geweissagt, daß ich am Skäischen Tore dem verderblichen Pfeil des Phöbos erliegen werde, und wohl hat sie die Wahrheit gesprochen!«

So stöhnte der Held und zog den Pfeil aus der unheilbaren Wunde. Zornig schleuderte er ihn weg, als er das schwarze Blut nachquellen sah, und Apollo hub ihn auf und kehrte mit ihm, verhüllt in die Wolke, zum Olympos zurück. Hier trat er aus dem Nebel hervor und mischte sich wieder unter die andern Olympier. Ihn bemerkte Hera, die Freundin der Griechen, und mit bitterem Unmute fing sie an ihn zu schelten: »Du hast eine verderbliche Tat getan, Phöbos! Hast du doch an der Hochzeit des Peleus mit geschmaust und mit gesungen, wie die andern Götter, und, dem Peleus zutrinkend, ihm Nachkommen gewünscht. Und dennoch hast du die Trojaner begünstigt und ihm endlich den einzigen Sohn getötet! Das hast du aus Neid getan. Törichter, mit welchem Blicke willst du künftig die Tochter des Nereus ansehen?«

Apollo schwieg und setzte sich seitwärts von den Göttern, den Blick zu Boden gesenkt. Die einen von den Olympiern zürnten, die andern dankten ihm im Herzen. Dem Achill aber kochte das dunkle Blut in den unbändigen Gliedern noch immer von Kampflust, und kein Trojaner wagte es, dem Verwundeten zu nahen. Noch einmal erhub er sich mit einem Sprunge vom Boden, stürzte, den Speer schwingend, unter die Feinde, und traf damit den Freund seines alten Gegners Hektor, Orythaon, an die Schläfe, daß die Spitze diesem ins Gehirn drang. Dann stieß er dem Hipponoos den Speer ins Auge, durchbohrte dem Alkathoos die Wange und raubte noch vielen Fliehenden das Leben. Jetzt aber wurden seine Glieder kalt; er mußte stillehalten und sich auf die Lanze stützen. Die Trojaner flohen noch immer vor ihm und seiner Stimme, denn er donnerte den Fliehenden nach: »Laufet nur davon; auch nach meinem Tode werdet ihr meinem Speere nicht entgehen, sondern meine Rachegötter werden Strafe an euch nehmen!« Sie flohen zitternd, denn sie glaubten, er sei noch unverwundet. Ihm aber erstarrten die Glieder, und er sank hin unter die andern Toten, daß die Erde dröhnte und seine Waffenrüstung einen dumpfen Klang von sich gab.

Zuerst wurde seinen Fall Paris gewahr, sein Todfeind. Mit einem lauten Freudenschrei ermahnte er die Trojaner, sich der Leiche zu bemächtigen, und nun versammelten sich eine Menge Streiter um den Toten, die früher seine Lanze gemieden oder erfahren hatten. Aber der Held Ajax umkreiste die Leiche und verscheuchte mit hoch emporgehaltenem Speer alle Feinde, die sich nahten, und wenn sich einer zum Kampfe mit ihm herbeiwagte, so empfing er den Todesstoß. Endlich beschränkte sich Ajax nicht mehr auf den Verteidigungskampf, sondern brach los gegen die Trojaner und richtete ein gräßliches Blutbad unter ihnen an. Hier fiel auch der Lykier Glaukos, und der edle Trojanerheld Äneas ward verwundet. An des Ajax Seite kämpften Odysseus und andere Danaer; doch leisteten die Trojaner immer noch hartnäckigen Widerstand, ja Paris wagte es, mit dem Speere plötzlich auf Ajax zu zielen. Dieser aber nahm den Augenblick wahr, ergriff einen Feldstein und zerschmetterte ihm damit den Helm, daß er in den Staub sank und die Pfeile aus seinem Köcher sich hier- und dorthin zerstreuten. Kaum hatten seine Freunde Zeit, den schwach Atmenden auf den Wagen zu heben und mit Hektors Rossen nach Troja zurückzuführen. Als nun Ajax die Trojaner alle in die Stadt zurückgescheucht hatte, eilte er über Leichen, Blut und Rüstungen zurück. Haufen Erschlagener deckten weithin das Feld, von Trojas Mauern bis zur Küste des rauschenden Hellesponts.

Derweil hatten die Könige den Leichnam des Achill vom Schlachtfelde zu den Schiffe getragen und umringten ihn in grenzenlosem Schmerze. Und am lautesten tönte jetzt die Klage des herzugekommenen Ajax, welcher in dem hinweggerafften Helden den teuren Sohn eines Oheims bejammerte. Auch der greise Fürst Phönix ergoß sich in die bittersten Klagen, indem er den riesigen Leib des gewaltigen Peliden umschlungen hielt. Er gedachte des Tages, da Peleus, der Vater des gefallenen Helden, ihm das Kind ans Herz legte und die Erziehung desselben ihm übertrug; auch des Tages, da sein Zögling sich mit ihm aufmachte, gen Troja zu ziehen. Und nun mußten Vater und Erzieher das Kind überleben!

Auch die Atriden beweinten ihn und alle Griechen; unaufhörlich stieg Klagegeschrei zum Himmel auf und tönte dumpf von den Schiffen wider.

Endlich macht der greise Nestor, seines eigenen Sohnes gedenkend, den Klagen ein Ende, indem er sie daran erinnerte, den Leichnam des Helden zu waschen, aufs Lager zu legen und ihm dann die letzte Ehre der Toten zu erweisen. Dies geschah; der Leib des Peliden wurde mit warmem Wasser abgewaschen und mit schönen Gewändern umhüllt, die ihm seine Mutter Thetis mit auf den Zug gegeben hatte. Als er nun so im Zelte niedergelassen dalag, warf Athene vom Olymp herab einen mitleidigen Blick auf ihren Liebling und träufelte ihm aufs Haupt einige Tropfen Ambrosia, von dem Götterbalsam, von dem es heißt, daß er die Toten vor Entstellung und Verwesung bewahre. Dadurch machte sie ihn frisch und einem Lebendigen ähnlich. Auf die Stirne legte sie ihm den schrecklichen Ausdruck, von dem sein Antlitz beseelt war, als er über den Tod seines geliebten Patroklos zürnte, und dem ganzen Leibe verlieh sie ein schönes und lebensvolles Ansehen. Alle Argiver, welche ihn zu sehen kamen, ergriff Staunen, wie der Held in riesiger Größe, schön und herrlich auf dem Lager ruhte, als läge er da in friedlichem Schlummer und würde nun bald wieder erwachen.

Die laute Wehklage der Griechen um ihren größten Helden drang auch in die tiefe See zu seiner Mutter Thetis und den übrigen Töchtern des Nereus, die dort wohnten. Ungeheurer Schmerz durchdrang ihre Gemüter, und sie stöhnten so jammervoll, daß der Hellespont widerhallte. Voll Begierde eilten sie nächtlicherweile in Scharen durch die sich vor ihnen teilende Meerflut herauf an den Strand, wo die Schiffe der Griechen standen. Alle Ungeheuer des Meeres stöhnten mit ihnen; sie aber nahten wehklagend dem Leichnam, und Thetis umschlang ihr Kind mit den Armen, küßte ihn auf den Mund und weinte, daß der Boden naß wurde von ihren Tränen. Die Danaer aber wichen mit ehrfurchtsvollem Grausen zurück vor den meerentstiegenen Göttinnen und nahten sich dem Leichname erst wieder, als jene sich entfernt hatten und der Morgen anbrach. Da trugen sie unzählige Bäume vom Berge Ida herab, türmten sie hoch auf, legten auf den Scheiterhaufen die Rüstungen vieler Erschlagenen, geschlachtetes Opfervieh, Gold und edle Metalle; die Helden der Griechen schnitten ihr Haar ab, und auch Brisëis, die geliebte Sklavin des Toten, brachte die Locken als letztes Geschenk ihrem Gebieter dar. Dann gossen sie viele Krüge Öles über das aufgeschichtete Holz als Trankopfer, stellen Schalen mit Honig und lieblichem Weine, welcher wie Nektar duftete, auch mit edlen Gewürzen gefüllt, in das Gerüste; zuoberst auf den Holzstoß wurde der Leichnam gelegt. Darauf machten sie in voller Waffenrüstung zu Roß und zu Fuß die Runde um den düstern Scheiterhaufen. Nun wurde dieser angezündet, und die verzehrenden Flammen schlugen unter dem Wehklagen der Krieger empor. Äolos aber sandte auf Zeus' Befehl seine schnellsten Winde, die mit Sturmhauch in die aufgeschichteten knisternden Bäume fuhren, daß die Glut in wenigen Stunden den Holzstoß mitsamt dem Leichnam in Asche verwandelte. Die letzten Flammen löschten sie mit Weine. Da lagen die Gebeine des Helden wie die Knochen eines Giganten, getrennt von allem, was zugleich mit ihnen verbrannt worden war. Seine Genossen sammelten dieselben seufzend und legten sie in einen geräumigen, aus Silber und Gold gehämmerten Kasten, der auf der erhabensten Stelle des Gestades neben seines Freundes Patroklos Gebein in die Erde gesenkt und mit einem hohen Grabhügel überdeckt wurde.

Auch die unsterblichen Rosse des Helden ahneten seinen Fall; sie rissen die Stränge los, mit welchen sie angebunden waren, und wollten nicht länger die Mühseligkeiten der Menschen teilen. Nur mit Mühe wurden sie von den Freunden des Gefallenen eingeholt und ihr Kummer beschwichtigt.

LEICHENSPIELE ZU EHREN ACHILLS

Auch zu Troja wurde in diesen Tagen eine Totenfeier begangen: der Lykier Glaukos, der treue Bundesgenosse der Trojaner, der im letzten Kampfe gegen die Griechen gefallen war und dessen Leichnam seine Freunde aus den Händen der Feinde gerettet hatten, wurde verbrannt und bestattet.

Am folgenden Tage erhub sich Diomedes, der Sohn des Tydeus, in der Versammlung der griechischen Helden mit dem Rate, jetzt im Augenblicke, ehe die Feinde Mut aus Achills Tode schöpften, mit Wagen, Roß und Mann gegen die Stadt anzurücken und dieselbe zu erstürmen. Aber gegen ihn stand Ajax, der Sohn Telamons, auf: »Wäre es auch recht«, sprach er, »die erhabene Meeresgöttin, die um den Tod ihres Sohnes trauert, zu kränken und nicht vor allen Dingen herrliche Spiele um das Grabmal ihres Sohnes zu feiern? Sie selbst, als sie gestern an mir vorüber ins Meer zurückrauschte, gab mir einen Wink, den Sohn nicht ungeehrt zu lassen; sie werde persönlich bei seiner Leichenfeier erscheinen. Was die Trojaner betrifft, so werden sie sich schwerlich mehr ermutigen, obgleich der Pelide dahin ist, solange nur du und ich und der Atride Agamemnon noch am Leben sind!« »Ich will mich in deine Meinung fügen«, erwiderte der Tydide, »wenn Thetis wirklich selbst heute erscheint. Ihr Wunsch soll auch dem dringendsten Kampfe vorangehen.«

Kaum hatte Diomedes diese Worte gesprochen, als die Meereswellen am Strande sich teilten und die Gemahlin des Peleus, dem leichten Hauche des Morgens vergleichbar, aus den Fluten herauftauchte und in der Danaer Mitte hineintrat. Mit ihr kamen Nymphen als Dienerinnen, die aus den Umhüllungen ihrer Schleier herrliche Kampfpreise hervorzogen und vor den Augen der Achajer auf dem Felde ausbreiteten. Thetis selbst ermunterte die Helden, mit den Kampfspielen den Anfang zu machen. Da erhub sich der Sohn des Neleus, Nestor, doch nicht um zu kämpfen, denn das hohe Alter hatte ihm die Glieder steif gemacht, sondern zur lieblichen Rede und pries die holde Tochter des Nereus. Er erzählte von ihrer Hochzeit mit Peleus, bei der die Unsterblichen selbst als Gäste schmausten und die Horen göttliche Speisen in goldenen Körben herbeibrachten und mit ambrosischen Händen sie aufschichteten. Die Nymphen mischten den Göttertrank in goldene Becher, die Grazien führten ihren Reigen, und die Pieriden sangen. Der Äther und die Erde, Sterbliche und Unsterbliche, alles nahm damals an der seligen Freude teil.

So erzählte Nestor und pries dann die ewigen Taten des Peliden, der diesem Ehebund entsproßt war. Seine Rede goß sanften Trost in die Seele der betrübten Mutter, und die Argiver, obwohl voll Kampflust, hörten doch mit Wonne zu und stimmten in sein Lob des Helden jubelnd ein. Thetis übergab dem Nestor als Vermächtnis zwei der herrlichsten Rosse ihres Sohnes; dann schied sie aus den mitgebrachten Gaben als Preis für den Sieg im Wettlaufe zwölf stattliche Kühe, jede mit einem saugenden

Milchkalbe; sie waren eine Beute ihres Sohnes, der sie einst kämpfend von den Berghöhen des Ida hinweggetrieben. Nun erhuben sich unter den griechischen Helden Teucer, der Sohn des Telamon, und der Lokrer Ajax, des Oileus schneller Sohn, und entkleideten sich zum Laufe bis an den Gürtel. Agamemnon steckte das Ziel des Wettlaufs; wie Habichte stürmten sie dahin, und rechts und links jauchzten ihnen die zuschauenden Griechen Beifall zu. Schon waren beide dem Ziele nah, als dem Teucer ein Tamariskengesträuch den Weg versperrte, daß er strauchelte und fiel. Laut schrien die Danaer, der Lokrer aber stürmte an ihm vorbei, ergriff das Ziel und führte die Kühe triumphierend weg zu den Schiffen; den Teucer führten hinkend die Seinigen davon. Ärzte wuschen ihm das Blut vom Fuße und wickelten ihn sorgfältig in ölgetränkte Binden ein.

Zum Ringskampfe standen jetzt zwei andere Helden auf, Diomedes und der mächtigere Ajax, der Telamonssohn. Beide rangen vor den neugierigen Blicken ihrer Genossen mit gleicher Kraft und Erbitterung, endlich aber umstrickte Ajax den Tydiden mit den nervigen Händen und schien ihn erdrücken zu wollen. Dieser aber, ebenso gewandt und stark, beugte zur Seite aus, stemmte die Schultermuskeln an, hob den gewaltigen Gegner in die Höhe, daß seine Arme abglitten, und warf ihn mit einem Stoße des linken Fußes auf den Boden. Die Zuschauer jauchzten laut auf. Ajax aber raffte sich empor und begann den Kampf aufs neue, und so wüteten sie, wie zwei Stiere im Gebirg ihre eisernen Köpfe gegeneinanderstoßen; diesmal faßte Ajax den Diomedes an den Schultern und warf ihn wie einen Felsen mit unwiderstehlicher Kraft auf den Boden, daß er dahinrollte und die Helden umher Beifall jubelten. Doch auch Diomedes raffte sich empor und bereitete sich zum dritten Gange. Da stellte sich Nestor zwischen beide hinein und sprach: »Macht diesem Ringen doch ein Ende, Kinder; wir alle wissen auch ohnedem, daß ihr, seit wir den großen Achill verloren haben, die Tapfersten unter allen Argivern seid!« Ein Ruf der Zustimmung hallte durch die Luft aus dem zuschauenden Heere, die Ringer wischten sich den Schweiß von der Stirne, fielen einander in die Arme und küßten sich. Thetis beschenkte sie mit vier gefangenen Sklavinnen, die sich durch Fleiß und Herzensgüte auszeichneten und die Achill einst auf Lesbos erbeutet hatte. Die eine von ihnen verstand das Essen in der Küche zu besorgen, die andere kredenzte den Wein beim Mahle, die dritte reichte das Wasser am Schlusses desselben, die letzte trug die Speisen von der Tafel ab; und alle viere wurden nur von der schöngelockten Briseïs an Reiz übertroffen. In diese vier teilten sich die beiden Kämpfer und sandten das liebliche Geschenk zu den Schiffen.

Hierauf begann der Faustkampf, zu dem sich Idomeneus erhob, der geübteste Kämpfer in allen Arten desselben. Darum, und auch weil er einer der älteren Helden war, traten die andern alle ehrfurchtsvoll vor ihm zurück, und es fand sich keiner, der den Wettstreit mit ihm versuchen wollte. Thetis gab ihm daher den Wagen des Patroklos zum Geschenke. Phönix und Nestor aber munterten die jüngeren Männer zu dieser Gattung des Kampfes auf. Das trat Epeios, der Sohn des Panopeus, und bald nach ihm Akamas, der Sohn des Theseus, hervor; beide schnürten sich ihre Hände schnell mit trockenen Riemen und prüften sie, ob sie gelenkig seien: dann erhoben sie dieselben gegeneinander und, indem sie sich mit lauerndem Blicke umschauten, näherten sie sich einander ganz leise auf den Zehen, Schritt für Schritt, bis sie plötzlich, wie vom Winde getriebene Wolken, aus denen es blitzt und donnert, aufeinander losstürzten; und nun hallten vom Schlage der Riemen die Wangen, und unter dem Schweiße floß das Blut. Theseus' Sohn wehrte den rastlos eindringenden Gegner, listig ausweichend, ab und schlug ihn plötzlich mit der Faust über den Wimpern bis auf die Knochen, daß das Blut hervordrang; dafür traf ihn jener an die Schläfe, daß Akamas taumelnd zu Boden sank. Doch er erholte sich wieder, und der Kampf begann aufs neue, bis die Freunde sich dazwischenwarfen und den Erbitterten begreiflich machten, daß hier ja nicht Grieche und Trojaner sich entgegenstehen. Thetis schenkte ihnen zwei herrliche Mischkrüge von Silber, die ihr Sohn als Ehrengeschenk von Lemnos gebracht hatte. Die Helden griffen freudig darnach, noch ehe sie an die Heilung ihrer Wunden dachten.

Nun warben Ajax und Teucer, die sich schon im Wettlaufe gemessen hatten, auch um den Preis des Bogenschießens. Als fernes Ziel stellte Agamemnon einen Helm mit flatternder Mähne auf: Sieger sollte der sein, dessen Pfeil das Roßhaar des Schweifes durchschnitte. Ajax schnellte zuerst seinen Pfeil von der Sehne: der traf den Helm, daß das Erz getroffen erklang. Eilig sandte Teucer auch seinen Pfeil ab; und siehe, seine Pfeilspitze durchschnitt den Helmschweif, daß die zuschauenden Helden laut aufjauchzten, denn obwohl sein Fuß noch vom vorigen Kampfe halb gelähmt war, hatte er doch so zierlich und sicher zu zielen gewußt. Thetis beschenkte ihn mit der Rüstung des Troilos, des königlichen Jünglings aus Troja, den Achill in den früheren Jahren des Kampfes erlegt hatte.

Auf diesen Wettkampf folgte das Diskuswerfen; hierin versuchten sich viele der Helden, aber keiner vermochte die schwere Scheibe so kräftig zu werfen wie Ajax, der Telamonier, der sie hinausschleuderte, als wäre sie ein verdorrter Ast. Ihn beschenkte Thetis mit der Rüstung des Göttersohnes Memnon, die der Held auch sogleich anlegte. Mit Staunen sahen die Danaer, wie Stück für Stück des riesigen Panzers sich um seine Glieder schloß, als wäre er ihnen angegossen.

Die Reihe kam jetzt an den Wettstreit im Sprunge, in welchem Agapenor der Speerschwinger siegte und dafür die Waffen des von Achill besiegten Kyknos erhielt. Im Jagdspeerwurf siegte Euryalos und empfing die silberne Schale, die Achill einst zu Lyrnessos erbeutet hatte.

Nun folgte der Wettstreit im Wagenrennen. Da schirrten fünf Helden zugleich ihre Rosse: der Atride Menelaos, Euryalos, Polypötes, Thoas und Eumelos. Dann stellte sich jeder mit seinem Wagen vor den Schranken auf, schwang die Geißel, und auf ein gegebenes Zeichen flogen alle fünf zugleich über das Blachfeld hin, und der Staub vom Sande wirbelte gen Himmel. Bald rannten weit vor den übrigen die Rosse des Eumelos, nach ihm kam Thoas, dann Menelaos; die beiden andern blieben allmählich weit und immer weiter zurück: aber auch Thoas ermüdete, die Pferde des Eumelos strauchelten im allzu raschen Lauf, und als ihr Wagenlenker sie mit Gewalt zurechtebringen wollte, bäumten sie sich und warfen den Wagen um, daß Eumelos in den Sand rollte. Ein Geschrei erhub sich aus dem Umkreise der Zuschauer, und nun flogen die ausdauernden Rosse des Atriden weit vor allen andern dahin und hielten am Ziele. Der Sohn des Atreus freute sich im Herzen seines Sieges, ohne sich über die andern Helden zu überheben, und Thetis schenkte ihm den goldenen Becher, den ihr Sohn einst in Eëtions Palaste erbeutet hatte.

FÜNFTES BUCH

DER TOD DES GROSSEN AJAX

So endigten die Leichenspiele zu Ehren des göttlichen Achill. Von allen Fürsten des griechischen Heeres hatte nur Odysseus daran keinen Anteil nehmen können, denn im Kampfe um den Leichnam des Peliden hatte er von dem Trojaner Alkon eine schmerzliche Wunde erhalten, an der er, obgleich wieder unter die Helden gemischt, doch noch immer krankte.

Zuletzt stellte nun Thetis die unsterblichen Waffen ihres hochherzigen Sohnes vor den Griechen als Kampfpreis aus. Weithin schimmerte der Schild des Helden, auf welchem von Hephaistos' eigener Hand die kunstvollsten Gebilde in getriebener Arbeit glänzten. Neben ihm lag auf dem Boden der gewichtige Helm, dessen Wölbung das Bild des Zeus trug, wie er voll Zorns auf dem Himmelsgewölbe stand und mit den Titanen kämpfte. Weiter lag auf der Erde der schöne gewölbte Harnisch, der schwarz und undurchdringlich die Brust des Peliden umschloß, dann die schweren und doch so bequemen Beinschienen, die er trug, als wären sie federleicht; nahe dabei glänzte sein unbezwingliches Schwert in silberner Scheide, mit goldner Kuppel und elfenbeinernem Griffe; ihm zur Seite lag der gewichtvolle Speer am Boden, einer gefällten Tanne ähnlich und noch rot von Hektors Blut.

Hinter den Waffen stand Thetis, ihr Haupt mit einem dunkeln Trauerschleier bedeckt, und sprach tief betrübt zu den Danaern: »Die Siegespreise zur Leichenfeier meines Sohnes sind nun alle gewonnen. Jetzt aber trete der Beste der Griechen auf, der den Leichnam rettete, daß ich ihm die herrlichen Waffen meines Sohnes verleihe, lauter Göttergeschenke, an denen die Unsterblichen selbst ihre Freude hatten.«

Da sprangen in plötzlichem Wortwechsel zwei Helden zugleich auf, Odysseus, der große Sohn des Laërtes, und der riesige Ajax, Telamons Sohn. Strahlend wie der Abendstern, schwang sich der letztere die Waffen an die Seite und rief Idomeneus, Nestor und Agamemnon zu Zeugen seiner Taten auf. Aber an dieselben Helden wandte sich auch Odysseus; denn es waren die

Verständigsten und Untadeligsten des ganzen Heeres. Nestor nahm die beiden andern Helden beiseite und sprach mit bekümmerter Miene: »Eine großes Unglück steht uns allen bevor, dadurch, daß die beiden besten Helden des Heeres um unsers Erschlagenen Waffenschmuck buhlen! Welcher auch von beiden zurückgesetzt werden mag, der wird beleidigt und grimmig sich vom Kampfe zurückziehen, und wir alle werden seine Untätigkeit schmerzlich zu empfinden haben. Deswegen folget mir, dem erfahrenen Greise. Wir haben ja hier im Lager viele erst vor kurzem gefangene Trojaner; lassen wir diese den Streit zwischen Ajax und Odysseus entscheiden; sie sind unparteiisch und werden von beiden Helden keinen begünstigen!« Einträchtigen Sinnes mit Nestor begaben sich nun auch die beiden andern Schiedsrichter ihres Amtes und setzten sich die Edelsten der Trojaner, obwohl sie nur Kriegsgefangene waren, zu Gerichte, und zuerst trat Ajax vor ihnen auf. »Welcher Dämon blendete dich, Odysseus«, rief er voll Unmuts, »daß du dich mit mir messen willst? Du stehst mir wahrhaftig nach, wie ein Hund dem Löwen; oder hast du schon vergessen, wie gerne du dich dem Zuge der Griechen gegen Troja entzogen hättest? O wärest du doch zurückgeblieben! Bist doch du es gewesen, der uns beredet hat, den ruhmvollen Sohn des Pöas, den Philoktet, in seinem schrecklichen Jammer auf Lemnos zurückzulassen; hast doch du den Tod des Palamedes verschuldet, obgleich er dich an Stärke sowohl als an Klugheit übertraf! Und jetzt vergissest du auch alle die Dienste, die ich den Griechen geleistet, vergissest, daß ich dir selbst das Leben gerettet, als du, von allen andern verlassen, dich allein im Schlachtgetümmel fandest und vergebens dich nach der Flucht umsahest. Damals, als um Achills Leiche sich der Kampf erhob, bin nicht ich es gewesen, der den Leib samt den Waffen hinwegtrug? Du selbst aber hättest nicht einmal die Kraft gehabt, die Waffen des Helden davonzutragen, geschweige denn ihn selber! Darum weiche mir, der ich überdies nicht bloß stärker als du bin, sondern auch edlern Stammes und mit dem Helden selbst verwandt, um dessen Waffen wir hier streiten!«

So ereiferte sich Ajax. Odysseus aber erwiderte mit einem Lächeln des Spottes: »Wozu verlierst du soviel unnütze Worte, Ajax? Du schillst mich feige und kraftlos und bedenkst nicht, daß nur die Klugheit es ist, die wahre Stärke verleiht. Diese ist, es, welche den Schiffer die Fahrt durch das empörte Meer lehrt, welche wilde Tiere, Panther und Löwen zähmt, welche die Stiere in des Menschen Dienst zwingt. Und deswegen ist in der Not wie im Rate ein Mann mit Verstand mehr wert als der Törichte, der nur Körperstärke besitzt. Dies war auch der Grund, warum Diomedes mich als den Listigsten zum Gefährten auslas, um in das Lager des Rhesos zu gehen; ja meiner Klugheit hatten es die Griechen zu verdanken, daß der Sohn des Peleus, um dessen Waffen wir hier streiten, für den Feldzug gegen Troja gewonnen wurde. Und wenn je den Danaern irgendein neuer Held vonnöten wäre, glaube mir's Ajax, nicht dein plumper Arm, auch nicht der Witz eines andern im Heere wird denselben ihnen verschaffen, sondern ich allein werde es sein, dessen Schmeichelworten er folgt. Zudem haben mir die Götter nicht nur Klugheit, sondern auch die nötige Körperstärke verliehen, und es ist nicht wahr, daß du mich als Flüchtigen aus der Hand der Feinde errettet hast, vielmehr stellte ich mich dem Drange der Feinde entgegen und tötete, die mich angriffen: du aber standest dort aufgepflanzt zu deiner eigenen Sicherheit!«

So stritten sie noch lange miteinander: zuletzt überwogen bei den Trojanern, die zu Kampfrichtern gesetzt waren, die Gründe des Odysseus, und sie erkannten ihm einstimmig die herrliche Rüstung des Peliden zu.

Im Innersten erbebte Ajax, als er diesen Spruch vernahm, das Blut in seinen Adern kochte vor Wut, und Galle vermischte sich damit: ein stechender Schmerz durchzückte sein Gehirn, und jede Faser an ihm zitterte. Lange stand er wie eine Bildsäule da, mit zu Boden gehefteten Blicken. Endlich führten ihn seine traurigen Freunde begütigend und nur zögernden Schrittes zu den Schiffen.

Inzwischen stieg die dunkle Nacht aus dem Meere. Ajax aber saß in seinem Zelte, rührte kein Mahl an und dachte nicht an den Schlummer, vielmehr warf er sich in seine volle Rüstung, faßte sein schneidendes Schwert und besann sich, ob er den Odysseus in Stücke zerhauen oder lieber die Schiffe verbrennen oder mit der Schärfe des Schwertes unter alle Griechen fahren solle.

Und gewiß hätte er eins von den dreien ausgeführt, wenn nicht Athene, die Göttin, um ihren Freund Odysseus besorgt und dem Trotze des Ajax und dem Übermaße seines Leibes abhold, den Schlimmes brütenden Helden mit Wahnsinn geschlagen hätte. Den Stachel der Qual im Herzen, stürmte er aus seinem Zelte hervor und unter die Schafherden der Danaer, die er, von der Göttin geblendet, für die Heerscharen der Griechen hielt. Die Schafhirten, die den Rasenden kommen sahen, versteckten sich, dem Tode zu entrinnen, in das Ufergebüsch des Xanthos. Er aber fuhr unter die Schafe und richtete rechts und links unter ihnen ein Gemetzel an. Zwei großen Widdern, auf die er stieß, rannte er nacheinander den Speer durch den Leib und rief dazu mit bitterem Hohnlachen: »Lieget ihr im Staub, den Raubvögeln zur Beute, ihr Hunde; ihr werdet keine ungerechten Schiedsrichterspruch mehr bestätigen, schändliche Atriden! Und du«, fuhr er fort, »der du dich dort in der Ecke verbirgst und aus bösem Gewissen deinen Kopf ins Gesträuche steckst, jetzt sollen dir die Waffen des Achill, die du mir gestohlen und in denen du prangest, nichts helfen, denn was nützt die Rüstung eines Helden, wenn ein feiger Mann sie trägt?« Mit diesen Worten ergriff er einen andern großen Hammel, schleppte ihn mit sich fort in sein Zelt, band ihn hier an den Türpfosten, zog eine Geißel aus dem Busen und fing an, mit allen seinen Kräften auf das Tier loszuschlagen. In diesem Augenblicke trat Athene von hinten zu ihm, berührte sein Haupt und befahl dem Wahnsinne, von ihm zu weichen. So fand sich der unglückliche Held wieder, die Geißel in der Hand, vor sich den angebundenen Widder mit zerfleischtem Rücken; dieser Anblick sagte ihm genug. Das schmähliche Werkzeug entfiel seiner Hand, die Heldenkraft entschwand ihm, er sank zu Boden, von der Ahnung getroffen, daß der Zorn der Götter ihn heimgesucht habe. Unaussprechliche Schmerzen bestürmten sein Herz. Als er sich wieder vom Staube erhoben, vermochte er vor Unmut den Fuß weder vorwärts noch rückwärts zu setzen, sondern stand lange unbeweglich da, wie ein Wartturm, der in Felsen wurzelt; endlich holte er einen tiefen Seufzer und sprach: »Wehe mir, warum hassen mich die Unsterblichen, warum haben sie mich in so tiefe Schmach gestürzt, dem arglistigen Odysseus zuliebe? Hier steh ich, der Mann, dem kein Männertreffen je Unehre gebracht hat, die Hände mit unschuldigem Lämmerblute besudelt, ein Gelächter dem ganzen Heere, ein Spott meiner Feinde!«

Während er so jammerte, suchte ihn im ganzen Lager und bei

den Schiffen, seinen kleinen Sohn Eurysakes auf dem Arme, die phrygische Königstochter Tekmessa, die Ajax, da er ihr Vaterland überfallen, als Beute fortgeführt hatte, die er einer Gattin gleich hielt und die ihn zärtlich liebte. Sie hatte seinen finstern Unmut im Zelte beobachtet, ohne dessen Grund erforschen zu können, da Ajax ihr auf keine Frage Antwort gegeben hatte. Bald nachdem er das Zelt verlassen hatte, stieg ihr eine finstere Ahnung im Herzen auf, und sie fand endlich bei den Schafhürden das traurige Schlachtfeld, das Ajax sich dort geschaffen. In Verzweiflung eilte sie zu dem Zelte zurück und fand ihn hier beschämt und verzweifelnd, bald nach seinem Bruder Teucer und nach seinem Kinde Eurysakes rufend, bald nach einem edeln Untergange begehrend. Tekmessa nahte sich ihm unter Tränen, umfaßte seine Knie und flehte ihn an, sie, seine Lebensgenossin, nicht allein zu lassen, als eine Gefangene unter Feinden; sie hieß ihn auch des greisen Vaters und der Mutter in Salamis gedenken, streckte ihm seinen Knaben entgegen und erinnerte ihn daran, welches Los das Kind treffen würde, wenn es, von harter Vormundschaft gedrückt, der Jugendaufsicht beraubt, ohne Vater heranwachsen müßte. Der Held griff mit einer heftigen Bewegung nach seinem Sohne, herzte ihn und sprach: »O Kind, übertriff an Glück deinen Vater, in allem andern gleiche ihm, so wirst du wahrlich kein schlechter Mann. An meinem Halbbruder Teucer hast du gewiß einen guten Pfleger, jetzt aber sollen dich meine Schildträger zu meinen Eltern Telamon und Eriböa nach Salamis bringen, wo du die Lust ihres Alters sein magst, bis auch sie zur Unterwelt hinabgehen.« Damit reicht er das Kind den Dienern, empfahl durch sie auch seine geliebte Tekmessa dem Halbbruder, riß sich aus ihren Umarmungen los, zog das Schwert, das ihm einst sein Feind Hektor geschenkt hatte, und pflanzte es in den Boden seines Zeltes. Dann hob er die Hände gen Himmel und betete: »Um eine bescheidene Wohltat flehe ich zu dir, Vater Zeus: Sende mir meinen Bruder Teucer her, sobald ich gefallen bin, daß nicht mein Feind mich zuvor aufspüre und mich den Hunden und Vögeln zum Fraße vorwerfe. Euch aber, Erinnyen, rufe ich an: wie ihr mich hier als Selbstmörder enden sehet, so lasset jene meuchelmörderisch, durch ihr eigenes, liebstes Blut dahingewürgt, fallen: kommet, schonet nichts, sättiget euch in der Runde am ganzen Heer! Du aber, o Sonnengott, der du leuchtend am hohen Himmel dahinfährst, wenn du mit deinem Wagen über meinem Vaterland Salamis kreisest, so hemme die Zügel und verkünde meinem greisen Vater und meiner armen Mutter mein herbes Schicksal. Leb wohl, du heiliger Strahl, leb wohl, Salamis, Heimatgefild; leb wohl, mein Stammsitz Athen mit deinen Flüssen und Quellen; lebt auch ihr wohl, ihr trojanischen Gefilde, die ihr mich so lange gepflegt habt! Erscheine du jetzt, o Tod, und wirf einen Blick des Mitleids auf mich!« Mit solchen Worten stürzte er sich in das Schwert und lag im Staube da, als hätte ihn der Blitz zerschmettert.

Auf die Nachricht von seinem Tode eilten die Danaer in Scharen herbei, warfen sich zu Boden und streuten jammernd Staub auf ihre Häupter. Teucer, sein Halbbruder, dem der Vater Telamon befohlen hatte, nicht ohne den Bruder von Troja heimzukehren, wollte sich an seiner Seite auch den Tod geben und hätte es getan, wenn die Griechen ihm das Schwert nicht genommen hätten. Da warf er sich auf die Leiche und weinte heftiger, als ein vaterloses Kind an dem Tage weint, der ihm seine Mutter geraubt hat. Doch faßte sich seine Heldenseele, daß er sich von dem Leichnam emporraffte und sich an Tekmessa wandte, die in starrer Verzweiflung bei dem Toten saß, den Sohn, den ihr die Diener zurückgegeben hatten, auf den Armen. Er versprach der Gefangenen seinen Schutz und dem Knaben, als zweiter Vater für ihn zu sorgen, wenngleich er selbst, den Zorn seines Vaters Telamon fürchtend, sie beide nicht nach Salamis begleiten könne.

Darauf schickte er sich an, den Leichnam seines geliebten Halbbruders zu bestatten. Aber hier trat ihm der Atride Menelaos wehrend in den Weg: »Untersteh dich nicht, diesen Mann zu bestatten«, sprach er, »den wir schlimmer befunden haben als unsere Feinde, die Trojaner. Um seines bösen Mordanschlags willen verdient er kein ehrliches Grab.« Während Menelaos so mit Teucer um den Leichnam des Ajax haderte, kam auch Agamemnon herbei, trat auf die Seite seines Bruders und schalt in der Hitze des Streites den Teucer einen Sklavensohn. Umsonst erinnerte sie dieser an alle Wohltaten, welche die Griechen dem gefallenen Helden zu danken hätten, an seine Rettung des Heeres, als die Flamme der Trojaner schon um die Schiffe der Danaer emporschlug und Hektor über den Graben in die Schiffsverdecke herniedersprang. »Und was scheltet ihr mich einen Sklaven?« rief er, »ist doch mein Vater Telamon der herrliche Griechenheld, meine Mutter Laomedons königliche Tochter! Soll ich, edel von den Edelsten abstammend, mich meiner Blutgenossenschaft schämen? Wisset, daß ihr mit dem gefallenen Helden auch sein geliebtes Weib hier und seinen Sohn und mich, seinen Bruder, aus dem Lager hinauswerfet. Bedenkt ihr auch, welchen Ruhm bei den Menschen und welchen Segen von den Göttern euch dieses bringen wird?«

So haderten sie, als Odysseus, der kluge Held, mitten unter sie eintrat und, gegen Agamemnon gewendet, hastig fragte: »Darf euch ein treuer Freund die Wahrheit sagen, ohne übel darum angesehen zu werden?« »So rede doch«, erwiderte Agamemnon, indem er ihn mit Verwunderung anblickte; »wohl halte ich dich für meinen besten Freund im ganzen Argiverheere!« »Nun, so höre mich auch«, sprach Odysseus. »Wirf bei den Göttern diesen Mann nicht ohne Erbarmen und ohne Bestattung hinaus! Laß dich durch deine Macht nicht zum ungerechten Hasse verleiten! Bedenke, wenn du einen solchen Helden schändetest, so würde nicht er dadurch herabgewürdiget, sondern das Recht und der Wille der Götter würden verachtet.« Als die Atriden solches hörten, blieben sie lange vor Staunen sprachlos. Endlich rief Agamemnon: »Und du, Odysseus, vermagst es über dich, zugunsten dieses Mannes mich zu bekriegen? Bedenkst du denn gar nicht, daß es dein Todfeind ist, dem du eine so hohe Gunst verschaffen willst?« »Wohl war er mein Feind«, antwortete Odysseus, »und ich haßte ihn, solange der Haß noch ziemlich war. Jetzt, da er gefallen ist und wir über den Verlust eines so edlen Helden trauern müssen, kann und darf ich ihn nicht mehr anfeinden. Ich selbst bin bereit, ihn zu bestatten und seinem Bruder bei dieser heiligen Pflicht an die Hand zu gehen.«

Als Teucer, der bei Odysseus' Ankunft mit Abscheu auf die Seite getreten war, solches hörte, trat er auf den Helden zu, seinen Arm zum Handschlag ausgestreckt:

»Edler Mann«, rief er, »du, sein größter Feind, bist die einzige Stütze des Toten! Dennoch wag ich es nicht, dich zur Berührung dieses Leichnams zuzulassen, dessen unversöhnt dahingeschiedenem Geiste solches unwillkommen sein dürfte. In allem andern sei mein Helfer; gibt es doch für deinen Edelmut noch genug zu tun!« Mit diesen Worten deutete Teucer auf Tekmessa, die noch immer sprachlos dasaß. Odysseus kehrte sich ihr wohlwollenden Sinnes zu: »Niemals, o Weib«, sprach er zu ihr, »soll ein anderer dich als Sklavin schauen. Solange Teucer und ich leben, sollst du mit deinem Kinde gepflegt und geborgen sein, als stände euch Ajax selbst noch zur Seite, er, die Schutzwehr der Achajer.«

Die Atriden schämten sich, gegen die edlen Vorstellungen des Odysseus Einwendungen zu machen. Der riesige Leib wurde mit vereinter Heldenkraft vom Boden gehoben und nach den Schiffen getragen, dort von dem Blute gereinigt, das ihn zugleich mit der Rüstung und dem Staube umgab, und endlich auf einem nicht minder stattlichen Scheiterhaufen verbrannt als Achill selbst, der in seinem Tode noch die Ursache eines zweiten, unersetzlichen Verlustes für die Griechen geworden war.

MACHAON UND PODALEIRIOS

Am andern Tage strömten die Danaer in die Volksversammlung, welche der Völkerhirt Menelaos berufen hatte. Als alle beisammen waren, stand er selbst auf und hub also an zu reden: »Höret mich an, ihr Fürsten des Volkes! Mir blutet das Herz, wenn ich unsre Scharen so vor uns hinsinken sehe. Für mich ist das Volk in den Kampf gezogen, und nun soll am Ende keiner mehr Heimat und Verwandte begrüßen! Ehe solches geschieht, laßt uns diesen unheilvollen Strand verlassen, und was noch übrig ist, mag mit den Schiffen, jeder in sein Vaterland, zurücksegeln. Seit Achill und Ajax dahingesunken sind, ist kein Erfolg unsrer Unternehmung mehr zu hoffen. Was mich betrifft, so bekümmert mich jetzt Helena, meine unwürdige Gemahlin, weniger als euch; mag sie mit dem weibischen Paris dahinfahren!«

So redete Menelaos; doch tat er es nur, um die Griechen zu versuchen; denn im Herzen wünschte er nichts sehnlicher als die Vertilgung der Trojaner. Der Sohn des Tydeus aber, der Lanzenschwinger Diomedes, der seine List nicht merkte, fuhr unwillig von seinem Sitz empor und fing an zu schelten: »Unbegreiflicher! Welche schmähliche Furcht hat sich deiner Heldenbrust bemächtigt, daß du so sprechen magst? Doch bin ich ruhig. Nimmermehr folgen dir die mutigen Söhne Griechenlands, bevor sie Trojas Zinnen zu Boden gestürzt haben! Entschlösse sich aber ein einziger, dir zu folgen, so soll dieser blaue Stahl ihm das Haupt vom Rumpfe trennen!«

Kaum hatte sich Diomedes wieder auf seinen Sitz niedergelassen, als sich der Seher Kalchas erhob und mit einem weisen Vorschlage den scheinbaren Zwist vermittelte. »Ihr wisset alle noch«, sprach er, »wie wir vor mehr als neun Jahren, als wir zur Eroberung dieser verfluchten Stadt ausschifften, den herrlichen Helden Philoktet, den Freund des Herakles, an einer giftigen und fressenden Wunde krank, auf der wüsten Insel Lemnos aussetzen und dort zurücklassen mußten. Zwar war der Geruch der eiternden Wunde und das Jammergeschrei des Unglücklichen unerträglich. Dennoch war es unrecht und erbarmungslos von uns gehandelt, den Armen auf diese Weise preiszugeben. Nun aber hat mir ein gefangener Seher geoffenbaret, daß nur mit Hilfe der heiligen und stets treffenden Pfeile, welche Philoktet von seinem Freunde Herakles geerbt hat, sowie durch seine und des Pyrrhos, des jungen Achillsprößlings, Gegenwart Troja erobert werden könne. Der Trojaner hat mir diese Weissagung wohl nur mitgeteilt, weil er die Erfüllung derselben für unmöglich hielt, denn so dachte er: wie sollte dem Philoktet der Haß gegen die Griechen, die ihn so schändlich verlassen haben, erlauben, die Pfeile auszuliefern und selbst vor Troja zu erscheinen? Mein Rat ist daher, ohne Verzug den stärksten unsrer Helden, Diomedes, und den beredtesten, Odysseus, nach dem Eilande Skyros zu senden, wo der Sohn des Achill bei dem Vater seiner Mutter erzogen wird. Mit seiner Hilfe wollen wir dann auch den Philoktet zu Lemnos bereden, sich mit uns wieder zu vereinigen und die unsterblichen Waffen des Herakles, durch welche Troja bezwungen werden soll, uns mitzubringen.«

Die Scharen der Griechen jubelten diesem Vorschlage Beifall, und die beiden Helden gingen zu Schiffe ab. Unterdessen rüsteten sich die Heere wieder zum Kampfe. Den Trojanern war der Sohn des Telephos, Eurypylos, von Mysien mit einem Heere zu Hilfe gekommen, und so fühlten sich diese von neuem gestärkt und ermutigt. Den Griechen dagegen fehlten ihre zwei besten

Helden. So kam es, daß die wieder begonnene Schlacht sich ihnen zum Verderben wendete. Da wurde auch Nireus, der Schönste unter den Danaern, von der Lanze des Eurypylos erreicht und lag mit den andern Erschlagenen im Staube, wie ein blühendes Stämmchen vom zerbrechlichen Olivenbaume, das, vom Flusse aufgewühlt, mit der Wurzel entführt und wieder ans Gestade getrieben wird, wo es nun mit Blüten bedeckt daliegt. Eurypylos aber spottete sein und wollte den Leichnam des schönen Harnisches berauben. Da stellte sich ihm Machaon, der Bruder des Podaleirios, entgegen, der schon den Tod des Nireus voll Zorn mit angesehen hatte. Er stieß dem Räuber seinen Speer in die mächtige Schulter, daß das Blut herausströmte. Eurypylos aber drang, wie ein verwundeter Eber, auf Machaon ein; dieser suchte ihn mit einem Steinwurfe abzuwehren, aber der Helm schützte jenen, und nun stieß der Sohn des Thelephos dem Griechen schnell wie der Blitz den Speer mitten in die Brust, daß die blutige Spitze bis zum Rückgrat durchdrang und Machaon klirrend auf den Boden fiel. Eurypylos zog die Lanze aus dem Leibe des Erschlagenen und wandte sich höhnend wieder in die Schlacht.

Teucer, der die beiden hatte fallen sehen, rief die Griechen auf, um ihre Leichname zu kämpfen. Zuletzt aber erlagen sie den Trojanern. Nachdem der Lokrer Ajax von Äneas mit einem Steine hart verwundet und zu Boden gestreckt war, mußten die Achajer den schwach atmenden Helden aus der Schlacht tragen und zogen sich alle nach den Schiffen zurück; die Trojaner richteten unter den Fliehenden eine große Niederlage an, ja sie hätten die Schiffe selbst durchs Feuer vernichtet, wenn die Nacht nicht dazwischengekommen wäre. So aber zog sich der siegreiche Mysier mit den Seinigen vor dem einbrechenden Dunkel zurück zu den Mündungen des Simois, wo er freudig sein Nachtlager aufschlug. Die Danaer dagegen, auf dem sandigen Ufer bei ihren Schiffen gelagert, seufzten die ganze Nacht durch vor Schmerz und beklagten das Los der unzähligen Brüder, die sie im Kampfe verloren hatten.

Aber kaum glühte die Morgenröte am Himmel, als auch die Griechen schon wieder aufbrachen, voll Begierde, sich an Eurypylos zu rächen. Andre von ihnen legten bei den Schiffen den schönen Nireus und den hochbegabten Arzt und mächtigen Kämpfer Machaon ins Grab. Während nun in der Ferne die

Schlacht wieder tobte, lag Podaleirios, der Bruder Machaons und wie dieser berühmt als der trefflichste Arzt im Heere, Trank und Speise verschmähend, im Staub, unter lautem Stöhnen. Er wich nicht vom Grabe seines geliebten Bruders; brütend sann er in seinem Geiste auf Selbstmord und legte bald die Hand ans Schwert, bald suchte er ein schnell wirkendes Gift, das er selbst gebraut hatte und immer bei sich trug, zu verschlingen. Seine Freunde aber wehrten ihm und sprachen ihm Trost ein; doch hätte er sich endlich am frischen Grabhügel seines Bruders getötet, wenn nicht der greise Nestor dem Verzweifelnden genaht wäre. Dieser traf ihn, wie er sich bald jammernd auf das Grab warf, bald wieder Staub auf sein Haupt streute, sich die Brust mit den nervigen Händen zerschlug und zugleich den Namen des getöteten Bruders ausrief. Schwer lag sein Kummer auf allen Dienern und Gefährten, die ihn umgaben. Da fing Nestor an, mit schmeichelnden Worten den Betrübten zu trösten: »Liebes Kind, mach doch deinem bittern Kummer ein Ende! Es ziemt einem verständigen Manne nicht, wie ein Weib an dem Grabe eines Toten zu jammern. Deine Klage ruft ihn doch nicht mehr ans Licht; das Feuer hat seinen Leib verzehrt, und seine Gebeine ruhen in der Erde. Er schwand, wie er gekommen ist. Du aber trage deinen großen Schmerz, wie ich den meinigen getragen habe, als der Sohn der Eos mir den Knaben erschlug, der mein liebster war und seinen Vater liebte wie keiner meiner Söhne. Als er für mich gestorben war, nahm ich doch Nahrung zu mir, wie vorher; ich ertrug es, das verhaßte Tageslicht auch ferner noch zu schauen; denn ich dachte daran, daß wir ja alle denselben Weg zum Hades wandeln müssen.«

Podaleirios hörte den Greis an, während ihm die Tränen über die Wangen liefen, und sprach: »Vater, wie sollte der Gram um den erschlagenen Bruder mein Herz nicht beugen, der mich, den Älteren, als unser Vater Äskulap zum Olymp entrückt wurde, wie das eigene Kind auf den Armen trug, mit mir an demselben Tische aß, sein Lager, seine Habe mit mir teilte, in seiner herrlichen Kunst mich unterrichtete? Nachdem er mir gestorben, mag ich das liebliche Tageslicht nicht mehr schauen!«

Doch der Greis ließ nicht ab mit seinem Troste. »Bedenke«, sprach er zu dem Bekümmerten, »daß die Götter es sind, welche uns die Geschicke senden, gute wie schlimme, und daß über allen die dunkle Parze waltet, welche dieselben blind auf die Erde hinabwirft: darum stürzt oft großes Unheil auf redliche Männer, und keiner gehet ganz sicher einher. Das Leben gestaltet sich stets wechselnd; bald führt es zu großem Jammer, bald wieder zu Besserem. Dazu gehet ja auch die Sage unter den Menschen, daß der Gute zum seligen Himmel emporsteige und der Frevler in die Schrecken des Dunkels hinab. Dein Bruder aber war ein menschenfreundlicher Mann, dazu ein Göttersohn; darum hoffe, daß er zum Geschlechte der Götter emporgestiegen ist.« Mit solchen Trostworten hub Nestor den lange Widerstrebenden vom Boden auf und führte ihn von dem traurigen Orte hinweg; dieser aber sah sich noch oft nach dem Grabhügel um.

Unterdessen nahte Eurypylos, der Mysier, auf dem Schlachtfelde, und die Danaer flohen aufs neue zu den Schiffen und fochten hier bald vor diesen, bald vor der weithin reichenden Mauer.

NEOPTOLEMOS

Während dies vor Troja geschah, kamen die Gesandten der Griechen, Diomedes und Odysseus, glücklich auf der Insel Skyros an. Hier trafen sie den jungen Sohn des Achill, Pyrrhos, der später von den Griechen Neoptolemos, das heißt Jungkrieger, genannt wurde, vor dem Hause des Großvaters, wie er sich abwechselnd im Pfeilschießen und Speerschleudern übte, dann auch wieder zu Wagen schnelle Rosse tummelte. Sie sahen ihm eine Weile mit Wohlgefallen zu und lasen mit inniger Teilnahme auf seinem Antlitz zugleich die Spuren der Trauer: denn der Tod des Vaters war dem Jüngling schon bekannt. Als sie näher traten, mußten sie staunen, denn der Jüngling war an schöner und hoher Gestalt ganz und gar seinem Vater ähnlich. Pyrrhos kam ihnen mit seinem Gruße zuvor: »Seid mir von Herzen willkommen, Fremdlinge«, sprach er. »Wer seid ihr und woher kommt ihr? Was wollt ihr von mir?« Darauf erwiderte ihm Odysseus: »Wir sind Freunde deines Vaters Achill und zweifeln nicht, daß wir zu seinem Sohne sprechen; so ganz ähnlich bist du ihm von Gestalt und Antlitz. Ich selbst bin Odysseus aus Ithaka, der Sohn des Laërtes, mein Genosse aber ist Diomedes, der Sohn des unsterblichen Tydeus. Wir kommen, der Weissagung unsers Sehers Kalchas gehorsam, dich auf den Kampfplatz von Troja zu holen, damit wir den Krieg glücklich beendigen können. Die Söhne der Griechen werden dir herrliche Gaben verleihen, ich selbst will dir die unsterblichen Waffen deines Vaters, die mir zugesprochen worden sind, abtreten.«

Freudig antwortete ihm Pyrrhos: »Wenn die Achajer mich rufen, der Stimme eines Gottes gehorsam, so laßt uns nur gleich morgen in die See stechen. Jetzt aber kommt mit mir in den Palast meines Großvaters und zu seinem gastlichen Tische!« In dem Königshause angelangt, fanden sie die Witwe des Achill, Deïdameia, noch in tiefer Herzensbetrübnis, dahinschmelzend in Tränen. Der Sohn trat zu ihr und meldete die Fremden, verbarg ihr aber bis zum andern Morgen den Grund der Ankunft, um sie nicht noch mehr zu bekümmern. Die Helden wurden satt und ergaben sich getrost dem Schlummer. Aber Deïdameia schloß ihre Augen nicht zum Schlafe. Ihr kam nicht aus dem Sinne, wie dieselben Helden, die sie jetzt unter ihrem Dache beherbergen mußte, es verschuldet hatten, daß sie jetzt ihren Gemahl als Witwe beweinte, indem sie ihm sein kampflustiges Herz beredeten, hinauszuziehen in den Krieg. Und nun ahnete ihr, daß auch ihr Sohn in denselben Sturm würde hinausgerissen werden. Deswegen erhob sie sich mit dem frühesten Morgenlichte, warf sich dem Sohn an die mächtig gewölbte Brust und erfüllte die Luft mit Wehklage. »O mein Kind«, rief sie, »ich weiß es, auch ohne daß du es mir gestehest: du willst mit den Fremden nach Troja, dem Sitze der Tränen, ziehen, wo so viele Helden und auch dein Vater untergegangen sind! Nun bist du aber so jung und aller Kriegswerke noch so unkundig! Darum höre auf mich, deine Mutter, und bleibe zu Hause bei mir, damit nicht auch noch die Unheilskunde an mein Ohr schlage, daß mein Sohn in der Feldschlacht gefallen sei wie sein Vater!« Aber Pyrrhos erwiderte: »Mutter, laß doch die Unglücksworte sein! Kein Mann im Kriege fällt wider des Schicksals Willen. Soll mein Los der Tod sein – nun, was könnte ich Besseres tun, als wert meiner Abstammung, für die Griechen sterben?«

Da stand auch Lykomedes, sein Großvater, aus dem Ruhesessel auf, in welchem er zu schlummern schien, trat vor den Enkel und sprach: »Starkmütiges Kind, wohl sehe ich, daß du deinem Vater ganz gleich bist. Aber wenn du auch glücklich von Troja heimkehrst, wer weiß, ob nicht auf dem Heimwege das Verderben noch auf dich lauert; denn die Seefahrt ist doch ein gefährlich Ding!« So sagte er und küßte den Enkel, doch ohne ihn von dem Wege abzuhalten. Jener aber, dem ein holdes Lächeln sein junges Heldenangesicht verklärte, riß sich aus den Umarmungen der weinenden Mutter los und ließ Vaterpalast und Heimat hinter sich. Wie ihn die rüstigen Glieder so hintrugen, glänzte er hell wie ein Gestirn des Himmels. Ihm folgten die beiden Griechenhelden und zwanzig entschlossene Männer, lauter vertraute Diener Deïdameias, und alle schifften sich am Strande der Insel ein.

Poseidon gab ihnen günstige Fahrt, und nicht lange, so lagen vor ihnen im Morgenlicht die Höhen des Idagebirges, Chrysa die Stadt, das Vorgebirge Sigeion, dann das Grab des Achill. Odysseus sagte jedoch seinem Sohne nicht, wessen der Grabhügel sei, sondern schweigend fuhren sie an dem Eilande Tenedos vorüber und weiter, bis in die Nähe von Troja. Sie kamen an den Strand, als gerade der Kampf gegen Eurypylos bei der Mauer, welche das Bollwerk der Schiffe bildete, am heftigsten war, und jetzt hätte sie der Mysier niedergerissen, wäre nicht der eben landende Diomedes über das Fahrzeug an den Strand gesprungen und hätte die Schar aus dem Schiffe mit mutigem Rufe nach sich gezogen.

Ohne Verzug eilten sie nach dem Zelte des Odysseus, das dem Strande zunächst stand und wo sich teils dessen eigene Waffen, teils viele erbeutete Rüstungen befanden. Von diesen wählte sich der eine die, der andere jene aus. Neoptolemos aber – so dürfen wir ihn von jetzt an heißen – hüllte sich in die Waffen seines Vaters Achill, welche den andern allen zu groß waren; ihn selbst aber drückte weder der Panzer noch der Helm; Speer, Schwert und Schild schwang er mit Leichtigkeit, und in allem ähnlich seinem Vater, stürzte er in den hitzigsten Kampf hinaus und alle mit ihm gelandeten Helden ihm nach. Jetzt erst begannen die Trojaner wieder von der Mauer zu weichen und drängten sich, von allen Seiten bestürmt und beschossen, um den Sohn des Telephos zusammen, wie furchtsame Kinder bei dem Rollen des Donners zu ihrem Vater fliehen. Aber jedes Geschoß, das aus der Hand des Neoptolemos flog, sandte den Tod auf die Häupter der Feinde, und die verzweifelnden Trojaner glaubten den riesigen Achill selbst in seiner Rüstung vor sich zu sehen. Sein Geist ruhte auf ihm; auch focht er unter dem Schirm der Göttin Athene, der Freundin seines Vaters; und wie Schneeflocken den Felsen umfliegen, so flatterten die Geschosse um ihn her, ohne ihm die Haut zu ritzen. Ein Schlachtopfer um das andere brachte er dem gefallenen Vater dar. Zwei Söhne des reichen Meges, Zwillingsbrüder, raffte, wie eine Stunde sie geboren, so jetzt eine Stunde dahin, denn den einen traf Neoptolemos mit dem Speere in das Herz, den andern an das Haupt mit einem mächtigen Steine, so daß der schwere Helm zertrümmert wurde und im Schädel das Gehirn sich mischte. Noch unzählige andere Feinde fielen rings um sie her, bis endlich gegen Abend Eurypylos und das feindliche Heer den Rückzug vor dem Sohne des Achill antraten.

Als Neoptolemos nun vom Kampfe ruhete, kam auch der greise Held Phönix, der Freund seines Großvaters Peleus und der Erzieher seines Vaters Achill, auf den jungen Helden zu und betrachtete voll Verwunderung die Ähnlichkeit mit dem Peliden. Schmerz und Freude bestürmten ihn zugleich: jener bei der Erinnerung an den Tod seines Pflegesohnes, diese, weil er dessen kräftigen Sprößling vor sich sah. Ein Tränenstrom quoll aus den Augen des Greises, er umarmte den herrlichen Jüngling, küßte ihm Haupt und Brust und rief: »O Sohn, mir ist, als wandle dein Vater, um den ich mich täglich abhärme, wieder lebendig unter uns! Doch stille! es darf der Gram um den Vater dir jetzo den Mut nicht schwächen; vielmehr sollst du, das Herz voll Zornes, den Griechen zu Hilfe kommen und den grimmigen Sohn des Telephos töten, der uns soviel Schaden getan. Übertriffst du ihn doch an Kraft so weit, als dein Vater seinen Vater übertraf!« Bescheiden erwiderte darauf der Jüngling: »Wer der Tapferste sei, werden erst Feldschlacht und Schicksal entscheiden, o Greis!« Mit diesen Worten wandte er sich nach den Schiffen und dem Lager zurück, denn die Nacht war eingebrochen, und die Helden kehrten um vom Streite nach ihren Zelten.

Bei Tagesanbruch begann der Kampf aufs neue. Lanze mit Lanze, Schwert mit Schwert kreuzte sich, und ein Mann drang auf den andern ein. Lange war das Gefecht unentschieden, und auf beiden Seiten mordeten und fielen die Helden. Dem Eurypylos ward ein Freund erschlagen; darüber verdoppelte sich seine Wut, und er warf die Achajer nieder, wie man Bäume in dichten Waldungen zu Haufen fällt, so daß die Stämme zerrissene Schluchten anfüllen. Endlich aber trat ihm Neoptolemos entgegen, und beide schüttelten ihre mächtigen Lanzen in der Rechten. »Wer bist du, Jüngling, woher bist du gekommen, mich zu bekämpfen?« rief zuerst Eurypylos seinem Gegner zu, »fürwahr, dich reißt dein Geschick zur Unterwelt hinab!« Neoptolemos erwiderte: »Warum willst du meine Abstammung wissen wie ein Freund, da du doch ein Feind bist? So wisse denn, ich bin der Sohn des Achill, der einst deinen Vater verwundete; die Rosse meines Wagens sind die windschnellen Kinder der Harpyien und des Zephyros, die selbst über das Meer dahinrennen; die Lanze, vom Scheitel des hohen Berges Pelion stammend, ist die Lanze meines Vaters; die sollst du jetzt erproben!« So sprach der Held, sprang vom Wagen und schüttelte den Speer. Von der andern Seite hob Eurypylos einen gewaltigen Stein vom Boden auf und warf ihn nach dem goldenen Schilde seines Feindes; doch der Schild erzitterte nicht einmal. Wie zwei Raubtiere drangen beide jetzt aufeinander ein, und rechts und links von ihnen wogte die Feldschlacht in langen Reihen. Jene aber zerstießen einander die Schilde und trafen bald die Schienen, bald die Helme; ihre Kraft wuchs mit dem Kampfe, denn beide stammten von Unsterblichen ab. Endlich gelang es der Lanze des Neoptolemos, den Weg in die Kehle des Gegners zu finden: ein purpurner Blutstrom drang aus der Wunde, und einem entwurzelten Baume gleich stürzte Eurypylos entseelt zu Boden.

Nach seinem Falle hätten sich die Trojaner vor Neoptolemos wie Kälber vor dem Löwen hinter ihre Mauer geflüchtet, wenn nicht Ares, der schreckliche Kriegsgott selber, der den Trojanern Beistand verleihen wollte, unbemerkt von den andern Göttern, den Olymp verlassen und mit seinen feuerschnaubenden Rossen den Kriegswagen mitten ins Schlachtgetümmel hineingetrieben hätte. Hier schwang er seinen mächtigen Speer und ermahnte die Troer mit lautem Zurufe, den Feind zu bestehen. Diese staunten, als sie die göttliche Stimme hörten; denn den Gott selbst, den ein Nebel unsichtbar machte, sahen sie nicht. Der Sohn des Priamos, der gepriesene Seher Helenos, war der erste, dessen Scharfsinn den Gott erkannte und der seinen Leuten zurief: »Bebet nicht!

Euer Freund, der mächtige Kriegsgott, ist selbst mitten unter euch: habt ihr den Ruf des Ares nicht vernommen?« Jetzt hielten die Trojaner wieder stand, und das Gemetzel begann auf beiden Seiten von neuem. Ares hauchte den Trojanern gewaltigen Mut ein, und zuletzt wankten die Reihen der Griechen. Nur den Neoptolemos vermochte er nicht zu schrecken; dieser kämpfte mutig fort und erschlug jetzt diesen, jetzt jenen im Streite. Der Gott zürnte über seine Kühnheit, und schon war er im Begriffe, die Wolke, die ihn umgab, zerreißend, dem jungen Helden sichtbar im Kampfe entgegenzutrten, als Athene, die Freundin der Griechen, vom Olymp herunter auf das Schlachtfeld eilte. Die Erde und die Wellen des Xanthos erbebten vor ihrer Ankunft, leuchtende Blitze flogen um ihre Waffen, die Schlangen auf ihrem Gorgonenschilde hauchten Feuer. Und während die Sohlen der Göttin auf dem Boden standen, berührte ihr Helm die Wolken; sterblichen Blicken jedoch blieb sie verborgen. Und jetzt hätte sich ein Zweikampf zwischen den Göttern erhoben, wenn nicht Zeus mit einem warnenden Donnerschlage sie geschreckt hätte. Beide erkannten den Willen des Vaters; Ares zog sich nach Thrakien zurück, Athene wandte sich nach Athen; das Schlachtfeld war den Sterblichen wieder überlassen, und jetzt wich die Stärke von den Trojanern: sie flohen in ihre Stadt zurück, und die Griechen drängten ihnen nach. Von den Mauern herab verteidigten jene tapfer ihre Stadt; dennoch hätten die Danaer die Tore erbrochen, wenn nicht Zeus, der den Willen des Schicksals kannte, die Stadt in Gewölk eingehüllt hätte. Da riet der weise Nestor den Griechen, sich zurückzuziehen, um ihre Toten zu bestatten und vom Kampf auszuruhen.

Am folgenden Tage sahen die Danaer mit Staunen die Burg von Troja wieder unumwölkt in den blauen Morgenhimmel steigen und erkannten in dem Nebel des gestrigen Abends das Wunder des Göttervaters. An diesem Tag herrschte Waffenruhe. Die Trojaner benutzten dieselbe, um den Mysier Eurypylos feierlich zu bestatten. Neoptolemos aber besuchte das hohe Grab seines Vaters, küßte die zierliche Säule, die sich darüber erhob, und sprach unter Seufzern und Tränen der Wehmut: »Auch unter den Toten sei mir gegrüßt, mein Vater; denn nie werde ich dein vergessen! O daß ich dich lebend bei den Griechen gefunden hätte! So aber hast du dein Kind nie gesehen und ich den Vater nicht, sosehr ich mich im Herzen nach dir gesehnt habe! Doch noch lebest du in mir und lebst in deinem Speere; beide jagen in der Feldschlacht den Feinden Schrecken ein, und die Danaer sehen mich mit freudigen Blicken an und sagen, ich gleiche dir, Vater, an Gestalt und Taten!«

So sprach er weinend und kehrte zu den Schiffen zurück. Den ganzen nächstfolgenden Tag wütete der Kampf wieder um die Mauern von Troja; doch gelang es den Griechen nicht, in die Stadt einzudringen, und an den Ufern des Skamander, wo Neoptolemos nicht war, fielen die Danaer sogar in Scharen darnieder. Dort hatte der mutige Sohn des Priamos, Deïphobos, einen glücklichen Ausfall gewagt und bedrängte die Belagerer. Auf die Nachricht davon hieß Neoptolemos seinen Wagenlenker Automedon die unsterblichen Rosse dorthin treiben. Staunend sah ihn der trojanische Königssohn nahen. Das Herz schwankte ihm zwischen dem Entschlusse zu fliehen oder dem entsetzlichen Helden entgegenzutreten. Neoptolemos aber rief ihm schon von weitem zu: »Sohn des Priamos, wie wütest du gegen die zitternden Danaer! Kein Wunder, wenn du dich für den tapfersten Helden der Erde hältst. Wohlan denn, so versuch es auch mit mir!« So rief er und stürmte auf ihn zu wie ein Löwe, und gewiß hätte er ihn mitsamt dem Wagenlenker darniedergestreckt, wenn nicht Apollo, in dunkles Gewölke gehüllt, aus dem Olymp herniedergeeilt wäre und den Gefährdeten zur Stadt entrückt hätte, wohin auch die übrigen Trojaner ihm nachflohen. Als Neoptolemos in die leere Luft mit dem Speere stieß, schrie er voll Unmuts: »Hund, du bist mir entgangen; doch nicht deine Tapferkeit half dir, sondern ein Gott hat dich mir gestohlen!« Dann warf er sich wieder in den Kampf. Aber Apollo, der in den Mauern Trojas war, schirmte die Stadt. Da ermahnte der Seher Kalchas die Danaer, zu den Schiffen zurückzuweichen und sich für eine Weile dem mühseligen Kampfe zu entziehen. Dort sprach er: »Es ist vergeblich, ihr Freunde, daß wir uns im Streite gegen diese Stadt abmühen, wenn nicht auch der andere Teil der Weissagung, welche ich euch mitgeteilt habe, in Erfüllung geht und Philoktet mit seinen unwiderstehlichen Pfeilen von Lemnos herbeigeschafft wird.« Sofort wurde beschlossen, den klugen Odysseus und den tapfren Jüngling Neoptolemos nach Lemnos abzusenden, und diese gingen ohne Säumen zu Schiffe.

PHILOKTET AUF LEMNOS

Die Helden landeten auf der unbetretenen, unbewohnten Küste der wüsten Insel Lemnos. Hier hatte vor mehr als neun Jahren, nach dem Ausspruche der Heerführer, Odysseus den Sohn des Pöas, Philoktet, dessen unheilbares Übel den Griechen seine Gegenwart unerträglich machte, in einer Höhle mit zwei Mündungen ausgesetzt, wo er des Winters im Sonnenstrahle Schutz vor der Kälte und des Sommers an einer andern Stelle Schatten und Kühlung finden konnte; in der Nähe rieselte eine lebendige Quelle. Die beiden Helden hatten diese Stelle bald wiedergefunden, und Odysseus traf noch alles wie das erstemal. Aber die Wohnung war leer, nur eine breite Streu aus Laub, wie von einem Ruhenden zusammengedrückt, ein kunstlos geschnitzter Becher aus Holz und etwas Feuergeräte deuteten auf einen Bewohner; und in der Sonne lagen Lumpen voll Eiters ausgebreitet, die nicht zweifeln ließen, daß der kranke Philoktet noch der Bewohner sei. Das erste, was sie taten, war, daß ein Diener auf die Lauer ausgesandt wurde, damit der Kranke sie nicht überraschen könnte. »Benützen wir«, sprach Odysseus zu dem jungen Sohne des Achill, »die Abwesenheit des Mannes, um unsern Plan mit ihm zu verabreden, denn nur durch Täuschung können wir uns seiner bemächtigen. Bei eurer ersten Zusammenkunft darf ich nicht zugegen sein; haßt er mich doch tödlich, und mit Recht! Sobald er dich nun fragt, wer du seiest und von wannen du kommest, sagst du ehrlich, du seiest der Sohn des Achill. Dann aber dichtest du noch weiter hinzu, du habest dich zürnend von den Griechen abgewandt und seiest auf der Fahrt nach der Heimat begriffen. Denn diese, die dich von Skyros nach Troja flehend herbeigeholt, um ihnen die Stadt erobern zu helfen, hätten dir die Waffen deines Vaters verweigert und sie mir, dem Odysseus, gegeben. Häufe nur so viel Schimpf auf mich, als dir einfällt; mich kränkt es nicht, und ohne diese List bekommen wir den Mann und die Pfeile nicht. Darum mußt du darauf denken, wie du ihm dies unbesiegbare Geschoß entwenden magst.« Hier fiel ihm Neoptolemos ins Wort: »Sohn des Laërtes«, sprach er,

»eine Tat, die ich ohne Abscheu nicht hören kann, vermag ich auch nicht zu tun; weder ich noch mein Vater sind zu böser Kunst geboren worden. Gerne bin ich bereit, den Mann mit Gewalt zu fangen; nur erlaß mir die Arglist! Wie sollte auch der einzelne Mann, der dazu nur auf einem Fuße stehen kann, uns, die vielen, überwältigen?« »Mit seinen unentfliehbaren Pfeilen«, erwiderte Odysseus ruhig. »Ich weiß wohl, mein Sohn, daß dir die Gabe der Täuschung nicht eingepflanzt ist, und auch ich selbst, der ich von einem redlichen Vater stamme, war in der Jugend mit der Zunge langsam und rasch mit der Hand. Erst die Erfahrung mußte mich belehren, daß die Welt weniger durch die Taten als durch Worte gelenkt wird. Wenn du nun bedenkst, daß der Bogen des Herakles allein Troja zu bezwingen vermag und du durch diese Tat den Ruhm der Klugheit wie der Tapferkeit davontragen, auch durch den Erfolg vollkommen gerechtfertigt erscheinen wirst, so weigerst du dich gewiß nicht länger der kurzen Trugworte!«

Neoptolemos gab den Gründen seines älteren Freundes nach, und dieser entfernte sich nun, wie verabredet war. Auch dauerte es nicht lange, bis von weitem der Schmerzensruf des leidenden Philoktet sich hören ließ. Dieser hatte nämlich von ferne das Schiff am hafenlosen Strande erblickt und kam auf Neoptolemos und seine Begleiter herzugeeilt. »Wehe mir«, rief er ihnen zu, »wer seid ihr, die ihr an dieser unwirtbaren Insel gelandet? Zwar erkenne ich an euch die geliebte Griechentracht, doch möchte ich auch den Laut eurer Sprache vernehmen. Bebet vor meinem verwilderten Aussehen nicht zurück, bedauert vielmehr mich unglücklichen, von allen Freunden verlassenen, gepeinigten Mann und antwortet, wenn ihr anders nicht mit feindlichen Absichten erschienen seid!«

Neoptolemos antwortete, wie Odysseus ihn gelehrt hatte; da brach Philoktet in ein Freudengeschrei aus: »O teuerwerte griechische Laute, wie nach so langer Zeit tönet ihr in mein Ohr! O Sohn des liebsten Vaters! Geliebtes Skyros! Guter Lykomedes! Und du, Pflegekind des Alten, was sprichst du da? So haben dich die Danaer denn auch nicht anders behandelt als mich! Wisse, ich bin Philoktet, der Sohn des Pöas, derselbe, den die Atriden und Odysseus einst, ganz verlassen, von entsetzlicher Krankheit gequält, auf unsrem Zuge nach Troja hier aussetzten. Sorglos schlief ich am Strande der See unter diesem hohen Felsendache; da entflohen sie treulos, hinterließen mir nur kümmerliche Lumpen wie einem Bettler und die notdürftigste Kost, wie sie einst ihnen aufgespart sein möge! Wie meinst du, liebes Kind, daß ich aus meinem Schlaf erwacht sei? mit welchen Tränen, welchem Angstgeschrei, als ich von dem ganzen Schiffszuge, der mich hierhergeführt, keine Seele mehr erblickte, keinen Arzt, keine Hilfe für mein Übel; gar nichts mehr ringsum außer meinem Jammer, aber diesen freilich im Überfluß! Seitdem sind mir Armen Tage um Tage und Jahre um Jahre verlaufen, und unter diesem engen Dache bin ich mein einziger Pfleger gewesen. Mein Bogen hier verschaffte mir die nötigste Nahrung; aber wie jammervoll mußte ich mich, wenn mir eine Beute aus den Lüften zufiel, nach der Stelle hinschleppen, den kranken Fuß nachziehend! Und sooft ich einen Trunk aus der Quelle suchen, sooft ich von Winter zu Winter zur Feuerung meiner Höhle mir Holz im Walde fällen wollte, das alles mußte ich, mit Mühe aus meiner Höhle hervorkriechend, selbst besorgen. Wiederum fehlte es mir an Feuer; wie lange währte es, bis ich den rechten Stein fand, der, an Eisen geschlagen, den Funken sprühte, welcher mich bis diese Stunde erhalten hat. Denn als ich einmal dies Bedürfnis hatte, fehlte mir nichts mehr, mein Leben zu fristen, als Gesundheit. Jetzt höre aber auch von der Insel etwas, lieber Sohn! Wisse, es ist der armseligste Fleck auf der Erde: niemals nahet sich ihr freiwillig ein Schiffer; es fehlt an Landungsplätzen, fehlt an Gelegenheit, Waren umzutauschen, fehlt an allem Umgange mit Sterblichen. Wen die Fahrt hierhertreibt, der landet nur gezwungen. Solcherlei Schiffer beklagen mich dann zwar wohl, reichen mir auch wohl Speise oder ein Kleid, aber heimgeleiten will mich keiner; und so schmachte ich denn hier in Not und Hunger schon ins zehnte Jahr; und das alles haben Odysseus und die Atriden mir zuleide getan, denen die Götter mit Gleichem vergelten mögen!«

Neoptolemos geriet bei dieser Erzählung in wilde Bewegung seines Innern; doch drängte er dieselbe zurück, der Ermahnung des Odysseus eingedenk. Er berichtete dem jammernden Helden den Tod seines Vaters und was er sonst über Landsleute und Freunde zu hören wünschte und knüpfte daran mit aller Wahrscheinlichkeit die Lüge, die Odysseus ihn gelehrt. Philoktet hörte unter lauten Bezeugungen der Teilnahme und Überraschung zu; dann faßte er den Sohn des Achill bei der Hand, weinte bitterlich und sprach: »Nun, liebes Kind, beschwöre ich dich bei Vater und Mutter, laß mich nicht in meinen Qualen zurück. Ich weiß wohl, daß ich eine lästige Ladung bin! Dennoch entschließe dich, nimm mich mit, wirf mich, wohin du wills, ans Steuerruder, an den Schnabel des Schiffes, in den untersten Raum, wo ich deine Schiffsgenossenschaft am wenigsten quäle! Laß mich nur nicht in dieser schrecklichen Einsamkeit; führe mich als Retter nach deiner Heimat: von der bis zum Öta und dem Lande, wo mein Vater wohnte, ist die Fahrt nicht mehr weit. Zwar habe ich oft schon Gelandeten manche herzliche Bitten an ihn mitgegeben, aber niemand brachte mir Kunde von ihm, und er ist wohl schon lange tot; nun, ich wäre froh, wenn ich nur an seinem Grabe ruhen dürfte.«

Neoptolemos gab dem kranken Manne, der sich zu seinen Füßen warf, mit schwerem Herzen die unredliche Zusage und rief: »Sobald du willst, laß uns zu Schiffe gehen; möge nur ein Gott uns schnelle Fahrt aus diesem Lande verleihen, nach dem Ziele, das uns angewiesen ist!« Philoktet sprang auf, so schnell, als das Übel seines Fußes es ihm zuließ, und ergriff mit einem Freudenrufe den Jüngling bei der Hand. In diesem Augenblick erschien der Späher der Helden, als ein griechischer Schiffsherr verkleidet, mit einem andern Schiffer von ihrem Gefolge. Er erzählte, an Neoptolemos gewendet, die erheuchelte Kunde, daß Diomedes und Odysseus auf der Fahrt nach einem gewissen Philoktet begriffen seien, den sie, einer Weissagung des Sehers Kalchas zufolge fangen und vor Troja bringen müßten, wenn die Stadt erobert werden sollte. Diese Schreckensnachricht warf den Sohn des Pöas ganz dem Neoptolemos in die Arme. Er raffte die heiligen Geschosse des Herakles zusammen, übergab sie dem jungen Helden, der sich zum Träger erbot, und schritt mit ihm unter das Tor der Höhle. Da vermochte sich Neoptolemos nicht länger zu halten, die Wahrheit siegte in dem reinen Herzen des jungen Helden über die Lüge, und ehe sie am Ufer angekommen waren, sprach er: »Philoktet, ich kann es dir nicht länger verbergen: du mußt mit mir nach Troja zu den Atriden und Griechen schiffen!« Philoktet bebte zurück, flehte, fluchte. Ehe aber das Mitleid ganz die Oberhand über die Seele des Jünglings gewann, sprang

Odysseus aus dem Gebüsche, das ihn verborgen hielt, hervor und befahl den Dienern, den unglücklichen alten Helden, der doch schon ihr Gefangener sei, zu fesseln. Philoktet hatte ihn auf den ersten Laut erkannt. »O wehe mir«, rief er, »ich bin verkauft, ermordet! Dieser ist's, der mich ausgesetzt hat, der mich jetzt dahinschleppt, durch dessen Trug mir meine Pfeile gestohlen sind! – Gutes Kind« sprach er dann schmeichelnd zu Neoptolemos, »gib du mir Bogen und Pfeile wieder!« Aber Odysseus fiel ihm in die Rede: »Nie geschieht solches«, rief er, »und wollte es der Jüngling auch; sondern du mußt mit uns gehen, du mußt; es gilt der Griechen Heil und Trojas Untergang!« Damit überließ ihn Odysseus den ihn fesselnden Dienern und zog den verstummten Neoptolemos mit sich fort. Philoktet blieb mit den Dienern im Eingang der Höhle stehen, klagte über den schamlosen Betrug und schien umsonst die Rache der Götter anzurufen, als er plötzlich die beiden Helden im Wortwechsel miteinander zurückkehren sah und aus der Ferne hörbar die Worte des jüngeren vernahm, welcher zürnend ausrief: »Nein, ich habe gefehlt; ich habe durch schnöde List einen edlen Mann verstrickt! Ich will sie ungeschehen machen, die schändliche Tat, und eh du mich getötet hast, führest du diesen Mann nicht gen Troja!« Beide zogen die Schwerter, Philoktet aber warf sich dem Sohne Achills zu Füßen: »Versprich mir, mich zu retten, wie du willst: so sollen die Pfeile meines Freundes Herakles jeden Einfall von deinem Lande abwehren!« »Folge mir«, sprach Neoptolemos und hub den alten Helden vom Boden auf, »wir schiffen noch heute nach Phthia, in mein Heimatland.«

Da verfinsterte sich die blaue Luft über den Häuptern der rechtenden Helden; ihre Blicke kehrten sich nach oben, und Philoktet war der erste, der seinen Freund, den vergötterten Herakles, in einer dunklen Wolke schwebend, erblickte.

»Nicht weiter!« rief dieser mit einer hallenden Götterstimme vom Himmel herab. »Höre, Freund Philoktet, aus meinem Munde den Ratschluß des Zeus und gehorche! Du weißt, durch welche Mühsal ich Unsterblichkeit gewann; auch dir ist vom Geschicke bestimmt, aus deinem Jammer verherrlicht hervorzugehen. Mit diesem Jünglinge vor Troja erscheinend, wirst du vor allen Dingen von der Krankheit erlöst; dann haben dich die Götter erwählt, den Paris, den Urheber alles Leids, zu vertilgen;

dann stürzest du Troja; das Herrlichste der ganzen Beute wird dein Anteil; beladen mit Schätzen fährst du zurück zu deinem Vater Pöas, der noch lebt. Hast du etwas übrig von der Beute, so opfere es auf dem Scheiterhaufen bei meinem Denkmale. Leb wohl!« Philoktet streckte dem verschwindenden Freunde die Arme nach zum Himmel. »Wohlan«, rief er, »zu Schiff, ihr Helden! Gib mir die Hand, edler Sohn des Achill; und du, Odysseus, schreit immerhin an meiner Seite: du hast gewollt, was die Götter wollen!«

DER TOD DES PARIS

Als die Griechen das ersehnte Schiff, das den Philoktet mit den beiden Helden am Borde hatte, in den Hafen des Hellesponts einlaufen sahen, eilten sie scharenweise unter lautem Jubel an den Strand. Philoktet streckte die schwächlichen Hände hinaus und wurde von seinen beiden Begleitern ans Ufer gehoben, welche mühselig den Hinkenden in die Arme der harrenden Danaer führten. Diese jammerte seines Anblickes. Da sprang einer der Helden aus dem Haufen heraus, heftete einen forschenden Blick auf die Wunde, rief mit lauter Rührung seinen Vater Pöas bei Namen und versprach, ihn mit der Götter Hilfe schnell zu heilen. Laut jauchzten die Griechen auf, als sie seine Verheißung hörten. Es war Podaleirios der Arzt, ein alter Freund des Pöas. Schnell schaffte dieser die nötigen Heilmittel herbei; die Argiver aber wuschen und salbten den Körper des alten Helden. Die Unsterblichen gaben ihren Segen: das verzehrende Übel schwand ihm aus den Gliedern und aller Jammer aus der Seele. Der sieche Leib des Helden Philoktet blühte auf wie ein Ährenfeld, das, am Regen dahinwelkend, von sommerlichen Winden erquickt wird. Die Atriden selbst, die Häupter des Volkes staunten, als sie ihn so gleichsam vom Tode auferstehen sahen, und nachdem er sich an Trank und Speise gelabt, trat Agamemnon zu ihm, ergriff ihn bei der Hand und sprach mit sichtbarer Beschämung: »Lieber Freund! Es ist in der Betörung unseres Geistes, aber auch nach göttlicher Fügung geschehen; hege nicht länger Groll darüber im Herzen, die Götter haben uns genug dafür gestraft und diese Versuchung über uns verhängt, um uns ihren Zorn fühlen zu lassen. Für jetzt nimm die Geschenke freundlich auf, die wir dir bereitet haben: sieben trojanische Jungfrauen, zwanzig Rosse und zwölf Dreifüße. Daran labe dein Herz und nimm in meinem eigenen Zelte Platz. Beim Mahl und allenthalben soll dir königliche Ehre erwiesen werden.«

»Lieben Freunde«, erwiderte Philoktet gütig, »ich zürne nicht mehr, weder dir, Agamemnon, noch irgendeinem andern Danaer, sollte sich auch einer an mir vergangen haben. Weiß ich doch, daß der Sinn edler Männer beugsam ist und sich bald streng, bald nachgiebig zeigen muß. Doch jetzt laßt uns schlafen gehen, denn wer sich nach dem Kampfe sehnt, tut wohler daran, sich des Schlummers zu freuen als des Schmauses!« So sprach er und eilte ins Gezelte seiner Freunde, wo er bis an den Morgen behaglich der Ruhe pflegte.

Am andern Tage waren die Trojaner außerhalb der Mauer mit der Beerdigung ihrer Toten beschäftigt, als sie die Griechen schon wieder zum Streite heranrücken sahen. Polydamas, der weise Freund des gefallenen Hektor, riet ihnen, im Gefühl ihrer Schwäche sich hinter die Mauern zurückzuziehen und sich dort getrost zu verteidigen. »Troja«, sprach er, »ist das Werk der Götter, und ihre Werke sind nicht leicht zu zerstören; auch fehlt es uns weder an Speise noch an Getränk, und in den Hallen unseres reichen Königes Priamos liegen noch Vorräte genug, um dreimal soviel Volk zu sättigen, als wir sind.« Aber die Trojaner gehorchten seinem Rate nicht und jauchzten vielmehr dem Äneas Beifall, der sie zu rühmlichem Sieg oder Tod auf dem Schlachtfelde aufforderte. Bald stürmte der Kampf wieder in beider Heere Reihen. Neoptolemos erschlug zwölf Trojaner hintereinander mit dem Speere seines Vaters, aber auch Eurymenes, der Gefährte des kühnen Äneas, und Äneas selbst rissen blutige Lükken ins griechische Heer, und Paris tötete den Begleiter des Menelaos, den Demoleon aus Sparta. Dagegen rasete Philoktet unter den Trojanern wie der unbezwingliche Ares selber oder wie ein tosender Strom, der breite Fluren überschwemmt. Wenn ein Feind ihn nur von ferne erblickte, so war er verloren; schon des Herakles herrliche Rüstung, die er trug, schien die Troer zu verderben, als stünde das Medusenhaupt auf seinem Panzer. Zuletzt aber wagte es doch Paris und drang auf ihn ein, Bogen und Pfeile mutig in der Luft schwenkend. Auch schnellte er bald einen Pfeil ab; doch der schwirrte an Philoktet vorüber und verwundete seinen Nebenmann Kleodoros in die Schulter. Dieser wich, mit der Lanze fortkämpfend, zurück; aber ein zweiter Pfeil des Paris taf ihn zum Tode. Jetzt griff Philoktet zu seinem Bogen, und mit donnernder Stimme rief er: »Du trojanischer Dieb, Urheber alles unsres Unheils, du sollst es büßen, daß dich gelüstet hat, in der Nähe dich mit mir zu messen. Wenn du einmal tot bist, so wird deinem Haus und deiner Stadt das Verderben mit schnellen Schritten heraneilen!« So sprach er und zog die gedrehte Sehne des Bogens bis nahe an die Brust, so daß das Horn sich bog, und legte den Pfeil so auf, daß er nur ein weniges über den Bogen hervorragte. Mit einem Schwirren der Sehne flog das zischende Geschoß dahin und verfehlte aus der Hand des göttlichen Helden sein Ziel nicht, doch ritzte er dem Paris nur die schöne Haut, und auch dieser spannte seinen Bogen wieder; da traf ihn ein zweiter Pfeil des Philoktet in die Weiche, daß er nicht länger im Kampf auszuharren vermochte, sondern entfloh wie ein Hund vor dem Löwen, am ganzen Leibe zitternd.

Der blutige Kampf dauerte noch eine Weile fort, während die Ärzte sich um die schmerzliche Wunde des Paris bemühten. Aber das Dunkel der Nacht war eingebrochen, und die Trojaner kehrten in ihre Mauern, die Danaer zu ihren Schiffen zurück. Paris durchstöhnte die Nacht ohne Schlaf auf seinem Schmerzenslager. Der Pfeil war bis ins Mark des Gebeines eingedrungen und die Wunde durch die Wirkung des scheußlichen Giftes, in das die Pfeile des Herakles getaucht waren, ganz schwarz vor Fäulnis. Kein Arzt vermochte zu helfen, ob sie gleich Mittel aller Art anwandten. Da erinnerte sich der Verwundete eines Orakelspruches, daß ihm einst in der größten Not nur seine verstoßene Gattin Önone helfen könne, mit welcher er, als er noch Hirte auf dem Ida war, glückliche Tage verlebt hatte. Aus dem eigenen Munde der Gattin hatte er damals, als er nach Griechenland zog, diese Wahrsagung vernommen. So ließ er sich denn jetzt ungerne, aber von der harten Qual gezwungen, dem Berge Ida, wo seine erste Gemahlin noch immer wohnte, zutragen. Von dem Gipfel des Berges herab krächzten Unglücksvögel, als die Diener mit ihm hinanstiegen. Ihre Stimme erfüllte ihn bald mit Entsetzen, bald trieb ihn wieder die Lebenshoffnung, sie zu verachten. So kam er in der Wohnung seiner Gattin an. Die Dienerinnen und Önone selbst erfüllte der unerwartete Anblick mit Staunen; er aber stürzte sich zu den Füßen seines verschmähten Weibes und rief: »Ehrwürdige Frau, o hasse mich jetzt nicht in meiner Bedrängnis, weil ich dich einst unfreiwillig als Witwe zurückließ. Denn sieh, es waren die unerbittlichen Parzen, die mich Helena entgegengeführt. O wäre ich doch gestorben, ehe ich sie in den Palast meines Vaters gebracht! Doch jetzt beschwöre ich dich bei den Göttern und unserer früheren Liebe, habe Mitleid mit mir und befreie mich von dem quälenden Schmerz, indem du auf meine Wunde die Heilmittel auflegst, die nach deiner eigenen Weissagung mich allein zu retten vermögen!«

Aber seine Worte erweichten den harten Sinn der Verstoßenen nicht. »Was kommst du zu der«, sprach sie scheltend, »die du verlassen und dem bitteren Jammer preisgegeben hast, weil du an Helenas ewiger Jugend dich zu erfreuen hofftest? So geh nun und wirf dich ihr zu Füßen, ob sie dir helfen möge; meine Seele aber hoffe nicht mit deinen Tränen und Klagen zum Mitleid zu stimmen!« So schickte sie ihn wieder aus ihrer Behausung fort, ohne zu ahnen, daß ihr eigenes Schicksal an das ihres Gatten gebunden sei. Paris schleppte sich, von den Dienern gestützt und getragen, kummervoll über die Höhen des waldigen Ida hin, und Hera vom Olymp herab labte sich an dem Anblicke. Noch war er nicht an den Abhang des Berges gelangt, als er der giftigen Wunde erlag und seinen Geist noch auf den Gipfeln des Ida selbst aushauchte, so daß seine Buhlin Helena ihn nicht wieder erblickte.

Ein Hirte brachte seiner Mutter Hekabe die erste Kunde von seinem traurigen Tode. Ihr wankten die Knie bei der Nachricht, und sie sank bewußtlos nieder. Priamos aber wußte noch nichts davon, er saß klagend am Grabe seines Sohnes Hektor und erfuhr nicht, was draußen vorging. Helena dagegen ließ ihren strömenden Klagen bei der Botschaft ihren Lauf, wiewohl ihr Gemüt wenig davon empfand; denn sie war nicht sowohl über den Tod des Mannes betrübt als über ihre eigene Schuld, an welche sie sich jetzt mit Zagen erinnerte.

Unerwartete Reue bemächtigte sich der Seele Önones, die

ferne von allen trojanischen Frauen auf der Höhe des Ida im einsamen Hause lag und der jetzt erst die Erinnerung an ihre mit Paris in Liebe verlebte Jugend zurückkehrte. Wie das Eis, das auf dem hohen Gebirge sich in den Wäldern angesetzt und die Klüfte umher deckt, unter dem lauen Hauche des Westwinds wieder schmilzt und in strömende Quellen zerfließt, so schmolz die Härtigkeit ihres Herzens dahin vor dem Kummer; das Herz ging ihr auf, und Ströme von Tränen quollen aus ihren lang vertrockneten Augen. Endlich raffte sie sich auf, öffnete mit Heftigkeit die Pforte ihres Hauses und stürzte wie ein Sturmwind hinaus. Von Fels zu Fels, über Schluchten und Bergströme trugen sie die flüchtigen Füße durch die Nacht hin. Mitleidsvoll blickte Selene vom blauen Nachthimmel auf sie herunter. Endlich gelangte sie an die Stelle des Gebirges, wo der Leichnam ihres Gatten auf dem Holzstoß flammte und von den Schafhirten des Berges umringt war, die dem Freund und dem Königssohn die letzte Ehre erwiesen. Als ihn Önone erblickte, machte sie der heftige Schmerz ganz sprachlos; sie verhüllte ihr schönes Antlitz in die Gewänder, sprang rasch auf den Scheiterhaufen, und ehe die Umstehenden sie retten, ja nur beklagen konnten, war sie mit der Leiche des Gatten ein Opfer der Flammen.

STURM AUF TROJA

Während sich dieses auf dem Berg Ida ereignete, wurde der Kampf von seiten beider Heere mit Erbitterung und wechselndem Erfolg fortgesetzt. Apollo hauchte dem Äneas, dem Sohne des Anchises, und dem Eurymachos, dem Sohne Antenors, Mut und Stärke ein, daß sie die Achajer mit großem Verluste zurückdrängten und Neoptolemos nur mit Mühe das Treffen wiederherstellen konnte. Doch wichen die Trojaner nicht eher, bis Pallas Athene selbst den Griechen zu Hilfe eilte. Nun mischte sich auch die Göttin Aphrodite in den Kampf, und um das Leben ihres Sohnes Äneas besorgt, hüllte sie diesen in eine Wolke und entrückte ihn aus der Schlacht.

Aus diesem unbarmherzigen Kampfe entrannen nur wenige Trojaner, müde und verwundet, in die Stadt. Weiber und Kinder lösten ihnen wehklagend die blutigen Waffen vom Leibe, und die Ärzte hatten vollauf zu tun. Auch die Danaer waren vom Kampfe geschwächt und ermüdet, denn erst nach langem Zweifel hatte sich der Sieg ihnen zugewendet. Doch waren sie am andern Morgen wieder munter, und nachdem sie eine gehörige Wache bei den Verwundeten zurückgelassen, zogen sie lustig und kriegerisch von den Schiffen den Mauern Trojas wieder zu; und diesmal ging es zum Sturme. Die Griechen hatten ihre Scharen verteilt, und eine jede hatte den Angriff auf eines der Tore übernommen. Die Trojaner aber kämpften auf allen Seiten von Mauern und Türmen herab, und überall erhob sich ein gewaltiges Getümmel. An das Skäische Tor wagte sich zuerst Sthenelos, der Sohn des Kapaneus, mit dem göttergleichen Helden Diomedes. Über dem Tore aber wehrten der ausdauernde Deïphobos und der starke Polites samt vielen Genossen die Stürmenden mit Pfeilen und Steinen ab, daß Helme und Schilde von dem Wurfe klangen. Am Idäischen Tore focht Neoptolemos mit allen seinen Myrmidonen, die in den Künsten der Bestürmung wohlerfahren waren. In der Stadt munterten hhier die Trojaner Helenos und Agenor auf und kämpften unermüdlich für die teure Heimat. An denjenigen Pforten, die zu der Ebene und zu dem Schiffslager der Griechen führten, waren Eurypylos und Odysseus in unaufhörlichem Kampfe; von der hoch emporragenden Mauer aber hielt sie durch Steinwürfe der tapfere Äneas entfernt. An dem Gewässer des Simois kämpfte unter mannigfaltigen Drangsalen Teucer, und so andere anderswo. Endlich kam Odysseus auf seinem Posten auf den glücklichen Gedanken, seine Streiter die Schilde über ihre Häupter gedrängt aneinander emporheben zu lassen, so daß das Ganze wie das wohlgewölbte Dach eines Hauses erschien. Unter diesem Schilddache zogen die Scharen der Danaer, eng geschlossen und wie zu einem einzigen Körper vereinigt, daher, und furchtlos hörten sie das Getöse der zahllosen Steine, Pfeile und Lanzen, die von der Mauer herab aus den Händen der Trojaner auf die Schilde herabprasselten, ohne einen einzigen Mann zu verwunden. So nahten sie sich, keiner von dem anderen getrennt, wie ein dunkles Wintersturmgewölk den Mauern; der Grund dröhnte unter ihren Tritten, der Staub wallte über ihren Häuptern, und unter dem Schilddache tönte vermischtes Gespräch durcheinander, wie Bienengesumse in den Körben. Freude erfüllte das Herz der Atriden, als sie das unerschütterliche Bollwerk einherziehen sahen: sie drängten ihre Krieger alle den Toren der Feste entgegen zum Sturmangriff und rüsteten sich, die Türen aus den Angeln zu heben, die Torflügel mit zweischneidigen Beilen zu durchbrechen und niederzuwerfen, und bei der neuen Erfindung des Odysseus schien der Sieg unzweifelhaft zu sein.

Da stärkten die Götter, die auf seiten der Trojaner waren, die Arme des Helden Äneas, daß er einen ungeheuren Stein mit beiden Händen herbeibrachte und voll Wut auf das Schilderdach hinunterschleuderte. Dieser Wurf richtete eine klägliche Niederlage unter den Stürmenden an, und sie sanken wie Ziegen des Berges, auf die ein losgerissener Fels herabrollt, zerschmettert unter ihren Schilden zu Boden. Äneas aber stand auf der Mauer mit strotzenden Gliedern, und seine Rüstung funkelte wie der Blitz; neben ihm stand unsichtbar in einer dunkeln Wolke der gewaltige Ares, der den Geschossen, die der Held dem Steine nachsendete, die rechte Richtung gab, daß Tod und Entsetzen unter die Reihen der Griechen fuhr. Laut ertönte von den Mauern herab der Ruf des Äneas, der die Seinigen anfeuerte, laut von unten herauf der Ruf des Neoptolemos, der die Myrmidonen ermahnte, standzuhalten, und so dauerte hier der Kampf den ganzen Tag fort ohne Erholung und Rast.

An einer entfernteren Seite der Mauer waren die Griechen glücklicher. Dort säuberte der kühne Lokrer Ajax die Zinnen allmählich von Verteidigern, indem er bald mit dem Pfeil einen wegschoß, bald mit dem Speer einen niederstieß. Und jetzt ersah sich sein tapferer Waffengefährte und Landsmann Alkimedon eine ganz leer gewordene Stelle der Mauer, legte eine Sturmleiter an und stieg, auf sein mutiges Herz und seine Jugend vertrauend, voll Kriegslust mit bebendem Fuße die Stufen empor, den Schild über dem Haupte haltend. So gedachte er den Seinigen den Weg in die Stadt zu bahnen. Aber Äneas hatte aus der Ferne sein Beginnen beobachtet, und als jener nun eben über die Mauer hinwegsah und zum ersten und letzten Mal einen Blick in das Innere der Stadt warf, traf ihn ein Stein, aus der gewaltigen Hand des trojanischen Helden geschleudert, ans Haupt; die Leiter ward zertrümmert unter der Wucht des Stürzenden: wie ein Pfeil, von der Sehne geschnellt, wirbelte er durch die Luft und hauchte die Seele aus, noch ehe er unten am Boden ankam. Die Lokrer seufzten laut auf, als sie den Zermalmten auf der Erde liegen sahen. Jetzt faßte Philoktet den Sohn des Anchises, der wie ein reißendes Tier die Mauern entlang tobte, sich ins Auge und richtete sein gepriesenes Geschoß auf ihn. Auch verfehlte er sein Ziel nicht, ritzte jedoch nur ein wenig das Leder des Schildes und traf dann den Trojaner Menon, der von der Mauer herabfiel wie ein Wild, das des Jägers Pfeil erreicht hat. Äneas zertrümmerte dafür dem Toxaichmes, einem wackern Gefährten des Philoktet, Haupt und Knochen mit einem Steinwurfe. Grimmig blickte Philoktet zu dem feindlichen Helden empor und rief: »Äneas! du glaubst der Tapferste zu sein, wenn du, wie schwache Weiber, von der Mauer herab deine Feinde mit Steinen bekämpfst. Wohlan, wenn du ein Mann bist, so komm in der Rüstung vor die Tore heraus und erprobe deinen Bogen und deine Lanze im Kampfe mit dem mutigen Sohne des Pöas!« Der Trojaner hatte nicht Zeit, ihm zu antworten, denn die Verteidigung der Stadt rief ihn nach einer andern Stelle der Mauer, und auch Philoktet wurde zu neuem rastlosem Kampf hinweggerissen.

DAS HÖLZERNE PFERD

Nachdem nun die Griechen lange erfolglos um Tore und Mauern von Troja gekämpft und der versuchte Sturm auf allen Seiten abgeschlagen worden war, rief der Seher Kalchas eine Versammlung der vornehmsten Helden zusammen und redete so vor ihnen: »Unterziehet euch nicht ferner den Mühseligkeiten eines gewaltsamen Kampfes, denn auf diesem Wege kommt ihr nicht zum Ziele: besinnet euch vielmehr auf irgendeinen Anschlag, der euren Schiffen und euch selber zum Heile gereichen mag. Denn vernehmet, was für ein Zeichen ich gestern geschaut habe: Ein Habicht jagte einem Täubchen nach; dieses aber schlüpfte in die Spalten eines Felsens hinein, um seinem Verfolger zu entgehen. Lange verweilte dieser grimmig vor dem Felsenspalt, aber das Tierchen ging nicht heraus; da verbarg sich der Raubvogel mit unterdrücktem Unmut ins nahe Gebüsch: und siehe da, jetzt schlüpfte das Täublein in seiner Torheit wieder heraus, der Habicht aber schießt auf das arme Tier nieder und erwürgt es ohne Erbarmen. Laßt uns diesen Vogel zum Muster nehmen und Troja nicht fürder mit Gewalt zu erobern bestrebt sein, sondern es einmal mit der List versuchen.«

So sprach der Seher, aber keinem der Helden, obgleich sie hin und her sannen, wollte ein Mittel einfallen, wie dem grausamen Kriege ein Ziel gesetzt werden könnte; der einzige Odysseus kam endlich durch die Verschmitztheit seines Geistes auf ein solches. »Wisset ihr was, Freunde«, rief er, freudig bewegt durch den glücklichen Einfall, »laßt uns ein riesengroßes Pferd aus Holz zimmern, in dessen Versteck sich die edelsten Griechenhelden, so viele unser sind, einschließen sollen. Die übrigen Scharen mögen sich inzwischen mit den Schiffen nach der Insel Tenedos zurückziehen, hier im Lager aber alles Zurückgelassene verbrennen, damit die Trojaner, wenn sie dies von ihren Mauern aus gewahr werden, sich sorglos wieder über das Feld verbreiten. Von uns Helden aber soll ein mutiger Mann, der keinem der Troer bekannt ist, außerhalb des Rosses bleiben, sich als Flüchtling zu ihnen begeben und ihnen das Märchen vortragen, daß er sich der frevelhaften Gewalt der Achajer entzogen habe, welche ihn um ihrer Rückkehr willen den Göttern als Opfer schlachten wollten. Er habe sich nämlich unter dem künstlichen Rosse, welches der Feindin der Trojaner, der Göttin Pallas Athene, geweiht sei, versteckt und sei jetzt, nach der Abfahrt seiner Feinde, eben erst hervorgekrochen. Dies muß er den ihn Befragenden so lange zuversichtlich wiederholen, bis sie ihr Mißtrauen überwunden haben und ihm zu glauben anfangen. Dann werden sie ihn als einen bemitleidenswerten Fremdling in ihre Stadt führen. Hier soll er darauf hinarbeiten, daß die Trojaner das hölzerne Pferd in die Mauern hineinziehen. Überlassen sich dann unsre Feinde sorglos dem Schlummer, so soll er uns ein zu verabredendes Zeichen geben, auf welches wir unsern Schlupfwinkel verlassen, den Freunden bei Tenedos mit einem lodernden Fackelbrande ein Signal geben und die Stadt mit Feuer und Schwert zerstören wollen.«

Als Odysseus ausgeredet, priesen alle seinen erfinderischen Verstand, und zumeist lobte ihn Kalchas, der Seher, dessen Sinn der schlaue Held vollkommen getroffen hatte. Er machte auf günstige Vogelzeichen und zustimmende Donnerschläge des Zeus, die sich vom Himmel herab hören ließen, aufmerksam und drängte die Griechen, sogleich zum Werke zu schreiten. Aber da erhub sich der Sohn des Achill unwillig in der Versammlung: »Kalchas«, sprach er, »tapfre Männer pflegen ihre Feinde in offener Feldschlacht zu bekämpfen; mögen die Trojaner, das Treffen vermeidend, von ihren Türmen herab als Feige streiten, uns aber lasset nicht auf eine List sinnen oder auf irgendein andres Mittel außer offenem Kampfe! In diesem müssen wir beweisen, daß wir die besseren Männer sind.«

So rief er, und Odysseus selbst mußte den hochsinnigen Jüngling bewundern; doch erwiderte er ihm: »O du edles Kind eines ebenso furchtlosen Vaters, du hast dich ausgesprochen wie ein Held und wackrer Mann. Aber doch konnte dein Vater selbst, der Halbgott an Mut und Stärke, diese herrliche Feste nicht zerstören. Du siehst also wohl, daß Tapferkeit in der Welt nicht alles ausrichtet. Deswegen beschwöre ich euch, ihr Helden, daß ihr den Rat des Kalchas befolget und meinen Vorschlag ohne Säumen ins Werk setzet!«

Alle andern Helden gaben dem Sohne des Laërtes Beifall; nur Philoktet stellte sich auf die Seite des Neoptolemos, denn er lechzte noch immer nach Kampf und Schlachtgetümmel, und sein Heldenherz war noch nicht gesättigt. Am Ende hatten die beiden auch den Rat der Danaer zu sich herübergezogen. Aber Zeus bewegte den ganzen Luftkreis, schleuderte Blitz auf Blitz unter krachendem Donner zu den Füßen der widerstrebenden Helden herab und gab so hinlänglich zu verstehen, daß sein Wille sich mit den Vorschlägen des Sehers und des Laërtiaden vereinige. So verloren die beiden Helden den Mut, sich länger zu widersetzen, und gehorchten, obgleich mit innerlichem Widerwillen.

Nun kehrten alle miteinander zu den Schiffen zurück, und ehe ans Werk gegangen wurde, überließen sich die Helden dem wohltätigen Schlafe. Da stellte sich um Mitternacht im Traume Athene an das Haupt des griechischen Helden Epeios und trug ihm als einem kunstreichen Manne auf, das mächtige Roß aus Balken zu zimmern, indem sie selbst ihm ihren Beistand zur schnelleren Vollendung des Werkes versprach. Der Held hatte die Göttin erkannt und sprang freudig vom Schlafe auf: alle Gedanken wichen in seinem Geiste dem einen Auftrag, und der Geist seiner Kunst bewegte ihm die Seele. Mit Tagesanbruch erzählte er die Göttererscheinung in der Mitte alles Volkes, und nun schickten die Atriden in aller Eile in die waldreichen Täler des Idagebirges und ließen daselbst die hochstämmigsten Tannen fällen. Diese wurden eilig zum Hellespont hinabgetragen, und viele Jünglinge gingen ans Werk und halfen dem Epeios: die einen zersägten die Balken, die andern hieben die Äste von den noch unzersägten Stämmen, wieder andere taten anderes. Epeios aber zimmerte zuerst die Füße des Pferdes, dann den Bauch; über diesen fügte er den gewölbten Rücken, hinten die Weichen, vorn den Hals; über ihn formte er zierlich die Mähne, die sich flatternd zu bewegen schien; Kopf und Schweif wurden reichlich mit Haaren versehen, aufgerichtete Ohren an den Pferdekopf gesetz und gläserne leuchtende Augen unter der Stirne angebracht; kurz, es fehlte nichts, was an einem lebendigen Pferde sich regt und bewegt. So vollendete er mit Athenes Hilfe das Werk in dreien Tagen, und das ganze Heer bewunderte die Schöpfung des Künstlers, so ausdrucksvoll hatte er Leben und Bewegung nachzubilden gewußt; man meinte jeden Augenblick, jetzt werde das Riesenpferd zu wiehern anfangen. Epeios aber hob die Hände gen Himmel und betete vor allem Heere: »Mächtige Pallas, erhöre mich, rette dein Pferd und mich selbst, hohe Göttin!« Und alle Griechen stimmten in dieses Gebet ein.

Die Trojaner waren in der Zwischenzeit vom letzten Kampfe an scheu hinter ihren Mauern geblieben. Um so lauter tobte der Zwiespalt unter den Göttern selbst jetzt, wo Trojas Verhängnis erfüllt werden sollte. Sie fuhren in zwei getrennten Haufen, der eine den Griechen günstig, der andere ihnen abhold, auf die Erde herunter und stellten sich am Flusse Xanthos, den Sterblichen unsichtbar, in zwei Schlachtordnungen gegeneinander auf. Auch die Meergottheiten schlossen sich der einen oder andern Seite an. Die Nereiden hielten es, als Verwandte des Achill, mit den Griechen; andere Meergötter waren auf der Seite Trojas, und diese empörten die Flut gegen die Schiffe und trieben sie an Land gegen das tückische Roß. Sie hätten beide zerstört, wenn das Schicksal es gestattet hätte. Unter den obern Göttern begann indessen der Streit, und Ares stürzte der Athene zum Kampf entgegen. Damit war das Zeichen der allgemeinen Schlacht gegeben, und die Götter warfen sich gegenseitig aufeinander: bei jeder Bewegung klirrten die goldenen Rüstungen, und das Meer rauschte mit seinen Wogen darein; unter den Füßen der Unsterblichen bebte die Erde, und alle schrien laut zusammen, so daß der Schlachtruf der Götter bis zur Unterwelt hinabdrang und die Titanen im Tartaros davor erbebten. Es hatten aber die Himmlischen sich zum Kampf eine Zeit ersehen, wo Zeus, der Vater der Götter und Menschen, fern auf einer Reise an den Ozean begriffen war, wohin die Regierung der Erde ihn gerufen. Doch seinem scharfsichtigen Geiste entging auch aus der Ferne nichts von dem, was auf der Oberfläche des Erdbodens sich ereignete. Und so wurde er kaum den Götterkampf inne, als er schnell von der Flut des Ozeans mit seinen geflügelten Windrossen auf dem Donnerwagen, den Iris leitete, in den Olymp zurückkehrte und von dort aus seine Blitze unter die kämpfenden Götter warf. Da erbebten die Unsterblichen und hielten inne mit Kämpfen. Themis, die Göttin des Rechts, die allein dem Streite ferngeblieben war, trat ein unter die Götter und schied sie voneinander, indem sie ihnen verkündigte, daß Zeus die gänzliche Vernichtung der Himmlischen beschlossen hätte, wofern sie nicht gehorchten. Jetzt ward den Göttern bange für ihre Unsterblichkeit, sie unterdrückten die Erbitterung ihrer Herzen und kehrten zurück aus dem Kampfe, die einen zum Olymp die andern in die Tiefe des Meeres.

Das Pferd im griechischen Lager war indessen in vollkommene Bereitschaft gesetz, und Odysseus erhub sich in der Versammlung der Helden. »Jetzt gilt es«, sprach cr, »ihr Führer des Danaervolks! Jetzt beweise es, wer wirklich durch Kraft und Mut hervorragt. Denn jetzt ist's Zeit, in dem Bauche des Rosses, der uns beherbergen wird, der dunkeln Zukunft entgegenzugehen! Glaubet mir, es gehört mehr Mut dazu, in diesen Schlupfwinkel zu kriechen, als dem Tode in offener Feldschlacht zu trotzen! Darum, wer sich am tapfersten fühlt, der entschließe sich zu diesem Wagestück. Die andern mögen vorerst nach Tenedos schiffen! Ein wackerer Jüngling aber bleibe in der Nähe des Pferdes und tue, wie ich geraten habe. Wer will sich diesem Auftrag unterziehen?«

Die Helden zögerten. Da trat ein tapferer Grieche, namens Sinon, auf und sprach: »Sehet mich bereit, das verlangte Werk zu tun! Mögen mich die Trojaner mißhandeln, mögen sie mich lebendig ins Feuer werfen: mein Entschluß steht fest!« Die Völker jubelten ihm Beifall zu, und mancher alte Held sprach bei sich im Herzen: ›Wer ist doch dieser junge Mensch? Wir haben seinen Namen nie gehört; noch keine tapfere Tat hat ihn ausgezeichnet. Ihn treibt gewiß ein Dämon, entweder den Trojanern oder uns selbst Verderben zu bringen!‹ Nestor aber erhub sich und sprach ermunternd zu den Danaern: »Jetzt, liebe Kinder, bedarf es wakkern Mutes, denn jetzt legen die Götter das Ziel zehnjähriger Mühseligkeiten in unsre Hände: darum rasch hinein in den Bauch des Pferdes! Ich selbst fühle noch die jugendliche Kraft in meinen Greisengliedern, von der ich beseelt war, als ich mit Iason das Argonautenschiff besteigen wollte und es auch bestiegen hätte, wenn ich nicht von dem Könige Pelias abgehalten worden wäre!«

So rief der Greis und wollte sich vor allen andern durch die geöffnete Seitentüre in den Bauch des hölzernen Rosses schwingen; aber Neoptolemos, der Sohn des Achill, beschwor ihn, diese Ehre ihm, dem Jüngling, abzutreten und, seines Greisenalters eingedenk, die Führung der übrigen Griechen nach der Insel Tenedos zu übernehmen. Mit Mühe ließ sich Nestor überreden, und nun stieg der Jüngling in voller Rüstung zuerst in die geräumige Höhle. An ihn schlossen sich Menelaos, Diomedes, Sthenelos und Odysseus, dann Philoktet, Ajax, Idomeneus, Meriones, Podaleirios, Eurymachos, Antimachos, Agapenor und so viele sonst noch der Bauch des Rosses fassen mochte. Zuletzt stieg der Verfertiger des Rosses, Epeios, selbst hinein. Dann zog er die Leitern zu sich in die Höhlung, verschloß dieselbe von innen fest und setzte sich vor den Riegel; die übrigen harrten im Bauche des Rosses in tiefem Schweigen und saßen in dunkler Nacht zwischen Tod und Sieg.

Die andern Griechen aber, nachdem sie die Zelte und alles Lagergeräte in Brand gesteckt hatten, brachen, von Agamemnon dem Völkerfürsten, und dem Könige Nestor befehligt, mit den Schiffen auf und segelten der Insel Tenedos zu. So war es von den Danaern bestimmt worden, welche den beiden Helden nicht gestattet hatten, sich dem Pferde anzuvertrauen, dem ersten um seiner Würde, dem andern um seines Alters willen. Vor Tenedos warfen sie die Anker aus, stiegen ans Land und sahen mit sehnendem Herzen dem Feuerzeichen entgegen.

Die Trojaner bemerkten es bald, wie am Hellespont der Rauch in die Lüfte emporwirbelte, und als sie von den Mauern aufmerksamer nach dem Gestade hinabspähten, waren auch die Schiffe der Griechen verschwunden. Vol Freuden strömten sie in Scharen dem Ufer zu; doch vergaßen sie nicht, sich in ihre Rüstungen zu hüllen, denn sie waren der Furcht noch nicht ganz los. Als sie nun auf der Stelle des alten feindlichen Lagers das glatte hölzerne Pferd gewahr wurden, stellten sie sich staunend rings um dasselbe her; denn es war ein gar gewaltiges Werk. Während sie noch darüber stritten, was mit dem seltsamen Wunderding anzufangen sei, und die einen der Meinung waren, es in die Stadt zu schaffen und als Siegesdenkmal für alle Zukunft auf der Burg aufzustellen, die andern das unheimliche Gastgeschenk der Griechen in die See zu werfen oder zu verbrennen rieten, eine Beratung, welche die im Bauche des Pferdes eingeschlossenen griechischen Helden zu ihrer Qual anhören mußten, da trat mit eiligen Schritten Laokoon, der trojanische Priester des Apollo, in die Mitte des gaffenden Volkes und rief schon von weitem: »Unselige Mitbürger, welcher Wahnsinn treibt euch? Meint ihr, die Griechen seien wirklich davongeschifft oder eine Gabe der Danaer verberge keinen Betrug? Kennet ihr den Odysseus so? Entweder ist irgendeine Gefahr in dem Rosse verborgen, oder es ist eine Kriegsmaschine, die von den in der Nähe lauernden Feinden gegen unsre Stadt angetrieben werden wird! Was es aber auch sein mag, trauet dem Tiere nicht!« Mit diesen Worten stieß er eine mächtige eiserne Lanze, die er einem neben ihm stehenden Krieger entriß, in den Bauch der Maschine. Der Speer zitterte im Holz, und aus der Tiefe tönte ein Widerhall wie aus einer Kellerhöhle. Aber der Geist der Trojaner blieb verblendet.

Während dies vorging, zogen einige Hirten, welche die Neugierde dicht an das hölzerne Pferd herangelockt hatte, unter dem Bauche desselben den schlauen Sinon hervor und schleppten ihn als einen gefangenen Griechen vor den König Priamos, und bald sammelte sich das trojanische Kriegsvolk, das bisher um das Pferd herumgestanden hatte, um dieses neue Schauspiel. Er aber, waffenlos und zagend, spielte die Rolle, die ihm von Odysseus aufgegeben war. Flehend streckte er die Arme gen Himmel und dann wieder nach den Umstehenden aus und rief unter Schluchzen: »Wehe mir, welchem Lande, welchem Meere soll ich mich anvertrauen, ich, den die Griechen ausgestoßen haben und die Trojaner niedermetzeln werden?« Diese Seufzer rührten die Jünglinge selbst, die ihn anfangs als einen Feind gepackt und roh behandelt hatten. Alle Krieger traten teilnehmend herzu und hießen ihn sagen, wer und woher er ei, auch guten Mutes sein, wenn er nichts Feindliches im Schilde führe. Jener ließ die erheuchelte Furcht endlich fahren und sprach: »Ich bin ein Argiver, das will ich ja nicht leugnen; wenn Sinon auch unglücklich ist, so soll er doch nicht zum Lügner werden. Vielleicht habt ihr etwas von dem euböischen Fürsten Palamedes gehört, der von den Griechen auf Odysseus' Anstiften abscheulicherweise gesteinigt wurde, weil er den Feldzug gegen eure Stadt mißriet: als sein Verwandter zog ich in diesen Krieg, arm und nach seinem Tod ohne Stütze. Und weil ich es wagte, mit Rache für die Ermordung meines Vetters zu drohen, zog ich den Haß des falschen Laërtiaden auf mich und wurde diesen ganzen Krieg über von ihm geplagt. Auch ruhte er nicht, bis er mit dem lügnerischen Seher Kalchas meinen Untergang verabredet hatte. Als nämlich meine Landsleute die oft beschlossene und wieder aufgeschobene Flucht endlich ins Werk setzten und dieses hölzerne Pferd hier schon aufgezimmert stand, schickten sie den Eurypylos zu einem Orakel des Apollo, weil sie am Himmel bedenkliche Wunderzeichen beobachtet hatten. Dieser brachte aus dem Heiligtum des Gottes den traurigen Spruch mit: ›Ihr habt bei eurem Auszuge die empörten Winde mit dem Blut einer Jungfrau versöhnt: mit Blut müßt ihr auch den Rückweg erkaufen und eine Griechenseele opfern.‹ Dem Kriegsvolke lief ein kalter Schauder durch die Gebeine, als es dieses hörte. Da zog Odysseus den Propheten Kalchas mit großem Lärm in die Volksversammlung und bat ihn, den Willen der Götter zu offenbaren. Fünf Tage lang schwieg der Betrüger und weigerte sich heuchlerisch, einen Griechen für den Tod zu bezeichnen. Endlich, wie gezwungen durch das Geschrei des Odysseus, nennt er meinen Namen. Alle stimmten bei, denn jeder war froh, das Verderben von seinem eigenen Haupte abgewendet zu sehen. Und schon war der Schreckenstag erschienen, ich wurde zum Opfer ausgeschmückt, mein Haupt mit den heiligen Binden umwunden, der Altar und das geschrotene Korn in Bereitschaft gehalten. Da zerriß ich meine Bande, entfloh und versteckte mich, bis sie abgesegelt waren, im Schilfrohr eines nahen Sumpfes. Dann kroch ich hervor und suchte ein Obdach unter dem Bauch ihres heiligen Rosses. In mein Vaterland und zu meinen Landsleuten kann ich nicht zurückkehren. Ich bin in eurer Hand, und von euch hängt es ab, ob ihr mir großmütig das Leben schenken oder mir den Tod geben wollt, der mich von der Hand meiner eigenen Volksgenossen bedroht hat.«

Die Trojaner waren gerührt; Priamos sprach gütige Worte zu dem Heuchler, hieß ihn die argen Griechen vergessen und versprach ihm eine Zufluchtsstätte in seiner Stadt, wenn er ihnen nur offenbaren wolle, was für eine Beschaffenheit es mit dem hölzernen Rosse habe, dem er soeben den Beinamen eines heiligen gegeben. Sinon hob seine der Fesseln entledigten Hände gen Himmel und betete mit trügerischer Andacht: »Ihr Götter, denen ich schon geweiht war, du Altar und du verfluchtes Schwert, das mich bedrohte, ihr seid mir Zeugen, daß die Bande, die mich an mein Volk bisher knüpften, zerrissen sind und daß ich nicht frevle, wenn ich ihre Geheimnisse aufdecke! Von jeher war alle Hoffnung der Danaer in diesem Kriege auf die Hilfe der Göttin Pallas Athene gebaut. Seitdem aber aus dem Tempel, den sie bei euch zu Troja hat, ihr Bild, das Palladion, entwendet worden – und zwar, was ihr Trojaner wohl zum erstenmal erfahret, durch die Hände schlauer Griechen –, ging alles rückwärts; die Göttin war erzürnt, und das Glück hatte die Waffen der Danaer verlassen. Da erklärte Kalchas, der Seher, auf der Stelle müßte man mit den Schiffen umkehren, um im Vaterlande selbst neue Befehle der Götter einzuholen. Ehe das Palladion an seine Stelle zurückgebracht sei, dürften sie auf keinen glücklichen Ausgang des Feldzuges hoffen. Dies bewog die Danaer, die Flucht zu beschließen, welche sie nun auch wirklich ausgeführt haben. Zuvor aber erbauten sie noch, auf den Rat ihres Propheten, dieses hölzerne Riesenpferd, das sie als Weihgeschenk für die beleidigte Göttin zurückließen, um ihren Zorn zu versöhnen. Diese Maschine ließ Kalchas so unermeßlich in die Höhe bauen, wie ihr sehet, damit ihr Trojaner sie nicht durch eure Tore führen und in eure Stadt bringen könntet, weil auf diese Weise der Schutz der

Athene euch zuteil werden würde. Wenn hingegen eure Hand sich an dem geheiligten Pferde, als einem Überbleibsel eurer Feinde vergriffe – dies war es, was sie zu hoffen wagten –, dann wäre euer und eurer Stadt Verderben gewiß. Und in dieser Zuversicht gedenken sie in kurzer Frist, sobald sie zu Argos die Götterbefehle vernommen, zurückzukehren und hoffen, das Palladion der Göttin eurer eroberten Stadt zurückgeben zu können.«

Das Lügengewebe war so wahrscheinlich ersonnen, daß Priamos und alle Trojaner dem Betrüger Glauben schenkten; Athene aber wachte über das Geschick ihrer Freunde, die in dem Rosse noch immer in banger Erwartung eingeschlossen saßen und seit der Warnung des Laokoon in beständiger Todesangst schwebten. Die Helden wurden aus dieser Gefahr durch ein entsetzliches Wunder befreit. Eben jener Laokoon, der Priester des Apollo, hatte nach dem Tode des Poseidonpriesters auch diese Würde durchs Los erhalten und opferte jetzt gerade am Meeresgestade dem Gott einen stattlichen Stier am Altare. Siehe, da kamen von der Insel Tenedos aus durch die spiegelglatte Meerflut zwei ungeheure Schlangen gerudert und nahmen ihren Weg nach dem Ufer: ihre Brust und die blutrote Mähne ragten aus dem Wasser hervor, der übrige Teil ihrer Leiber ringelte sich unter den Fluten fort. Die See plätscherte unter ihrer Spur, und jetzt waren sie am Lande, züngelten und zischten und sahen sich mit feurigen Augen um. Die Trojaner, die noch immer in Menge um das Roß herumstanden, wurden totenblaß und ergriffen die Flucht, die Tiere aber nahmen ihre Richtung nach dem Uferaltare des Meergotts, wo Laokoon mit seinen zwei jungen Söhnen beim Opfer beschäftigt war. Zuerst wandten sie sich um die Leiber der beiden Knaben und bohrten ihren giftigen Zahn in ihr zartes Fleisch. Als die Verwundeten laut aufschrien und der Vater selbst ihnen mit gezogenem Schwerte zu Hilfe kommen wollte, schlangen sie sich mit mächtigen Windungen auch diesem zwiefach um den Leib und überragten ihn bald mit ihren aufgerichteten Hälsen und zischenden Häuptern. Seine Priesterbinde troff von Eiter und Gift. Vergebens bestrebte er sich, die Schlingen mit seinen Händen loszumachen; und inzwischen entfloh der schon getroffene Stier blutig und brüllend vom Altar und schüttelte das Beil aus dem Nacken. Laokoon erlag mit seinen beiden Kindern den Schlangenbissen, und nun schlüpften die Tiere in langen Krümmungen dem hochragenden Tempel der Athene zu und bargen sich dort unter den Füßen und dem Schilde der Göttin.

Das Trojanervolk sah in diesem gräßlichen Ereignis eine Bestrafung der frevelhaften Zweifel seines Priesters. Ein Teil eilte der Stadt zu und riß die Mauern nieder, um dem unheilvollen Gaste den Weg zu bahnen, ein anderer fügte Räder an die Füße des Rosses, wieder andere drehten gewaltige Seile aus Werg und warfen sie dem hölzernen Riesentier um den Hals. Dann zogen sie es im Triumphe nach der Stadt; Knaben und Mädchen, die Hand an die Seile gelegt, sangen in Chören feierliche Hymnen dazu. Als die Maschine über die erhöhten Torschwellen rollte, stockte viermal ihr Lauf und viermal dröhnte ihr Bauch wie von Erze. Aber die Trojaner waren mit Blindheit geschlagen und führten das Ungeheuer jubelnd auf ihre heilige Burg. Mitten unter der Raserei der öffentlichen Freude blieb nur das Gemüt und der Geistesblick der Seherin Kassandra, der gottbegabten Königstochter des trojanischen Hauses, ungetrübt. Nie sprach sie ein Wort aus, das nicht erfüllt worden wäre. Aber sie hatte das Unglück, niemals Glauben zu finden. So hatte sie auch jetzt unheilvolle Zeichen am Himmel und in der Natur beobachtet und stürzte mit flatternden Haaren, vom Geiste der Weissagung getrieben, aus dem Königspalaste hervor: ihre Augen starrten in fieberischer Glut, ihr Nacken wiegte sich hin und her wie ein Zweig im Windhauche, sie holte einen tiefen Seufzer aus der Brust herauf und rief durch die Gassen der Stadt: »Ihr Elenden, sehet ihr nicht, daß wir die Straße zum Hades hinunterwandeln? daß wir am Rande des Verderbens stehen? Ich schaue die Stadt mit Feuer und Blut erfüllt, ich sehe es aus dem Bauche des Rosses hervorwallen, das ihr mit Jauchzen auf unsere Burg hinaufgeführt habt. Doch ihr glaubet mir nicht, und wenn ich unzählige Worte spräche. Ihr seid den Erinnyen geweiht, die Rache an euch nehmen wegen Helenas frevelhafter Ehe.«

Wirklich wurde die weissagende Jungfrau nur verlacht oder geschmäht, und hier und da sprach einer der Begegnenden zu ihr: »Hat dich denn die jungfräuliche Scham ganz verlassen, Kassandra, bist du ganz irre geworden in deinem Geiste, daß du dich öffentlich auf den Straßen herumtreiben magst und nicht siehest, wie die Menschen dich verachten, törichte Schwätzerin? Kehre zurück in dein Haus, daß dich nicht Schlimmes treffe!«

DIE ZERSTÖRUNG TROJAS

Die Trojaner überließen sich die halbe Nacht hindurch der Freude bei Schmaus und Gelage; Syringen und Flöten ertönten, Tanz und Gesang lärmten ringsumher und dazwischen die bunt durcheinander schallenden Stimmen der Schmausenden. Die Becher wurden einmal über das andere bis zum Rande mit Wein gefüllt, mit beiden Händen erfaßt und leergetrunken, bis die Trinkenden zu stammeln anfingen und ihr Geist in dumpfe Betäubung versank. Endlich lagen sie alle in tiefem Schlafe begraben, und die Mitternacht war herangekommen. Jetzt erhub sich Sinon, der mit andern Trojanern im Freien geschmaust und sich zuletzt schlafend gestellt hatte, von seinem Polster, schlich hinaus zu den Toren, zündete eine Fackel an und ließ, dem Strande und der Insel Tenedos zugekehrt, den Schiffen der Griechen zum verabredeten Zeichen ihren lodernden Brand in die Lüfte wehen. Dann löschte er sie wieder, schlich sich zu dem Pferde hin und pochte leise an den hohlen Bauch, wie ihn Odysseus geheißen hatte. Die Helden vernahmen den Laut; alle aber kehrten ihre Häupter lauschend dem Odysseus zu: dieser ermahnte sie, leise und mit aller möglichen Vorsicht auszusteigen; er hielt die Ungeduldigsten zurück, öffnete ganz still, nach dem Rate des Epeios, den Riegel der Türe, streckte den Kopf ein wenig hinaus und sandte seine spähenden Blicke allenthalben umher, ob nicht einer der Trojaner erwacht sei. Dann, wie ein heißhungriger Wolf sachte zwischen Hirten und Hunden hindurch in den Pferch schleicht, stieg er die Sprossen der Leiter herab, die Epeios zugleich mit dem Pferde verfertigt und jetzt heruntergelassen hatte, und ein Held um den andern folgte ihm mit klopfendem Herzen. Als die Höhlung des Rosses sich ganz entleert hatte, schüttelten sie ihre Lanzen, zogen ihre Schwerter und verbreiteten sich durch die Straßen und in die Häuser der Stadt. Ein gräßliches Gemetzel entstand unter den schlaftrunkenen und berauschten Trojanern; Feuerbrände wurde in ihre Wohnungen geschleudert, und bald loderten die Dächer über ihren Häuptern. Zu gleicher Zeit trieb ein günstiger Fahrwind die Flotte der Griechen, die auf Sinons Fackelzeichen von Tenedos aufgebrochen war, in den Hafen des Hellesponts, und bald stürzte sich das ganze Heer der Danaer durch die breite Mauerlücke, durch welche tags zuvor das Roß hineingezogen worden war, in die Stadt, von Kampfbegierde schnaubend. Jetzt erst erfüllte sich die eroberte Stadt recht mit Trümmern und Leichnamen, Halbtote und Verstümmelte krochen zwischen den Leichen umher, nur hier und dort ward noch einem aufrecht Fliehenden die Lanze in den Rücken gestoßen. Das winselnde Heulen geängsteter Hunde scholl in den Straßen und mischte sich ins Stöhnen der Verwundeten und in die Wehklage der jammernden Frauen und unmündigen Kinder.

Doch war der Kampf für die Griechen selbst auch nicht unblutig; denn obgleich die meisten Feinde waffenlos waren, so wehrten sie sich doch, so gut sie konnten. Die einen schleuderten Becher, die andern Tische, noch andere frisch von dem Herde genommene Feuerbrände auf die eingedrungenen Danaer; andere waffneten sich mit Bratspießen, Beilen und Streitäxten, was ihnen gerade unter die Hände kam; und so stießen die Griechen selbst, während sie mit Feuer und Schwert in der Stadt wüteten, auf genug Tote und Sterbende der Ihrigen. Manche zerschmetterte auch ein Steinwurf von den Dächern; andere wurden von den Flammen der brennenden Häuser ergriffen oder von zusammenstürzenden zermalmt. Und als sie endlich die Burg des Priamos selbst stürmten, in welche sich viele Trojaner geflüchtet und wo sich diese mit Rüstungen, Lanzen und Schwertern versehen hatten, kamen ihrer viele im ordentlichen Kampfe durch die Hand der Feinde, die sich verzweifelt verteidigten, ums Leben.

Während des Kampfes wurde es in der Stadt mitten in der Nacht immer heller, denn der wachsende Brand der Häuser und Paläste und die vielen Fackeln, die hier und dort von den Achajern geschwungen wurden, leuchteten dem Kampfe; dadurch wurde aber auch dieser immer sicherer und erbitterter, denn die Sieger fürchteten sich nicht mehr, den befreundeten Mann mit dem Feinde zu verwechseln, und nun traf ihr Racheschwert erst recht mit Auswahl die edelsten Helden der Trojaner. Diomedes schlug zum Tode den Koröbos, den Sohn des gewaltigen Mygdon, indem er ihm die Lanze in den Schlund stieß; dann den Eidam des greisen Trojaners Antenor, den gewaltigen Speerschwinger Eurydamas. Hierauf kam ihm Ilioneus, einer der ältesten Troer, entgegen; dieser sank vor dem gezückten Schwerte des griechischen Helden in die Knie, und mit der einen Hand sein eigenes Schwert emporhebend, mit der andern das Knie des Siegers umfassend, rief er mit bebender Stimme: »Wer du auch seiest von den Argivern: laß ab von deinem Zorne! Kann ja dem Manne nur der Sieg über den Jüngeren, Kräftigeren Ruhm bringen! Darum, so gewiß du selbst dereinst ein Greis werden willst, schone des Greisen!« Einen Augenblick hielt Diomedes sein Schwert zurück und besann sich, dann aber stieß er es dem Gegner in die Kehle mit den Worten: »Freilich hoffe auch ich mich des Alters zu freuen; jetzt aber brauche ich meine Kraft und sende alle meine Feinde zum Hades!« So ging er hin und erschlug noch einen nach dem andern. Auf gleiche Weise wüteten Ajax der Lokrer und Idomeneus. Neoptolemos aber suchte sich die Söhne des Priamos aus und tötete ihrer drei, dazu den Agenor, der einst mit seinem Vater Achill den Kampf gewagt hatte. Endlich stieß er auf den König Priamos selbst, der an einem unter freiem Himmel errichteten Altare des Zeus in Gebeten lag. Gierig zückte Neoptolemos sein Schwert, und Priamos blickte ihm furchtlos ins Auge: »Töte mich«, rief er, »Kind des tapfern Achill; nachdem ich so vieles ertragen und fast alle meine Kinder sterben sah, wie möchte ich länger das Licht der Sonne schauen? O hätte mich schon dein Vater getötet! So labe denn du dein mutiges Herz an mir und entrücke mich allem Kummer!« »Greis«, erwiderte Neoptolemos, »du ermahnest mich zu dem, wozu mich mein eigenes Herz antreibt!« Und damit trennte er leicht das Haupt des ergrauten Greises vom Rumpfe, wie ein Schnitter in der Sommerhitze die Ähre auf dem trocknen Saatfelde abmäht: es rollte zu Boden weithin, und der Rumpf lag mit den andern trojanischen Leichen vermischt. Grausamer noch verfuhren die gemeinen Krieger des griechischen Heeres; sie hatten im Palaste des Königs den Astyanax aufgefunden, Hektors zarten Sohn, rissen ihn aus den Armen der Mutter und schleuderten ihn, aus Haß gegen Hektor und sein Geschlecht, von der Zinne eines Turmes hinab. Als er der Mutter entrissen wurde, rief diese den Räubern entgegen: »Warum stürzet ihr nicht auch mich von der schrecklichen Mauer herab oder in die lodernden Flammen? Seit mir Achill den Gatten getötet, lebte ich nur noch in unserm Kinde; befreit auch mich von der Qual eines längeren Lebens!« Aber die Mörder erhörten sie nicht und gingen davon.

So fand sich der Tod bald in diesem Hause ein, bald in jenem, und nur ein einziges verschonte er. Dies war die Wohnung des greisen Trojaners Antenor, der einst den Menelaos und Odysseus, als sie nach Troja gekommen waren, am Leben erhalten und gastfreundlich bewirtet hatte. Dafür schenkten ihm jetzt die Danaer dankbar Leben und Besitztum.

Äneas, der herrliche Held, der jüngst noch mit unverwüstlicher Kraft beim Sturme der Stadt von den Mauern herab gekämpft hatte, als er Troja brennen sah und nach langer, vergeblicher Gegenwehr dem Feinde, den er auch jetzt seinen Sieg teuer bezahlen ließ, weichen mußte, handelte wie ein mutiger Schiffer im Sturm, der, nachdem er das Schiff lange gelenkt, endlich das hoffnungslos Verlorne den Wellen überläßt und sich in ein Boot rettet. Er nahm den Vater Anchises auf die breiten Schultern, seinen Sohn Askanios an die Hand und eilte davon. Der Knabe drängte sich dicht an den Vater und streifte mit den Füßen kaum die Erde; Äneas aber sprang mit schnellem Fuß über unzählige Leichen hinweg, indem er den Sohn auf dem besseren Wege leitete; und Aphrodite, seine Mutter, war mit ihm: denn wohin er seinen Fuß setzte, wichen ihm die Flammen aus, die Rauchwolken zerteilten sich, Pfeile und Wurfspieße, welche die Danaer gegen ihn schleuderten, fielen, ohne zu treffen, auf die Erde nieder.

An andern Stellen raste der Mord. Menelaos fand vor den Gemächern seiner treulosen Gemahlin Helena den Deïphobos, den Sohn des Priamos, der seit Hektors Tode die Stütze des Hauses und Volkes war und welchem nach dem Tode des Paris Helena als Gemahlin zuteil geworden war, noch in die Betäubung des nächtlichen Freudengelages versenkt. Bei seiner Annäherung taumelte dieser vom Boden auf und flüchtete in die Gänge des Palastes. Menelaos aber ereilte ihn und stieß ihm den Speer in den Nacken. »Stirb du vor der Türe meiner Gattin«, rief er mit donnernder Stimme; »hätte doch meine Lanze den Unheilstifter, den Paris, also getroffen! Nun ist dieser schon längst geschlachtet; und du solltest dich meiner Gattin erfreuen, du Frevler? Wisse, daß kein Verbrecher dem Arme der Themis, der Göttin der Gerechtigkeit, entgeht!« So sprechend, stieß Menelaos den Leichnam auf die Seite und ging hin, den Palast zu durchforschen; denn sein Herz, von widerstreitenden Empfindungen bewegt, begehrte nach Helena, seiner Gemahlin. Diese hielt sich, vor dem Zorn ihres rechtmäßigen Gatten zitternd, in einem dunkeln Winkel des Hauses verborgen, und erst spät gelang es ihm, sie zu entdecken. Bei ihrem ersten Anblicke trieb ihn die Eifersucht, sie zu ermorden: aber Aphrodite hatte sie mit holdem Liebreiz geschmückt, stieß ihm das Schwert aus der Hand, verscheuchte den Grimm aus seiner Brust und erweckte in seinem Herzen die alte Liebe. Es war ihm unmöglich, bei dem Anblicke ihrer überirdischen Schönheit das Schwert aufs neue zu erheben; die Stärke brach ihm zusammen, und einen Augenblick vergaß er alles, was sie verschuldet hatte. Da hörte er die den Palast durchtobenden Argiver hinter sich, und ein Gefühl der Scham ergriff ihn, indem er bedachte, daß er vor seinem treulosen Weibe nicht wie ein Rächer, sondern wie ein Sklave dastehe. Wider Willen raffte er das Schwert, das er auf die Erde geworfen, wieder auf, bezwang seine Neigung und drang von neuem auf die Gattin ein. Doch im Herzen war es ihm nicht Ernst, und willkommen erschien ihm daher sein Bruder Agamemnon, der plötzlich hinter ihm stehend die Hand auf seine Schulter legte und ihm zurief: »Laß ab, lieber Bruder Menelaos! Es ziemt sich nicht, daß du dein ehelich Weib, um welches wir so viele Leiden erduldet haben, erschlagest! Lastet doch die Schuld weniger auf Helena, wie mir deucht, als auf Paris, welcher so schnöde das Gastrecht gebrochen hat. Dieser aber, sein ganzes Geschlecht, sein ganzes Volk sind ja jetzt bestraft und vernichtet!« So sprach Agamemnon, und Menelaos gehorchte ihm zögernd, aber mit Freuden.

Während dies auf Erden vorging, beklagten die Unsterblichen, in dunkle Wolken gehüllt, den Fall Trojas. Nur Hera, die Todfeindin der Trojaner, und Thetis, die Mutter des frühe dahingesunkenen Achill, jauchzten im Herzen vor Lust auf. Pallas Athene selbst, der doch durch Trojas Untergang ihr Wille geschehen war, konnte sich der Tränen nicht enthalten, als sie sah, wie Ajax, der wilde Sohn des Oileus, in ihrem Heiligtum es wagte, die fromme Kassandra, ihre Priesterin, die sich in Athenes Tempel geflüchtet hatte und ihre Bildsäule schutzflehend umarmt hielt, mit rohen Händen anzutasten und sie an den Haaren zerrend herauszuschleppen. Zwar durfte die Göttin die Tochter ihrer Feinde nicht unterstützen; aber die Wangen glühten ihr vor Scham und vor Zorn; ihr Bildnis gab einen Ton, der Boden ihres Heiligtums dröhnte, und den Blick vom Frevel abgekehrt, schwur sie in ihrem Herzen, die Missetat zu rächen.

Lange noch dauerte der Brand und das Gemetzel. Die Flammensäule Trojas stieg hoch in den Äther hinauf und verkündete den Untergang der Stadt den Bewohnern der Inseln und den Schiffen, die hin und her das Meer besegelten.

MENELAOS UND HELENA. POLYXENA

Bis zum Morgen waren sämtliche Bewohner der Stadt niedergemacht oder gefangen. Die Danaer fanden nirgends mehr Widerstand, konnten sich der unermeßlichen Schätze der Stadt nach Behagen bemächtigen und brachten ihre Beute, aus Gold, Silber, Edelsteinen, mannigfaltigem Hausrat, gefangenen Weibern, Mädchen und Kindern bestehend, an den Strand zu den Schiffen. Mitten unter dieser Schar führte Menelaos seine Gemahlin Helena, nicht ohne Scham, und doch im Herzen zufrieden über ihren wiedererlangten Besitz, aus dem brennenden Troja hinweg. Ihm zur Seite ging Agamemnon, sein Bruder, mit der hohen Kassandra, die er den wilden Armen des Ajax entrissen hatte; Hektors Gattin, Andromache, wurde vom Sohne des Achill, Neoptelemos, fortgeführt; Hekabe, die Königin, die mühsam wandelte und unter lautem Jammer ihr graues, mit Asche bestreutes Haar ausraufte, schleppte Odysseus in die Gefangenschaft. Unzählige Frauen der Trojaner folgten, junge und alte, hinter ihnen Mädchen und Kinder, und vermischt gingen die Mägde mit den Fürstentöchtern: den ganzen Weg entlang hallte Jammer und Schluchzen. Nur Helena stimmte nicht mit ein in die Klage, denn tiefes Schamgefühl hielt sie ab; sie heftete die dunkeln Augen auf den Boden, und ihre Wangen färbte ein fliegendes Rot. Im Innersten ihres Busens aber bebte ihr das Herz, und eine entsetzliche Furcht ergriff sie, wenn sie an das Schicksal dachte, das ihrer bei den Schiffen wartete; Todesblässe überzog ihre eben noch purpurroten Wangen, schnell zog sie den dichten Schleier über das Haupt und wandelte zitternd an der Hand des Gatten.

Aber als sie bei den Schiffen angelangt waren, staunten alle Danaer über die liebliche Schönheit der untadelhaften Gestalt und sagten bei sich selbst, daß es wohl der Mühe wert gewesen sei, dem Völkerhirten Menelaos um eines solchen Kampfpreises willen vor Troja zu folgen und dort zehnjährige Mühseligkeiten und Gefahren auszuhalten. Und keinem kam in den Sinn, Hand an das schöne Weib zu legen: sie ließen ihrem Führer den friedlichen Besitz der Gattin, und das Herz des Fürsten Menelaos selbst hatte Aphrodite längst zur Verzeihung gestimmt.

Bei den Schiffen herrschte jauchzende Lust: alle Helden lagerten beim fröhlichen Mahle umher, in der Mitte saß ein des Zitherspiels kundiger Sänger und rief dem Heere die Taten seines größten Helden, des Achill, in das Gedächtnis zurück. So dauerte die Fröhlichkeit bis in die Nacht; dann brachen sie auf, ein jeglicher in sein Zelt.

Als nun Helena mit ihrem Gemahl Menelaos allein in seinem Feldherrnzelte war, warf sie sich ihm zu Füßen, umfaßte seine Knie und sprach: »Ich weiß wohl, daß du ein Recht hättest, deine treulose Gattin mit dem Tode zu bestrafen! Aber bedenke, edler Gemahl, daß ich deinen Palast zu Sparta nicht freiwillig verlassen habe; gewaltsam entführte mich der trügerische Paris, als du eben abwesend vom Hause warest und mir deinen männlichen Schutz nicht angedeihen lassen konntest. Und als ich selbst Hand an mich zu legen gedachte und den Strick um meinen Hals zu winden oder mir das Schwert in den Busen zu stoßen, da hielten mich die Dienerinnen des Hauses zurück und beschworen mich, deiner selbst und unseres blühenden kleinen Töchterleins eingedenk zu sein! Tue nun nach deinem Willen mit mir; ich liege als Reumütige und Schutzflehende zugleich zu deinen Füßen!«

Menelaos hob sie liebreich vom Boden auf und antwortete mit verständiger Mäßigung: »Denke nicht länger an das Vergangene, Helena, und ängstige dich nicht mit überflüssiger Furcht: was geschehen ist, sei in die Nacht der Vergangenheit versenkt und keines früheren Fehlers hinfort von mir gedacht.« Damit schloß er sie in seine Arme und drückte ihren Lippen den Kuß der Versöhnung auf. Aus beider Wimpern rollte die Träne süßer und wehmütiger Rührung.

Neoptolemos, der Sohn des Achill, lag um diese Stunde schon in tiefem Schlafe. Da trat zu ihm im Traume an sein Zeltlager der Geist seines hohen Vaters, ganz wie er einst im Leben war, der Schrecken der Trojaner und die Freude der Griechen, küßte dem Sohne Brust, Mund und Augen und sprach: »Gräme dich nicht im Gemüte, lieber Sohn, daß ich gestorben bin, denn ich lebe jetzt in der Gemeinschaft mit den seligen Göttern; sondern nimm dir fröhlich deinen Vater zum Beispiel im Kampfe wie im Rat: im Kampf sei immer der erste; in der Ratsversammlung aber schäme dich nicht, den weisen Worten älterer Männer dich nachgiebig zu zeigen. Im übrigen strebe dem Ruhme nach, wie dein Vater getan, freue dich des Glückes und betrübe dich nicht zu sehr im Unglück; an meinem frühen Fall aber erkenne, wie nahe die Pforten des Todes dem Sterblichen sind; denn das ganze Menschengeschlecht gleicht den Frühlingsblumen: die einen wachsen, die andern vergehen. Nun aber sage dem Völkerfürsten Agamemnon, sie sollen das Beste und Edelste von der ganzen Beute mir opfern, damit mein Herz sich auch am Untergange Trojas laben könne und zu meiner Zufriedenheit im Olymp nichts fehle.«

Nachdem er seinem Sohne diesen Befehl erteilt hatte, verschwand der selige Geist aus dem Traume des Neoptolemos wie ein flüchtiger Hauch des Windes. Dieser erwachte, und seinem freudig bewegten Gemüte war, als hätte er mit dem lebendigen Vater fröhlichen Umgang gepflogen. Am andern Morgen sprangen die Danaer ungeduldig von ihrem Lager auf, denn die Sehnsucht nach der Heimkehr bemächtigte sich ihres Sinnes, und gerne hätten sie augenblicks die Schiffe ins Meer gezogen, wenn der Sohn des Peliden nicht unter das versammelte Volk getreten wäre und ihren Eifer durch seine Anrede gehemmt hätte.

»Höre, Volk der Danaer«, rief er mit seiner jugendlichen Kraftstimme, »was in dieser Nacht der Geist meines unsterblichen Vaters, der mich im Traume besucht hat, mir aufgetragen, euch zu verkündigen: Ihr sollt das Edelste und Beste der trojanischen Beute ihm opfern, damit sich sein Herz am Untergange der verhaßten Stadt auch sättigen könne und er des Siegerpreises nicht verlustig gehe. Eher sollt ihr diesen Strand nicht verlassen, bis ihr die heilige Pflicht gegen den Toten erfüllt habt, dem ihr doch eigentlich die Eroberung Trojas verdanket. Denn ohne daß Hektor besiegt worden, wäret ihr nimmermehr so weit gekommen.«

Ehrerbietig beschlossen die Danaer, den Willen ihres verstorbenen Helden zu befolgen, und Poseidon, aus Liebe zu dem Peliden, regte die Flut zu mächtigem Sturme auf, so daß das Meer in turmhohen Wellen aufbrauste und die Griechen, wenn sie auch gewollt hätten, nicht imstande gewesen wären, den Strand zu verlassen. Als die Völker aber die empörte See erblickten und stürmen hörten, da flüsterten sie sich gegenseitig zu: »Ja, wahrhaftig stammte Achill vom höchsten Zeus ab: denn sehet ihr, wie sich die Elemente mit seinen Befehlen verbünden!« Und so zeigten sie sich nur noch williger, dem Gebote des Hingeschiedenen zu gehorchen, und strömten zu Haufen dem Grabmale des Helden, das den Meeresstrand hoch überragte, zu.

Nun entstand aber die Frage: was soll geopfert werden, und was ist das Beste und Edelste der ganzen Beute Trojas? Jeder Grieche brachte unweigerlich seine Beute an Schätzen und Gefangenen herbei. Als man aber alles musterte, da erbleichte Gold, Silber, Edelstein samt allen Schätzen vor der himmlischen Schönheit des Jungfrau Polyxena, der gefangenen Tochter des Königes Priamos, und nur ein Ruf ging durch das ganze Heer der Griechen, daß sie das Beste und Edelste von der ganzen trojanischen Beute sei. Die Jungfrau, als aller Blicke sich auf sie richteten, erbleichte nicht, obgleich ihr der laute Jammerschrei ihrer Mutter Hekabe, der sich jetzt aus dem Haufen der Gefangenen erhob, durch das Tochterherz schnitt. Polyxena hatte den herrlichen Helden Achill manchesmal von den Mauern herab im Kampfe erblickt, und obgleich er ein Feind ihres Volkes war, so hatte seine göttliche Gestalt und seine herrliche Heldenkraft ihr doch das Innerste bewegt. Ja, auch Achill, so ging die Sage, habe, als er einst im Kampfe bis dicht vor die Tore der belagerten Stadt gedrungen, die holdselige Jungfrau auf den Zinnen der Mauer erblickt, und ihm sei das Herz in Neigung zu ihr entbrannt, daß er ausrief: »Priamos' Tochter, würdest du mir zuteil, wer weiß, ob ich deinem Vater nicht den Frieden mit den Danaern zuwege zu bringen mich anheischig machen wollte!« Zwar reute den Helden das Wort, sowie es der Zunge entflohen war; denn ihm fiel ein, was er Griechenland schuldig sei. Aber Polyxena, so erzählte das Gerücht, habe die Worte sich tief ins Herz gefaßt und seitdem in geheimer Liebe für den Feind ihres Volkes gebrannt.

Sei dem, wie ihm sei: die Jungfrau erblaßte nicht, als aller Blikke, auf sie gerichtet, nur sie als das Opfer bezeichneten, das als der edelste Teil der trojanischen Beute dem größten Helden dargebracht zu werden allein würdig wäre. Der Altar vor dem Denkmale des Peliden stand aufgerichtet, und es fehlte nicht an Opfergeräten aller Art. Da sprang die Königstochter aus der Schar der gefangenen Frauen hervor, ergriff einen scharfgeschliffenen Stahl, der unter den andern Gerätschaften bereitlag, und wie ein Opfer vor dem Altare stehend, stieß sie sich den Dolch, ohne ein Wort zu sprechen, ins Herz und sank ohne einen Seufzer aus der Brust zu Boden.

Ein Schrei der Wehklage ließ sich aus dem ganzen Argiverheere vernehmen. Hekabe, die greise Königin, warf sich laut weinend auf die Leiche der Tochter, und von neuem hallte das laute Schluchzen unter der Schar der gefangenen Trojanerinnen.

In dem Augenblicke, wo Polyxena zusammensank und der purpurne Blutstrahl ihr aus der durchbohrten Brust drang, wurde das Meer ruhig, und seine Wellen ebneten sich in spiegelglatte Fläche. Neoptolemos eilte voll Mitleid herbei, half die geopferte Jungfrau vom Altare wegbringen und sorgte dafür, daß sie mit königlichen Ehren bestattet wurde. In der Versammlung der Argiver aber erhub sich Nestor und sprach herzerfreuende Worte. »Endlich«, rief der Greis, »ihr lieben Landsleute, ist die erlaubte Stunde der Heimkehr genaht; der Beherrscher des Meeres hat die Wogen gebändigt, nirgendsher erhebt sich die Flut; Achill ist zufriedengestellt; er nimmt das Opfer Polyxenas an. Auf denn, lasset uns ernstlich an den Aufbruch denken und ziehet die Schiffe ins Meer!«

ABFAHRT VON TROJA. AJAX DES LOKRERS TOD

Es geschah unter Jubelruf, wie Nestor geraten hatte; die Schiffe wurden fertiggemacht, sämtliche Güter an Bord gebracht, die Gefangenen zuerst, weinend und wehklagend, eingeschifft, alsdann folgten ihnen die Danaer selbst. Nur der Seher Kalchas schloß sich ihnen nicht an, ermahnte sie vielmehr, die Fahrt noch nicht zu beginnen, denn sein wahrsagender Geist ließ ihn ein großes Unheil ahnen, das die Griechen an den Kapharischen Felsen bedrohte, welche ein Vorgebirge der Insel Euböa umgaben, an dem die Flotte auf ihrer Heimkehr nach Griechenland vorübersegeln mußte. Aber ihm folgte keiner; das Verlangen nach der süßen Heimat hatte alle Herzen betört; endlich zog Amphilochos, der Sohn des berühmten Sehers Amphiaraos, den der Boden vor Theben verschlungen hatte, den Fuß, den er schon ins Schiff gesetzt hatte, zurück. In seinem Geiste dämmerte die Sehergabe seines Vaters auf, und er wurde sich gleicher Ahnung bewußt wie Kalchas. So blieb er bei diesem zurück. Ihnen beiden war vom Schicksal bestimmt, das griechische Heimatland nicht wieder zu erblicken, sondern sie sollten in den kilikischen und pamphylischen Städten Kleinasiens sich ihre Wohnsitze gründen.

Alle andern Achajer lösten indessen die Taue, mit welchen die Schiffe ans Land gebunden waren, und hoben eilig die Anker empor. Bald umspülte das freie Meer die Dahinsegelnden. Auf den Vorderteilen der Schiffe lagen überall Waffen erschlagener Feinde; unzählige Siegeszeichen hingen von den Masten herab; die Schiffe selbst waren bekränzt; Blumenkronen hatten sich die Sieger um Schilde, Lanzen und Helme geflochten; so standen sie auf den Vorderverdecken und gossen Trankopfer goldenen Weines ins Meer, indem sie voll Inbrunst zu den Göttern um eine Zurückkunft flehten, mit der ihnen kein Unheil verbunden wäre. Aber ihr Gebet war nichtig; Luft und Winde trugen es fort von den Schiffen und zerstreuten es in die Lüfte, bevor es sich in den Olymp emporschwingen konnte.

Wie die Helden nun voll Hoffnung und Sehnsucht vorwärtsblickten, so schauten die gefangenen trojanischen Frauen und Jungfrauen mit bekümmertem Herzen rückwärts nach dem rauchenden Troja, und verstohlenerweise seufzten und weinten sie den verhaltenen Schmerz aus. Die Mädchen hatten die Hände in den Schoß gefaltet, die jungen Frauen hielten Kinder in den Armen. Diese aber dachten nur an die Mutterbrust und fühlten ihr Unglück noch nicht. In der Mitte anderer Gefangener stand Kassandra, und ihr edler Wuchs ragte hoch über die andern hervor. Aber ihr Auge war tränenlos, und sie spottete der Klage, die rings um sie her ertönte: denn jetzt war geschehen, was sie geweissagt hatte und worüber sie von den Jammernden verlacht worden war. Nun höhnte wohl ihr Mund die Mitgefangenen, aber ihr Herz blutete heimlich über dem Unglück der zerstörten Vaterstadt.

Unter den Trümmern Trojas irrten wenig übriggebliebene Einwohner, schwache Greise oder verwundete Männer, Antenor an ihrer Spitze, einher. Dieser führte sie zu dem schmerzlichen Werke der Leichenbestattung an, das nur langsam vor sich ging, denn der Toten waren so viele, und der Lebenden nur wenige. Diese wenigen bauten an einem unermeßlichen Holzstoße, und als er fertig war, legten sie alle Leichen der Ihrigen miteinander darauf und zündeten den Scheiterhaufen unter Tränen und Wehklagen an. Die Danaer hatten indessen bald das Grabmahl des Achill und die trojanische Küste im Rücken. Obwohl sie aber immer fröhlicheren Mutes wurden, mischte sich doch auch die Wehmut in ihre Freude, wenn sie an die vielen gefallenen Freunde dachten. Eine Küste und eine Insel um die andere flog an ihrem Blicke vorüber: Tenedos, Chrysa, das Orakel des Phöbos, die heilige Killa, Lesbos, das Eiland, das Vorgebirge Lekton, endlich der äußerste Vorsprung des Gebirges. Die Winde sausten in die Segel, die Flut rauschte, schwarz rollten die Wellen daher, und weiß dehnte sich über das Meer hin ihr schäumender Pfad, wenn sie an den Schiffen sich gebrochen hatten.

Die Sieger hätten auch wirklich die Küste Griechenlands glücklich erreicht, wenn nicht Pallas Athene über der Untat des Lokrers Ajax ihnen gegrollt hätte. Als sie nun an die stürmische Küste von Euböa gelangt waren, sann die Göttin darauf, dem Sohne des Oileus ein trauriges, unbarmherziges Los zu bereiten. Sie hatte dem Göttervater im Olymp den Frevel geklagt, den er in ihrem eigenen Tempel an ihrer Priesterin Kassandra begangen hatte, und begehrte Rache an dem Verbrecher zu nehmen. Und Zeus, der Verwalter der Gerechtigkeit auf Erden, setzte sich ihren Wünschen nicht entgegen; er legte vielmehr neben die Jungfrau die frischesten Donnerkeile der Zyklopen, die eben aus der Esse gekommen waren, und erlaubte seiner Tochter, den Griechen einen verderblichen Sturm zu erregen. Alsbald waffnete sich Athene, legte den schimmernden Ägispanzer an, in dessen Mitte das Gorgonenhaupt mit den feurigen Schlangenhaaren starrte, und faßte eines der Geschosse des Vaters, die zu ihren Füßen lagen, wie es außer dem großen Zeus sonst kein Gott aufzuheben vermochte. Dann ließ sie den Olymp von Donnerschlägen erbeben, goß Wolken rings um die Berge und hüllte Meer und Land in Finsternis. Hierauf schickte sie ihre Botin Iris zu Äolos, dem Gott der Winde, hinab, deren Höhle sich neben der Wohnung des Gottes in den Abgründen der Erde befindet. Die Botschafterin Athenes traf den Fürsten der Stürme bei seiner Gemahlin und seinen zwölf Kindern daheim; er vernahm den Befehl und gehorchte auf der Stelle. Mit rüstigen Händen stieß er den großen Dreizack in den Berg ein, wo die Behausung der tosenden Winde ist, und riß den Hügel mit Gewalt auf. Die Stürme stürzten wie Jagdhunde sogleich aus der Öffnung hervor; er aber befahl ihnen, sich sofort zu einem einzigen finstern Orkane zu vereinen und nach der Brandung der Kapharischen Felsen zu fliegen, welche die Küste von Euböa umlagern. Noch ehe sie vollständig das Wort ihres Königes vernommen, machten sich die Winde auf den Weg; die Meerflut stöhnte unter ihnen; wie Berge wälzten sich die Wogen einher, und den Argivern brach der Mut im Herzen zusammen, als sie den Meerschwall turmhoch gegen sich anrücken sahen. Bald war nicht mehr an das Rudern zu denken; die Segel hatte der Sturm zerrissen, daß Fetzen herunterhingen; zuletzt erlahmte auch die Kraft der Steuermänner; die finsterste Nacht brach ein, und mit ihr verschwand jede Hoffnung auf Rettung. Auch Poseidon half seiner Bruderstochter Pallas, und diese raste ohne Erbarmen vom Olymp mit Blitzen daher, die vom krachendsten Donner begleitet waren. Wehklagen und Stöhnen scholl von den Schiffen; hier und dort barst das Gebälk eines Fahrzeuges, wenn es vom Sturme gewaltsam an ein stärkeres geschleudert worden war, und diejenigen, die dem

Stoße herstürzender Schiffe durch Rudern zu entgehen versuchten, wurden vom Wind in die Tiefe gerissen. Endlich schleuderte Athene den schärfsten Donnerkeil, den sie zu diesem Gebrauche besonders aufgespart hatte, in das Schiff des Ajax, daß es auf der Stelle hierhin und dorthin in Splitter sprang; Erde und Luft hallten von dem Knall, und die Wogen umkreisten das berstende Schiff. Scharenweise stürzten aus diesem die Menschen in die Flut und wurden von den Wellen verschluckt. Ajax selbst jedoch schwamm bald auf einem der Balken des Schiffes, die auf den Wellen hier und dort zerstreut daherfuhren: bald zerteilte sein nerviger Arm die Woge, die sich vor dem kräftigen Schwimmer spaltete; jetzt trug ihn eine mächtige Welle wie zum Gipfel eines himmelhochragenden Berges, jetzt schleuderte sie ihn wieder hinab in den tiefsten Abgrund. Von allen Seiten fuhr der Blitz neben ihm einschlagend und zischend in die Fluten, aber noch war es Athenes Wille nicht, daß der Tod sich über ihn erbarme. Auch war sein Mut noch nicht erschöpft; er ergriff ein aus den Wellen hervorragendes Felsstück und vermaß sich, wenn auch alle olympischen Götter herangezogen kämen und die Fluten gegen ihn aufreizten, so sollte ihm doch die Rettung nicht mißlingen.

Diese Prahlerei hörte der Erderschütterer Poseidon, dessen Gottheit dem Ringenden am nächsten war, mit Unwillen. Im heftigsten Zorn erschütterte er Meer und Erde zugleich; die Felsabhänge des Vorgebirges Kaphareus erbebten, und die Gestade donnerten ringsumher unter der Peitsche des Herrschers. Da wurde zuletzt der mächtige Felsblock, an welchen sich Ajax mit den Händen angeklammert hielt, vom Grunde losgerüttelt und mit ihm der Lokrer wieder ins Meer hinausgestoßen, daß der anspülende Schaum ihm Haupt- und Barthaar weiß färbte. Auf den Versinkenden stürzte Poseidon noch einen losgerissenen Erdhügel des Vorgebirges, daß der Scheitel desselben den Lokrerfürsten, wie einst der Ätna den Enkelados, deckte. So unterlag er, von der Erde und vom Meere zugleich bezwungen.

Die Schiffe der Danaer irrten indessen schwankend und leck auf der stürmenden See umher; viele waren geborsten, viele von den Wogen verschlungen; die Meerflut tobte fort, und der Regen strömte herab, als drohte dem nahen Lande eine zweite Deukalionische Flut. Jetzt wurde auch noch die Steinigung des Palamedes an den unglücklichen Griechen gerächt. Auf Euböa herrschte nämlich noch immer der Vater dieses Helden, Nauplios. Als dieser an seiner Küste die griechische Flotte erblickte, die mit dem fürchterlichen Sturme rang, gedachte er der hinterlistigen Ermordung seines geliebten Sohnes, um welchen er nun so viele Jahre trauerte. Die Rachelust war in seinem Herzen nie eingeschlummert, und jetzt endlich hoffte er sie büßen zu können. Er eilte an den Strand, ließ längs des Kapharischen Vorgebirges, den gefährlichsten Klippen gegenüber brennende Fackeln aufstecken und machte dadurch in den Griechen den Glauben rege, daß es Rettungszeichen seien, welche mitleidige Uferbewohner für sie aufgepflanzt hätten. In dieser Hoffnung steuerten die Danaer mit Begierde auf die Klippen zu, und viele ihrer Schiffe fanden hier den Untergang.

Zugleich ergoß sich das Meer von Troja, auf des grollenden Poseidon Befehl, über sein Gestade und zerstörte alle Bollwerke und Mauern, welche die Griechen bei ihren Schiffen und vor der belagerten Stadt aufgeführt hatten. Und so war bald von der ungeheuern Unternehmung nichts mehr übrig als der Schutthaufen Trojas und einige Schiffe voll zurückkehrender Helden und gefangener Trojanerinnen, die, vom Sturme da- und dorthin zerstreut, mit Mühe und nach langen und mannigfaltigen Drangsalen die Küsten Griechenlands wieder erreichten, wo nur weniger Sieger ungetrübte Glückseligkeit wartete.

Inhalt

ERSTES BUCH

ZWEITES BUCH

DRITTES BUCH

VIERTES BUCH

FÜNFTES BUCH

Zu dieser Ausgabe

insel taschenbuch 3017: Der vorliegende Text folgt dem insel taschenbuch 2792: Gustav Schwab, Sagen des klassischen Altertums. Mit einem Nachwort von Manfred Lemmer. Insel Verlag Frankfurt am Main und Leipzig 2001, S. 305-616. Umschlagabbildung: Ajax trägt den toten Achill vom Schlachtfeld. Detail des schwarzfigurigen Kraters von Klitias und Ergotimos (François-Vase), 570 v. Chr. Archäologisches Museum, Florenz.

»Das alte Griechenland«
im Insel und im Suhrkamp Verlag
Eine Auswahl

NF 60/1/5.01

Das Geschichtswerk des Herodot von Halikarnassos. Übersetzt von Theodor Braun. it 2743 und Leinen im Schuber. 848 Seiten

Hippokrates. Der Eid des Arztes. Von der heiligen Krankheit. Griechisch und deutsch. Neu übersetzt und herausgegeben von Kurt Steinmann. it 1882. 100 Seiten

Homer. Ilias. Wolfgang Schadewaldts neue Übertragung. Mit 12 Bildtafeln. Leinen und it 153. 432 Seiten

Homer. Ilias. Odyssee. In der Übertragung von Johann Heinrich Voß. it 1204. 851 Seiten

Hyperion oder der Eremit in Griechenland. Von Johann Christian Friedrich Hölderlin. Herausgegeben und mit einem Nachwort versehen von Jochen Schmidt. it 365. 229 Seiten

Longus. Daphnis und Chloë. Ein antiker Liebesroman. Übersetzt und mit einem Nachwort von Arno Mauersberger. Mit Illustrationen der ›Edition du Régent‹. it 136. 132 Seiten. it 2627. 133 Seiten

Marc Aurel. Selbstbetrachtungen. Übersetzt von Otto Kiefer. Mit einem Vorwort von Klaus Sallmann. it 1374. 202 Seiten

Karl Philipp Moritz. Götterlehre. Herausgegeben von Horst Günther. Mit zahlreichen Abbildungen. it 2507. 341 Seiten

Ovid

- Liebeskunst. Nach der Übersetzung von W. Hertzberg. Bearbeitet von Franz Burger-München. Mit Abbildungen nach etruskischen Wandmalereien. it 164. 112 Seiten

NF 60/2/5.01

- Lieder der Trauer. Die Triestien des Publius Ovidius Naso. Übersetzt und herausgegeben von Volker Ebersbach. it 1987. 220 Seiten
- Metamorphosen. In der Übertragung von Johann Heinrich Voß. Mit den Radierungen von Pablo Picasso und einem Nachwort von Bernhard Kytzler. it 1237. 377 Seiten
- Ovid für Verliebte. Ausgewählt, übersetzt und mit einem Nachwort von Karl-Wilhelm Weeber. it 2269. 119 Seiten

Platon. Sämtliche Werke in zehn Bänden. Griechisch und deutsch. Nach der Übersetzung von Friedrich Schleiermacher, ergänzt durch Übersetzungen von Franz Susemihl und anderen. Herausgegeben von Karlheinz Hülser (it 1401–1410 in Kassette). 5475 Seiten
- Band 1: Ion. Protagoras. Apologie. Kriton. Laches. Lysis. Charmides. it 1401. 486 Seiten
- Band 2: Gorgias. Euthyphron. it 1402. 459 Seiten
- Band 3: Menon. Kratylos. Euthydemos. Hippias major. it 1403. 444 Seiten
- Band 4: Hippias minor. Symposion. Phaidon. it 1404. 347 Seiten
- Band 5: Politeia. it 1405. 788 Seiten
- Band 6: Phaidros. Theaitetos. it 1406. 367 Seiten
- Band 7: Parmenides. Sophistes. Politikos. it 1407. 464 Seiten
- Band 8: Philebos. Timaios. Kritias. it 1408. 475 Seiten
- Band 9: Nomoi. it 1409. 1032 Seiten
- Band 10: Alkibiades II. Hipparchos. Amatores. Theages. Kleitophon. Minos. Epinomis. Briefe. Definitionen. Appendix Platonica. it 1410. 613 Seiten

Platon für Gestreßte. Ausgewählt von Michael Schroeder. it 2189. 110 Seiten. it 2671. 128 Seiten

NF 60/3/5.01

Platons Mythen. Ausgewählt und eingeleitet von Bernhard Kytzler. it 1978. 224 Seiten

Platon. Das Trinkgelage oder Über den Eros. Übertragung, Nachwort und Erläuterungen von Ute Schmidt-Berger. Mit einer Wirkungsgeschichte von Jochen Schmidt und griechischen Vasenbildern. it 681. 225 Seiten

Sappho. Strophen und Verse. Übersetzt und herausgegeben von Joachim Schickel. it 309. 99 Seiten

Sophokles
- Aias. Übertragen von Wolfgang Schadewaldt. Herausgegeben von Hellmut Flashar. Mit zahlreichen Abbildungen. it 1562. 130 Seiten
- Antigone. Übertragen und herausgegeben von Wolfgang Schadewaldt. Mit einem Nachwort, einem Aufsatz, der Wirkungsgeschichte und Literaturhinweisen. Mit einem Bildteil. it 70. 152 Seiten
- Antigone. Übersetzt von Hölderlin. Bearbeitet von Martin Walser und Edgar Selge. it 1248. 81 Seiten
- Elektra. Übertragen von Wolfgang Schadewaldt. Herausgegeben von Hellmut Flashar. Mit zahlreichen Abbildungen. it 1616. 160 Seiten
- Die Frauen von Trachis. Übertragen von Wolfgang Schadewaldt. Herausgegeben von Hellmut Flashar. Mit zahlreichen Abbildungen. it 2602. 129 Seiten
- König Ödipus. Übertragen und herausgegeben von Wolfgang Schadewaldt. Mit einem Nachwort, drei Aufsätzen, der Wirkungsgeschichte und Literaturnachweisen. Mit 14 Abbildungen. it 15. 141 Seiten
- Ödipus auf Kolonos. Übertragen von Wolfgang Schadewaldt. Herausgegeben von Hellmut Flashar. Mit zahlreichen Abbildungen. it 1782. 164 Seiten

NF 60/4/5.01

- Philoktet. Herausgegeben von Hellmut Flashar. Übersetzt von Wolfgang Schadewaldt. Mit zahlreichen Abbildungen. it 2535. 181 Seiten

Unterm Sternbild des Herkules. Antike in der Lyrik der Gegenwart. Herausgegeben von Bernd Seidensticker und Peter Habermehl. it 1789. 253 Seiten

Die Taten des Herkules. Die Herkules-Sage von Gustav Schwab. Herausgegeben von Karl Riha und Carsten Zelle. Mit zahlreichen Abbildungen. it 2147. 167 Seiten

Theophrast. Charaktere. Neu übersetzt und mit einem Vorwort versehen von Kurt Steinmann. Mit Illustrationen. it 2662. 112 Seiten

Geschichte und Philosophie

Michel Foucault. Sexualität und Wahrheit
- Zweiter Band: Der Gebrauch der Lüste. Übersetzt von Ulrich Raulff und Walter Seitter. Leinen und stw 717. 327 Seiten.
- Dritter Band: Die Sorge um sich. Übersetzt von Ulrich Raulff und Walter Seitter. Leinen und stw 717. 316 Seiten

Hegel und die antike Dialetik. Herausgegeben von Manfred Riedel. stw 907. 280 Seiten

Christian Meier. Die Entstehung des Politischen bei den Griechen. stw 427. 514 Seiten

Heinrich Niehues-Pröbsting. Der Kynismus des Diogenes und der Begriff des Zynismus. stw 713. 389 Seiten

»Griechenland«
im Suhrkamp und im Insel Verlag
Eine Auswahl

Athen. Literarische Spaziergänge. Herausgegeben von Paul Ludwig Völzing. Mit farbigen Fotografien. it 2505. 300 Seiten

Athos. Die Mönche vom Heiligen Berg. Von Günther Stockinger und Reinhard Strippelmann. Mit zahlreichen Fotografien. 96 Seiten. Gebunden

Führer durch das klassische Griechenland. Die antiken Texte zur Kunst und zu den Landschaften Griechenlands. Herausgegeben von Hubert Ortkemper. Mit zahlreichen Abbildungen. it 1930. 408 Seiten

Griechische Märchen. Herausgegeben von Georgios Sarantis-Aridas. it 2231. 345 Seiten

Griechische Welt. Klassische Autoren Griechenlands. Herausgegeben von Hellmut Flashar. it 1970. 677 Seiten

Reisen mit Odysseus. Zu den schönsten Inseln, Küsten und Stätten des Mittelmeers. Von Ernle Bradford. it 2508. 283 Seiten

NF 61/1/3.01

Jean Bollack. Sophokles. König Ödipus. Zwei Bände. Zusammen 466 Seiten

- Band 1: Text. Kommentar. 271 Seiten. Klappen-Broschur
- Band 2: Essays. 195 Seiten. Klappen-Broschur

Roberto Calasso. Die Hochzeit von Kadmos und Harmonia. Übersetzt von Moshe Kahn. it 1476 und Leinen. 434 Seiten

William Golding. Mit doppelter Zunge. Roman. Übersetzt von Wolfgang Held. 176 Seiten. Gebunden

Zbigniew Herbert. Im Vaterland der Mythen. Griechisches Tagebuch. Herausgegeben und mit einem Nachwort versehen von Karl Dedecius. it 2748. 200 Seiten

Hugo von Hofmannsthal. Augenblicke in Griechenland. Mit einem Nachwort von Hansgeorg Schmidt-Bergmann. Mit farbigen Fotografien. Großdruck. it 2408. 130 Seiten

Erhart Kästner

- Kreta. Aufzeichnungen aus dem Jahre 1943. Mit einem Nachwort von Heinrich Gremmels. it 117. 264 Seiten
- Griechische Inseln. Aufzeichnungen aus dem Jahre 1944. Mit einem Nachwort von Heinrich Gremmels. it 118. 166 Seiten
- Ölberge, Weinberge. Ein Griechenland-Buch. Mit Zeichnungen von Helmut Kaulbach. it 55. 262 Seiten
- Die Stundentrommel vom heiligen Berg Athos. it 56. 325 Seiten

Marie Luise Kaschnitz. Griechische Mythen. Herausgegeben von Bernard Andreae. 17 Abbildungen. Leinen. 192 Seiten

NF 61/2/3.01

Wolfgang Koeppen. Die Erben von Salamis oder Die ernsten Griechen. Mit farbigen Fotografien. Großdruck. it 2401. 80 Seiten

Elisabeth von Österreich. Tagebuchblätter von Constantin Christomanos. Herausgegeben von Verena von der Heyden-Rynsch. Mit Beiträgen von Ludwig Klages, Maurice Barrès, Paul Morand und E. M. Cioran. Mit zeitgenössischen Abbildungen. it 1536. 213 Seiten

Hubert Ortkemper

- Olympische Legenden. Geschichten aus dem antiken Olympia. Farbig illustriert von Rolf Köhler. it 1828. 267 Seiten
- Medea in Athen. Die Uraufführung und ihre Zuschauer. Mit einer Neuübersetzung der Medea des Euripides. it 2755. 80 Seiten

Alberto Savinio. Kindheit des Nivasio Dolcemare. Übersetzt von Sigrid Vagt. Mit einem Nachwort von Martina Kempter. BS 1168. 152 Seiten

Gustav Schwab. Sagen des klassischen Altertums. Mit sechsundneunzig Zeichnungen von John Flaxman und einem Nachwort von Manfred Lemmer. it 2792. 1020 Seiten

NF 61/3/3.01

Neugriechische Literatur im Insel und im Suhrkamp Verlag

Maro Douka. Die Schwimmende Stadt. Roman. Übersetzt von Norbert Hauser. 353 Seiten. Gebunden

Odysseas Elytis
- Lieder der Liebe. Neugriechisch und deutsch. Übertragen von Hans Eideneier. Mit acht Collagen des Autors. Zweisprachige Ausgabe. BS 745. 115 Seiten
- Neue Gedichte. Neugriechisch und deutsch. Übertragen von Barbara Vierneisel-Schlörb unter Mitwirkung von Antigone Kasolea. Zweisprachige Ausgabe. BS 843. 212 Seiten
- Oxopetra/Westlich der Trauer. Späte Gedichte. Griechisch und deutsch. Übersetzt von Barbarta Vierneisel-Schlörb. Unter Mitwirkung von Antigone Kasolea. BS 1344. 100 Seiten

Rhea Galanaki. Das Leben des Ismail Ferik Pascha. Übersetzt von Michaela Prinzinger. 296 Seiten. Gebunden

Ioanna Karystiani. Die Frauen von Andros. Roman. Übersetzt von Norbert Hauser. 300 Seiten. Gebunden

Konstantin Kavafis
- Um zu bleiben. Liebesgedichte. Griechisch und deutsch. Übersetzung und Nachwort von Michael Schroeder. Mit 13 Radierungen von David Hockney. BS 1020. 113 Seiten
- Gefärbtes Glas. Historische Gedichte. Griechisch und deutsch. Übersetzt und mit einem Nachwort versehen von Michael Schroeder. Mit zahlreichen Abbildungen. BS 1337. 144 Seiten

NF 59/1/3.01

Alexandros Papadiamantis

- Die Mörderin. Roman. Übersetzt von Andrea Schellinger. Mit einem Nachwort von Danae Coulmas. st 2491. 164 Seiten
- Die Heilige Nacht auf dem Berg. Erzählung. it 2419. 80 Seiten

Jannis Ritsos

- Die Umkehrbilder des Schweigens. Gedichte. Zweisprachige Ausgabe. Übersetzt und mit einem Nachwort versehen von Klaus-Peter Wedekind. 100 Seiten. Gebunden
- Gedichte. Ausgewählt, übersetzt und mit einem Nachwort versehen von Klaus-Peter Wedekind. BS 1077. 158 Seiten
- Die Rückkehr der Iphigenie und andere Monologe. Mit farbigen Steinzeichnungen des Autors. Herausgegeben von Asteris Kutulas. Übersetzt und mit einem Nachwort versehen von Asteris und Ina Kutulas. IB 1175. 112 Seiten

Giorgos Seferis

- Poesie. Griechisch – deutsch. Übertragung und Nachwort von Christian Enzensberger. Zweisprachige Ausgabe. BS 962. 97 Seiten
- Sechs Nächte auf der Akropolis. Roman. Herausgegeben und mit einem Nachwort versehen von Asteris Kutulas. Übersetzt von Asteris und Ina Kutulas. BS 1147. 240 Seiten

Mikis Theodorakis

- Die Wege des Erzengels. Autobiographie 1925–1949. Herausgegeben und übersetzt von Asteris Kutulas. Gebunden und st 2797. 483 Seiten
- Bis er wieder tanzt. Erinnerungen. Übersetzt von Asteris Kutulas. 200 Seiten. Gebunden

Ilias Venesis. Äolische Erde. Roman einer griechischen Kindheit. Übersetzt von Roland Hampe.
Leinen und it 2739. 313 Seiten

NF 59/2/3.01

